Pop Ćira i pop Spira

Pop Ćira i pop Spira

Stevan Sremac

Globland Books

SVOME UJAKU

JOVANU ĐORĐEVIĆU
PROFESORU VELIKE ŠKOLE

GLAVA PRVA

U kojoj su opisana dva popa, dve popadije i dve popine ćerke iz jednoga sela u Banatu, u kome su parohijani bili tako pobožni da su badava mleli svojim popovima brašno u suvačama.

Bila dva popa — ali ne ona dva popa što su jednom ostali sami u svetu, pa se svaki od njih tužio i tešio da bi mu daleko lakše bilo životariti, samo da nema onoga drugog — ne, dakle, ta dva popa, nego druga dva, i živeli su u jednom selu u Banatu. Koje je to selo, nećemo vam kazati, da ne bi selo, ni krivo ni dužno, potrzali i izlagali ga podsmehu, pošto ono nije ni najmanje krivo za sve ovo što će se u ovoj pripoveci pričati. A posle, ako ćemo šta, ono i nije selo, nego varošica. Ta koliki je samo onaj Veliki sokak s kraja na kraj, pa koliko tek malih sokaka ima, a svi su široki! Zato nijedan nije kaldrmisan, a nije nikada ni bio. Istina, podsmevaju im se Temišvarci da su im varoške krave pojele trotoar, ali to je samo jedna pakost, jer trotoara zaista nikada nije ni bilo. Kad padne kiša i načini se blato, polože čismeni meštani po zemlji pored zida, koliko da čovek prođe, tulaju (kukuruzovinu), a krave naišle, pa valjda, kao beslovesna stvorenja, pomislile da je to za njih postavljeno, pa pojele tulaju koja je, kao što je svakome poznato, njihova

hrana; a to video nekad neki Temišvarac, pa, k'o čovek, is-
pripovedao, i sad ne dadu nikako mira ljudima, nego ih diraju
jednako za proždrljivost njihovih krava. Ali je zato i bilo
svašta. Bilo je batina, pa, bogme, i razbijenih glava. I od toga
doba manje ih diraju. Osobito u selu ni za živu glavu niko to
ne sme da spomene; štaviše, sad još hvale mesto da je suvo i
ocedno, i da mu i ne treba trotoar. No međutim nije baš ni
tako. Naprotiv. Ispred svake kuće ima jendek pun vode, koji se
nikad ne prazni; jer taman da presuši, a ono po bečkerečkom
Velikom kalendaru udari blagoslov iz neba, i jendek se napuni
opet kao što je i bio, i nudi i mami na uživanje i danju i noću.
Danju gaze po vodi komšijska dečurlija i kvasi turove, a i noću
je jedna lepota slušati žabe kad počnu da pevaju. Pojedine
pevače već poznaje sav komšiluk po glasu. Tako, na primer,
jedan se žabac već nekoliko godina dere koliko ga grlo donosi;
ima glasinu k'o bik, pa se čuje sa pola atara koliko je grlat.
Niko ga nije dirao, pa čak ni nestašna dečurlija koja su posle
kiše onako rado i veselo gazila po bari, ni ona ga nisu dirala.
Po svoj prilici, tu je dočekao duboku starost, i pošao tragom
starijih svojih.

Mesto je bilo veliko, a pobožni parohijani tako imućni da
su komotno mogli ne dva, nego dva puta po dva popa izdrža-
vati, zajedno sa njihovim popadijama i ćerkama. Paori su bili
pobožni ljudi, te držali svečare, a popovi im sekli kolače, pa
novaca dosta. Bilo u selu dobrih momaka na ženidbu i lepih
devojaka na udaju, a *rogljeva* u selu dosta baš k'o praznika u
godini, pa svakog praznika ili nedelje na drugom roglju igra
kolo, pa se sve pozaljubljivalo jedno u drugo sve do ušiju. A na-
jčešće se ipak skupljali i igrali na roglju kod Nece birtaša, gde je

pod jalovim dudom igralo kolo. Svirac svira tako cele godine, a kad se obere kukuruz, onda se zna šta je njegovo. On niti ga seje, niti okopava, pa opet njemu dobro; njegovu kukuruzu ne može da naškodi suša. Zato se i govorilo po selu, kad neko za nešto ne mari: „E — vele — mari on za to k'o Sovra gajdaš za kišu", ili: „Tiče ga se to mnogo k'o Sovra gajdaša suša!" — On ponese samo gajde, pa kad ga zapitaju: „Kuda, Sovro?" a on im veli: „Idem da okopam ku'ruz!" A umeo je đavolski lepo da svira i da namiguje, onako krivovratast. Bečkerečki notaroš kad tera kera — obično posle asentirunga — ne može bez njega; odmah: „Daj Sovru — veli — daj, daj desnu ruku našu", veli gospodin notaroš, pa mu zalepi pola desetice na šešir, a Sovra duva za onu drugu polutinu k'o besan. A u kolu kad svira, pa kad stane pred neku gazdačku devojku pa svira, a ona zna ko ga je poslao pred nju, pa samo gleda ulevo u zemlju, pa sve veze, dok se ne oznoji ispod nosa, pa dobije k'o neke male brčiće kao od rose. A i samo srce drukčije se raždipa kad Sovra svira. A u kolu je sve bilo zaljubljeno; svak ima svoju, pa ne da drugom do nje, nego se kolju k'o kere svake nedelje.

A što se zaljubljivalo, to se ponajčešće i uzimalo. A kad dođe do svatova, onda nije dobro samo mladi i mladoženji, ne dobijaju samo oni svako svoje, nego i drugi svet. Pa kad dobro prolazi i kad se lepo provodi Gliša Sermijaš, koga obično niko i ne zove u svatove (jer kad se slučajno opije — a to je redovno slučaj kod njega — tera svakoga da peva pesmu: „A-a-a, dragi brate komšija, ako 'oćeš veseo biti, a ti moraš s nama piti", pa sipa za vrat vino; a i inače je nesnosan) — onda zlo i naopako, da se ne provede lepo i ne prođe dobro i gospodin popa, koga naročito zovu, i najuglednije mu mesto daju za stolom, jer zbog svatova je valjda i postala ona reč: „Trista, bez popa ništa”.

A gospodin popa sedne tako u pročelje, otpeva jedno „Glas gospoden na vodah”, a zatim samo zahteva i izvoleva. Jede revnosno i zaliva još revnosnije, a kapariše najrevnosnije; tek će reći: „Brat-Mijo, ne budi vam zapoveđeno, dodajte mi molim vas, iz onoga tanjira onu trticu! Čudim se, šta mi to sve fali!” Ili: „Gospodin-domine — obrativ se Kipri notarošu — molim vas lepo, malo od onih krofni iz onoga tanjira tamo, čini mi se da su te tamo malo rumenije a bolje narasle.” — A svaki pop čudo što voli krofne! Otkud sad to, bog će ga sveti znati; ali to je nepobitan fakat, poznat svakom pravom sinu naše svete pravoslavne crkve. I jedan i drugi pop iz ovog mesta gde se naša priča razvija, mogao je za čudo i za pripovest mnogo krofni pojesti. Već čisto čovek da ne veruje! Za jednoga od ove dvojice i to baš, bogami, biće za pop-Ćiru, pripovedaju da je u jednim svatovima pojeo punu jednu veškorpu krofni, i to za ono kratko vreme dok je pre ručka kurisao domaćici. A domaćica stoji kraj ognjišta, zajapurena od vrućine i od uzbuđenja i zadovoljstva što je stvar svršena i zet upecan, pa samo vadi krofne i baca ih u korpu iza sebe. Pa dok se domaćica zabavlja oko one što cvrči u velikoj gvozdenoj šerpenji i prevrće je, dotle ovaj uzima onu iz korpe.

— I-ju, gospodin-popo, baš ste vi vrag! A di su krofne?! — pita ga začuđena domaćica.

— He, he, pojeo ih, milostiva!

— Ta, i'te, vi se samo šalite; di ste i' sakrili?

— Pa pojeo, milostiva!

— I-ju mene žalosne! Zar tolike krofne?!

— He, he, iz vaše ruke, pa ne zna čovek šta je dosta!

A domaćica samo ćuti, a šta mu je u sebi pomislila — to smrtnom čoveku naravno da nije poznato! Ali to mu ništa ne smeta (ni njemu, pop-Ćiri, a ni pop-Spiri), da posle sedne za sto i da sa ostalim gostima jede redom sve, ne htevši, valjda, kao dobar pastir ni tu da se izdvaja od svoje poverene mu pastve, nego sedi kao stanac kamen ili kula svetilja kraj mora, nepomičan na svom mestu, dok se sve oko njega ljulja kao talasi na uzburkanom moru. Sve se oko njega za stolom menja, jedino on sedi nepromenljiv. Neko se digne da igra, nekoga odvedu, a neki sam, onako bez ičije pomoći, padne lepo pod sto. Sete ga se i nađu ga tek onda kad ga žena potraži: „A di se to deo moj čovek?" pita žena, dokle ga ne nađe pod stolom. „Jao, teretu moj!" viče žena i diže ga. A gospodin popa samo sedi. U dvadeset i četiri časa tek ako se jedared diže da vidi, veli, konje, ili kolut oko meseca, na kom su kraju štapci, ili kakvo će vreme sutra biti. A zatim opet sedne. I opet se menjaju tanjiri, donose čiste čaše i hladno, skoro natočeno, vino. I to tako traje sve do medljane rakije ujutru, kad se gospodin popa iskrade, da mu ne bi pijani svatovi iz silne počasti pridali Sovru gajdaša, da ga prati do kuće.

A što se u selu venčalo, to je potpuno znalo šta radi; znalo je dužnosti i zadatke bračnoga života i krajnji mu cilj. I oba gospodina popa imađahu dosta posla, a prema tome i prihoda, krštavajući novorođenu decu po selu.

Malo koji dan da ne dođe gospodin popi, jednome ili drugome, Arkadija crkvenjak, pa ne otpočne otprilike ovako:

— Gospodine... mole vas da dođete... čekaju vas u porti pred crkvom, da krstite novoroždenog mladenca mužeskog pola Neci Prekajcu. (Arkadija je, kao i pop Ćira, mrzio na Vuka i njegove reforme, po kojima se čovek ne može razlikovati od paora).

Gospodin popa ode u crkvu da krsti, a posle krštenja ide kući detinjoj, gde ga poziva otac na ručak. Na vratima ga dočekuje Neca gologlav i malo postiđen, poljubi ga u ruku, pa samo veli: „He, šta znate gospodin-popo, grešni smo ljudi!" A kad se dobro naruča i vrati kući, donese svačega, i peškira i peškirića i šarenih torbica i novaca. Popa broji novac, a brk mu se smeši; broji i priča o detetu, kako je krasan, napredan hrišćanin. A gospoja popadija radosna, bože, pa voli popu, kao da su se tek juče uzeli, pa misli u sebi: „Ta ne bi' se menjala ni sa vicišpanovicom!"

Ponekad se gospodin popa pomalo, bogami, i začudi kad mu tako dođe Arkadija crkvenjak, pa ga pozove da krsti.

— Za koga ono reče? — zapita neki put gospodin popa crkvenjaka.

A Arkadija uvija ponizno glavom, smeši se, a sve polako trlja ruku o ruku, kao da pere ruke od nečega, pa veli:

— He... ta... da dođete, gospodine, da krstite... ovaj... Vuji Irošu... muželskoga je pola... sinčić. Dobio sinčića, pa k'o jabuka, dete zdravo k'o tresak! Kaže frau Cvečkenmajerka babica da svoga veka još nije vid'la tako dete zdravo pa grlato... trinaest i po funti, kaže, teško, a dere se k'o mali bik... Čuje se još od vincilirove kuće larma u kući. Jedno čudo...

— O maj! I jeste čudo! A kad brž'? — čudi se popa.

— Pa već nekoliko dana ima kako je — ublažava Arkadija.

— Ta znam, znam, al' opet... Kad je ono bilo? U januaru... e, a sad imamo julij mesec. H-e-e-e! — vrti gospodin popa glavom. — Vi'š, molim te! A-a-a! vrag im babi! Ako je Iroš, baš se iroški i vladao! A, obešenjaci jedni!... No, ništa, ništa; šta je, tu je! Moglo je biti i gore! — izvinjava gospodin popa svoje ovčice.

— He, he... deca... vragovi. Šta znate!? Džak buva, he, he! — veli Arkadija i dodaje mu uslužno i ponizno šešir i štap, koji je bio onakve forme kakvi su obično protojerejski štapovi, a doneo mu ga je na poklon s jednoga vašara majstor Leksa leceder još pre nekih dvadeset godina.

A desi li se kakva nesreća u selu, da, na primer, neko u selu umre, i tu kako kome, ali gospodin-popi opet dobro. Ako bogatiji umre, oglašuju ga sva zvona i činodejstvuju oba popa; a ako siromašniji, onda, naravno, samo jedan pop. Ide, pa malo peva on, malo crkvenjak, a malo đaci, tako naizmence. Dok crkvenjak ili đaci pevaju, gospodin popa misli u pameti, ili se razgovara o stanju i imanju usopščega, o testamentu i naslednicima, o procesu i fiškalima, i već o tako nečem što bi spadalo u taj krug stvari. Posle pogreba crkvenjak odnese odjejanije i trebnik, a popa ugasi i zamota sveću u dobivenu cicanu ili svilenu maramu. (Bilo ih je svakojakih, ali je gospodin popa najradije primao one svilene). I još tu na groblju pokupuje od dece — koja su takođe činodejstvovala, noseći krst i čirake i ripide — sve njihove marame i pantljike; pokupuje budzašto, po četiri krajcare maramu. „Dede, deco — veli im gospodin popa — dajte vi to popi, a popa će vama grošić-dva dati za to!" Kupi, pa i to pošlje kući. Od tih stvari posle gospoja popadija izabere što joj se dopadne, a ostalo dobije u „platu" kakva Žuža ili Erža (Mađarica naravno), pa se sve šareni od pantljika kad prođe sokakom, da ti je milina pogledati za njom. Prolazi, pa unesrećava svet, a najviše one tanke i nafrizirane berberske kalfe. E, ne može čovek, pa da mu je srce od kamena, a da se ne osvrne za njom, i ne dâ oku prijatna prizora i uživanja. Šareni se od silnih pantljika kao slobodno međunarodno pristanište od barjaka na raznim eskadrama. Nek se zna što je gospodin-popina sluškinja!

A gospodin popa češće i ne dolazi kući, nego s groblja pravo kući „usopščega” na daću. Tu su skupljene ožaloščene komšije i neutešeni rođaci, i oni što su zadovoljni s testamentom, a i oni drugi što se spremaju da dignu proces i da ga obore, i na taj način spasu dušu miloga pokojnika od jednog tako teškog greha kao što je nepravedan testamenat. Gospodin-popi opet najuglednije mesto. Sede svi i jedu. Niko ništa ne govori, nego ćute i jedu i piju pogruženo, kako pravoj tuzi i žalosti i priliči. Piju za pokoj duše.

— He, moj Proko, moj Proko (ili kako već bude ime pokojniku) — uzdiše Gliša Sermijaš, pa pruži ispražnjenu čašu, da mu se natoči, a ruka mu drhće. — Moj Proko — nastavlja Gliša, a glava mu pala od žalosti na grudi — da je sreće da ti menikana ovako piješ za spokoj duše, a ne ja tebikana! Ta tebi je bar bilo još dana zapisato, a ne ja da se vučem po svetu ovako brez tebe, brez svoga najbližeg, kaz'ti, brata i prijatelja. Ta i onaj bog, bože me prosti, uzima što je bolje! Eto ja i gospodin popa, mi ćemo još sto godina živiti i mučiti se! Proko, dobri druže, di si, da vidiš tvoga Glišu, kako se zlopati! — uzdiše Gliša, iskapi čašu i spusti glavu na sto.

I svi tresu žalosno glavom i hvale pokojnika. Iznose mnoge vrline njegove, od kojih za mnoge niko živi dotle nije znao, a najviše zna da pripoveda kakva Vavika ili Betika, kakva Švabica, koja se tu našla i bila na usluzi zbunjenim domaćinima. Priča svojim nakaradnim srpskim jezikom, i unosi šale i smeha u sumorno društvo. Pa i gospodin popa bi ustajući rekao dobru za pokojnika: „Bogme — veli on — selo ga neće još dugo drugog takovog imati; to ja samo kažem: Proku nećemo lako naknaditi."

Eto, tako je otprilike živeo gospodin popa u selu, a koji baš popa poimence, mislim da nije bilo nužno dosad da kažem, jer je davno rečeno da su svi popovi jednaki, jedan k'o drugi. A posle, i pravila poetike vele da treba što više probuditi radoznalost u čitalaca, a to je, mislim, do sada već prilično postignuto. I sada bih već mogao i da kažem i kako su se zvala ta dva popa. To su ona ista dva popa, čijim sam časnim imenima kao naslovom ukrasio ovu pripovetku; to su pop Ćira i pop Spira. A obojica su imali još i svoje nadimke; pop Ćira se zvao i *Pop Hala*, a pop Spira: *Pop Kesa*. Zašto su onog prvog prozvali pop Hala čuli ste, a zašto ovog drugog pop Kesa, čućete.

Ovaj nesretni nadimak, na koji se pop Spira onako isto tužio kao i pop Ćira na svoj, dobio je on odavno. Ako je verovati onome što priča gospoja popadija Ćirinica (a to je prisna prijateljica gospoje Spirinice), a što je iz njenih rođenih usta čuo i zabeležio sam pisac, vele da je dobio taj nadimak otuda, što se odavno, još prve godine, kao mlad popa, zaboravivši svoj nemešag, pa čak i čin, umešao među onu gomilu koja obično saleta kumova kola, pa se dere: „Kume, izgore ti kesa!" i što je najstrašnije i najneverovatnije u svoj toj pripoveci, vele da se i on baš svojski gurao kad je kum nekoliko puta bacio með svet punu šaku krajcara, dvogrošaka, pa čak i nekoliko seksera. Na jedan tako bačen sekser vele da je tako silno poleteo i odgurnuo onoga ispred sebe, da je ovaj jadnik poleteo u neku baricu, i zabo se u nju glavačke, i stajao usađen kao struk luka. Od to doba vele da su mu dali nadimak *Pop Kesa*, pa ga i danas još uvek tako zovu kad on nije tu, iako je on davno i davno drugi čovek.

I jedan i drugi odavno su u tom selu, još otkako su se oženili, a oženili su se čim su svršili u Karlovcima bogosloviju, a ovu su svršili pre dvadeset i više godina. Oženili su se iz istoga mesta u kome danas popuju. Pop Ćira uzeo gospodin-popinu, a pop Spira tutorovu ćerku; ni jedan iz ljubavi. U oglašenom stečaju za parohiju bilo je mnogo drugih uslova, a za ovaj su čuli tek kad su se prijavili. Bili su obojica malo pomatoriji, već uveliko bradati klirici. I oni prime i taj usmeno saopšten im uslov i oženili su se, jer čak i crkvenjak, predšestvenik današnjeg crkvenjaka Arkadije, znao je da će parohiju dobiti samo oni koji se budu hteli oženiti tim dvema lepoticama. Šta je, dakle, i ostalo svršenim kliricima i kandidatima nego da se ožene njima. Lepe one, a lepe i parohije — uzeše se i ne pokajaše se nigda.

Od to doba jednako su lepo živeli. Za to vreme mnogo se štošta promenilo, samo je vrednost njihova supružanska ostala ona ista, ona stara. Kao vino iz podruma pop-Spirina, ili rakija iz podruma pop-Ćirina, što starija sve bolja — tako i pažnja i ljubav supružanska bila je sve solidnija. Ali opet se nešto ipak izmenilo. Izmenili se telesno oba popa i obe popadije. Kad su pre dvadeset i više godina došli u selo, kao svršeni klirici, bili su obojica suvi i mršavi kao bogoslovsko blagodejanje, a sad obojica debeli kao narodni fondovi. Ne znaš ko je deblji, pop ili popadija. I jedna i druga popadija izgleda mala, široka a temeljna kao ona figura na gospodin-notaroševom stolu, u kojoj gospodin notaroš drži trafiku, a to je jedna ženska prilika šira neg duža, pa se gornja polovina digne a u donjoj stoji duvan i uvek je vlažan.

A tek popovi kako su bili ugojeni! Mantija samo što im ne prsne ispod pazuva, a pojas nikako da se skrasi na trbuhu nego sve bega pod bradu i bliže vratu. Poneko od bolje poznatijih se usudi pa dirne, na primer, pop-Spiru za to, pa će mu tek reći:

— Ama zašto vam, gospodin-popo, ne stoji taj pojas na svome mestu?

— He-he! „Zašto?" Kako: zašto? — odgovara mu pop Spira — pa gde da stoji? Njegovo mesto i jeste baš tu gde ga vidite. Nije meni odlikovan trbuh, pa da na trbuhu stoji, nego je moje čisto srce nagrađeno, pa zato je tako odskočio, da srce pokrije i odlikuje. Ta kolajne i vise na grudima; a koga ste još, videli da mu vise na trbuhu?!

A bio je zaista i nagrađen, jer pop Spira je imao crven, a pop Ćira samo plav, običan pojas. A to je bila formalna „jabuka razdora" između popova, a još više između popadija. Jer ljudi se umeju, kao što je već poznato i ne treba dokazivati, malo i umeravati i „politički" vladati, ali žene, žene bogme ne umeju! Koliko je samo puta pop-Ćirinica rekla kad su joj spomenuli pop-Spirin crveni pojas: „Crven pojas! Uh, sav mi je crven kad ga vidim; pa i onaj ko ga spomene. Ko ti još neće dobiti crven pojas!"

A ako je verovati pop-Ćirinici, i jeste ga malo čudnovato dobio. Ona veli da ga je pop Spira dobio samo zato što je jedanput u jednom užem društvu pevao pred Njegovim preosveštenstvom i ekselencijom gospodinom vladikom uz tamburu neke „mirjanske" pesme, kaže da je pevao: „Vino pije Dočjin Petar", i „Katice prehvalna, svem svetu javna". Pop Spira je udarao lepo u tamburu, a ima još sad, posle toliko godina, divan glas.

— Eto, to je pevao — veli pop-Ćirinica. — Nema tu nikakvih drugih zasluga, nego pevao pred Njegovom ekselencijom neke pesme, one, znate, „na froncle" pesme, a ekselenciji se dopale, pa mu poslao crven pojas kad se vratio u rezidenciju. Mesto da dobije po nosu, k'o što je već nekoliko puta i zaslužio to, on još odlikovan!... Tek štogod i od ekselencije!!! — veli ljutito pop-Ćirinica i briše usnene uglove.

Tako je pričala češće, ljutila se i dodavala da je začudo uvek srećan taj gospodin Spira. Uvek se izvuče iz malera, pa da je ne znam kakav. A tu je mislila na onaj slučaj kad je Njegovo preosveštvenstvo vladika pravio kanoničnu vizitaciju po svojoj eparhiji, pa nije zatekao na vreme pop-Spiru na dužnosti.

A to je bilo ovako.

Banuo jedared iznenada gospodin vladika u selo, a baš je bila nedelja. On pravo u crkvu na jutrenje, kad ali još nema pope, a zvonilo već. A gospodin vladika ode u oltar, pa poče da služi. Crkvenjak Arkadije, kad siđe sa zvonare, pa vide ko je u oltaru, lepo se skameni čovek većma nego kad mu se na snu javio sv. Nikola i naredio mu da kaže Janji grku da kupi crkvi treći polijelej i da povisi crkvenjaku platu. Arkadija je baš svakojakih čuda video: s pokojnima se razgovarao, poznavao nekoliko veštica u tom i okolnim mestima, bio posrednik između ugodnika božjih i ljudi grešnih — ali ovo čudo je prvi put sad doživeo! Odmah se pribere i zamoli staroga Orestiju kovača, da drži onu njegovu pevnicu, dok on časkom ne ode. Orestija, koji je vanredno pevao i kitio i dizao obrve pri pojanju čak i na teme, rado se primi toga, a Arkadija poleti k'o bez duše pop-Spirinoj kući, koja nije daleko bila, pa se razderao još s avlijskih vrata.

— Brže, gospodine, maler... nesreća, velika nesreća...

— Naopako! Kakva nesreća? — izleti pop Spira. — Kako, kako? Da se nije otkinulo klatno, pa poubijalo jadnu dečicu?

— Nije — viče Arkadija sav zaduvan — nego nešto još gore! Došli su Njegova ekselencija gospodin vladika... Eno ušli su sam u oltar, pa počeli da činodejstvuju, da služe sami jutrenje...

— Vla-vla-vladika! Jao naopako! — reče pop Spira i stade zablenut i skamenjen. Da je ćosavi pater-Inocenc iz Temišvara pustio bradu i brkove i metnuo kamilavku po činu reda sv. Vasilija, pa došao i stao pred njega i zamolio ga da ga pokrsti i prevede u našu pravoslavnu veru — ne bi se zaista više začudio pop Spira, nego sad kad je ovo čuo. Grom, pravi, formalni grom iz vedra neba.

— Brzo, gospodine, brzo! — žuri ga Arkadija i poleti na vrata natrag crkvi, a pop Spira za njim.

Obojica lete pravo crkvi.

— Ej, naopako mi zvonilo — huče pop Spira i juri za Arkadijom, držeći se obema za trbuh, koji mu je otežavao trčanje. — A jao, nesrećni Spiro, šta ćeš sad?! Ode ti brada, k'o da je nikad nisi ni imao; odoše lepo i brada i brkovi!

— Daće bog, pa će valjda dobro biti! — teši ga Arkadija.

— E, lako je tebi, ti ne zavisiš od njega. Nego, reci-der,

boga ti, šta da radim, jao, šta da radim?! Ti si sad pametniji od mene!

— Ne znam ništa! Od strâ, gospodine, ne znam, ni kako mi je ime — veli Arkadija. — Ali valjda će mi usput što pasti na pamet! — veli, a izmakao ispred popa.

— Pa šta sad da radimo, brat-Arkadija? Pomagaj, ako boga znaš — reče jako zaduvano pop Spira kad stigoše u portu.

— Ta, ja sam se i setio, ali ne znam 'oće l' štogođ valjati — veli Arkadija. — A kako bi bilo, onako, gospodine, da kažete da sam se bajagi *ja* zadocnio kao bolestan, a ja i tako od ekselencije ne zavisim, nemam s njime ništa, da prostite, k'o ni vetar s opaklijom, pa da me vi niste zatekli u crkvi, pa ste se vi sami onda popeli na zvonaru i zvonili na jutrenje!

— O, bog ti pomogao! — odahnu pop Spira. — Vrlo dobro, tako ćemo i kazati.

Pa tako i uradiše.

I pop Spira se lepo izvukao iz škripca, a bio je već živ obamro! Nije šala, vladika; onako strog čovek!

Vladika ga sasluša i poveruje mu, pa ga štaviše još i pohvali za smirenost i revnost njegovu u službi oltaru i zvonari. Nazvao ga je čak „stolpom pravoslavija". I gde god je posle bilo prilike, pohvalio je dobroga pastira paroha Spiru, a vidljiv dokaz i znak toga njegova zadovoljstva i blagonaklonosti beše onaj crveni pojas, na koji toliko vikaše pop-Ćirinica.

— Zbog pesme, ni zbog čega drugog! — govorila bi gospođa Ćirinica kad god bi se povela reč o tome. — Ništa drugo, slatka moja. Sad ako sam ja zaslužila crven pojas, to je i gospodin Spira! — završila bi šapućući pop-Ćirinica.

***

No iako je to gospođa popadija govorila, zato ipak ne treba niko da pomisli da su se oni, ne daj bože, mrzeli. Živeli su oni vrlo lepo, kao što, naposletku, i priliči popovskim kućama, koje treba da posluže kao primer ostalom stadu i parohijanima.

Živeli su, kao što rekoh, vrlo lepo. Kad pop Spira zakolje svinje i napravi disnotor (što će reći svinjsku daću), a on prvo pošlje popa-Ćiri od zaklatog svinčeta i kožurice i masti i kobasice i krvavice, pa ponekad i neku švarglu ma i najmanju; tako isto radi i pop Ćira i šalje pop-Spiri. A primeru supruga svojih sledovale su i domaćice. Kad bi se što umesilo u jednoj, slalo bi se od toga i u drugu kuću s primedbom da nije baš ispalo onako kao što se želelo, i molbom da iskreno i bespristrasno ocene kako im se dopada milih-prot, torta, štrudla, kuglof i tome podobna testa.

— Ah — rekla bi sva zadovoljna i srećna gospođa Ćirinica, ređajući kiselu štrudlu po tanjiru, da pošlje gospođi Spirinici.

— Znam da će pući od jeda gospoja Sida, kad samo vidi kako je dobar moj kvasac! Pa kern-štrudla lepo narasla, pa mekana k'o duša. Gledaj samo kako je odskočila k'o federi u kanabetu! Jedna lepota! Bože, bože, čisto bih sama odnela, samo da je vidim kakvo će lice da napravi kad je vidi! A njena štrudla od prošle nedelje bila je spljoštena k'o slepačka pogača, k'o da je spram mesečine pečena. Ovoliko će odskakati od zemlje od one njene pakosti, beštija debela, samo kad vidi — veli gospođa Ćirinica i pokazuje neverovatnu visinu, do koje će gospođa Spirinica poskočiti od silne pakosti, i daje tanjir kćerci svojoj, da ga odnese u komšiluk.

A posle ručka odmah otrča preko puta, da ih zatekne za stolom, da na licu mesta vidi efekat koji je proizvela svojom kern-štrudlom.

— Baš ću vas nešto zamoliti, slatka gospoja-Sido, pa ma se ljutili na mene — rekla bi gospoja Persa, pop-Ćirina lepša polovina, onoj drugoj popadiji — sve se kanem da jedared dođem kod vas na jedno pola dana, pa da vi mene lepo naučite kako vi to pravite one vaše čuvene puter-krofne. Vi to začudo lepo umete i nadaleko ste se pročuli čerez njih. A ja, đavo bi me moj znao, meni nikad ne ispadnu za rukom. Šta sve ne radim, pa ne valja! Ne valja, vidim i sama!

— A, dabome, nije nego još nešto! — cifra se gospoja Sida.

— Ne, ne, bez šale vam kažem. Koliko sam se puta sita naplakala zbog toga. Uvek mi prebacuje moj suprug. Jedared sam se baš naljutila, pa mu rekla, kad mi je stao prebacivati što ne umem tako lepo k'o vi, rekla sam mu... 'oću da vam kažem, slatka gospoja-Sido, pa ma znala da ćete se odmah sad tu naći uvređena... „A ti onda što si", reko' mu ja, „uzeo mene! Bio uzeti gospoja-Sidu, kad ti tako puca srce za njom, pa bi onda imao ko da ti pravi špric-krofne... a i lepša je od mene, i deblja"...

— Valjda puter-krofne, hteli ste reći? — popravlja je gospoja Sida malo ljuta zbog spomenute debljine.

— Ta da, puter-krofne, uš'o đavo u njih, bože me prosti! Ljuta sam, slatka, pa ne znam već ni šta govorim. Ne mogu ja sve znati; kad mi nije od boga dato da pravim puter-krofne. Ta, bogami, šta tu vazdan, a šta me je tu okupio! A njemu onda pune oči suza, pa samo namešta pojas i ćelepuš, pa samo kaže: „No, no, kaže on. Kud ti opet ode! Nisam, kaže, tako mislio, Perso, suprugo moja; volijem ja tebe nego sve puter-krofne na svetu!” A meni onda dođe žao što sam ga tako ožalostila, pa proklinjem i sebe i špric-krofne.

A gospoja-Sidi milo, bože, pa se sve namešta na stolici, a trbuh joj se trese od zadovoljstva, pa je teši:

— E, gospoja-Perso, tako vam je to u ovom svetu. Svakoga je obdario bog sa po kakvim darom; nije ni u puter-krofnama sva sreća. Nego baš kad ste se toliko kapricirali i držite da ja bolje pravim od vas, onda s drage volje, kad god je vama zgodno. Dođite eto jedne nedelje pre podne, a povedite i Melaniju s vama. I ona je već velika; danas-sutra pa će joj se javiti kakva prilika... pa treba da zna, i nju ću naučiti. Ali, slatka, usluge za uslugu; ’oću i vas da to košta nešto...

— Molim, molim, da čujem.

— Samo tako ću vam pokazati, ako vi mene naučite, kako se pravi onaj melšpajz što se zove: *Saće od zolje od kvasca*, jer ste vi u tome, moram priznati, pravi majstor. A moj popa opet to, pa samo to voli, kao da je, bože me prosti, švapsko dete.

— He, slatka moja — veli ponosito gospoja Persa — nije to svakom baš ni dâto! Al’ zato je trebalo imati dobrog učitelja, a ja sam ga baš imala! Moja pokojna mama, bog da joj dušu prosti, nije bilo toga testa ili melšpajza što ga ona ne bi znala zgotoviti. Kad ona napravi to *Saće od zolje od kvasca*, mogla je, što kažu, i samog cara poslužiti!!! Gospodin Jerotej Draganović kad je napisao onaj *Kohbuh*, hteo ga je *njoj* posvetiti, da šta!

— Verujem, slatka.

— Pa kako je mene moja mama učila, tako ja sad učim moju Melaniju.

— Slatka! I moja Juca tako isto. Zna vam ta svašta. Ali kažem vam, slatka, samo jedared da vidi kako se nešto gotovi, odmah ti ona, râno moja, trči kući pa proba. Ima jednu knjigu punu ispisanu. Lepe korice i piše na njima *Poesie*, što joj je kupio za spomen na prezent gospodin Šandor, jurat iz Kikinde, a nema ništa trukovano, nego sve prazni listovi. A ona, slatko dete moje, sela pa zapisala u nju sve sosove, cušpajze i melšpajze kako se pravidu. Sve izlenjirala i ispisala, slatko dete moje. Piše k'o kancelarista kakav; isti njen otac! Ko je uzme, slatka, taj će bar znati da ima jednu dobru virtštafterku.

— Râno moja, znam. I ja je, verujte, slatka, nikad ne delim od moje Melanije i uvek joj kažem da se samo sa njom druži i na nju ugleda.

Eto, tako se razgovaraju dve popadije.

GLAVA DRUGA

U kojoj već otpočinje pomalo sama priča, mada se može uzeti i da je ona produženje Glave prve.

A kako su živele popadije, tako su lepo živeli i popovi među sobom. Malo koje veče da ne prođe, a da ne ode pop Spira pop-Ćiri, ili ovaj onome. Nekako i jednima i drugima izgleda da im je propao ceo dan ako se bar uveče ne vide i ne obiđu. Pa tako je to bilo i leti i zimi.

Eto baš u petak, kad i otpočinje upravo ova naša pripovetka, čim se spustilo veče i večerali, dig'o se pop Spira i pregrnuo popadijinu zimsku veliku maramu, kojom se obično služila cela kuća a u poslednje vreme već počeli njome pokrivati i testo za kiselu štrudlu i krofne — pa se krenuo pop-Ćiri preko puta, malo poviše „u šreh", a za njim popadija i kći Juca. „Ajde, veli, da malo posedimo; rano je još za leganje!"

— O, o, o! — začu se iz pop-Ćirine kuće, kad stupiše u sobu. — Kakva sreća, kakva sreća! — veli pop Ćira, pa se diže od stola, briše bradu od jela i ide u sretanje. — Baš dobro te se setiste i nakaniste, a mi, bogami, skoro zadremali.

— Beštija jedna — misli u sebi gospoja Persa — mora ona svud svoj nos da zabode! Ništa drugo nego je došla samo zato da vidi šta večeramo. A baš je i potrefila! — kida se gospođa Persa, a smeška se i veli: — Eh, eh, ama k'o da sam poručila, e baš dobro!

— A mi čekali i čekali — veli pop Spira — nećete li se *vi* krenuti ovako k nama. Pa kad *vas* nema kod nas, eto *nas* kod vas; pa sad bilo vam pravo ne bilo!

— Iju, gospodin-Spiro, šta vam to sada pada na pamet! A ja baš sad maločas s mojim popom razgovaram, pa kažem baš: „Ju, bože, ala da se 'oće nešto, na našu sreću, setiti pa da nam dođu malo. Čisto mi gluva i pusta kuća bez njih!" Pa sedite! Izvol'te raskomotite se kao kod svoje kuće. Juco dušo, sedi tu do Melanije; znam da imate šta da se razgovarate.

I posedaše svi.

Popovi pijuckaju po malo i igraju neku staru igru *fircig*, a popadije uzmu pletiva pa štrikaju ili podštrikavaju plave čarape, od čijih se sara posle vrlo često prave vrlo zgodne i dobro poznate duvankese koje čak i u Srbiju donese poneki testeraš. A omladina, frajla Jula i frajla Melanija, samo se cmaču i smeše jedna na drugu. Šta se razgovaraju, to će sam bog znati, šapću pa se zacene od smeja, naslone se jedna na drugu, pa se njihaju i smeju tako, dok ih mamice ne opomenu da to nije lepo! A kad nastane ćeretanje među devojkama, ogovaranje među mamama a pijuckanje među tatama — prođe ponoć za tili čas. Tek čuješ neko šuštanje, kašljanje, neke ropce, a zatim kao neko izbijanje. To duvarski sahat izbija. Broje svi, a popa Spira glasno sedamnaest.

— Oho! — čudi se pop Spira. — Kol'ko to izbi?

— Sedamnaest, ali to je upravo dvanaest... morate uvek

pet opcigovati — veli pop Ćira — pa onda je taman tačno toliko sati.

— Pa pre ste opcigivali četir?

— The, pre onako, a od nekog vremena ovako. Sad ovako poč'o, pa šta mu znate? — veli pop Ćira.

— A što ga ne date da se opravi? — veli pop Spira. — Rek'o bi' da je dobar sat... mog'o bi još da posluži.

— Ta, man'te ga dođavola — veli gospoja Persa zevajući i zaklanjajući usta — a šta već nismo probali, i kud ga nismo šiljali, pa ništa.

— Nepopravim je! — veli pop Ćira.

— Ne da se popraviti, on tera svoje: „Tera Jela što je započela" — veli gospođa Persa. — Dođe mi ponekad da ga ščepam, pa da ga tresnem na sokak!

Nego i jeste čudan bio taj duvarski sahat. Prava antika, što naši kažu. Bio je malo manji od ikone sv. Đurđa (krsno ime pop-Ćirino) sa obligatnim ružama između cifara, koje su arapske bile a zapisane na davno požuteloj tabli. I pošto bi već poodavno nastala potpuna tišina i pauza u društvu, da se njegovo tik-takanje nije čulo — to mislim da neće biti naodmet i njega, kao jedno, bar za večeras, takoreći, dejstvujuće lice, opisati i s čitaocima upoznati ga. Sahat je davnašnji. Pamti ga gospoja Persa još detetom dok je bila, kad je donet; od ono doba pa do danas nisu se više rastavljali. A u ovu kuću ona ga je donela kao deo miraza svome popi. Onda je još dobar bio i tačno radio, a danas ne možeš ni da ga poznaš, ni onaj ni daj bože. Sad je omatorio pa se prozlio, i poludio; pa se ili usići i na kraj srca je, pa zaćuti kao kakva pakosna svekrva; ili se rašćereta pa lupa sve koješta. Dođe mu tako pa se usići, ne znaš ni zašto i ni krošto, pa neće da izbija po nekoliko dana; zaćuti kao da se sa svima u kući posvađao. A posle opet zaokupi jednog dana izbijati, pa ne zna šta je dosta; stane ga lupa k'o majstora u kovačnici, lupa k'o na larmu, kao da sve selo gori.

— Šta je, stari? — veli mu pop Ćira. — Post'o si razgovoran nešto noćas, a? Razbio mu se valjda san, pa izbija! Ne znam samo dokle će biti tako dobre volje.

— Dokle? Dokle mu opet ne dođu lutke! Tu čovek ne ume da bude dosta pametan — veli popadija. — Jedna muka i nevolja, a nema mu leka!

I doista, ko ga nije popravljao i doterivao, pa ništa! Opravljao ga i Lala pudar, koji je to naučio kao soldat u Talijanskoj, i Nova kovač koji je znao i tu majstoriju, jer je imao lakšu ruku, i jedan vandrokaš sajdžija koga su bili pritvorili zbog krađe prilikom prosjačenja, pa ga pop Ćira spasao od batina, a on mu onda iz blagodarnosti opravio sahat; a nosili ga čak i u Temišvar nekoliko puta paori, kad idu na žitnu pijacu; a i kod kuće su ga svi doterivali — pa ipak ništa! Eno i sad visi na njemu sijaset nekih stvari, samo da radi k'o i drugi sretni satovi. Sve to obešeno uz jedno i uz drugo đule. Šta ti tu nema! I noga od nekih starih makaza kojima su nekad sekli krila guskama, da ne preleću u komšiluk — i dva grdno velika eksera — i tučak od nekog malog avana — i parče potkovice i pola „štogla" — i opet mu ništa ne pomaže, on tera svoje. Kad mu dođu lutke, on zaćuti; deviza kao da mu je: „Sve il' ništa", pa neće da proslovi, pa da mu pored sviju onih tereta obesiš još i gospoja Persu, kako je i sama u očajanju toliko puta rekla: „Dođe mi da se i sama obesim kraj štogla, da mu bude srce na mestu, pa da vidim 'oće l' onda lanuti, obešenjak jedan!" A kad se odobrovolji, a on se najpre zaceni kao da hoće da kašlje. Koliko je samo puta noću prevario pop-Ćiru.

— Vi opet, mamo, niste uzeli tej od mekinja, pa sad ćete kašljati celu noć! — oslovio bi često zabrinuti sin Ćira svoju mamu, a ono mama mirno spava, a to što je pop Ćira čuo, bio je sahat koji se sprema da izbija. Kad izbija, a on digne toliku larmu, da sva živina iz avlije pobegne kud koje. „Eno ga, opet se dere matori magarac!" veli ljutito popa.

Pa tako je i večeras radio. Posle onih sedamnaest iskucao je posle četvrt časa još sedamnaest puta, pa je ućutao. I sad se samo šetalica čuje kao tišler kad rendeiše što.

Svi se nasmejaše, a zatim nastade opet tišina.

— Bogami, već dvanaest. E, vreme je da se ide! — veli pop Spira. — Ajd'mo, diž'te se, da idemo.

— Ju, zar već! — zaustavlja ih gospoja Persa.

— Pa vi'te da nas vaš sat opominje. Sedamnaest sati; ako to nije dockan, onda nikad neće ni biti.

— Ta man'te ga dođavola! — veli gospoja Persa.

— Moram, slatka — veli joj gospoja Sida. — Sutra moramo ranije ustati, da ispiramo i razastiremo; nakupilo se ne znaš kud pre... a morala sam danas da prekinem čerez petka...

— Onda niste trebali ni dolaziti! — prebacuje joj gospoja Persa.

— Znam, slatka — brani se gospoja Sida — al' kad čovek dođe kod vas, a vi onda ne znate šta je dosta; vi onda formalno zarobite čoveka! Aj'te, deco, dosta je bilo ćeretanja, ostavite što i za sutra — reče i prekide razgovor devojkama, a ove baš šaputale o Šaci hirurgu, kako obešenjački pogleda i češlja kosu, „a sokak sve miriše od fine cigare i mirišljava sapuna kad prođe", veli frajla Melanija.

— Zbogom, zbogom! — veli jedna drugoj. — Laku noć! Prijatno spavanje!

— Ama kanda ćemo noćas imati malo kišice; vidite li kako nam se sprema od Bačke? Zacrnili oblaci! — veli pop Spira.

— Taman za kukuruz k'o poručeno — veli gospoja Persa, zevajući i dižući sveću. — Paz'te, gospodin-Spiro, da se ne sapletete na grablje! Grom je spalio i s lenjom devojčurom, opet ih ostavila tu! Dok se samo okreneš, okrenu naopako kuću ovi mlađi!

— E, dakle, laku noć! — vele devojke i ljube se kao da se neće opet sutra videti.

— Melanija, prijatno spavanje! — veli joj Jula. — Nemoj da snevaš štogod strašno, znaš... što smo razgovarali...

— No, no! Ta dosta već jedared, čegrtaljke jedne — veli pop Spira. — Pa laku noć!

— A baš kad spomenu, dete, snevanje — veli gospoja Sida — što sam vam ja noćas snevala, još ni sad ne mogu da dođem k sebi od čuda otkud ja to da snevam! Ajde-de da je snev'o moj popa, pa da mi nije ni čudo.

— A šta ste to snevali? — pita je gospoja Persa i izašla već na sokak.

— Ta man'te me, znam da ćete mi se smejati. O ženo, časni te! Ta pomislite samo! Celu celcatu noć sam snevala kako se kuglam, pa sve sa nekim slugama i sa nekim sluškinjama. Otkud da se ja *kuglam*, slatka?!

— Kuglate?! — čudi se gospođa Persa, pa se stade smejati i ugasi sveću.

— Pogledam ujutru *Sanovnik* (gospoja Sida je uvek krišom od pope metala uveče *Sanovnik* pod jastuk), a ono i za „kuglanje" i za „sluge i sluškinje" stoji jedno isto, veli: znači, da će te posjetiti neko izdaleka i da ćeš imati gostiju. Sve, vi'te, izlazi na jedno. Pa sve sad mislim: ko li će nam, bože, to doći, i kome je do gošćenja sad u ovo doba kad su najveći poslovi!?

— Oho-ho! — smeje se gospođa Persa. — Šta mi se to dalo na smej. Čisto vas prestavljam i gledam kako, tako debela, bacate kegle!!! O ženo, ženo!

— Snevanje, ludorija! Doći će ti sutra Gliša Sermijaš, da procunja malo po podrumu. Eto ti gostiju! — veli joj pop Spira.

— E, laku noć!
— Laku noć.

GLAVA TREĆA

Iz koje će se čitaoci uveriti da snovima treba verovati i Sanovnike kupovati i čitati, iako učevni ljudi ne veruju u snove i viču na Sanovnike, jer se sve dogodilo onako kako je gospoja Sida snevala i Sanovnik joj prorekao.

U selu *** nema ni danas bogzna kakvih promena. Jedan dan je k'o i drugi. Život teče dosta monotono i dremljivo kao život kakve báke u zapećku. I danas je još tako, a kamoli pre toliko godina kad još nije bilo ni „zonentarife" ni železnice ni drugih saobraćajnih sredstava. Još su najkrupniji i najznatniji događaji bili oni koji se dešavaju nedeljom kad neko nekome u kolu razbije glavu ili kad nekome ukradu konje pa obede Bačvane da su oni prešli preko Tise i učinili to. Inače nikakvih drugih novosti nema već poodavno. Zasada je najnovija stvar koja je zanimala selo, bila ta, što kroz koji dan dolazi novi učitelj na mesto starog. Iščekivao se svakog dana taj novi učitelj, mlad jedan bogoslov, namesto starog učitelja, gospo-dina Trifuna, koji je odavno već bio za penziju i iščekivao je, a bogami ju je i zaslužio. Sad je u penziji. Zaplakao se kad su mu saopštili, iako je iščekivao. I sad, iako je fakacija, on se svaki dan odšeta do škole i cunja po avliji, i dozove decu da mu prave kalabaluk; nekako mu lakše kad čuje larmu na koju se već od toliko godina naučio. A bio je dobar učitelj. Nekih četrdeset godina je učiteljevao u ovom mestu. Sve što u ovom selu zna da čita i da piše, od njega je to naučilo. Mila kišbirov i Nova bistoš i danas se ponose što su bili njegovi đaci, jer se na platnome spisku u opštini sami bez ičije pomoći potpišu. Slova u imenu i prezimenu im, istina, izgledaju kao ono red dece kad se tocilja po ledu, pa leti jedno za drugim i pada na leđa a noge mu poletele uvis. Ali se niko nije odrekao svoga potpisa; „kakva su da su — što kaz'o Nova bistoš — moja su". — Pa ne samo ljudi, nego i tolike žene u mestu znale su pisati, tako da su pored usmene književnosti koju tako divno i tako obilato neguje ta lepša i govorljivija polovina čovečanstva — u ovom mestu negovali i pismenu književnost. Danas malo koja da mora da traži koga da joj piše u rod, nego sedne sama pa piše; po tri dana može da sedi i da kiti pismo, toliko je svaka pismena! A dok nije on, isti Trifun učitelj, došao, bilo je muke i nevolje dosta kad je trebalo što napisati.

Što je sad bolje, to je zasluga staroga učitelja koji je bȉo i učio. Malo ko da nije bio bijen od njega, ali je svaki to podnosio, jer je znao da se to kloni dobru njegovom; iako su meštani bili osvetoljubivi, niko mu se nije svetio, npr. da mu zapali kuću ili odvede čilaše.

Zato pri polasku u penziju, mislim da neće biti lepšeg venca priznanja, spletenog za sedu glavu staroga Trifuna učitelja, od ove male slike onoga što je pre njega bilo.

Pre Trifuna znalo ih tek dvojica-trojica da pišu. Još ima starijih ljudi koji pamte dobro kako je teško bilo napisati pismo, na priliku sinu koji je u soldatima, ili tako kome drugome.

Onda je bio neki Aća učen čovek — umro je, bog da mu dušu prosti, više od pića nego od nauke — a paori su ga zvali šlajber, kaz'ti pisar, jedna drevna pijanica, ali je začudo lepo umeo da sastavi sve to i da napiše, a, bogami, i naplaćivao se. Za pismo su mu plaćali dva seksera i to što popije dok piše i napiše pismo. Kome treba, taj se samo potrudi i nađe ga, dozove ga kući, pa hartiju i bokal vina pred njega, a već pero i mastilo nosio je uvek on sam sa sobom. Zatim sedne za sto pa samo promućka malo divit, nategne bokal i pohvali vino, a zatim oproba pero na noktu od levog palca pa zapita:

— Šta 'oćete i kome 'oćete da pišete?

A oni mu samo kažu: „Hoćemo (na primer) tome i tome u Galiciju ili u Talijansku"; pa se onda onaj što naručuje pismo, nasloni preko stola na oba lakta, pa diktuje: „Pišite — veli — Proka Beleslijn (ili tako nekom), carskom katani u Galiciji, da smo svi, fala bogu, zdravi koje mi i njega pozdravljamo i molimo se bogu da se i on nama zdravo i veselo vrati, koje mi njega kao svog rođenog sina jedva čekamo da vidimo. A devojku smo mu našli i dobra kuća, a za miraz se neće postiditi devojačka vamilija. I pišite: da smo svi zdravi; bába kašlje i kr'ja k'o i pre i tut je zdravo; razbio onu finu stivu lulu kad se oblačio na jutrenje pa sad samo ređa i psuje i ponekad kašlje, al' je sad fala bogu bolje. A mi smo svi zdravi; bráta se tako ugojio da ne može da zakopča svileni prsluk što ga je kupio na senćanskom jesenjem vašaru. I pišite: da mu šaljemo pet forinata srebra da mu se nađe nedeljom u birtiji, da ne postidi Beleslijine, neka ne puši bagov k'o svaki paor, nego neka puši cigare k'o i njegov štražmešter fine, da se zna što je nemeška kuća, a neka ne žali novac koje nam je dao bog, fala bogu, dosta, i pozdravljamo ga svi, i bába i nana i bráta i Kata iz komšiluka, koja je sad već velika devojka i spevali su je već sa Pajom Kicošom".

Tako je negda diktirano i pisano pismo. Aća Šlajber primi dva seksera za pisanje, isprazni bokal, napuni glavu, uzme pet forinti koje će radi Prokine bolje reprezentacije nemešaga metnuti u pismo, a pismo pošlje u Galiciju ili u Talijansku. Atresira, na primer, tome i tome katani u Galiciju, ili tome i tome soldatu u Talijansku, a onome veli: „Pa vi sad nemajte brige, nego napun'te još ovaj bokal za sretna puta ovih pet forinti našem Proki. A, sto mu zaveraka njegovih! Pišu mi odande da je prvi momak u Talijanskoj! A dȉ bi i bio drukčiji nemeški sin!" — A onaj zadovoljan donosi još jedan bokal. I njega isprazni Aća pa ode, da metne pismo na poštu; a domaćin ostaje i zadovoljan razmišlja u sebi kako nema ništa lepše od učena čoveka, i kako sve ide kao namazano.

Tako se eto nekad, još kad je car bio kaplar, pisalo i natezalo s učenim ljudima, jer tek je po jedan Aća bio u selu. Ali, bogami, od ovo trideset i nešto malo više godina, sve je bolje, tako da ponekad skoro i ne valja od silne pismenosti; jer pre ni ljudi nisu znali da pišu ni svojim sinovima, a sada i devojke pišu pisma, te još kako pišu, pa još da znate kome! Eto onomadne je táta jednu ukebao baš kad je pisala pismo u špajzu tamo nekom njenom sa roglja. Čuje táta gde nešto čiči u špajzu, pa pošao da vidi da se nije pacov uhvatio u gvožđa pa čiči — kad al' ono sedi njegova slatka kći pa plače i piše nekom pismo. Pa nije da piše k'o što se piše, nego i neke stihove veze po pismu što ih je zapamtila sa medenih kolača sa poslednjega vašara. Ta nije da se zgranio táta kad je dočepao pismo i video šta je pisala, pa dočepao vȉle (srećom one drvene) pa za njom, a ona bež' u komšiluk! Tu se zavukla u komšijsku slamu, pa dok nisu krave došle kući, nije smela ni nosa promoliti odande. A u tome se i táta odljutio malo, a i máma se zauzela i umirivala ga spominjući mu iz davnih vremena neke dére i evedre; a tata se seća, pa samo suče zadovoljno desni brk pa veli: „Al' i jesam bio momak; aj, šta veliš?! Ta nije me u tri varmeđe bilo!"

No kako svaka stvar na ovom božjem svetu ima svoje dve strane, dobru i rđavu, to pored svih ovih tugaljivih strana pismenosti, svet je ipak uvideo da se treba izobražavati. Navikao se na školu i na učitelja. Pa kad su svi poštovali i voleli staroga učitelja Trifuna koji je nosio do članaka dugačak pepeljast kaput na struk, i prsluk sa dva reda dugmadi i zakopčavao ga do gore, a oko vrata obavijao dva do triput šarenu cicanu maramu, i kašljao i jednako jeo žuta šećera, a brkove uvek potkresavao i doterivao — a kako da jedva ne čekaju ovoga novoga učitelja za koga su već pričali koji su ga videli, da je mlad i lep pa tek svršio bogosloviju, da mu odelo stoji k'o katani mundir, da nosi iroški pošu, da ima lepe brčiće i da lepo peva! S nestrpljenjem su ga očekivali i stariji i mlađi. Mnogi očevi a naročito mame već su pravile neke kombinacije, ali su mame đavolski krile jedna od druge, pokazujući se sve krajnje ravnodušne.

Naposletku dođe i taj dan, stiže i novi učitelj.

***

Bila je subota posle podne. Baš je zvonilo na večernje kad prođoše Velikim sokakom jedna kola i u njima jedan mlad čovek. Baba Pela koja je sedela pred kućom i podštrikavala neke čarape pod bagremom, videla je kako je onaj putnik u kolima skinuo šešir i prekrstio se, pa, kako je bila malo nagluva, odmah se setila da to zvoni na večernje, pa odmah ostavi rad i stade i sama da se krsti šapćući: „O, bože, oprosti mene grešnu!" A da se putnik prekrstio nekoliko puta, potvrdila je i druga jedna baba, u drugom kraju, što sedi na raskršću preko puta od Velikog krsta. I ova ga je videla gde je skinuo šešir i prekrstio se kad je bio spram Velikog krsta. Obe te babe u društvu sa drugim babama složile su se i zaključile da taj putnik nije ni Žida koji kupuje hranu, ni Švaba mašinista koji se razume u parnim vetrenjačama što veju žito po spahilucima, nego da je to čovek naše vere. A devojke su rekle da su ga videle da prolazi na kolima, da mora da je neženjen, jer póšu oko vrata nosi baš iroški; jedan mu kraj sve lepeće preko levog ramena k'o barjak na damšifu.

Kola stadoše pred Velikom birtijom tamo gde samo gospoda i Žide svraćaju a od ovih iz sela odlazi tamo samo gospodin popa i jedan i drugi, ali vrlo, vrlo retko; dalje: gospodin notaroš, apotekar, hirurg, gospodin-notarošev pisar, ali ovaj samo onih dana kad gospodin notaroš nije tu u selu, inače ide kod Šolema Čivutina u trafikanu na komovicu. A dolaze još nekoliko kaputaša i žitarski trgovci što jedu puter i zemičke kad odsednu tu. Jednom reči, to i nije bila ona prava birtija, nego pulgerska kafana, gde se malo govori a malo i popije. Još niko u selu nije zapamtio da je u njoj ko kome razbio glavu, ili da su se potukli samo, ili bar da su, leka radi, koga izbacili iz kafane (a u drugim nikad ragastov nije čitav!). Sve je tu mirno, fino i pulgerski, a i kako bi drukčije bilo kad tu niko i ne pije iz bokala ili holbe nego iz onog gedžavog i žebračkog satljika. Donesu pred goste satljik vina i holbu vode, pa onaj meša vino s vodom, frtalj čaše vina a tri frtalja vode, pa malo pijucne a malo čita novine, pijucne opet pa opet čita dalje novine. Dok pročita novine i popije tako satljik vina i holbu vode, prođe po dva sahata, a zatim se digne, plati i pokloni se kafedžiji i ovaj njemu, i iziđe iz kafane trezan k'o što je i ušao. A kafanu je držao neki trbuško Švaba u somotskoj komotmicni sa zlatnom kvaslicom, neki duztabanlija koji se samo šeta po kafani, pregleda je li sve u redu, i sravnjuje i doteruje duvarski sahat sa svojim džepnim, i klanja se gostima i kad uđu i kad izađu, a posle podne jednako drži u rukama ono čim se ubivaju muve, pa povazdan ide, ubija muve i rasteruje san, jer se boji „šloga", pa ne sme da spava posle ručka.

Pred tu su, dakle, kafanu stala kola i kočijaš skin'o dva sanduka; jedan veći a drugi manji, oba vrlo smešna izgleda, a videlo se po njima da su oba mnogo putovala i štrapacirala, mnoge gazde do sad promenila, i da im mesto nije bilo u sobi. Kočijaš skide još jedan u hartiju umotan kišobran, nešto manji od vašarskog ringlšpila, i jedan upakovan krevet koji se vidi da je bio nekad politiran i da je stajao u gostinskoj sobi; zatim i jedan zimski kaput sa olinjalom jakom od krzna i rasparanom postavom, i naposletku jednu veliku zimsku maramu kafene boje sa dugačkim fronclama. Sve je to skinuto s kola u prisustvu putnika i uneto u kafanu.

Čim se umio i očetkao, zapita putnik birtaša Švabu gde je pop-Spirina kuća. Švaba ga obavesti i zovne jedno dete sa ulice da odvede gospodina i da mu pokaže. Umiven, iščetkan i očešljan, krene se putnik, ali se na putu predomisli, pa ne ode pop-Spirinoj kući. Dâ detetu tri krajcare, a ovo odleti zaboravivši kazati: fala! Lupajući se od radosti i silne brzine petama u leđa, ode da se pohvali drugovima (jer dobiti tri krajcare ujedared — to nije doživeo još niko u selu), a novi učitelj se uputi žurno crkvi na večernje koje je po njegovom računu moralo još trajati.

Ušavši u crkvu, pokloni se svima redom po stolovima, a nije ih baš mnogo ni bilo — nekoliko staraca i baba koje su snaje otpratile u crkvu samo da bar jedno posle podne odahnu malo dušom — pa se uputio za pevnicu, i to za onu koju je držao Arkadija crkvenjak, a drugu je pevnicu držao stari učitelj s kim se Arkadija natpévao i naravno da ga je uvek nàtpevao, jer stari učitelj je nekada vrlo lepo pevao ali sad mu mnogo smeta starost. Dok je on pevao, učitelj se predstavio crkvenjaku Arkadiji, na što ovaj kaže da mu je milo.

— Jeste, očekivali smo vas željno — veli Arkadija. — Čim koja kola prođu, a mi mislimo: eto ga! A kad ono niste vi nego kakav Žida što dolazi za perje, žito ili kukuruz.

— Hoćete l' dozvoliti da vas malo odmenim? — pita putnik.

— O, molim... zdrage volje! — veli Arkadija i meće preda nj knjigu.

Dođe red na novog učitelja da prihvati. Kad pusti glas pa zapeva, svi se okrenuše levoj pevnici, da vide ko to peva. I stari učitelj diže naočari na čelo pa pogleda bolje preko puta, a stari Leksa leceder ostavi sto pa priđe bliže pevnici, da bolje čuje i izbliže vidi toga „slatkoglasnoga", kako sam reče. Kako je ostavio sto, nije se više cele večernje ni vratio u njega. Bio je očaran pevanjem. „Sušti heruvimski glas!" izrazio se kad je izašao iz crkve. Pa i sam pop Spira u oltaru (jer je njegova čreda bila) začudi se kad ču neki nov nepoznat mu glas, pa priđe severnim vratima na oltaru i proviri kroz njih, da vidi ko je to.

Tako se novi učitelj predstavio na večernji svojim budućim sugrađanima. Sam taj prvi korak njegov u selu i prvi prikaz njegov dopao se svima, zaplenio je sve, kažem vam sve, od pop-Spire u oltaru, pa do one dečurlije što je povazdan na zvonari i koja služeći u nekom vidu crkvi i oltaru, olakšava službu i Arkadiji, i koja je strčala da je sve tutnjalo, kad im dođe i reče neko da je došao novi učitelj.

Za pola sahata znalo je celo selo da je onaj putnik — što se onako pobožno krstio kad je zvonilo i kad je prošao pored Velikog krsta, kako primetiše babe; i što onako iroški nosi póšu oko vrata, kako rekoše devojke — da je, dakle, taj putnik davno očekivani učitelj. Sve su to najbrže raznela i razglasila po selu ona deca sa zvonare.

Kad je večernja svršena, učitelj se našao s pop-Spirom u porti crkvenoj i predstavio mu se:

— Petar Petrović, svršeni klirik i izabrani i potvrđeni učitelj za ovo mesto! — reče putnik i pokloni se pop-Spiri i poljubi ga u ruku što se ovome jako dopalo, jer se do sada nije baš najpohvalnije izražavao o sadašnjoj mladeži, upravo *Omladini* koja je predlagala da se svakome kaže: *ti, ti brate* i *ti sestro* ili: *Srbine brate*, a svakoj gospođici: *Srpkinjo sele*, a to nijednom popu nije išlo u glavu. Ovim se umirio i pomislio u sebi: „Blagoobrazan mladić! Isti *ja*!" A zatim produži glasno:

— Milo mi je... Paroh Spiridon, ovdašnji... E, naravno! Mogu misliti da vam je teško bilo rastati se i doći amo. Nisu ovo Karlovci; nema ovde gospodstva i blagovanja. Selo je ovo, mladi gospodine, selo. Biće vam prilično teško dok se ne naviknete, a naročito ako ste samac. Ženjen — no jȁ, još i kojekako; ali samac — bogami, vrlo teško!

— O, molim, molim! Svugde je dobro — reče Pera, a čisto se strese kad se seti svoga gospodstva i blagovanja u Karlovcima i tankog blagodejanja svoga. — Znate kako stoji tamo: dobar pastir ne sme na sebe ni da misli, nego kud ovce, odnosno povereno mu stado, tud i on. A znate, i ja sam u neku ruku pastir, he-he — smeši se — čuvam povereno mi stado mladih i nestašnih jarića ovoselskih.

— Da, da, baš sasvim tako k'o što izvoleste lepo kazati. Za sada kao učitelj đacima, pastir jarića k'o što rekoste, a posle, ako bog da, kao paroh pastir bogobojažljivim ovcama. Postepeno, samo postepeno. Jer vi se, naravno, ja držim, mislite vremenom zapopiti, zar ne?

— A pa naravno. To je ideal i moj i mojih roditelja bio... He, al' to zavisi od slučaja, od sreće... ako budem tako srećan pa dočekam da se uprazni kakva dobra parohija...

— E, znate, kad bi samo mogli dobiti kakvu dobru, masnu parohiju; kao na priliku evo ova što je u našem selu. Bolju vam ne bih znao poželeti. Moj česnjejši prijatelj, gospodin Kirilo, on je, eto na primjer, uzeo parohovu kćer, kćer predšestvenika svoga, i onda, kad je došlo vreme — lepo on doš'o na njegovo mesto. Ja sam, eto, ovde tako zadovoljan da se ne bih menjao ni s krušedolskim gospodinom arhimandritom, a siguran sam da bi je tako i moj posledovatelj cenio.

— E, sad moje je da čekam — veli g. Pera — a ostalo je, što kažu, u božjoj ruci!

— Naravno, naravno! Sve je u božjoj ruci. Ali opet... —

veli pop Spira. — Znate kako ono kažu kad se onaj davio pa vikao: „Pomozi, sveti Nikola!" a sveti otac Nikolaj mu odgovori: „He, sinko, mani i ti rukama, a već *moja* ti pomoć neće oskudjevati!" He, pa tako vam je eto i ovo! U božijoj je ruci sve to, naravno, ali ne treba ni vi da sedite skrštenih ruku. Dobra parohija je — bože me prosti, kad već moram da je s tim upodobljavam — k'o i dobra i lepa devojka: „Ko pre devojci, onoga je i devojka" — završi pop Spira i pogleda ga značajno. A bio mu se jako dopao. Bio bi to slavan pop, mišljaše pop Spira, a pop Spira nije kao dobar otac bolju sreću želeo svojoj Juli nego da i ona bude popadija kao i njena máma što je.

— Ta ono znate, to bi značilo iskušavati boga kad bih odmah tražio to. Treba se upražnjavati u strpljenju, to je naša prva dužnost, velim ja! — dodade g. Pera.

— Ta, nò, nò! — Sve je to lepo — veli pop Spira — to je lepa hristijanska dobrodjetelj, znam ja to, ali opet, k'o velim, što može biti večeras, ne treba odlagati za jesenas, kaže paor. Kako ste oženjeni, mogli bi odmah...

— A, izvin'te — upade mu g. Pera u reč — još nisam, još nisam...

— Šta, još ne?! — čudi se pop Spira (a znao je dobro da je g. Pera neženjen).

— Ne, još nisam izabrao sebi saputnicu života...

— Tako! E, vi'te, molim vas! Ta šta govorite! — čudi se kao pop Spira. — Pa to ste vi onda sami došli?

— Sam samcit.

— Pa to ste valj'da u birtiji odseli?

— Naravno.

— Eh, „naravno"! Kakvo „naravno"!? A, taman posla!

— Zašto, zaboga?

— Pa tako eto, ne šikuje se to vama, kod nas tolikih...

— Ne, ne, kroz dan-dva samo, pa ću odmah da se uselim u školu... a dotle ću se strpiti već.

— No, kvartir još i razumem, ali da se hranite u kafani... kod Švabe... a, to tek nikako nećemo dopustiti! Bar kod mene nije taj običaj. Vi'š ti to njega!... Nego ma'nimo se toga sad, pa kako bi bilo da vas provedem malo kroz selo do škole...

— O, molim, molim...

— A ja ću samo da svrnem malo kući, a na tu ćemo stranu i udariti, pa ćete o jednom trošku videti i moju kuću, da bi je znali sutra naći, ako se ja, to jest, malo zadržim posle službe, jer se nadam da ćete biti tako ljubazni pa da ćete me sutra počestvovati posjetom na ručak.

— O molim! Kakva pažnja! Zdrage volje! — reče g. Pera i pokloni se učtivo.

— Dakle, izvol'te, da se krenemo! — veli pop Spira, i uputiše se iz porte.

GLAVA ČETVRTA

*Kakvih ti opisa nema u njoj! Tu je opisan i stari šarov,
i lopov mačak, i mladi guščići i stari patak, i popina ćerka
i učiteljeva poseta; drugim rečima, opisano je jedno idiličko
predveče uoči nedelje u kući pop-Spirinoj.*

Pop-Spirina kuća nije bila daleko od crkve, odmah u
drugom sokaku. Lepa, velika kuća a na njoj ni krajcare duga.
Pet prozora sa sokaka, a prozori puni cveća, a među cvećem
dva kaveza sa kanarinkama. Pešaci ulaze na vrata, a kola na
braun-kapiju sa dugačkim i čestim ekserima sa vrhovima gore
poređanima zbog lopova, a još više zbog Mađarice sluškinje.
Pred kućom red bagrenja i dva velika jalova duda, a ispod
dudova je klupa, a na klupi ispod onog divnog hlada, vrlo
zgodnog za pretresanje i ogovaranje svega i svačega, sedele su
rado i često obe popadije.

Stigli su već pred kuću. Pop Spira otvori vrata i ponudi
gosta napred, koji posle malog nukanja uđe porebarke. Popini
su čuli već za dolazak učiteljev; dotrčao je i izvestio ih jedan
deran koji je povazdan u porti, pomaže Arkadiji, zvoni i piri
u kadionicu i za to dobije uvek pola poskurice, a poslao ga je
Arkadija da javi. Znali su, dakle, da je putnik došao, ali mu

se, naravno, nisu nadali. Iz avlije ga je prvi opazio popin šarov, jedan grdan glavat i čupav pas sa čupavim i punim čičaka repom, koji je izdaleka, kad zine, izgledao da se smeje, ali je ta spoljašnjost njegova bila fališna, jer bio je ljut baš k'o pas, što rekli. Kad opazi stranca, a on stade tako strašno lajati i skakati na lancu, da umal' što nije iščupao kolac za koji je bio vezan, dok nije opazio i pop-Spiru i tako se obavestio i umirio malo. Posle toga je manje lajao za sve vreme vizite. Tek ponekad lane, pogleda sumnjivo na tu stranu od vremena na vreme, kao da progunđa nešto na formu: hm, ajd', ajd'! a zatim se smirio, legao je i produžio spavanje „lenjština jedna, što badava jede hleb" (da se poslužim rečma kojim ga je popadija često grdila mrzeći ga i zamerajući mu naročito što je postao nepouzdan, pa neće da laje na Žužine mnogobrojne kurmahere).

U avliji se ukaza putniku divan prizor. Prava idila; divna idila seoskog gazdinstva! Ah, čega ti tu sve nije bilo! Jedan spahiluk, jedno bogatstvo, pa ne znaš gde pre da se zaustaviš okom i pogledom! Domaćin i gost se zaustaviše na avlijskim vratima pa se nešto razgovaraju. Dok se oni razgovaraju, imaće prilike čitalac da razgleda avliju.

Avlija prostrana, otegla se čitavih dûž njívâ, da jedva možeš dovikati onoga s drugog kraja avlije. A u avliji svačega; jedno bogatstvo dostojno zavisti. Tu su šupe, ambari, golubinjaci. Tri kamare slame, kamara ganjeva i šapurika od kojih se dobijala dobra žeravica za „štogl" kojim se peglale frajla-Juline bele suknjice sa šlingerajem, i gomila orezane loze spremljene za pečenje jaganjaca kojima je počešće pop Spira omastio brk. Tu je dalje u avliji bio bunar sa divnom hladnom vodom u kojoj je pop Spira hladio vino i lubenice. Uz bunar je stajao nov valov oko koga se neprestano gurkala i džakala živina, a naročito patke i pačići, a onaj stari već olupani valov bio je privezan za donji kraj đerma da se lakše vuče ogroman kabao iz bunara.

I u avliji kao i sa sokaka bio je ispred kuće red bagremovih drveta i dva velika duda, ali ne jalova kao ona na sokaku, nego rodna koja su svake godine donosila rod i stokratno nagradila negdašnji trud pop-Spirin oko njih. Uvek je pod njim bilo brbljavih pataka i pačića i druge živine, a na njemu dečurlije koja se častila dudom. Popadiji nije nikad potrebno bilo da izađe na sokak i da krivi šiju i levo i desno da vidi hoće l' otkud koje dete ugledati da je posluša. Treba samo da izađe iz kujne pa da vikne: „O Neco, Pero, (ili) Rado!" a ono tek polete najpre šeširi a odmah i oni s grane k'o majmuni uz stablo pa pred nju po dva-tri tresnu od silne uslužnosti, pa zalarmaju i grabe se koji će pre. A u popinoj vrednoj kući uvek je bilo posla i da se pomaže. Ili je trebalo pleviti baštu, ili kljukati gusku, ili čuvati od živine razastrtu taranu koja se sušila na suncu, ili tako nešto iz domaćeg virtšafta, a za to im je popadija odsekla parče hleba i dozvolila im da se popnu i natresu sebi duda. Mogli su se siti najesti pa čak i napuniti šešire i poneti kući svojim ubogim roditeljima. Zato su dečji šeširi u tom selu i bili iznutra kao kalajisani. Roditelji su obično posle zablagodarivali i izvinjavali se bogzna kako zbog dece im, koja imaju, hvala bogu, šta da jedu kod kuće, ali koja su, govorahu oni, deca k'o deca bezobrazna, pa svaki dan dosađuju gospodin-popi, a popa ih izvinjava pa veli: „Eh, nije nego još nešto! Kakva blagodarnost?! Nema tu ništa od toga! S narodom sam, veli, stekao pa neka sad *taj* narod i jede! Valj'da ću, veli, poneti dudove na onaj svet?! To ti je sve što na zemlji učiniš! „Bezumni, veli evangelist, još ovu noć uzeću ti dušu"... A čovek, što kažu, „ništa sobom ne ponese već skrštene bele ruke i pravedna dela svoja!" — „To jest", odgovara paor, „kasti: vatate duši mesta!"

Iz avlije se video lep hodnik u kome su u jesen pop Spira, Arkadija i Žuža krunili kukuruz, a leti kad su velike vrućine bile, u njemu je pod komarnikom spavao domaćin sam glavom. Pop Spira je iz paorske ali nemeške kuće, pa se nikako nije mogao odviknuti — kako se pop Ćira izražavao — od tih paorenderskih navika, da spava leti pred kućom pod komarnikom. Međutim to je imalo svoju dobru stranu ne samo što se tiče pop-Spirinog gojaznog tela i komocije, nego i što se tiče pop-Spirine kuće, pa čak i za komšijske kuće bilo je dobro. Koliko je samo puta lopov stao pa ne zna u koju će avliju, jer čuje neko hrkanje, ali ne zna: u *kojoj* to kući hrču? — pa ne sme preko zida ni u jednu kuću! Tako je pop Spira svojim spavanjem pod komarnikom i svojim užasnim nemeško-paorskim hrkanjem, spasao često i sebe i još bar pet-šest komšijskih kuća.

Po svemu se videlo odmah na prvi pogled da je kuća bogata. Neka sudi sada čitalac: koliko se njih moralo roditi, venčati i razvenčati i umreti u selu, pa da se ovako do-maćinstvo podigne! I to su samo krupnije stvari koje do sad spomenusmo, a gde su tek one sitnije?! Na primer živine! Šta je i kakve je sve te bilo u avliji! Pravi Nojev kovčeg! Bilo gusaka ugojenih tako, da, kad ih pop Spira vidi onako u perju još, a njemu pođe voda na usta; pa luckastih ćuraka i među njima glupi i uobraženi ćurak, zadovoljstvo komšijske dece. Iako je pazio na sebe i dostojanstveno se ponašao, ipak je propadao među komšijskom decom kao kakav nevešt pedagog. Vrlo su ga često sekirala deca iz komšiluka kad izađe na sokak, tako da se obično morala i sama gospoja Sida umešati i zauzeti za nj. „Sram vas bilo, bećari jedni, grdila bi ih ona tada, nemate ni srca ni duše! A šta vam radi, da ga sekirate tako!? Jao naopako, a kak'a ste u drugom šoru i šta tek radite s drugim paorskim ćúrkovima, kad ste tak'e aramije pred gospodin-popinom kućom?!" A deca se pravdaju i bede jedno drugo. — Tu i silne kokoške sa svojim petlom, jednim dugačkim grlatim klipanom, koji je sa svojom divnom krestom izgledao kao kakav jakobinac sa svojom crvenom kapom. On jedan, a one tolike! Prave mormonske familije! — A tek pataka i pačića šta je bilo! I sve je to bio porod, porodica jednog krasnog ali i vrlo pohotljivog pátka. Ta ga je mana tako kompromitovala, da je već ušao u poslovicu u selu: „Lola k'o popin pátak!" rekli bi obično za izvikana čoveka. A to je došlo i pop-Spiri odnekud do ušiju, i naravno da ga je jako zabolelo to što patak ni najmanje ne vodi računa o kući u kojoj je. Trebalo bi, da je sreće, da je primer selu, a on se osušio već od te nesrećne ljubavne čežnje kao kakav provansalski trubadur. Od toga doba pop Spira očima da ga ne vidi; i jednako je zbog njega bilo reči u kući s gospoja-Sidom, koja je, kao dobra domaćica na kojoj kuća stoji, imala u vidu samo ekonomne obzire. Popa naredio da se patak zakolje, a popadija odlaže smrt jednako: „Jao mene žalosne! — govorila bi popadija — a kud bi bio virtšaft bez pátka. A ako ovog zakoljem, moram drugoga naći, pa opet mora tu pátak da bude!" — „Ma koga, samo njega moje oči više da ne gledaju; da ne gledaju toga — zamuckuje ljut k'o vatra pop Spira — to-to-to-toga Tu-tu-Turčina! Toga, toga Aga-ga-ga-garjanina!"

— Pȁk-pȁk? Pâââk-pȁk-pȁk! — dere se pátak gotov na svađu, pa čujući zamuckivanje domaćinovo i misleći da je neko od živine voljan da se svađa s njim (jer pop Spira je imao i luksuznih stvari, koje nisu za jelo, kao na primer *Gagu*, jednog glavatog gavrana, grdnu svađalicu i opasnog lopova kućevnog, čije je: ga-ga! uvek naljutilo pátka). A pop-Spiri dođe naposletku smešno, odobrovolji se pa veli: „Idi bestraga!" a gospoja Sida srećna što je produžen život njenom klijentu i ljubimcu do prve prilike. A da ne bi do toga došlo, nije žalila truda nego je učinila od svoje strane i poslednji pokušaj za koji se nadala da će spasti život njenom vrednom i poleznom štićeniku. Napravila mu je kecelju od kože koju je oparala sa jedne starodrevne kožne fotelje, u kojoj je još njena baba odmarala stare svoje kosti, i poslednjih pet-šest godina pred smrt slabo se i micala iz nje. Od te kože je napravila i pripasala lepo pátku kožnu kecelju, pa sad izgleda u njoj kao kakav pinterski kalfa. Sad se lepo vlada, i svi su s njim u kući zadovoljni, a naročito pop Spira. On se odobrovoljio i ne traži više njegovu krv. Štaviše, sad ga rado gleda svaki dan, i smeje mu se kad se ovaj sapleće preko svoje malo poduže kožne kecelje i kad zadžaka ono njegovo: pȁk-pȁk?

Pored gusaka bilo je tu i guščića. Baš to je hranila jedna mlada rumena devojka, frajla Jula, popina ćerka, i zadubila se u posao kad se najedared trže, jer zasikta stari gusak iza njenih leđa na gosta koji se (posle dužeg pripovedanja pop-Spirinog o tome kako je skinuo sav dug s kuće) već približio, stao i, skinuvši šešir, klanjao joj se.

— Klanjam se, gospođice! Petar Petrović, učitelj ovdašnji... to jest skorodošavši, novopostavljeni. Gospodin vaš otac imao je dobrotu da me svrati i dovede amo, i sad je naravno, njegova, ako smem reći, krivica što sam vas uznemirio u virtšaftu, to jest gazdinstvu.

— O, ni najmanje — odgovori Jula koja se brzo ispravi, a zbunila se pa u rukama jednako drži jedno lepo žuto gušče jer mu ostala njegova braća nikako nisu dala, kao najstidljivijem, da priđe čanku punom kǎše — naprotiv, ako ko, onda mi treba da se izvinimo što u ovakom vašaru dočekujemo goste.

— A, baš naprotiv, gospođice: vazda sam žudeo da se naslađavam jednom tak'om slikom — reče malo zbunjeni putnik, pa se saže, da omiluje jedno krivonogo gušče, ali ga matori gusak napade i još više zbuni siktanjem svojim.

I Jula se zbunila još više i spusti na zemlju ono gušče. Oboje stoje tako i s nekom kao roditeljskom milotom gledaju guščiće koji se guraju i padaju na trtice oko čanka s kašom.

— A gde je mati? — zapitaće pop Spira.

— Eno je kod krave.

— Idi je, sinko, zovi; ona i ne zna da imamo posjetu.

Gospoja Sida bila je tamo gde se obično muzle krave. Kravu je muzla Žuža sluškinja, zdrava jedna dunda jedrih obraza, što kažu: da udariš po jednom, prsnuo bi onaj drugi! To kažu, ali niko joj nije to uradio; svaki je više voleo da je uštine za obraz ili čak i poljubi, i pošto se ona nije nikad otimala, pa joj je dosta često i pasiralo. Samo je gospoja Sida nikad nije uštinula za obraz, nego je, štaviše, često grdila i nazivala je lenom devojčurom što danju povazdan drema, a noću krade mast i peče kradom lukumiće kad svi po kući zaspe, i časti se sa sebi ravnima, da se poslužim sopstvenim rečma gospoje Side, koja je već čula za gosta, i odmah se setila preksinoćnjeg sna i došla amo pred kuću.

Došavši, pokloni se gostu, i ovaj njoj.

— Moja supruga... g. Petar Petrović, naš nov učitelj — predstavi ih pop Spira.

— Milo mi je! — veli gđa Sida. I doista bilo joj je milo! Čim ga je videla, dopao joj se, a osobito joj je milo bilo, što se to baš tako strefilo da je i nju i ćerku gost zatekao u poslu, znala je ona da je ovo učen čovek, pa će znati ono što se kaže: „Gledaj majku, pa šacuj ćerku!" A baš joj se dopao čim ga je spazila, učtiv pa smeran, pa kosu razdelio po sredi; isti k'o njen popa pre tolikih godina kad je svršio bogosloviju karlovačku i bio u nju zaljubljen pa joj pevao: „Ah, Venero, užasna boginjo, Nad smertnima svirjepa knjaginjo!" Ah, kakav bi to krasan par bio da se uzmu! On lep, visok, a ona lepa i malo niža; ali žena i treba da je malo niža, to je mnogo lepše nego kad su i muž i žena visoki, a sačuvaj bože kad je muž mali, a žena se otegla u visinu! Eno kako ružno stoji kad Arsa grk pođe kudgod sa ženom, pa ona dugačka k'o toranj, a on mali i snizak k'o patak. Pa još kad se uzmu ispod ruke, izgleda ona žena, izdaleka kad gledate, kao da je uprtila s pijace kakav ceger, pa ga vuče kući. Tako je mislila u sebi gđa Sida, pa prekide sama pauzu.

— A mi baš juče razgovaramo, ja i moj suprug, o tome kad ćete doći. Mislili smo da već nećete ni doći. „Možda se predomislio", razgovaramo se: „valj'da je pao na teme da dođe, pa da se zakopa u ovom našem kaljavom selu kod tolikih krasnih varoši i tolikih varoških frajlica. Mlad, učen čovek vole provađanje, klavir, nemecki unterhaltung, i on sad da dođe ovde pa da se popaori međ nama!" A zar bi i mi sedeli ovde da ne moramo.

— O, milostiva — prekide je gost — vi slabo šacujete selo i njegove krasote kad tako govorite. O, i u selu se dâ sasvim lepo živeti, verujte!

— Pa ono jeste, gospodine — popravlja se gđa Sida — ali tek-tek, opet k'o velim: drugo je varoš a drugo selo. Sve je ovde drukčije. Eto samo devojke da uzmemo. Ovde u selu su dosta neokretne, stidljive; ne možeš joj klještama reč jednu iščupati. Kad joj štogođ kažete, a ona pocrveni do ušiju pa u zemlju da propadne, a već od unterhaltunga ni spomena! A nije da su proste ili zavezane i da ne znaju — nego, tako! A u varoši fine, pa štelung, pa persona, pa klavir sa nemeckim arijama, he, a to se sve svakom mladom čoveku uvek više dopada. Priznajte, zar nije k'o što kažem?

— Pȁk-pȁk? — umeša se pátak u razgovor i prekide malu pauzu koja postade posle gospoja-Sidinog pitanja. Pogleda ga gost onako sa onom keceljom, pa se nasmeši.

— Ali, Sido... — veli pop Spira — što dosađuješ gospodinu?

— O, naprotiv! — veli gost. — Kako ko, al' meni, verujte, uvek se više dopadala i uvek mi više imponovala jedna dobra prosta uređena kućica, u kojoj skromna i vredna domaćica ume da vodi gazdinstvo, da prethodi primerom, na primer, svojoj ćerci, da ova bude vremenom dobra kućanica i do-maćica, da pomaže materi u kujni, da, da... i tome podobno — veli gost koji se malo upleo bio.

— Ta šta govorite? — čudi se gospoja Sida. — Ko bi to i pomislio da vam se to dopada?!

— Ne, ne, milostiva, verujte. To je moj ideal. Jedna mala

kućica i baštica. Prosta kujna, skromna, prosta ali ukusna jela; kakva pileća čorba, paprikaš sa noklicama i jedna srpska gužvara — pa više ne tražim da jedna domaćica ume svome mužu zgotoviti ručak.

— Ta šta govorite?! — čudi se opet gospoja Sida. — Ko bi to i pomislio!... Zbilja, kad spomenuste ručak — reče i okrete se popu — a jesi li ti, Spiro, pozvao za sutra gospodina na ručak? Šta da se potuca kojegde? Valjda kod onog Švabe da ruča što mu je kuvarica Čifutka, kako kažu! Što baš u našu nedelju da tamo ruča, da jede 'leb s kimom i druga čifucka jela?!

— A pa dabome da sam, i gospodin je bio tako dobar, pa mi nije odbio — veli ponosito pop Spira.

— O molim, molim — klanja se gost — vi ste i suviše gostoljubivi.

— A sutra je baš Jula reduša — veli gospoja Sida — a zapamtila je lepo sve šta gospodin gost vole. Ona vam ne mari baš da čita i da piše, ali da skuva — u tome se ne boji ni jedne svoje vršnjake nadaleko. Juco, dete moje, idi u kujnu, još malo pa treba večerati; znaš da tata vole ranije da večera.

— Juco sine, pa kad već ideš, donesi nam po jednu rakiju, ako vas smem, to jest, ponuditi — reče pop Spira i okrete se gostu. — I donesi stolicu jednu, dve stolice donesi. Imam črezvičajne sremačke šljivovice, kako ono kaže pater Inocenc kad iskapi, a, Sido? „Ajn vares getlihes getrenk, ajn varer nektar, dize slingovic" — Poslao mi je jedan moj prijatelj iz Fruške... Samo jednu čašicu.

— A, zahvaljujem lepo.

— Ama samo jednu.

— Ne, ne, verujte... ne pijem.

— Čašicu, zaboga...

— Ah, ni kapi, ni kapljice — brani se gost, ustaje i klanja se i blagodari — nikad ne pijem. Verujte...

— Zar je baš nikad niste okusili?

— Taaa, nije baš da nisam... Jesam, kol'ko se sećam, samo kao utuk, samo posle šljiva... pa znate, samo u celi da predupredim groznicu...

— Dakle, šljivama za ljubav 'oćete, a nama za ljubav nećete — veli gđa Sida i gurnu i šanu krišom Juli — Kaži: „Al' meni za ljubav, gospodine"...

— Meni za ljubav, gospodine, zar nećete? — reče Jula i pogleda ga usplahireno a crvena do ušiju, i prinese mu poslužavnik s rakijom.

— E, vama već ne mogu odbiti — reče gost — ali verujte da ovo činim preko principa! — pa uze čašicu i ispi je do pola, pa je klanjajući se vrati na poslužavnik.

— Zar tolicnu čašicu, pa i nju samo do pola? — protestuje gđa Sida.

— Verujte, ne mogu više. Odmah osećam kako štetno utiče na organizam i konštrukciju tela. — A zatim se diže i pokloni učtivo. — E, dakle, ja se klanjam i molim da me izvinite što sam vas zadržao od poslova.

— Pa kad baš hitate, ono vas nećemo zadržavati, a sutra? Sutra se, dakle, smem nadati da ćete nas počastvovati posjetom — veli gđa Sida.

— Ja ću biti tako slobodan...

— E, dabome! Tek štogođ... — veli gđa Sida. — Kako slobodan?! Valjda smo mi neki tuđini, kakve Švabe...

— Klanjam se. Ljubim ruku, milostiva... ljubim ruku,

gospođice — reče g. Pera i majku poljubi u ruku a ćerci se učtivo pokloni.

— Službenica! — odgovori Jula i pokloni mu se onako kako se obično frajle sa sela klanjaju, to jest izvuče malo vrat k'o kornjača.

Kad je izašao gost, svi su zadovoljni bili posetom, a naročito tim sretnim slučajem što je baš pri poslu zatekao Julu.

— Baš krasan, fajn mlad čovek! — veli gđa Sida. — Kako samo lepo govori, k'o iz knjige. Badava, naša Bogoslovija može se pofaliti što taka vaspitana mladež izlazi iz nje. Fini mladić k'o iz štifta, k'o iz štifta! — ponavlja gđa Sida. — Pa kako se samo učtivo izvinjava! Kaže: „Škodiće mi konštrukciji!" Jedva je popio pola čašice! Siroma' mladić, i sam se čudi što ga je sad snašlo.

— Baš, bogami! I sad mi ga je žao — veli pop Spira u ironiji — a i di bi bogoslovac pio rakiju?! Tako sam se i ja nekad, sećam se, štimovao; a, Sido, pamtiš li? A, bogami danas, danas...

— E, tek štogođ! A šta ti *sebe* sravnjavaš sa šnjim? *Njegova* konštrukcija i *tvoja* — i bijaše!

— E, nije nego još nešto... Konštrukcija! A znaš li ti, Sido, da su mršave nilske krave pojele debele?! Gledam ga samo, kako se tu cifra! Ne poznajem ja bogoslovce! I ja nikad nisam bio u bogosloviji; nisam je učio! Ajde, boga ti, Sido, govoriš k'o, k'o... Pije taj, bojim se, k'o smuk, baš zato što je suv; to ti ja samo kažem.

— E, dabome — brani ga gđa Sida i ne dâ na nj.

— Ajd'-ajd'! Ja ti ipak kažem da ja dobro poznajem sve te što se tako cifraju... To su tek oni, oni pravi.

— Ta šta si zaokupio tu pred detetom?! Juco, dete moje, ne slušaj ti tatu… Njemu dođe tako ponekad, pa mu srce i duša da sekira čoveka.

— E, ja ti reko' — veli pop Spira.

I nije se prevario iskusni pop Spira kojega ni najmanje nije zbunilo pozivanje g. Perino na konštrukciju. Voleo je g. Pera kao svaki bogoslovac šljivovicu. Koliko je puta uz nju pevao joj onaj svima bogoslovima tako dobro poznati tropar šljivovici: „Presvjataja mučenice, prepečenice". Pio je on često i sam, i u društvu s drugovima, i bio često melanholičan kao svaki bogoslovac.

GLAVA PETA

U kojoj je opisan raport koji je Erža sluškinja donela i raportirala ga gđi Persi. U njoj će već čitatelj naslutiti sukob i zaplet bez kojega je svaka pripovetka dosadna.

Još odmah toga istoga dana, u isto doba kad u pop-Spirinoj, saznalo se i u pop-Ćirinoj kući da je došao novi učitelj. Kako je u ovo selo, kao i u svako selo, malo ko svraćao, nije čudo što je odmah po selu pukao glas da je došao davno očekivani novi učitelj, a i Erža, pop-Ćirina sluškinja, koja je stajala baš u taj par na vratima i pratila svojim lojanim očima Lacka kišbirova, najmlađeg i po starosti i po godinama službe kišbirova, videla je lepo kad je pop Spira ušao u kuću, a pred njim ušao jedan stran čovek, i odmah je to raportirala gđa-Persi.

— Eto! Šta sam rekla! — reče ljutito gđa Persa. — Onaj paor ga već upec'o. Uncut jedan! — dodade u sebi, pa se dâ u misli. Radoznalost je morila; da se izede živa. Kako samo već da dozna: kakav je gost, kako izgleda i šta će se razgovarati? Da ode sad kad se krave muzu — ne ide, nema smisla. Kajafa je ona gđa Sida, setiće se odmah. Aja, ne ide! Misli se šta da radi. Kako su bili komšije — treća-četvrta kuća — kako bi bilo, seti se gđa Persa (kao svaka zabrinuta mamica koja ima kćer na udaju, a opasnost tako blizu) — da pošlje časkom Eržu kakvim bilo poslom, da razgleda i javi.

— Erža, snago — viknu gđa Persa — idi časkom do pop-Spirini', pa kaži gospoja-Sidi: „Pozdravila vas, kaži, moja gospoja, da nam pozajmite časkom, upravo za noćas, vašega mačka." Kaži da se javio odnekud iz komšijskog ambara jedan veliki pacov, pa načinio čudo i pokor po špajzu i izgriz'o i čizme milostivog gospodina i pojeo ih, kaži, sve do štrufle; ostale samo, kaži, štrufle i štikle. Tako kaži i zamoli je neka ti ufate i dadu njihovog mačka, on je već čuven majstor za pacove. Ajd', idi sad. Stoj! Ti ćeš to zaboraviti k'o i zapušač. Dakle, šta sam sve kazala? Šta ćeš da kažeš? — zapita je gđa Persa i formalno je presliša. A to je i potrebno bilo, jer Erža je bila jedna vrlo zaboravna devojčura, zato joj i prebacuje gđa Persa za zapušač od stakla, koji uvek zaboravi u dućanu kod grka.

Eto tako je iskumstirala gđa Persa i dosetila se lepo. Možda će ko od čitalaca ovde stati i sumnjivo zavrteti glavom i začuđeno zapitati: „Šta, zar pop Ćira nije imao mačke!? Zar popina kuća i bogatstvo, pa da bude bez takvog jednog čuvara?!" Pitanje sasvim umesno, ali pisca neće zbuniti, jer ima gotov odgovor na to.

Imali su i pop-Ćirini mačka. Ali je pop Ćira nesretan bio sa svojim mačkom. Jer isti iako je bio od râne mladosti kod njega, iako je vaspitavan ciglo u tom pravcu, da bude takoreći jedan stub kuće — ipak se on izmetnuo u nešto sasvim drugo, sasvim suprotno. Sa godinama se razvile u njemu pogubne i opake duševne osobine. Bio je nepouzdan. Pravi skup sviju poroka, a između sviju dva najpogubnija, porok lenjstvovanja i porok krađe. Bio je užasna lenjština i čmavalica. Po njemu su se slobodno mogli ne samo pacovi nego i miševi do mile volje šetati i trčkarati, on je samo sebe sklanjao. Pacova se bojao, a miševe opet izgleda da je bagatelisao. A sem toga bio je kao lopov beskrajno lukav i drzak. Krao je gde šta stigne, i po kući i po komšiluku. Ako je verovati tužbama komšija, nasrtao je i na živinu, davio komšijske piliće i vrebao golubiće, a konabio mlade golupčiće kao kakav stari penzioner. Stoga je sav komšiluk bio protiv njega, i vrebao ga da ga ubije, ali začudo da je kraj svih tih pretnji i opasnosti još živ bio, mada se jedna komšinica zarekla pred kandilom, u kome je goreo najčistiji barabanc-zejtin, tako ona ne bila živa, i ne bila gospoja perzekutorovica ako od njegovog krzna ne napravi sebi „muf" na zimu.

No što je krao po komšiluku, to bi mu gđa Persa još i oprostila, ali on je krao i po kući. Jednom reči, nije ukrao samo ono što je o nebo bilo obešeno. Od kućevnog lopova — govorila je gđa Persa — teško sačuvati. Ušunja se samo u kujnu, skupi se i uprepodobi i zažmuri kao da je ravnodušan prema svemu, a međutim samo vreba, i na što baci oko — to je već sigurno njegovo. Pa čim zgrabi, a on bega iz sve snage; pravo bega na tavan, na krov ili na kakvo drugo bezbedno mesto gde će moći natenane omastiti brke. A nasrtao je i na krupnije stvari; nije se ustručavao ni od vrele kobasice, drznuo je i na čitavu obarenu šunku, hvatao se u koštac i sa čitavom očupanom guskom, samo ako mu se dala prilika! Zvao se *Marko*, ali ga gospoja Persa nije drukčije ni zvala nego *lopovom*. „Lopov jedan, što mi jede vek!" — rekla bi ljutito.

A i on sam kao da je dobro znao da ga pored imena *Marko* još i tako zovu. Jer čim bi čuo reč „lopov", pa ma to i o nekom drugom, o nekom konjokradici reč bila, odmah bi, budući uvek nečiste savesti i svestan svoje krivice i grehova, begao iz kujne na kakvo uzvišeno i bezbedno mesto, gde sedne, obvije rep oko nogu, zažmiri pa ćuti. A gđa Persa ga nađe pa ga stane grditi: „'Oćeš golubića, lopove jedan matori!" On samo ćuti, zažmiri očima, razglavi vilice, zavrne jezik pa zeva kao kakav blaziran aristokrata koga se taj svet baš ništa ne tiče, a gđa Persa da se izede živa. „Gledaj samo obešenjaka jednog, kako se pravi svetac! Pa još zeva, lopov preispodnji! Hu, vile ga odnele!" — pa ga gađa metlom ili portfišem, a metla joj pade na glavu, a mačak se i ne miče s mesta nego i dalje spokojno i natenane umiva i gladi i doteruje toaletu.

No mi smo se malo poviše udaljili od predmeta i zaboravili se opisujući ovoga lopova. Ali tako je to u svetu! Pravo je rečeno da: dobar glas daleko ide, a zao još dalje; pa zato se o pop-Ćirinom mačku više govorilo nego o pop-Spirinom, o kome poslednjem ćemo stoga i mi vrlo kratki biti. On je bio nešto sasvim drugo. Bio je ideal pravog dobrog mačka: jer kad se on kapricira da uhvati miša ili pacova, u stanju je da zaboravi i na jelo i na piće i da ga sahatima vreba (a uostalom, na to su ga i naučili. „Ne dam mu, bome; eno mu miševa, pa nek ih hvata!" rekla bi gđa Sida kad tranžira meso; samo kad je čistila ribu, onda bi mu bacala ono što izvadi iz ribe). A hvatao se u koštac i sa samim kasapskim pacovima, koji su već poznati kao vrlo drski.

Po njega je dakle otrčala Erža.

— Pozdravila vas je milostiva gospoja i moli vas, jedan nam pacov napravio veliku štetu po špajzu, izgriz'o milostivom gospodinu sve čizme, pa me poslala da vas molim da nam pozajmite samo za noćas vašega „notaroša"... ovaj... mačka vašeg. (Mačka su zvali, onako među sobom, notarošem, zato što i seoski notaroš nije šiljio nego raščešljavao brkove, pa je izgledao k'o mačak, a mačak se opet šetao po krovu onako isto gospodstveno i majestetično — korak-dva, pa stane — kao gospodin notaroš kad ide šorom po zvaničnoj dužnosti).

Erža je baš kao što valja potrefila. Došla je baš kad su se razgovarali s gostom, i dok su tražili i hvatali mačka, ona je imala vremena da lepo posmatra gosta, i zapamtila mu sve, i stas i lice i kosu i oči i odelo, i svojim rođenim ušima čula kad su ga pozvali sutra — u nedelju — na ručak. Čim se vratila i donela mačka, koga odmah odneše i zatvoriše u „špajz", odmah je saleteše s pitanjima i majka i ćerka, gđa Persa i gđica Melanija, a Erža samo odgovara. Kazala je da je visok, lep k'o „firer", a brkove da ima male i malo bradice; kosa lepa, smeđa, pala na ramena onako omladinski, a razdeljena po sredi onako bogoslovski, a kad govori što, a on gleda u zemlju. — Sutra će — svršava Erža raport — biti kod milostivih na ručku.

Majka i ćerka se samo zgledaše na taj glas.

— Vidiš, molim te, a ništa mi ne javlja lukava paorska beštija — veli gđa Persa ljutito. — Gledaj ti, molim te, di će medved najbolju krušku da izede!... A, je li, Erža dete moje, a kakav je u licu, je l' suv ili onako puniji?

— Suv, pa onako malo bleđi u licu — veli Erža — onako gospodske farbe u licu... Onako k'o Šanika, apotekarski kalfa...

— Kakav „kalfa", paorušo jedna! — dreknu gđa Persa. — Ne zove se on kalfa, nego „gospodin asistent"! Tebi puna glava kalfi, zato i zaboravljaš uvek zapušače od stakleta u dućanu!

Samo ti je do anđaranja, nesrećo madžarska! — grdi je gđa Persa ne znajući na kome da iskali svoj jed.

— Ali, màma! — umiruje je Melanija.

— Uf! — huče gđa Persa, pa ne može da stoji na jednom mestu, nego se uspropadala, pa joj sve smeta po kući. — Eto, šta ja kažem! Čim sam čula za onaj njen san, odmah sam kazala i pomislila: da će to biti neka nji'ova huncutarija. Udesili oni to sve još ranije. Pa k'o bajagi snevala da se kugla, nada se gostima, i šta ti tu još nema! Ta dok je vidim, znam je i šta misli! Gledam je k'o da je od stakla... Dakle šta kažeš: fini bled mladić! Zar je to prilika za onu njenu cveklu?! On bled, a ona s onim njenim paorskim rumenim obrazima — pa tek ono njeno paorsko ime! Juca, frajla Juca. Baš je ona neka Juca! Pudaruša jedna!

— Pa kaz'o je još i to šta vole da jede — nastavlja Erža svoj raport.

— Pa, mora da kaže siroma'; vidi i sam di je zapao međ paore! — veli gđa Persa.

— Pitala ga milostivna — nastavlja Erža — vole li „pokenes"...

— O, paoruša jedna! I ona zna šta je „pokenes"!

— A on kaže da vole gužvaru sa sirom! — nastavlja Erža.

— Pa mora, siroma'! Daj, misli u sebi, ma šta, samo da ne ostane gladan. Bome, piškote mu i neće spremati!... I kako to da se samo strefi, da je baš sad njegova čreda, a ne Ćirina!? Pa ga sad onaj zgrabio lepo, pa pravo kući s njim! Hu, otrovala bi' se, a držala sam k'o u vosku!

— Zaboga, màmâ, a što se vi toliko krenkujete! Nije to

ništa tako strašno! Ima još, fala bogu, nedelja, pa eto može i kod nas doći.

— Hu! Nemoj mi bar ti pristajati na jed! — obrecnu se gđa Persa. — Nisi se ti, ćerko, još udavala, pa zato tako i govoriš. Današnje su mladoženje k'o čikovi; taman ga upecaš i da kažeš: fala Bogu! a on isklizi k'o čikov. — Tu se gđa Persa setila sviju negdašnjih majstorija kojima su se poslužili (i pored sviju onako povoljnih prilika) da ulove mladoga klirika Ćiru. Kakav mu je samo *ćelepuš* sama svojom rukom napravila, prvi vidljivi znak nežne naklonosti prema njemu. — S tim se nije šaliti — produžuje gđa Persa. — Ne znaš, ti, râno, onu matoru beštiju; nije to ništa u nji'ovoj familiji... Ajd' već, vidiću šta ću! — teši se gđa Persa.

GLAVA ŠESTA

U kojoj je opisan nedeljni dan u selu, a može se cela preskočiti, jer je samo kao epizoda u ovoj pripoveci.

Osvanula je sveta nedelja, to jedno valjda najlepše i najkorisnije delo blagoga Stvoritelja. On je sam zapovedio da se toga dana ništa ne radi, i pobožni svet pop-Ćirinog i pop-Spirinog sela ni jednu ni napisanu zapovest božju nije tako svesrdno ispunjavao kao ovu usmenu.

Lepa je nedelja svud na ovom božjem svetu; lepa i u gradu, ali tek, mislim, da nije nigde lepša nedelja nego u selu. U selu se još u subotu posle podne opaža da se približuje. Drukčije je u kući i pred kućom. U kući se riba i čisti. Dečurlija je komotnija subotom; može se igrati i kaljati do mile volja. „Neka, i tako je sutra nedelja, presvuće se", vele stariji prljavoj deci. Devojke spremaju šlingovane suknje za rogalj, momci mažu čizme da omekšaju, a babe traže dugmad i nalivaju zejtin u kandilo i pale kandilo i krste se kad zazvoni na večernje, i raspituju koji će gospodin-popa sutra da služi, i naređuju da se tatine čizme dobro namažu mašću i istrljaju jer se prošle nedelje tužio da su ga ubijale i morao ih još u porti skinuti.

Bio je lep letnji dan, ova današnja nedelja. Jutrenje svršeno, izlazi svet iz crkve. Obe popadije se vraćaju s jutrenja svaka svojoj kući. Razgovaraju se idući tako iz crkve o svačemu; o danu, kako je lep, a kako je i noćas izgledalo da će biti kiše. O gostu ni reči! Gđa Persa se rešila da ne spomene, a gđa Sida ćuti, ili o koječemu govori. „Vidiš, beštije jedne", misli u sebi gđa Persa, „kako se kapricirala, pa baš ni jedne reči! Ni da se bar pošali, da nas pozove posle ručka!" Sva joj je morasta izgledala, ali joj nije dala primetiti da se ljuti.

Rastadoše se ljubazno, i ode svaka svojoj kući.

Ah, kako je lepa nedelja u selu! Lepa od ranoga jutra pa sve do ponedeljnika ujutru. I u varoši, pa ima neke razlike između radnog i nedeljnog dana, ali nikada tako kao u selu. Neka svečana tišina još s jutra kazuje da je praznik. Ispred svake kuće počišćeno i poliveno, a sve miriše na mokru prašinu. Svo selo čisto kao umiveno lice. Ispred kuća ovde-onde viđaju se gomile dece čisto obučene gde stoje, ne igraju se da se ne iskaljaju. Na nogama im čizmice, na plećima preko košulje od tankog srpskog platna prslučići svileni sa srebrnom pucadi, a na glavi novi čisti šeširići (u dece većih gazda svileni i čupavi), iz kojih još nisu pili vode na Tisi, ni jeli duda, niti se njima igrali „šorkape". Za šeširom žućkasto kovilje; rascvetalo se na suncu pa pokrilo i umotalo sav šešir. Sva deca umivena i očešljana, a kosica im namazana zejtinom. Sve na njima čisto, a često i novo, pa i deca dobila neki svečani, nedeljni izgled, pa i samima im nešto neobično; nekako su ograničeni, ne smeju da se rvu, da se pentraju na drvo i jedu dud, ne smeju da se jure i šoraju nogama prašinu, koja je neupotrebljena sa šake mirno ležala nasred puta, nego moraju da stoje tako mirno, pa da se gledaju čiji je prsluk lepši i ko ima veći red srebrne dugmadi. Ali čim se svrši liturgija, oni se odmah raskomote; još u crkvenoj porti svuku čizme, pa bosi lete kućama sa čizmicama u rukama. Poneka devojka promakne brzo u komšiluk, ispod stare rekle vidi se čista košuljica, a šušte i žubore čiste bele suknje na njoj. Ali tek posle podne, na roglju će tek da sine u svoj lepoti svojoj, a sad je otrčala u komšiluk da pozajmi časkom oklagiju; njihova se skrhala prekjuče kad je máma bila nešto ljuta, a tátu baš onda don'o andrak da joj se umeša u posao i da joj pokazuje kako da zgotovi neko jelo. — Stari sede pred kućom pa pućkaju na lule; poneki se tuži na kamiš i vajka se što ga je sinoć zaboravio da iščisti, pa sad dobio k'o krajnike vukući dim, te mu preselo svo zadovoljstvo i uživanje. Devojke se provrednile pa rade kod svojih kuća; rade da se satru. Trpe sve i ne odgovaraju, samo da ih puste posle podne na rogalj u kolo. Ala će da se šareni posle podne sokak od momaka i od devojaka; ala će da zamiriše od kalopera i majkine dušice rogalj gde se vije kolo! Tu će svaka svoga videti, a sve će videti Timu, notaroševog pisara, koji u selu živi kao mali bog sa svojih trideset forinti mesečno.

I on se radovao nedelji, a osobito ako se desilo te je nedelja bila lepa, bez vetra ili kiše; jer onda bi mogao obući svoje bele pantalone i metnuti na glavu svoj, jedini u selu slamni šešir, koga sam počešće sumporom pere. Tada bi obukao i somotski kaput i lakovane cipele, a kosu očešljao onako, što kažu, „na larmu", pa bi se šetao po selu, pevucao „Sedam šori, sedam dika moji'" i pogledom unesrećavao sve devojke i levo i desno, sa čega je navukao na sebe ne malu mrzost i opasnost od paorskih momaka.

Nedeljom se pre podne smeo slobodno šetati, jer pre

službe ga nije moglo ništa snaći. Bar niko ne pamti tako štogod. Ni stari bríca Jefta ne pamti da je za četrdeset godina svoga brijanja i ordiniranja u selu ikome, na primer, prao glavu i zaustavljao krv nedeljom pre podne. Takvi se slučajevi dešavaju tek posle podne. A to je Tima znao dobro, možda čak i iz sopstvenog i gorkog iskustva, jer se tako nešto zuckalo i pričalo da je kao jedared, jedno predveče, đavolski perjao sokakom. A posle, verovatno je još i stoga da je nešto na tu formu moralo biti, jer što bi to baš njemu pevali, kad prođe, onu danas već jako raširenu i poznatu pesmu:

Sad pulgeri postali švaleri,
Al' ne smedu noćom da idedu,
Od vašaka pavorski' momaka;
Vile vuku, a pulgere tuku,
Vile zveče, a pulgeri dreče!

Ta je pesma postala u ovom selu, ali je dobrotom (odnosno: pakošću) Šace brice publikovana u *Veliko-bečkerečkom kalendaru*, i tako spasena od zaborava i postala danas već poznata „od Pešte daž do Černe Gore". Pisar Tima se, istina, u sebi sekirao i ljutio na to, ali je svakoga uveravao da se to nikako na njega ne odnosi, jer njemu tako što nije nikad u životu pasiralo, premda je on jedan obešenjak odnosno ženskih. On tera samo „hec", od duga vremena. A inače, on se i ne misli ovde na selu zarobiti i okovati, nego čeka samo to da mu umre neka stara bogata strina, pa kad je nasledi, on će odmah u varoš, a tamo će imati na svaki prst po deset. Zna „buhalteraj"; tražiće principala, gde će imati lepu praktiku i lepu principalovu ćerku, pa je onda na konju, što vele. Jer on ne poznaje još to žensko stvorenje, koje je u stanju da mu se odupre, samo kad je on onako obešenjački, onako po njegovski, pogleda. A znao je kad i kako treba pogledati. Na kaputaške, to jest pulgerske devojke samo pogleda i uzdahne, a na paorske namigne i kresne očima tako žestoko, da mu ponekad spadne i slamni šešir s glave. I danas je već počeo svoje obešenjakluke. Jedna mu je već rekla: „O mustro!" ali to njega nije mnogo ženiralo. Znao je da je bolje kad ženska grdi nego kad se čini nevešta, pa se nije bojao; on se samo bojao onih drenovih budža koje se danju po dućanima prodaju, a noću i zabadava po sokacima dele. Ali danas pre podne u nedelju on se ni toga nije bojao, nego je produžavao put u crkvu.

A već je prvi i drugi put zvonilo u crkvu na službu. Čulo se da je novi učitelj došao, a onda, naravno da se nadalo da će on danas kao gost i *heruviku* pevati, pa su i gomile sveta sve češće bivale. Čim je prvi put zazvonilo, starci istresoše lule i turiše ih u čizme, prekrstiše se, narediše u kući šta treba, pa se dostojanstveno poštapajući krenuše u crkvu.

Pošao svet na liturgiju, pa se sve šareni sokak od lepote. Čas iz ove čas iz one kuće ispadne tek iz avlijskih vrata kita; pridruži se gomili, i gomila raste sve veća i veća što bliže crkvi. Ljudi se kreću dostojanstveno napred: nijedan nema lulu u ustima, nego sa štapovima u rukama idu i razgovaraju se, a žene i ćerke za njima. Žene drže u rukama marame savijene na trougao, babe marame sa zavijenom kitom bosiljka, od koje kidaju struk i daju mlâdama kad ih ove poljube u ruku a one njih u obraz, a devojke nose suncobrane držeći ih po sredini obavijene maramom da ih ne uprljaju. Sve to ide u crkvu polako i dostojanstveno, da se pomoli bogu, da se prorazgovori, da posedi malo u porti, da razgleda kako je koja obučena — i ko će ti sve znati i ovde nabrojati zašto sve ide svet u crkvu nedeljom preko godine. Ali ove nedelje svi su išli u jednoj celji: babe da čuju, a devojke da vide novog učitelja. Samo stara grkinja Sosa, ona se nije krenula u crkvu ni da čuje ni da vidi novog učitelja, nego da čuje svoje unuče Savicu koji je ove iste godine sa dve radosti već obradovao babu; pre tri meseca je prvi put poneo gaće, i sada evo prvi put čita apostol! Već dve su nedelje, kako ga baba preslišava, onako stara, ceo apostol napamet! To je želela i molila boga da doživi pa onda ne mari da sklopi oči. Međutim njen zet Palčika, otac maloga Savice, veli da baba to samo tako kaže; uvek ona ima izgovora i razloga da se što više zadrži na ovoj grešnoj zemlji. Tako je želela i za prvo unuče svoje, Savičinog mnogo starijeg brata, Gavru. Kad se rodio, pripoveda Palčika, a baba kaže: „Fala bogu kad sam dočekala unuka; sad samo molim boga da me ne uzme k sebi, dok mu baba ne sašije gaćice.” A kad mu je sašila, a ona opet veli: „Samo da mi bog da dana da ga vidim kalfom.” A kad Gavra postade kalfa, a ona opet veli: „O bože, podrž' još koji dan, da ga baba oženi lepo!” A kad je dočekala i to, i oženila Gavru, a ona posle ostavi Gavru k'o da ga nikad nije ni bilo, pa okupi moliti boga da doživi da vidi Đuru, srednjega brata, da je otvorio dućan i postao sam svoj gazda. E, i to je dočekala. Sad uzela najmlađe unuče Savicu, i sad njega čeka da oženi. „Vidićete samo”, govorio je Palčika, „ja sam malerozan čovek, preživiće ta sve nas, oženiće i Savicu i posašivaće i praunucima gaćice — a po testamentu dok je ona živa, ona sve uživa i ne sme se ništa ni prodati ni deliti. Neće baba u truc da umre!”

Tako se otprilike jadao Palčika prijateljima, a baba jednako zdrava, ide u crkvu na sva jutrenja, sve službe, sva večernja i sve pogrebe — pa tako i danas tim pre ide što će njen Savica da osvetli familiji obraz.

Sve se krenulo, samo reduše ostale kod kuće kod ručka, a među redušama naravno da je ponajviše baba. One će se već kod kuće moliti bogu; kad zazvoni „Dostojno", a one stanu pa se prekrste i očitaju „Očenaš" ili i samo „Vjeruju"; ovo poslednje, naravno, nikad celo, preskoče mnogi član vere, ali tek očitaju i doteraju kraju.

***

Služba je bila i svršila se. Sva se očekivanja ispunila; i Savica čitao apostol, i novi učitelj pevao heruviku, pa čak (preko očekivanja) i pop Spira govorio prediku. Kad je Savica čitao apostol, a gospoja-Sosi grkinji oči pune suza, i ona polako u sebi čita apostol, a samo čuješ kako briše nos od silnih suza. Bila je sretna preko svake mere, i jedva je čekala da mu kroz dan-dva dâ što mu je obećala ako se lepo pokaže. A obećali su mu, kod kuće, da će mu kupiti čizmice sa mamuzama i pokloniti ždrebe kad se oždrebi stari Piroš, i da će mu dati dugačak bič sa kratkim išaranim bičaljem i švigarom. Kad je novi učitelj zapevao, svi su se ljudi pretvorili u uvo, a devojke u oko, pa ga slušali i gledali i uživali u pojanju i personi njegovoj. Kao i na večernju juče, tako i danas, mnogi su mu pohvalili glas. A kad je pop Spira govorio prediku o *Spokojnoj žizni,* nekima se ote: „Ta gle pop-Spire!" — svi su se prosto začudili i pitali: Otkud sad on da govori, kad on to baš nije mario!

Ta jedva ga natera pop Ćira i o većim praznicima da govori! Zato su se mnogi, čim pop Spira otpoče „Ljubimoje stado!" primakli bliže, ne verujući valjda svojim očima i ušima; poneki se okrenuo upola oltaru, pa napravio šakom kao neki zaklon od uva da čuje bolje. Kad se svršilo sve i zapevalo „Budi imja" i stala deliti nafora, priđe i novi učitelj i uze tri komada: za gđu domaćicu gde će biti na ručku, za frajla-Julu i za sebe.

Kulja svet iz crkve; puna crkvena porta. Prolaze jedni mimo drugih, pozdravljaju se, mere se od glave do pete, tako da nijedna sitnica neće ostati neopažena, a naročito što se tiče ženskoga sveta. Kako je koja očešljana, obučena, je li bleđa ili rumenija nego radnim danom — sve se to počelo da posmatra u crkvi, a dovršilo u porti ili na sokaku. Babe se razgovaraju o redušama, i o tome kako je leti lakše nego zimi setiti se šta da se zgotovi za ručak; ljudi o poljskim radovima i o raznim lopovlucima pudarskim; a mladi momci i devojke prolaze jedni pored drugih, ali ne govore ništa nego se samo poglédaju kradom ispod očiju, samo se poglédaju, ali ti pogledi mnogo više kažu nego najdeblje knjige i najbrbljaviji jezici. Još malo pa porta ostade skoro prazna. U porti još ostaše samo novi i stari učitelj, očekujući pop-Spiru, koji se zadržao malo s tutorima i pregledao prihod što je pao na tas, u kome se našlo dosta krajcara, gospoja-Sosin dvogrošak, pa čak i jedan sekser. Kad i s tim behu gotovi, izađe pop Spira, i pozdravi se s učiteljem, koji ga je čekao.

GLAVA SEDMA

Iz nje će čitalac videti kako je bilo kod pop-Spire na ručku koji se sasvim mimo programa gospoja-Sidinog završio.

Gost je sedeo na klupi u porti pod jednim orahom, na koji su seoska deca uvek tako željno pogledala, ali ga je Arkadija čuvao kao oči u glavi, i razgovarao sa starim učiteljem koji ga je ponudio burmutom, o pop-Spirinoj besedi, hvaleći ga i upoređujući ga sa ne znam kojim starim svetim ocem i sa trubom jerihonskom.

— Izvinite što ste me morali čekati; ali sam mor'o da ostanem, zadrž'o sam se malo radi crkvenih računa.

— Ta ništa, ništa — izvinjava ga stari učitelj. — A ionako, ponjamo mi to već... i zbog slova ste malo vozbuđeni.

— A, gospodine, milo mi je što vam mogu čestitati.

— A, dakle ste slušali.

— O, vrlo pažljivo... Vrlo, vrlo lepo.

— Ja to tako počešće... Znate, kad se čovek primi nekoga posla, onda treba da ga svojski radi. Ako sam pastir pastvi, a ono treba da sam k'o što treba pastir...

— Svakojako, svakojako... Kažem vam, formalno sam se u uvo pretvorio slušajući — veli g. Pera.

— O molim, molim... vi me precenjujete — veli zadovoljno pop Spira. — E, baš mi je žao što ste morali toliko da čekate.

— O, ništa, ništa. Ja sam se uostalom lepo zabavljao. Moj gospodin predšestvenik im'o je dobrotu da mi dâ neke podatke o crkvenoj opštini i crkvenom imanju. Pa, bogami, vama se može čestitati; ova opština, k'o što vidim, dobro stoji.

— Jeste, vrlo dobro. Fala bogu, kako koja godina, sve bolje. He, mi se staramo i štedimo, parohijani ne žale nego daju. Kad smo mi, to jest, ja i gospodin Kirilo, došli na parohije, bilo je, bogami, svakojako. Po četir tasa se nosilo nedeljom, tako da je svet izbegavao crkvu čerez tih silnih dacija, a danas, kao što ste i sami videli, samo jedan, pa i taj ćemo skoro ukinuti. Možemo, fala bogu. Crkva bogata; ima tolike dućane, zemlje, vinograde, a i gotova novca dosta. Nego, izvol'te.

Pođoše. Pop Spira produži sa podacima o stanju crkve. Usput mu je pokazao mnoge i interesantne stvari. Zaustavljali su se kod nekih kasapnica od kojih je crkva primala lepu kiriju iako se kasapi tuže na pacove. Tom prilikom mu je ispričao istoriju jednog matorog kusog pacova kome je pre toliko godina rep odsečen kad je kasapin jednom iznenada banuo, pa od to doba je užasno obazriv i prvi bega s panja iako bi kasapin ne znam šta dao, da ga može ukebati. G. Pera mu je preporučio neki lek protiv pacova. Pokazivao mu neke prazne placeve opet crkvene, gde će dogodine zidati neke dućane i žitne magaze, što je sve g. Peru naravno interesovalo, jer je neprestano uzvikivao: „I'te, molim vas!" ili: „Ta šta govorite!" ili: „Ta je l' moguće!?"

Išli su polako, nogu pred nogu. Pop Spira mu je dalje pokazao sve bolje kuće i ukućane, ne spomenuvši, naravno, nigde devojku udavaču, ako je gde bilo. Kad stigoše pred kuću, sedoše na klupu što je pred kućom, gde posediše malo u razgovoru dok im ne javiše: da izvole, supa je na stolu.

Gospodin Pera je odmah povadio nafore iz čiste tanke džepne marame, i dao jednu gđi Sidi, a drugu gđici Juli.

— Gospođice — rekao joj je — vi'te kako se staram za vašu dušu. „Tjelo Hristovo primite, istočnika besmertnago fkusite!”

Na što mu je gđica Jula rekla „Fala!” uzela naforu i odmah je progutala, i pocrvenela do ušiju.

***

Sto je bio namešten u najlepšoj i najprostranijoj, takozvanoj, gostinskoj sobi. Nameštaj lep i jak, ali stare mode.

Sve je bilo jako i temeljno, i sve prostrano i komotno: ako su kreveti, to su bili široki za dve persone; ako su jorgani, opet za dve persone; ambrel tako isto, jer pop Spira što god je kupovao, kupovao je za dve persone. U sobi dva velika teška orahova šifonera stoje kao dve male kapele, a na njima poređan porculan i tegle s raznim kompotom. Po duvarima neke slike mal' te neće biti sve iz prošloga veka. Bile su to neke stare kontrafe sa crnim okvirima; neke ptice na drveću sa prirodnim prilepljenim perjem; jedan uramljen rad s perlicama, neka časna trpeza, šta li, sa silnim krstovima i čiracima sa svećama, to je davnašnji rad frajla-Jule kad je još kao dete u lêr išla, pa je na pop-Spirin imendan obradovala tátu, i podnela mu zajedno sa spremljenim slovom koje je zaboravila, i završila s plačem; a iznad toga jedna fotografija cele porodice: pop Spira i gđa Sida sede, a izmeđ njih stoji s albumom u ruci mala Jula u kratkoj suknjici i dugačkim hozlicama sa šlingerajem, pa izgleda k'o mali gaćasti golub; i slika dobroga cara Jozefa kako je uzeo jednom paoru plug iz ruku, pa sam on ore, a paor Švaba dig'o ruke, a upro svoj blagodarni teleći pogled u nebo, pa veli: „O, bože, ovakoga monarha daj da poluči svaka nacija!" A do ovoga slika onoga drugoga Josifa, onoga prekrasnog Josifa iz Starog zaveta, kako se otima pohotljive gospoje Pentefrinice, i kako bega, šmokljan jedan, kroz prozor, a ostavlja joj u rukama svoj gornji kaput koji će ovoj malo posle poslužiti kao corpus delicti. Dalje ima još nekih slika, starozavetnih i drugih, za koje se vidi da su bez ikakva plana nabavljane; ali pošto je frajla Jula, sva zajapurena i rumena, donela čorbu i stavila je na sto, to se g. Pera ostavi pregledanja slika po duvaru.

— Izvol'te, gospodine — reče pop Spira — sedite tu — i pokaza mu mesto. — Ti ćeš, Sido, tamo; ja ovde, a Juca tamo bliže vratima; ona će svaki čas ustajati.

Posedaše svi pošto se prekrstiše. Pop Spira izvadi iz džepa federmeser i stade ga oštriti ocilom koje mu je uvek metano uz tanjir.

— Ne mogu nikako — veli pop Spira — da se naučim na nož, brica pa brica. Ovako sam se naučio; nekako mi je slađe s federmeserom. Dvadeset i više godina je kod mene; sam engleski čelik, oštar k'o brijač. Izvol'te se uveriti! — pa ga dade g. Peri.

Ovaj se čudio čeliku, i reče značajno jedno „O!" a zatim pop Spira okrenu kašiku na učiteljevu stranu: — Izvol'te, služite se, kod mene nema mnogo nukanja.

— O molim, molim — veli g. Pera i okrenu kašiku na stranu gđe Side.

— A ne, gostu pripada velika kašika — reče gđa Sida i okrenu kašiku na g. Perinu stranu.

G. Pera izvadi u tanjir i poče jesti. Čorba je bila pileća, baš što on voli, i dopala mu se. Za časak pokusa iz tanjira.

— Evo vam i noge... da vas voli punica, što kažu! — smeje se gđa Sida i sipa mu u tanjir.

— Blagodarim — klanja se g. Pera. — Izredna, črezvičajna čorba!

— E, to je Jucina slava, ona je danas bila reduša...

— A, gospođice, mora se priznati... u tim godinama, pa tako majstorski zgotoviti! Mogli bi gastgeberaj otvoriti! — izvali g. Pera, i kad reče a on se tek onda trže i pocrvene, vide da je preterao, pa pohita da popravi i dodade: — To jest, oni tamo su pravi šegrti prema vama.

Roditelji kao pametni ljudi učiniše se k'o i da nisu ni primetili, a i sama Jula kao da nije sve ni dočula; ona se predala jelu i srkala, i svaki čas brisala naizmence usta salvetom ili lice keceljom.

— Izvol'te paprikaša, ako vam se dopada; izvadite još jedared — nudi ga pop Spira.

— Hvala lepo! — odbija gost.

— Vrlo dobro, k'o da ste mene pitali. Štelujte se i za „pokenes" — veli gđa Sida. — Vidite samo kako se sve rumeni! — reče i metnu pred gosta.

Pop Spira nije mario za pohovano pileće; kao Srbin i pravoslavne crkve sin mrzeo je na to švapsko pečenje, i čekao je gužvaru, omiljeno svoje jelo.

— Ne marim ti ja za te pokenese i nokenese, kako li ih zovete! Nikad ne znaš šta si izvadio! Tražiš i 'oćeš belo meso, a kad razviješ, a ono šija s glavom! Švapski žebrakluk i ništa drugo, vrag im materi, kad već tako moram da se izrazim! Od jednog pileta 'oće stotinu da ugosti; 'oće i da počasti i da opet malo košta! Nema ti ništa lepše, nego onako srpski zgotovljeno; pa lepo onda vidiš još iz kujne šta mu je glava, a šta opet trtica, da prostite!

Kad je došla gužvara, onda je nastalo opšte hvaljenje. I sam pop Spira koji je uvek naglašavao da pravi roditelj ne treba svoje dete pred njim samim da hvali — ovde je odstupio od toga principa, i pohvalio gužvaru.

— Dobro pečena, pa masna, e, to vredi! — veli pop Spira. — Ja vam ne marim za torte i druge kojekakve kerefeke. Nego jedna gužvara, ali da mi je pre toga samo jedno jelo, pa odmah gužvara. Nema ti tu melšpajza kad nije mastan, pa ne curi mast niz bradu. „Ama, fino je", kažu: aja, ne marim ti ja za to!

— Sasvim tako, imate pravo. I ja pretpostavljam dobru savijaču svakom cukerbekeraju — veli gost.

Sa gužvarom je završen ručak, a otpočet je življi razgovor. Dotle se jelo i pomalo govorilo, a sad je nastao razgovor uz vino.

Pop Spira je bio prilična ćutalica i inače, a kad je jeo držao se onog zlatnog Dositejevog pravila: „Kad jedeš — jedi, a ne razgovaraj ni s kim". Vino je bilo izvrsno, a pop Spira ga je hvalio i ređao dobre osobine i dejstvo njegovo.

— Kod mene je to pravilo — govori pop Spira — da je čovek veseo. A kako će vraga i biti veseo brez vina; jer „vino veselit serdce čelovjeka", što rek'o car David u jednom psalmu.

A ovoga vina nećete nadaleko naći. Eto, gospodin notaroš baš zna šta je vino, pa kad god 'oće dobra vina da pije, a on eto ti ga pa k meni. „Srdili se vi ili ne srdili, ja dođo', kaže, na jednu čašicu". Kad al' jest, vraga, čašica! Bude tu i deset!

— Pa i dvadeset! — dodaje g. Pera smešeći se.

— Ta da, da, što kažete i dvadeset! A da šta vi mislite!? Niste ga još vidili, a da vidite kakav mu je crven nos! Dakle, molim...

— A blagodarim!

— Ali koštajte! Ajä, ne trpim ustručavanja!

— Mogu, naposletku — popušta gost — ali samo s vodom, onako k'o stari filosofi grčki...

— A, ta man'te ih bestraga! Kako su radili onako su i prošli. Ono je Stari zavet bio, a ovo je sad Novi! — šali se pop Spira. — Nego vi ajde onako po hrišćanski, čisto vino, onako po srpski nategnite, k'o naš Kraljević Marko! Koštajte ga samo!

G. Pera uze i popi pola čaše, a pop Spira se naslonio na desnu ruku, a levom drži bradu, pa ga gleda blaženo i ne trepće.

— A, šta ja kažem?! Šta velite na to?

— Izredno — veli g. Pera i gleda s izrazom divljenja po domaćima i puca polako jezikom. — Bogami!... A, koliko ga imate još u podrumu?

— He-he! Koliko ga imam da imam, tek velim: danas ga nećemo popiti, pa sve da uzmemo u kompaniju i samoga Kraljevića Marka.

— Ja se, doduše, ne razumem baš mnogo u vinu, ali vas

uveravam — veli g. Pera — da ovako što još nisam pio. Ovako nisam!

— A, to vam verujem, to vam verujem — smeje se zadovoljno pop Spira. — Pa ja vam govorim: čisto naturalno... brez špecija, a vi mi se tu jednako cifrate. Eh, takva ti je sadašnja mladež! Pa onda se čude što toliki umiru od apcerunga! Kad sam ja bio vaši' godina, ja sam toliko mogao našte srca popiti koliko trojica vas sadašnji' posle najmasnije karmenadle...

— Ama, Spiro, kako to još govoriš!? Ko te ne poznaje, mislio bi samo da je sve to istina! — veli gđa Sida.

— E, nije nego nije! Pa kad grunemo: „Ujutru rano čim zora zaplavi, Vožd Novak tajno"...

— No, vrlo lepo! Valjda ćeš sad još pripovedati tvoje „štiklove"...

— A da šta bi ti 'tela? Ako ti se ne dopada ta pesma, pevali smo mi onda i drugojače!

— Ta marim ja za pesmu — brani se gđa Sida — mogli ste šta ste hteli pevati.

— Pevali smo mi i ovu — dira je pop Spira pa zapeva:

O, nezlobna golubice,
Nevina moja grlice!
Kako tiho ti počivaš,
I konečno ne čuvstvuješ
Bol serdca mog!

— Ta idi, molim te! — ljuti se gđa Sida.

— Pa tek ova! — dira je opet pop Spira, pa zapeva:

Sjećaš li se onog sata,
Kad si meni oko vrata
Bjele ruke savila?
I krijući tvoje lice
Meni skoro...

— Ta koji ti je đavo! — prekide ga gđa Sida ljutito. — Ju, izvin'te, gospodine! Juco dušo, idi u kujnu pa spremi crnu kafu. Znam da varošani rado piju. Ja po tri dana ne mogu da spavam, samo jednu šoljicu kad popijem.

S kafom je išlo malo poteže, jer su jedva našli žrnalicu; kako su često u pop-Spirinoj kući pili kafu, tako im je i trebala.

Posle nekog vremena Jula unese kafu i posluži ih sve. Kafa je bila taman koliko treba vruća i crna, i učitelj je pio i hvalio, pljuckajući onu krupnije samlevenu koja je plivala po površini.

— A gde je vama kafa, gospođice?

— Ja ne pijem! Táta kaže da uzbunjuje krv i ne dâ spavati.

— A pijete li bar belu kafu?

— Da.

— A punš?

— Ne.

— A gefrorenes?

— Da.

— A ajskafe?

— Ne.

— Čudnovato, zaista! Ko bi to rekao!? — čudi se gost, ne znajući ni sâm šta više da pita Julu.

— E — predloži pop Spira — 'oćemo li da malo isperemo gušu vinom?

— A koliko ga imate u podrumu, zaboravio sam da vas zapitam! — reče g. Pera.

— Pa imam tako trideset akova. Nijedno nije mlađe od pet godina, niti slabije od ovoga što ga sad pijemo, a pijemo ovo leti. Ali jedno je, bome, oteralo daleko i starinom i kvalitetom. A natočeno je u burad nekako još prvih godina kad smo se, vo vremja ono, ja i Sida uzeli. Od njega mislim da neće biti davno i nadaleko boljeg. Ako bude bolje samo ono što su ga — bože me prosti — u staro vreme pili oni svatovi u Kani Galilejskoj...

— A to vino — upade mu gđa Sida u reč — rešio se moj suprug da otvori kad uzudajemo našu Jucu; pa o njenim svatovima neka se potroši. K'o velimo, kad je miraz k'o što treba, nek bude i vino; kad već mladoženja dobija vrednu devojku i dobar miraz, neka onda i svatovi vide asnu... A već tu je, tek što nije... javljaju joj se dobre prilike, eto...

— A-a-a, tako zar vi znate?! — začu se još iz kujne glas gđe Perse. — Vidiš ti to nji' samo! Dobili goste, pa se nikom i ne fale! A, a, daću ja vama! Gledaj ti samo nji'!

E, sad predstavite sebi, dragi čitatelji, da ste vi nešto namesto gđe Side: kako je izgledala i šta je pomislila gđa Sida kad je taman počela, a gđa Persa je iz kujne prekide! Pisac lepo sebi predstavlja sve to u pameti, ali mu je slabo pero, slab sav pisaći pribor, da to verno nacrta, zato moli čitaoce nek se potrude, pa neka to oni sami predstave sebi, jer je lakše sve to maštom predstaviti nego perom opisati.

Toliko samo dodaje da je gđa Sida, kad su pop-Ćirini već ušli u sobu, naročito izašla u kujnu, da se tamo od čuda triput prekrsti. A i jeste bilo čudo i iznenađenje! Sa ovim iznenađenjem moglo bi se porediti samo ono pre godinu i više dana, pre onih velikih eksera na kapiji, kad je jednom banula u Žužinu sobu, pa zatekla tamo jednog kurmahera Žužinog gde sedi, pa se namestio taj sin kao da je došao i seo da se fotografira. Pored njega stoji pun bokal vina, a on, bezobraznik jedan, pušta guste dimove iz pop-Spirine skupocene stive lule sa dugim kamišem. Ni onda nije umela od čuda ništa da proslovi, pa ni sada. I sada da je neko ubacio spolja kroz prozor čitavu ciglju i polupao joj sav porculan, ne bi se tako skamenila gđa Sida kao kad je čula glas gde Perse. „Kad me nije juče šlog udario", govorila je gđa Sida, „živiću bar petnaest godina duže od pokojne mame."

— A mi, bogme, nismo 'teli da čekamo limun, nego se krenuli sami — reče gđa Persa kad je ušla, za njom pop Ćira, a za njim Melanija. I taman je izrekla to, a ona se trže, pa nastavi:
— Ah, izvinite! No, lepo ćemo izgledati. A meni kažu: kod pop-Spirini' gosti; a ja mislim: valjda došla Lalika iz Perjamoša s decom, a ono gle... O, molim, molim po sto puta...
— Ništa, ništa — veli pop Spira zadovoljno i ustaje. — Nije Lalika, ali je neko drugi još ređi, pa još bolje. Izvol'te, oče Ćiro, sedite, sedite, gojspoja-Perso; Melanija dete, eto ti tu do Juce.

Melanija pođe tamo, ali je gđa Persa povuče i gurnu brzo na drugu stolicu baš do g. Pere, tako da je ovome sada s desne strane bila Jula, a s leve Melanija.

— E, baš, baš ste dobro učinili što ste došli — veli gđa Sida — a ja sam baš mislila da pošljem po vas da dođete; ili da nas čekate kod vas.

— Eto vidite, a ono ispalo pa će da bude i jedno i drugo. Jer ja mislim da nam ni sad nećete odbiti poziv na „jauzn”.

— O, s drage volje, s drage volje! Samo ako, to jest, gospodin Pera pristane — veli gđa Sida, a u taj par došla joj gđa Persa sva zelena.

— O, koliko laskavo za mene — veli g. Pera — raspolažite, molim, sa mnom kako vam je volja.

— E, e — veli zadovoljno pop Spira — al’ baš dobro kad ste došli. Sido, ajde brže daj druge čiste čaše, i drugo, hladnije vino.

A zatim se okrete pop-Ćiri, da mu odgovori na pitanje koliko je danas palo u tas. Zatim je pohvalio heruviku, a učitelj opet prediku.

Dokle se pop Spira i pop Ćira razgovarali, sedeo je g. Pera kao na iglama između dve lepotice. Gospodin Pera nije bio od onih mnogih salonskih lutaka i glupaka, što se odmah u prvi mah umeju da nađu i dopadnu u ženskom društvu sa onim dosadnim stereotipnim frazama od kojih su nekoliko tuceta napamet znali, i time plenili ćurkasto ženskinje; ali koji posle obično kod pametnijeg ženskinja postanu dosadni, jer što su znali, to su odmah izdeklamovali, i u pravom, zanimljivom govoru i ne mogu učestvovati. Ne, on je bio od onih koji su spočetka nespretne ćutalice, ali koji sa življim i interesantnijim razgovorom postaju i sami življi i interesantniji. (A takva je bila i gđica Jula.) G. Peri se zavezao jezik, pa ni reči da rekne, nego je uzeo pa razgledao jedan nož koji je ostao tu na stolu i pročitao je u kojoj je fabrici liven. Sav „escajg” je bio staroga šloga, dobro očuvan, ali davnašnji. Donela ga je gđa Sida u miraz svome popi, i iznosio se iz šifonera samo onda kad su u gostinskoj sobi skidane futrole od konofosa sa stolica, fotelja i kanabeta, a to je bilo samo onda kad su gosti dolazili.

Frajla Jula je mogla u pauzama da živi, ali ih frajla Melanija nije trpela, i zato ona poče:

— Pa kako vam se dopada, gospodine, ovo naše mesto?

— Vanredno, gospođice.

— Eh, vi samo šmajhlujete! — odgovara Melanija. — Otkad pre da vam se dopadne tako?! Doći iz Karlovaca iz onaki' romantiš predela u ovu ravnicu bez okoline!

— Ah, gospođice, ovako lepa okolina (pa pokaza na njih dve), kome da se ne dopadne!?

— Ju, gospodine, ta to bi još vrlo rano bilo! — veli Melanija.

— E, dabome, to je uvek delo jednoga momenta.

— Nisam znala, verujte, da su karlovački bogoslovci takvi šmajhleri! — reče Melanija, i kradom gurnu Julu lepezom.

— Ja sam, verujte, jedan od najgorih, upravo nikakav „šmajhler” ili laskatelj, ali što je istina — istina...

— Je li, Julo, da je gospodin šmajhler?

— Dabome — veli Jula.

— Šta, zar i vi tako mislite!? Ta to sam ja onda zapao među sve same neprijatelje.

— Ju! A zar smo vam mi neprijatelji? Je li, Julo — pita je Melanija iza gostovih leđa ljuljajući se na stolici — jesi l' ti neprijatelj gospod'na Pere?

— Nisam... a zašto bi' bila? — veli Jula, a svu je oblila rumen i razmišlja šta bi to sad mogla raditi u kujni il' ma gde samo da ne sedi tako.

— Eto vi'te — veli Melanija.

— Al' vi ste svakojako.

— No, zasad još ne, al' može biti... vremenom... — veli Melanija.

— No, gospođice — veli Pera koji se malo veštački oslobodio popivši dve naiskap. — Nisam ni slutio da ste tako opaki.

— A, ne, ne, ja mislim to, ako, to jest: zaslužite.

— Pa onda molim vas rec'te mi napred da se čuvam! A čime bi' ja to zaslužio?

— Pa eto time... Ako budete, to jest pred nama falili varoške gospojice. Je l', Julo?

— Jeste! — veli Jula.

— Na moju časnu reč, verujte mi — veli Pera — i da sam ih do sada hvalio, od danas bi' morao prestati i promeniti mišljenje.

— A kako to da razumemo? — zapita ga Melanija koketno i stade se hladiti lepezom tako da vetrići dodirnuše i Perinu kosu. — Dakle, molim... odgovor? Kako to mislite?

— Kako mislim? Kako i da mislim, kad me tako gledate?

— Pa dobro, a ja ću onda gledati u Julu, a vi mi onda kažite. Je li, Julo?

— Pa tako... mislim... Mislim, dakle, da se varoške gospođice ne mogu ni sravnjavati sa gospođicama na selu — veli Pera kome se odrešio jezik. — Ili upravo: varoške su prema onima sa sela kao... kao ono bez mirisa dućansko cveće prema miomirnom naturalnom i prirodnom cveću iz bašte ili perivoja.

— Iju! — kliknu Melanija. — Ala vi to lepo sravnjavate, samo kad bi to bila istina!

— Lako je sravnjavati — veli Pera — kad je već tako.

— Pitaj, Julo, gospodina: kakvo smo mi cveće, ja i ti? Kako bi nas nazv'o?

— A zašto da ga ja baš pitam? — veli Jula zbunjena i rumena. — Pitaj ga ti.

„Ej, srećo moja" šanu u sebi gđa Sida, koja je jednako gledala kako Melanija uspešno vodi ofanzivu.

— Hoćete l' da vam baš kažem? — pita Pera.

— Ju, slat... pardon... gospodin' Pero, ovako vas molimo — reče i sklopi ruke — i ja i Jula.

— Pa, eto... vi ste ruža, duplovana ruža; a gospojica Jula je smerna ljubičica.

— Uh — huknu gđa Sida — ove muve.

„Dobro kad ne reče: cvekla!" reče u sebi gđa Persa koja se takođe sva u uvo pretvorila. A bila je zadovoljna; videla je već da se stvar vrlo povoljno razvija.

— Ah, vi muškarci! Što ste vi majstori u ismevanju, to više nema! — reče Melanija i popreti mu zatvorenom lepezom.

A zatim se razvi vrlo živ razgovor između Melanije i Pere u kome je Melanija mnogo više govorila, a Jula se samo blago i pitomo smešila i tek ponekad „da" ili „ne" ili „dabome" rekla. Isto se tako živ razgovor poveo i između popova. Oni su se razgovarali o letini, o banatskoj pšenici i o vlaškoj pšenici.

— I dobro je i ne valja, dragi susede — veli pop Ćira — što je tako ponela godina. Žita puni ambari, a kotarke očekuju kukuruz, a kukuruz izredan, pa nađikao, gledam ga baš juče; hulaner na konju da prođe kroz njega, ne bi se video; a klipovi k'o levča dugački. Al' će paor da pobesni, vrag mu babi! I dobro je, i ne valja! Zapamtio sam dobro, kad god je tako rodna godina bila i jeftina bila 'rana, uvek je bilo rata. Sad kako je, to ja ne znam! Valjda i ti carevi pobesne k'o i paori. Al' videćete samo, da će Baćuška zaokupiti!... Biće, drž ne daj!

— Bome, ako se umeša onaj naš sjeverni stric, biće povuci-potegni; svi su izgledi za to. I ja isto tako šacujem — potvrđuje pop Spira. — Eno gledam samo na asentirungu: kakve ti ne uzimaju u vojsku. Čisto vele: daj samo nek je više kanonen-futera! Sad im je svaka žgeba i navrta dobra; nema više un-tauglih! Eno i Perin onaj mucalo, nema prednja dva zuba, a ne ume sekser krajcara da izračuna, pa i on ost'o u katanama. Ne valja, ništa ne valja! Biće, što rekli naši stari, „krvoprolitija" nekog, biće, biće!

Dok se oni tako razgovaraju, čaše se neprestano pune i prazne. Piju oba popa, a pijucka, bogami, i gost; zaboravio na stare filosofe, pa pije bez vode vino. Poslušao je pop-Spiru koji reče: „Da je voda dobra, ne bi u njoj kreketale žabe, nego ljudi." Svi su živo i prijatno razgovarali, samo je kod popadija nešto zapelo, nešto išlo ćoškasto. I jedna i druga se izvinjavala umorom i vrućinom. Tako je trajalo do pet časova. Tada gđa Persa podseti društvo da bi dobro bilo da pređu malo kod njih.

A to je bilo vrlo dobro. Jer da su još malo samo ostali, otvorilo bi se grotlo na vulkanu prepunom gneva, hoću reći, planula bi gđa Sida, i zaboravila bi sve obzire koje treba da ima jedna gostoljubiva domaćica. A uzroka je bilo već isuviše. Prvo i prvo: nije bila ni najmanje zadovoljna sa Jucom i Melanijom. Ona prva bila je dozlaboga stidljiva, da ne kažem zavezana, ovo poslepodne; a ova druga, to jest, Melanija, pustila se u unter-haltung s gostom, ali to tako kao da je sama ona tu. „Ono nije više ni izgledalo da je u kući", pripovedala je posle gđa Sida;

„nego k'o kad se neka bečkerečka čifucka frajla u promonadi unterhaltuje s lajtnantima ulanerskim, kad o Šabecu svira regimencka banda u promonadi". Vid'la sam, veli, „svaka čuda, ali toga pokora — nikad!" A drugo, što je tako isto, ako ne još i gore naljutilo gđa Sidu, bilo je i samo gospoja-Persino ponašanje. To doduše nije niko video, ali videla je gđa Sida, a to je dosta. Videla je naime, kako gđa Persa briše svojom čistom šnuftiklom jednu čašu — bajagi čaša nije čista! „A čaša bila čista, k'o dijomant!" uveravala je gđa Sida. E, to je tako naljutilo, da umal' što nije planula i očitala joj u svojoj rođenoj kući. No sreća, te je ova napomenula da se polazi, i popovi se digli već. I tako je za taj par odložena bila erupcija gneva gđa-Sidina.

GLAVA OSMA

Ili produženje Glave sedme. U njoj je opisan „jauzn" kod pop-Ćirinih, na kome se desio sukob i optočelo otvoreno neprijateljstvo između popadija, a posle, naravno, i između popova.

Kuća pop-Ćirina bila je nešto siromašnija, u njoj se, istina, manje bogatstva, ali više ukusa opažalo.

Svi uđoše u gostinsku sobu po kojoj se rasprostirao blag miris mirišljavih sapuna i verbene (a kod pop-Spire opet miris od mladog sira i bosiljka). Kanabeta i sve stolice otkrivene, bez konofonskih navlaka, a po kanabetu i foteljama isheklovani jastučići i komadići hekleraja, a na njima sve neki goli amorčići sa tulcima strela (a kod pop-Spirinih su bili tanki peškirići od srpskog platna i veza). Po štelažama porculansko i stakleno posuđe, a po duvarovima nekoliko slika: neke bitke, neke slike iz Gesnerovih idila, i scene iz života blaženopočivše Marije Terezije. Tu i slika pop-Ćirinog oca, starog kabaničara Averkija, naslikana masnom bojom. On naslikan sa vrlo blagim izrazom lica, a pored njega nekoliko debelih knjiga mada je slabo čitao, ali, kao čovek koji je poštovao učene ljude i bio uvek među prenumerantima, zahtevao je da se što više knjiga pored njega nalaze. I moler mu je i učinio po volji; tako su došle kraj njega četiri debele sveske Rajića, *Makroviotika* Hufelandova i *Sobranie veščej* od Dositeja, a *Sovjeti zdravago razuma* od istoga držao je Averkije u ruci. Ali što je najviše moglo da iznenadi svakoga gosta, to je bio jedan klavir. Klavir u selu u ono doba! U selu je i krinolin bio još jednako dosta retka i bar nepopularna stvar. Kol'ko je samo frajli baš u ovom istom selu izvuklo batina i begalo u šupu ili u zelenu metlu kad se bába zgrane pri spomenu krinolina, i onda nije nikakvo čudo što su se ljudi čudili kad su našli klavir u selu gde su od muzičkih instrumenata poznate samo drombulje, frula i gajde, ali kad mu (to jest tome klaviru) doznate istoriju, onda se nećete toliko čuditi. Njega je pop Ćira dobio od nekog njegovog dozlaboga rđavog dužnika, a tešio se time: bolje je išta nego ništa, a posle, i proces mu je već izašao na potiljak. Na njemu je često frajla Melanija ždroncala neke arije. Kad je pop Ćira dobre volje bio, on je uživao u svirci, pa ma to bile i švapske arije; a kad je bio zlovoljan, Melanija je ostavljala klavir i nije smela da svira ni omiljenu pop-Ćirinu pesmu: „Sjajni mesec iza gore", jer pop Ćira se toliko puta u ljutini zarekao da će ga svega sekirom razlupati, ili ga prodati kakvome verglašu.

— Molim vas, izvol'te sesti. Molim, izvol'te tu na kanabe. Melanija golubice — veli gđa Persa — skloni te tvoje knjige; ne može čovek da se makne od tih njenih knjiga, stoji kuća k'o štajeromt. Uzmi onu sa kanabeta, da sedne gospodin Pera.

I doista, bilo je nekoliko knjiga tako otvorenih i početih, jedna na kanabetu, druga na fotelji, a treća na prozoru.

— Ništa, ništa; ne trudite se, gospođice, ja ću već to sam — reče Pera, i uze knjigu i stade je razgledati. Beše to neka nemačka knjiga, trideset sedmi heft *Rinalda Rinaldinija*, interesantnog romana iz razbojničkog života koji se tih godina rado čitao. Melanija je dobila prilično vaspitanje; bila je u leru kod neke stare frajle u Bečkereku, i tamo naučila mnoge za mladu devojku vrlo korisne stvari, a između ostaloga u prvom redu nemački; nemačkim je tako vladala da je, kako je gđa Persa uveravala, noću „buncala samo na nemeckom".

Dok se gosti nameštali i pauza trajala, uđe Erža sa poslužavnikom, na kome behu porculanski ibrici, šolje i srebrne kašičice, i posluži goste. Otpoče „jauzn" i razgovor opet kao da pauze nije ni bilo. I opet je išlo lepo i kod popova i kod mladeži. Najpre se pila bela kafa; Melanija je nalivala svakome i pitala svakoga: voli li više kafe ili više mleka, više ili manje šećera.

— Gospodin-Pero, kakvu kafu volete, slađu ili običnu?

— O, gospođice Melanija, iz vaših ruku svaka je stvar preslatka.

— Uh — huknu gospođa Sida — ta je l' još kome ovako vrućina?

— Vi furt šmajhlujete. Evo vam i obrsta, znam da vi to volete! — reče i spusti mu još dva grumena šećera i sede do njega.

„Ta jeste, sve su ga obrstom i od'ranili u bogosloviji", htede gđa Sida da rekne, ali što rekli: „Bog da prosti prednje zube", uzdrža se.

Svi posedaše i počeše jauznovati. Nastade jedna poveća pauza. Svi se dali na posao. Čuje se samo srkanje kafe; svi srču kao po nekoj komandi. Obe popadije podmetle šnuftikle pod šolje pa piju kafe, a jednako ispod oka gledaju na devojke i na učitelja. Gospoja Persa bila je zadovoljna, blažena! Još kod pop-Spirinih mogla je već videti kako se stvar sretno uputila, i da je nešto znala latinski, mogla je još tamo reći ono staro-rimsko: Veni, vidi, vici. A gđa Sida je bila kisela, jer je već, otprilike, videla i svoje i Jucino, što kažu, „dobroj’tro”.

Uostalom nije nikakvo ni čudo što je strahovala i već počela očajavati za uspeh, jer nije i ne bi to bio prvi slučaj da njenoj Juli pasira tako što. Uvek se njoj tako neki đavo morao desiti. Badava, morala je priznati i sad, i toliko puta već pre toga, da je Melanija mnogo i srećnija, ali i umešnija. „A dabome, eto taka će nesreća uvek pre naći sebi sreću, nego ova moja!” govorila je češće gđa Sida. „Gledaj, molim te, samo, kako mu pilji u oči k’o kakva čifucka frajla. Moja ti, dabome, to nit’ ume a, bogami, nit’ ’oće. A sadašnji su momci ćoravi, pa ne vide sve to. Njima se ne dopadaju skromne i smerne devojke, nego eto take šindivile što im igraju oči k’o na zejtinu. Take prave u današnje vreme eroberunge!”

Ovde će, mislim, biti najzgodnije, dok gosti piju kafu i jauznuju, da malo bolje upoznam čitaoce sa obe ove devojke — da ih, to jest, „aufirujem”. Nisam to učinio onoga večera kad su bile zajedno, stoga što je to bilo spram sveće, nego sam ostavio za danas, na danu, to jest. Spram sveće se prevari čovek, a ženske su opet začudo vešte pa se doteraju, te ne može čovek nikako da sazna pravu istinu. Nego ovako lepo na danu, tu se svaka pokaže baš onakva kakva je; tu ne pomažu mnogo nikakve veštine i apoteke.

Juca je bila mala, okrugla, rumena i zdrava kao od brega odvaljena, a Melanija visoka, vitka, i bleđa u licu, a uvek se tužila da joj nešto nije dobro. Juca je umela dobro da kuva, a Melanija da kritikuje jela; Jula je volela haljine otvorene boje sa cvetovima, a Melanija je uvek nosila haljine zatvorene boje. Jula je rado provodila vreme u bašti, zalivala i plevila, a Melanija je gledala samo svoje kaktuse i romane. Melanija je pročitala sijaset srpskih, a još mnogo više nemačkih romana, u fotelji, na prozoru, ili se sakrije iza klajderštoka; a Jula vrlo malo, pročitala je *Ljubomira u Jelisijumu, Adelaidu, alpijsku pastirku,* i *Genovevu.* Zavuče se u zelenu metlu iza kuće pa čita *Genovevu.* Viče je máma koliko je grlo donosi, a ona se zanela pa i ne čuje, nego se guši u suzama i gnušava se bezbožnog Golosa koji je napastvovao i oklevetao nevinu Genovevu. „Ti si opet čitala onu prokletu knjigu!" — „Nisam", laže Jula. — „Jesi, jesi! Gle, samo kako se umacurala od plača!" veli gđa Sida, pa je vizitira i otima joj *Adelaidu,* staru jednu knjigu koju je još Julina baba donela u miraz Julinom dedi. Na poslednjem listu svaki je čitatelj zapisao svoje ime i primedbu, preporučujući knjigu svakome najtoplije. Melanija je znala nemački, znala u klavir; a Juca tek natucala nešto malo i znala pomalo samo u gitar, jer kad bi gđa Persa zapitala pop-Spiru zašto i on ne kupi Juli klavir, ovaj bi joj odgovorio da joj je kupio klavir na vašaru. „Eno ga, veli, u šupi, pa nek svira u njega svake druge nedelje u dujetu s njenom mamom!" Melanija je išla češće na bal u Temišvar ili Veliki Bečkerek, i tamo je igrala nemačke igre koje je naučila u lêru, unterhaltovala se, pravila eroberunge, i vazda srećna i zadovoljna docne ostavljala bal; a Jula je znala od švapskih igara samo nekakvu šotiš-polku i neki tajč, koji joj je mama, kad je bila dobre volje, pod dudom pokazivala. Na bal je išla od godine do godine, o Sv. Savi, a na balu je uvek bila malerozna. Okrene li je samo dvaput tencer po sali — njoj se mora desiti neki maler; mora da joj pukne haljina ispod pazuva na leđima. Tek čujete gđa-Sidu gde veli, kad ovu dovede tencer i preda je mami: „Ej, teretu moj, srećo moja — opet maler!” A sirota Jula posle toga ne može da igra, nego sedi pored mame među ženama, a posle nekog vremena ajd' kući baš kad je bal u najvećem jeku, kad se i same máme ràspâle pa poručuju po tencere i hoće da igraju, i kad se i Šaca raspomami pa udari u poskočice i podvriskuje: „Ijuju!” Celim putem plače i proklinje čas kad se tako debela rodila na svet. — Melanija je bila malo sanjalica i sentimentalna; a Jula onako, ne znaš ni sam kako da kažeš, onako obična. — Jula je pevala najradije: „Niči, niči, krine beli”, a Melanija od srpskih: „Ko je srce u te dirn'o”, a od nemačkih sve neke u kojima se izlaže prezrenju muški pol, i pita se: šta će on na svetu? I naposletku, Juca je bila skromna i bogobojažljiva devojka, koja nije imala svoje volje, i koja je sve slušala u kući, i oca zvala: *táta*, a mater *máma*. A Melanija je roditelje zvala: pàpâ i màmâ, imala je svoju volju, i nju su svi morali da slušaju, pa je uvek bilo onako kako je ona htela. Gđa Persa je strepila za nju, pa se bojala, ako je naljute, da ne učini što od sebe, jer je bila slabih živaca, vrlo osetljiva. Padala je često u nesvest i bila — kako je gđa Persa tvrdila — sklona samoubistvu. Koliko je puta samo poletela bunaru da se udavi, i srećom se uvek tu desi Arkadija crkvenjak, koji je stigne i spase je roditeljima. A jedared umalo što nije zavila gđu Persu u crno; jer kad je poletela bunaru, a Arkadija za njom saplete se nesrećom preko valova, pa koliko je dug nosom o zemlju, i dok se on osvestio i digao, ona je komotno mogla skočiti u bunar, da nije, srećom, baš pred samim bunarom pala u nesvest. — Posle toga uvek je sledovao kakav poklon; nov šešir, nova haljina ili vođenje na bal u Bečkerek,

„da se dete malo razonodi i da izbije sebi iz glave te crne misli", kako je obično govorila gđa Persa. Pa i maločas spomenuti klavir kupljen je posle tri-četiri takve učestane nesvestice.

Eto takve su bile te dve popine ćerke. I kako znamo već kako to ide danas u ovom svetu, mislim da nema nijednog čitaoca koji neće već unapred znati koja će od njih dveju trijumfovati, a tako isto i razumeti da je to baš tako moralo biti.

— A vi se, gospođice, k'o što vidim, rado bavite čitanjem! — reče Pera prelistavajući onu knjigu.

— O, ja sam, verujte, strasna u tome.

— Man'te je, molim vas — umeša se gđa Persa — kad uzme knjigu, ta vam ondak ne zna šta je dosta. Ta bi vam zaboravila i da jede i da pije, kad nađe kakvu-takvu knjigu.

— E, vi, màmâ uvek preuveličavate! — brani se Melanija.

— Sve vam je ta, dragi gospodine, pročitala — veli gđa Persa — sve srpske, a tek šta mislite za nemecke knjige! Uzme samo knjigu posle fruštuka pa kaže: „Ajde, màmâ, vi budite danaske u kujni!" pa je tekem nestane. Vičem ja: Melani, o Melanija! Ajak, nje nema pa nema! Tražim je po svim sobama i po celoj avliji i šiljem u komšiluk kod gospoja-Side, a ona kaže: „Nije ona od jutros ni dolazila". A ja opet tražim, a ona, šta mislite? Zavukla se iza klajderštoka, pa se sva predala čitanju, a noćom u snu sve govori iz knjiga: „O, Edmonde, mi se moramo navjeki rastati!" A ja je pitam: „Šta ti je, râno? Ti si opet nazebla", a ona opet u snu govori: „Mene je nemilosrdna sudba, kaže, drugom opredjelila!" Al' sve to govori na nemecki, pa dođe mnogo lepše! Pa malo koju noć da ne govori tako iz knjige; a ja sedim u krevetu, pa sve plačem u pomrčini, i kunem te proklete spisatelje i njihove knjige. Grom ih spalio! Sedne tako kakav gladnica, koga mrzi da radi il' ne može da dobije u amtu mesto, pa piše i mami novce i zaluđuje mladež.

— Ta... ono, milostiva — veli Pera — vi ste u pravu, ali samo donekle. Vi tu mislite na one senzacione romane u kojima je sve izmišljeno, lažno.

— Ta jeste! — upade gđa Persa. — Eto baš odonomad čita mi Melanija kako je jedna lađa propala na moru i svi se podavili, a samo jedan se spas'o na jednoj dasci, pa se i on posle jednog dana udavio. Pa sad, otkud se u knjizi zna šta je on radio i razgovar'o se sam kad posle njega niko nije ost'o, a i on se tri dana daleko od svake zemlje udavio sam samcit; samo daska ostala posle njega!!!

— Da, da, imate pravo — veli Pera, pa nastavlja dalje. — Vi tu mislite na one romane gde se iznose ljudi kakvih nigde nema, i doživljaji kojih ne može biti u realnosti; tipovi ljudi koji nisu ništa drugo nego stvorovi piščeve bolesne fantazije. Protiv *takih* sam i ja, i svaki koji zna šta se zahteva od jednog dobrog romana. Ali ima, verujte, i korisnih stvari, koje su verno ogledalo, verna slika društva; ima romana u kojima se bičem nemilosrdne i neumitne satire šiba strašna pokvarenost društvena.

— Pa sad... ono ne kažem baš da nema; ono što ima bolje, tome čast i poštenje — veli gđa Persa. — Ali tek, ja bar uvek pomislim da su druge sretnije matere što im ćerke nisu tako pasionirane za nauku i za čitanje, pa kažem u sebi: „Bože, kako je, eto, ova naša gospoja Sida srećna mati!" I toliko puta govorim ovoj mojoj: „Što se ne ugledaš, kažem, na tvoju stariju drugaricu Jucu?! Eto, kad si, kaži mi, nju vidila da je uzela knjigu pa da čita!? Nego ta lepo stoji sve uz svoju iskusnu mater, pa se uči i pomaže joj k'o dobra ćerka materi; radi po kući sve: kiseli krastavce, pravi komlov, kuva sapun, kòpûni živinu, i radi sve take kućevne stvari, i uči se viršaftu još dok je za vremena"...

— Bogme čita i moja Jula, iako je mlađa! Doduše, ne velim baš da se zavlači po šifonerima, ali tek čita i to preda mnom čita! Ne, ne, čita ona; varate se, slatka, kad mislite da samo vaša Melanija čita! — prekide je jetko gđa Sida videći kud cilja gđa Persa. — Te još kako čita ona, pa sve naglas!

— Ako ste tako strasne čitateljke — umeša se obazrivi Pera, obrativ se Melaniji — mogu vas poslužiti zaista lepim romanima o kojima se suvremena kritika najpohvalnije izrazila.

— Baš ću vas moliti — veli Melanija.

— Išti i ti, nesrećo, jednu! — šanu brzo gđa Sida Juli, i gurnu je krišom pojače.

— Ako želite *Rabotnike na moru* ili *Poslednje dane Pompeja* ili *Preodnicu* koju je izdala Srpska omladina.

— Ja ću vas moliti za ovu treću knjigu za moju Julu — pohita gđa Sida.

— O, s drage volje — veli Pera.

— Ako su na nemecki napisane — veli gđa Persa — onda će bolje biti da je pošljete Melaniji; ona zdravo dobro govori nemecki, pa će ona pročitati i Juli sve na srpski ispripovedati i protolkovati.

— A ne, milostiva! Sve je baš na srpskom, tu skoro prevedeno. *Rabotnike* je preveo Đorđe Popović, a *Pompeje* Laza Kostić. A *Preodnica* je već original; u njoj ima jedna krasna pripovetka, *Karlovački đak* od Koste Ruvarca.

„Ah, beštijo jedna, gledaj samo kako je pakosna, mora da

ujede!", reče u sebi gđa Sida ljutito, a posmatra Peru i Melaniju kako su seli jedno do drugog, pa razgledaju album.

— Perso, děde malo vina — veli pop Ćira. — Gospodin-Pero, ta děte, nemojte se tu snebivati i ženirati zbog promene, moja kuća i gospodin Spirina kuća, to je jedno isto. Nemojte posle da se tužite da vam je bilo dugo vreme.

— A blagodarim. Ja sam sebi našao najprijatnije zabave; razgledam album — izvinjuje se Pera koji se već počeo znojiti po čelu i oko sebe pomalo sve u duplikatu viđati.

— Ajte još po jednu — navaljuje pop Ćira. — Razgovor, k'o što vidim k'o da malaksava.

Doneše i vino i čiste čaše, i stadoše sipati. Gđa Sida je bila ljuta kao zmija, videći da joj je prevučena štrikla preko sviju njenih računa, i u toj srditoj svojoj nemoći bila je gotova da učini svašta.

I ono čega se pisac bojao u prošloj Glavi, u ovoj se i dogodilo. Jer nalivajući čaše, gđa Persa na jedan mah preblede i kao okamenjena posmatraše gđu Sidu šta radi. To je primetila i Melanija, i sluteći buru, približi se Peri tako blizu da je, razgledajući s njim zajedno album, kosom svojom dodirivala obraz Perin. Pera je preturao listove albuma, gledao i pitao, a Melanija mu odgovarala. Kakvih ti tu sve fotografija nije bilo. Različnih i po pôlu i po godinama starosti i po staležu, a najviše je bilo Melanijinih. Kroz ceo album bilo je najviše njenih fotografija u raznim poziturama, izrazima, raznom odelu, u raznom duševnom raspoloženju, i naposletku u raznim sezonama godišnjim, a prema svakoj njenoj slici vizavi po kakav mlad jurat, medecinar, doktor, oficir ulanerski, husarski, infanterijski, pa čak i jedan (neverovatno u Banatu!) „marinerski" oficir! Tako na jednoj Melanija zamišljeno čita, a prema njoj na drugoj strani mlad medecinar; na drugoj sa rajtpajčem, a prema njoj brkati ulanerski oficir; na trećoj neka stena i školjke neke na morskoj obali, a prema njoj marinerski obrijani oficir; na četvrtoj jesenji sumoran landšaft, a ona naslonjena na neku ruinu, sumorna takođe, a misli joj blude nekud u daljinu; na petoj s rukama u mufu i pahuljicama snega; na šestoj s lálom i zumbulom u ruci; na sedmoj u lakom, vrlo, vrlo lakom odelu sa snopom žitnoga vlaća, kao ona drevna božica Cerera. Zatim dolaze silne druge slike. Neki solgabirovi sa zašiljenim i trgovci sa opuštenim brkovima; neke babe sa solufima sa kakvima malaju Izabelu špansku kraljicu, neke prije sa velikim krinolinima, i udavače sa Amorom od gipsa pokraj njih; neki „omladinci" u dušankama sa dugom kosom i razastrtom *Zastavom* i *Danicom* na stolu, i udovice sa brošom nezaboravljenoga pokojnika; neke grupe sa licima kao porculanske „supšisle", bez nosa i usta, a sa očima mastilom popravljenim, i naposletku kao poslednja u albumu slika čuvenog lopova Roža Šandora, bavećeg se na popravci u Kufštajnu. — Dok su ovi razgledali fotografije, gđa Persa je posmatrala gđu Sidu, a gđa Sida jednu praznu čašu koju je digla i stala okretati i razgledati prema prozoru, pa zatim huknu u nju dva-tri puta i stade je brisati svojom čistom cicanom keceljom. Sad, da li je baš čaša bila prljava ili nije, to vam pisac ne ume kazati, jer takve sitnice u stanju je samo žensko oštro sokolovo oko (pa čak i kad naočari ponese!) da primeti, a gđa Sida je bila pažljiva, vrlo haglih i vrlo čismenka.

— Proklete muve! — reče kao više za sebe gđa Sida — zato ja uvek kažem da je bolja zima.

— A šta vam je sad naspelo, gospoja-Sido?! — pita je gđa Persa, a sva pozelenela od pritajena jeda.

— Prokleti ovi mlađi! Baš se čovek ni za časak ne može na njih osloniti!

— Ta znam, znam, slatka gospoja-Sido — veli gđa Persa, a usne joj sve pobelele i suve, a glas drhće — al' tek baš niste morali vi to da radite, draga gospoja-Sido!

— The, šta ću, kad nisam napred znala šta me čeka!... A ja bome ne povedoh sad za vašu ljubav za sobom jednog pedintera! — veli gđa Sida i metnu ruke na trbuh.

— Ta man'te... znam vas već, znam... vi već morate tu vaše...

— The, tako sam naučila od moje pokojne matere, tako i ja vaspitavam moju kćer Jucu — veli gđa Sida, a gleda jednako u Peru — bolje je da joj kažem *sad*, nego svekrva ili muž *posle*! A drugo, naučila sam kod svoje kuće da mi je sve čisto — reče gđa Sida sva bleda, a nozdrve joj pobelele, i prekrsti ruke pa opet pogleda na Peru (koji ostavi album i poče čitati *Rinalda Rinaldinija*), kao da mu očima htede reći: zar nije tako?

— Čudo, gospoja-Sido... kad ste baš taka „čismenka Anka"... čudo da niste poneli sa sobom pored „šnuftikle" i kakvu opiraču.

— A, „šnuftiklama" ste vi naučili da brišete čaše; jest ako ćete baš da znate! — veli gđa Sida, pa i opet pogleda u Peru koji se samo okretaše čas jednoj čas drugoj popadiji.

— Tă, tă, tă, gospoja Sido... Perso. Ta koji vam je đavo sad opet?! — pita ih pop Ćira koji je, živo razgovarajući se s pop-Spirom, tek pri kraju ove scene primetio nešto.

— A šta je to sad opet? — pita pop Spira koji nikako nije ni opazio kako se razvijao dijalog, jer je baš pripovedao pop-Ćiri dokle misli hraniti i kad misli zaklati krmka. — Ta, šta je to?! Ta, šta ste počele k'o deca!

— Ta, eto — veli gospoja Persa — došle joj lutke k'o obično, odavno nisu...

— Juco! — ustaje gđa Sida sva zelena, i ogrće veliku maramu. — Ajd'mo kući; vreme je, stižu krave.

— Ta, gospoja Sido, ta man'te se komendije! — zaustavlja je pop Ćira.

— Ta, pustite je! — veli pop Spira — bolje nek se tamo ispraska. Eto nje sutra...

— Ajǎ, neće moja noga više kročiti u ovu umacuranu kuću!... Spiro, ajd' odma' i ti kući!

— E, baš si potrefila! — veli pop Spira. — Sedi, Juco dete, a mama nek ide.

— Juco, napred, olbrekc! — komandira gđa Sida i zalupi vrata i pljunu za sobom.

Šta će Jula nego se diže, pogleda Peru blago i tužno, i sledova razjarenoj mámi.

— A vi kad ste taka čismenka, gospoja-Sido — reče i potrča za njom gđa Persa — a vi onda eto bar dođite sutra posle podne, da pomognete i ekšplicirate mojoj Erži, kad...

— Zovi ti tvoga pokojnog déku, beštijo čifucka! — grmi iz avlije gđa Sida.

Ovo poslednje nisu ni čula oba popa, jer je Melanija odmah skočila za klavir da zabašuri, pa zasvirala i zapevala omiljenu pàpinu pesmu: „Sjajni mesec iza gore", pa tako nisu ni pridavali mnogo važnosti ovom sukobu. I pošto to nije prvi put bilo, nadali su se da neće ni poslednji put biti; a posle, i jedan i drugi pop bili su posle ručka uvek miroljubivi i dobre volje, zato su i posle ove scene produžili — k'o da ništa nije ni bilo — da piju i da se razgovaraju o ekonomiji.

— Molim vas, nemojte da vas to zbuni ni najmanje, gospodine — veli mu gđa Persa — vi je sad prvi put vidite pa vam je čudno možda. Ona je taka, dođe joj tako, pa... al' inače je, uveravam vas, dobra srca, do sutra će ona to već sve zaboraviti. Zato molim, molim vas samo se zabavljajte. Slušajte samo! Kako vam se dopada Melanijin glas i sviranje? U selu dosta, bome, i ovoliko. A to je pàpina omiljena pesma, jerbo zna ona i moderne pesme, je li, Nikolajeviču? (Tako je gđa Persa pred strancem oslovljavala svoga popu.)

— Ama šta je bilo, Perso? — zapita pop Ćira.

— Ta ništa, zaboga; naljutila se gospoja Sida što sam je dvaput ponudila kompotom, a znaš je da je uvek taka kad su vrućine i kad joj muve dosađuju.

— Bože! Pa zar zato?

— Ah, božanstvena pesma! — veli Pera i tera prstima svoju bujnu kosu naviše.

— Ta i zapustila se dosta. Kako retko svira, još dobro i svira. A kako je pre lepše svirala! Neke komade svira pa i ne mari, k'o od bede. Tek kad nam tako neko dođe, onda još i 'oće, a inače ne možemo je namoliti. A tako rado slušamo i ja i Nikolajevič. (Tu se „Nikolajevič" malo počeša iza vrata, al' ne reče ništa.)

— O, pa to bi onda trebalo počešće da imate gostiju — veli Pera.

— Pa eto, kad bi na primer bili tako sretni — veli gđa Persa — pa da *vas* počešće viđamo u kući, i ona bi opet k'o i pre svirala.

— O, molim... kako bi' ja to želeo — veli Pera. — Ja ću, dakle, biti tako slobodan.

— Biće nam zdravo milo. Izvol'te. Izvol'te kad god imate slobodna vremena od nauke — veli gđa Persa.

— Vrlo dobro! Baš i tako imam sutra da donesem gospođici traženu knjigu.

— Ta man'te ih do vraga! Mi k'o ljudi treba da smo pametniji. Ta zbog njih smo, što kažu, i carstvo naše izgubili. Ajd' spasi bog! — veli pop Ćira pop-Spiri pa se kucaju i piju.

— Al' baš ste mi iz usta izvadili! Ajd' spasi bog! Pa, da se to ide — veli zadovoljno pop Spira ustajući. — Znam ja nju dobro! Ali do doveče mora mi se ona odduriti! E, pa sad, zbogom! — prašta se pop Spira sa svima i odlazi sa pop-Ćirom.

— Sreća te su svi pametniji od nje u kući, pa joj ne dadu za pravo — veli gđa Persa. — Prostakuša jedna... žao mi samo onog deteta, one Jule; kakvo ta vospitanije može dobiti!

— O, gospojica Jula je doista simpatična devojčica — veli Pera kome se učini nešto prazna soba po odlasku Jule. Onaj njen pogled ostade mu duboko u srcu. — Kako pitomo gleda, pa kako je samo smerna i stidljiva...

— I vama se to dopada!? — čudi se očevidno malo uplašeno gđa Persa. — Bože, gospodin' Pero, baš ste vi... baš je ova sadašnja mládež! Svaka joj se ženska dopada...

— Ta ne, al' verujte, pala mi na pamet ona pesma: „U Milice duge trepavice"... Pa ona njena zbunjenost... idealna Srpkinja! Pa tek ona stidljivost...

— Prostota, prostota, bolje kažite — veli gđa Persa. — Sad, neću da kažem da je ona kriva, ona je krasno dete, dobro dete, ljupko dete. (Pera zavija dugu kosu za uši i sluša je pažljivo.)

The, ali sve je to samo za prva dva-tri magnovenija. Ta, boga vam, i lepo lice (a ona nije ružna) šta vredi ako nema tu i vospitanija?! Lepota prođe, a vospitanije traje, što kažu, do groba. A kad pametan čovek već hoće da vêk vekuje, a on gleda, doduše, na ono prvo, ali, bogami, još više i na ovo drugo. Zar ne?

— Ta, ono, doduše, tako je...

— Ah, vi, vi! — preti mu prstom Melanija, i gađa ga cvetom koji dotle držaše na grudima. — Znate li vi da nijedan vaš pogled na nju nije izmakao mom oštrom oku! Čuvajte se, gospodin' Pero! Znate li vi šta to znači do srca uvređena sujeta? Znate li šta sve može jedna očajnica da učini?!... Pa bar da vam je odgovoreno ravnom pažnjom, nego...

— E, a zar je ona sirota kriva — umeša se gđa Persa — što je bog taku stvorio, i ona njena máma je tako vospitava! Samo „jeste” i „nije”, pa ni reči više da bekne. Sačuvaj, bože, takvu kakvu kakvom mužu koji se bavi naukom, pa mu treba da se razgovori i razgali malo...

— O, pardon — prekide Pera i skoči sa stolice. — Ta ovo se već svi razišli! Izvin'te što sam se toliko zadržao. Prvi put, pa toliko da traje vizita...

— Prvi put, al' nemojte poslednji put da bude — veli gđa Persa.

— Gospodin' Pero, ja ću celu noć misliti na vas kako ste mi obećali knjigu. Dogod mi je ne donesete, mislićú na vas, *samo* na vas.

— Ah, gospođice, kad ne bih želeo da vas što pre vidim, ne bih je zadugo doneo... samo da što duže mislite na mene.

— A da ne bi zaboravili, evo vam ovaj puket cveća. On

neka vas podseti na moju molbu i na vaše obećanje — veli Melanija.

— Sećaće me na *vas*...

— Zbilja, gospodin’ Petrović’ — prekide ga Melanija znate li „govor cveća”?

— Govor cveća? Ne znam, gospođice.

— Šteta! — reče Melanija i pogleda ga svojim crnim očima tako značajno, da blaga Julina slika iščeze jedared za svagda iz srca mu. Pera obori oči. — Ah, i te velike škole!

— Jeste — veli Pera. — Omilitike, dogmatike, eh...

— Šta bi samo pročitali iz to nekoliko cvetića!

— A vi izvesno znate? — pita Pera, a gleda u zemlju. — Pa što me ne naučite?

— E, to hoću, al’ kad dobijem od vas puket, onda ću vam ga rastumačiti i poučiti, ali tražim od vas da vas niko, al’ niko ne preslišava... pa ni moja najbolja drugarica Jula.

— Ah, kákva — reče i manu setno rukom, a gleda u nju.

— Nemojte, nemojte — prekide ga Melanija — znam ja muški neverni rod.

— Al’ uveravam vas...

— Verovaću, ali dajte mi prilike, dokaza i vremena.

— Pa... dakle da vas ne uznemirujem ove nedelje...

— A ne, ne. Sutra vas čekamo.

— Dobro — reče Pera. — Dakle... ljubim ruku, milostiva — reče i poljubi gđu Persu. — Klanjam se, gospođice Melanija — reče i rukova se, pa kuražan kao svaki bogoslovac u tom raspoloženju, dodade plašljivo i polako: „Laku noć, i milo i drago”.

Melanija mu odgovori prijatnim stiskom ruke, i Pera sav sretan izađe praćen gđom Persom i Melanijom.

***

— No, ne znam šta bi' dala — govorila je gđa Persa, kupeći šolje i čaše sa stola posle jauzne — da se nešto mogu sad stvoriti kod pop-Spirinih, pa da onako iz prikrajka gledam i slušam kako đipa i praska ona paorska beštija!

— Bože, oni siroti brže odovud nego odonud — veli Melanija.

— A šta je to bilo, boga ti, Perso? — zapita pop Ćira koji se vratio u sobu.

— „Šta je bilo?"... Ja sam joj kriva što joj se ćerka ne ume ni okrenuti! A kad je sovjetujem: „Vospitavajte dete, gospoja-Sido, to se danas traži: bez nemeckog vospitanja danas nikud", a ona misliš da potrči u oči... Eto joj sad! Moje proročanstvo se obistinilo; jerbo ja nikad koješta neću da kažem... Klavir, hekleraj, valcer i nemecki...

— Ajd', ajd', vidiću i tvoju pamet — manu rukom pop Ćira dosadno.

— Ajd' ukloni se s tom luletinom — veli gđa Persa — da izluftiramo malo sobu.

— Šta će samo taj mladi čovek pomisliti?!

— Šta je pomislio to je i rek'o, a ti ajd' pred kuću — veli gđa Persa.

— Ta tek da nije bez komendije — reče pop Ćira, napuni lulu i izađe napolje.

— A ti sad, drago dete moje, gledaj šta ćeš! A pošlo je samo tako može biti! Učinila si „eroberung", pa sad ne puštaj ga ni za časak.

— Ne brin'te se, màmâ! Ostav'te vi to samo meni. Ta zar sam zabadava bila u pansionatu!... Ta zaludiću ja njega k'o dona Ignacija don Marijana u *Ljubavnom napitku*.

***

— Ej, teretu moj — reče gđa Sida kad se nađoše kod kuće — bolje je da sam panj rodila nego tebe! Od panja bi' vid'la bar neke asne... sela bi' pa se odmarala u starosti... a od tebe baš nikakve!

— Màmo, 'oću l' da podgrijem večeru? — pita je ponizno Jula.

— Jao, i tebi je još do večere! — dreknu gđa Sida, pa stala pa je gleda. — Ta druga na tvom mestu drekala bi: „Otvori se, zemljo, pa me progutaj!" a ti k'o da ništa nije ni bilo!

— Pa znate kako se jedi táta kad nije večera na vreme?!

— A što nisi govorila?

— Pa govorila sam — veli Jula.

— „Pa govorila sam"... Šta si govorila! Dede, šta si govorila?

— Pa što me je pit'o.

— Mladić učevan i vospitan, doš'o iz varoši... (iz *Karlovaca*, nesrećo!) pa k'o veli: „Ako se neću sa gospodin-popinom ćerkom unterhaltovati, a da s kime ću!" A ona, gledam je, sela k'o banacka mlâda, gleda preda se, pa samo: „Jeste"... „Nije".

— Ali màmo...

— Idi mi s očiju, sva si mi morasta!

— Nemojte me, mâmo, samo psovati — moli je Jula, pokri lice keceljom, i zaplaka se.

— Lepo je mladić pita, a ona se ukipila k'o... sveta Bona u šokačkoj crkvi, pa ni slovca...

— Pa kad me sve koješta pita — reče malo jogunasto Jula.

— *Koješta* mu i odgovaraj! — obrecnu se gđa Sida. — „Koješta pita"... Koješta sam se i ja nekad s tvojim tátom razgovarala; pa, fala bogu, eto, šta nam danas fali!? Da se nismo koješta razgovarali, ne bi se ni uzeli!... Valjda smo se o Dositejevim filozofijama razgovarali!... „Koješta me pita!" Vidiš ti nje, mustre jedne! Valjda te neće pitati koliko nam je krmača oprasila!?

— Jest, al' on mi se prdači...

— Tornjaj mi se s očiju, potprdo svetska! Druga bi se, da joj je tako štogođ pasiralo, sva umacurala od plača.

— Ja idem kod Žuže...

— Idi bestraga kad nisi ni za šta!

Za večerom su ćutali i jeli. Pop Spira je bio umoran, gđa Sida ljuta, a Jula k'o ubijena što se sve to tako dogodilo, a gospodin Pera je tako lepo nekoliko puta pogledao, a ona se tako dobro osećala, al' ne ume i ne zna ništa da kaže. Zato su svi ćutali. Jula je jednako čekala da ostane malo nasamo, da se sita isplače kao svaka nesretna devojka koja bosiljak seje a pelen joj niče. Kad je Jula otišla da namešta krevete, gđa Sida jedva dočeka, pa će reći:

— Jesi vid'o samo onu beštiju čifucku kakva je?

— Koju beštiju? — zapita pop Spira umorno.

— Ta tu tvoju „slatku" gospoja-Persu!

— Pa šta: jesam li vid'o?

— Bože, Spiro, i ti si već sve to zaboravio!!!

— A da! E, pa nisi trebala onako nakraj srca da budeš!

— Eto, sad *ja* nakraj srca!... Ta jesi vid'o samo kako su saletile onog jadnog momka, pa ne može naša Juca do reči da dođe...

— Pa... neka! Šta to fali! Može se sutra, preksutra sita narazgovarati. Ako je za razgovor, to kod vas nikad nije izgubljeno.

— No, i ti si mi neki *krasan* otac! Ta i kud će se ova naša meriti s onom njenom!!! Tako i na balu, tako svud, svud... Uvek ova naša ode u zapećak. Ta znam je samo na balu! Ono ima, ima *igranja*... al' ono njeno... već, već... k'o ona Irodijadina ćerka što je upropastila, bože me prosti, onako krasnog jednog sveca...

— Ajde, nemoj tu koješta govoriti...

— Ti koješta govoriš...

— Ama ja i ne govorim ništa; vidiš da dremam, spav'o bi'.

— Idi, ne probudio se — progunđa gđa Sida. — Ovo sve k'o da se najelo bunike danas, tako govori! Sevaj napolje, što si mi zadimio tu s tom tvojom lulekanjom!

I ovoga drugog popa isteraše u avliju da puši.

***

Baš kad je Nića bokter prošao ispod pop-Spirinog prozora i dunuo jedanaest puta u rog i oglasio već skoro uspavalom šoru i selu da je jedanaest sahata, podiže gđa Sida glavu tužeći se na vrućinu, i viknu preko sobe pop-Spiru:

— Spiro! O, Spiro, spavaš li?

— A?

— Spavaš li, reko'?

— Spavam, mani me...

— A mora li gospodin Pera uzeti baš pop-Ćirinu Melaniju, kad je dobio za učitelja?

— A?

— Hu — huknu gđa Sida. — Mora li učitelj uzeti Melaniju?

— A šta će starcu dve žene...

— Uh, ta ne stari, nego novi učitelj, gospodin Pera...

— A, on!... Ne mora...

— Može, je li, koju 'oće?

— Može ako hoće i našu Žužu... Mani me da spavam.

— Al' baš je neće uzeti! O bože, bože! — reče zevajući gđa Sida, pa se prekrsti i namesti bolje šlofkapu (koju je krišom u pomrčini metala na glavu, jer je pop Spira strašno mrzio na te švapske ženske šlofkape), a napolju se čuše tromi koraci seoskog boktera Niće koji se u daljini gegaše i glasno zevaše.

Time se završi ovaj doista buran dan.

GLAVA DEVETA

Iz koje će čitalac videti da je istina ono što su još davno rekli pesnici i filozofi, i to je: da je sve zlo u svetu (od Adama pa do naših dana) došlo baš od one polovine kojoj gđa Sida i gđa Persa pripadaju; jer su jednu malu iskru, mehovima svoje pakosti i mržnje, raspirili u užasan požar. U njoj će se izneti sve ono što se sutradan, a i sledećih dana, posle poznatog ručka i jauzna, dogodilo.

Pop Spira je sutradan im'o posla u polju u vinogradu i po njivama, pa je sasvim zaboravio šta je juče bilo, jer kad je bilo posle večere, uze lulu i duvankesu, pa će reći popadiji:

— 'Oćemo l' tamo preko?

— Nije nego uzduž! — veli mu gđa Sida. — Bog s tobom, Spiro; a kakvo te „preko" naspelo! Zar ti nije dosta bilo juče?

— A, izvetrilo je to čim sam izišo na jaroš! A, pa onda... ne moramo svaki dan piti, nego da se malo vidimo i razgovaramo...

— Jao mene! A kakav te razgovor nap'o sad, naopako ti zvonilo...

— Eto ti sad nje, kako samo govori!

— Ta da! A kakva bi' ja mati (jao žalosnoj meni!) bila, da danas idem tamo?!

— E, kao zašto da ne idemo?

— Ta zar ispred nosa ti ga odvukla, pa sad nam se smeju i on i ona beštija čifucka! I mi, *mi* da idemo!?

— Pa šta su ga odvukli?

— I odvukli su ga, i dočepali su ga, i neće ga šale pustiti. Ne iskobelja se više taj k'o ni paor iz fiškalskih šâka!

— Pa valjda se sad nećemo tući zbog njega?!

— Pa valjda da ostanemo flegmatični! E, Spiro, Spiro, ne nosila ja tu mantiju!

— Pa devojačka su vrata svakom otvorena... A on neka bira. Valjda mu neću nametati k'o fališnu forintu?!

— Hu-u-u! Ta što će je izabrati, i nije mi za to toliko, al' što će mi pucati pod nos ona beštija!... Ionako znam šta i kako o nama govore...

— Eh, ti sve znaš!

— Sve, sve! Sve znam, Spiro, sve vidim, Spiro, i sve čujem, Spiro, al' pûsto, žensko sam, pa *k'o žensko* moram da ćutim...

— E, to si ti prva ženska što ćutiš!

— Ćutim, Spiro, i jedem se samo u sebi... nisam neka svađalica. Slušam pa gutam. Slušam samo šta govore za nas...

— A šta govore? — zapita ozbiljno pop Spira i sede, a ustao je bio da ide pop-Ćirinima.

— Šta govore! Govore da si paorenda... Da nisi ni za zvonara, a kamol' za popa...

— E, to ti znaš i niko više.

— To sav svet zna i čuje, samo su tebi uši voskom zalivene.

— Pa ko govori?

— Pa govore oni. I to otkad. Pa ja se sve činim i nevešta... K'o velim: komšije smo, pa nije lepo da se svađamo pred pastvom, i valjda će prestati već jednom, kažem. E, al' ono kako koji dan, sve gore.

— Hm! — huknu pop Spira. — Pa kad si čula, što mi to nisi odma' kaz'la?

— Pa ja nisam gđa Persa, da pravim spletke. Ali sad je već dosta, i suviše. Samo kad pomislim kako su ga saletili, pa mu napunili uši!... Sirota Juca, nje mi je samo žao! Ona, dabome, ne ume onako piljiti muškarcima u oči i prevrćati očima k'o ona nji'na akterka.

— Ama, Sido, sve mi se čini da ti...

— Eto! Što ga nema kod nas; a kod njih je bio i pre i posle podne! Doš'o je posle podne još kad je Žuža išla po vešplau, a izaš'o je kad su se krave vraćale kućama! Izašli pred kuću, pa se čitav sât špacirali. A ja je gledam, pa mi se sve prevrće u meni i kuva k'o u šporetu. (Spiro, treb'o si viditi, a ja ti ne umem sve kazati!) Špacira se s njim ispred kuće, a iznela veliku loptu što je na prezent dobila od onog Švabe kapetana sas lađe „Maria-Anne" pa se lopta, pa svaki čas ispusti, k'o bajagi, loptu, a lopta se otkotrlja, a ona ga onda moli da joj donese, pa kad joj donese loptu, a ona mu zafaljuje, a sve prevrće s očima i stisne ga za ruku. Kad brž' to, kaži ti to meni i protolmači?! A furt se nešto smeju, a osobito ona. On i kojekako; snebiva se siroma' mladić, pa se čudi šta ga je snašlo. Al' ona, smeje se, bože, smeje, smeje, pa misliš sve zvoni sokak od njena smeja! Ona mu nešto govori, a sve gleda ovamo na našu kapiju — baš lepo sam vidila kroz izbijen čvor na kapiji — a on se samo smeši. A ona smeje se, bože, smeje, pa zabacila glavu, pa sve baca noge i šora nogama po zemlji, pa digla nos u nebo, misliš Venus je, niko k'o ona! Hu! Ta umal' joj nisam pritrčala preko sokaka; a kŭpila bi joj máma kofpuc i hornodle po sokaku a lokne po komšiluku... priselo bi joj i loptanje i smejanje!... Mora da se nešto preko nas podsmevala, ne sme faliti, to je Spiro, k'o ajmol ajnc; jer što ja vidim, to je viđeno, Spiro, pa punktum!

— Hm, hm! — vrteo je glavom pop Spira.

***

Prošlo je nekoliko dana posle ovoga, a odnošaji se ne samo da nisu nimalo poboljšali, nego su se sve više i više zaplétali. Pera je redovno svaki dan dolazio pop-Ćirinima, a tek jedared ili najviše dvared ako je bio kod pop-Spirinih. Gđa Sida je uvidela naskoro da za njenu Julu nema nikakva izgleda. Jer Jula je i nadalje ostala onako mirna i povučena, a posle one scene u pop-Ćirinoj kući još više. Gđe Sida je bila ljuta, i čudno joj je bilo, kao što je, znam, čudno i čitaocima, ali pisac obećava da će skorim svaki čitalac videti u čemu je stvar. Kazaće im on to već na svome mestu, i znam da će im onda još čudnije biti kako to da se nisu ranije setili, kad je davno u romanima rečeno da se srcu ne dâ zapovedati, a u pesmaricama zapisano „Nije blago ni srebro ni zlato, već je blago što je srcu drago". Međutim dok je Jula silazila, i kao zvezda zalazila za horizont, Melanija se sve više penjala. Znala je oko Pere tako vešto i umiljato da se ponaša, da mu je već teško bilo i pola dana bez nje. I ne znam kako, već tada mu je padala na pamet strašna misao: kakva bi to velika nesreća bila, da nešto kao pop ostane udovac, da mu — ne daj, bože — umre takva popadija! Osećao je da to ne bi bio u stanju preživeti. I slika Melanijina postajala mu je sve draža. A i ona od svoje strane koliko ga je samo svojim žrtvama obvezala! Uklonila je iz albuma sve muškarce ispod pedeset godina; i hulanerski, i infanterijski, i artilerijski, pa čak i „marinerski" oficir, ustupiše mesta svršenom kliriku Petru Petroviću, čije se četir fotografije od sad nalaze u albumu prema njoj. Svaki dan bi im odlazio i donosio knjige koje su zajedno u bašti pod orahom čitali, i zajedno uzdisali ako bi što žalostivo bilo; na onim tronljivim mestima Peri bi drhtao glas, a Melanija briše tankom šnuftiklom nos, da bi predupredila potok suza. Gđa Persa sedi i podštrikava popine čarape, i ona sluša, samo što ona ne plače, ali se ipak čudi kako to sve tako lepo umeju ljudi da izmisle i sastave, k'o da su baš tamo bili! Posle čitanja čeka ih „jauzn", a posle ovoga izlaze i šetaju se ispred kuće i razgovaraju, a razgovoru zaljubljenih nikad kraja. Šetaju se tako već u mrak. Pa dvared-trired izađe Erža i javlja da je sto postavljen, i Pera se klanja, a Melanija ga ne pušta, a poručuje: „Kaži mami, odma' ću!" pa se dalje šeta.

„I-ju! E, ta baš ne zna šta je ni stid ni sram!" čudi se i veli gđa Sida gledajući kroz čvor na kapiji. „Gledaj samo, kakva je; ufatila momka k'o krlja, pa ga ne pušta! Tä tâ bi, kakva je, i osvanula na sokaku. Da mi nije žao momka, baš bi' ga pitala: misli li se tako svu noć špacirati, pa bi' mu poslala bokterski rog, bar da znamo noću kol'ko je sati!"

I opet izlazi Erža i nudi i gospodina Peru na večeru, a on il' primi ponudu il' se učtivo izvini, klanja, rukuje, i odlazi, a ona sa poluotvorenih vrata stoji i gleda za njim, sve dok ne savije u drugi sokak; a kad savije u drugi sokak, a on još jedanput pogleda na vrata, a ona još stoji i gleda za njim, maše mu maramom i ulazi, a on njoj mane šeširom i zalazi u drugi sokak, pa sve cupka od miline, i nikoga ne vidi, ili se svakom javlja. A gđa Sida se samo krsti iza one rupe od čvora na kapiji, krsti se i čudi i veli: „O, časni te, devojko!”

Gđa Sida nije mogla to da trpi, smetalo joj je, upravo kvarilo njen dojakošnji red i naviku. I ona je naučila svako predveče da sedne na klupu pred kućom i da se javlja mimoprolazećima i da daje savete Juli koja sedi pored nje ili Žuži koja u to doba obično poliva ulicu ili plevi zubaču, da ne bi sedela besposlena, jer besposlenost je, govorila je gđa Sida, izvor tolikim porocima. To je stara njena navika od toliko godina, i sada, gle, mora da je se odvikne otkako je Melanija počela da se šeta ispred kuće! Međutim, da popusti kad je ona u pravu, i kad je ona gazdarica ispred svoje kuće, pa sve do pola sokaka — to, bogami, nikako nije htela, a nije ni tražiti. Mislila je i mislila kako bi im doskočila — i naposletku se dosetila, slavno dosetila.

U selu nema baš bogzna koliko policijskih uredaba, upravo ima ih dosta, ali malo ih ima koji ih zarezuje u što. Sokak ili avlija, to je sve jedno, u svakom selu. Zato i u ovom našem nije bila retkost da se razapne pajvan i da se suši veš preko sokaka. Psuje istina svet i pajvan i gazdu, ali opet ostaje sve po starom; kako je kome udesnije, tako i radi. Pa kad je to sve tako, onda će vam razumljivo biti i ovo što je gđa Sida sad uradila. A baš joj je zgodno došlo da uradi što je smislila; nije imala koga da pita, nego je mogla sama da uradi, jer pop Spira ni pop Ćira nije bio u selu. Otišli su kao prekjuče, a baviće se još ne znam koliko koji na putu. Dakle, sve k'o poručeno, živa zgoda.

Sutradan već je bilo namešteno jedno rešeto za žito

(vetrenjača) i radili su od rane zore do mrkla mraka. Grdna prašina i pleva letela je i padala, blagodareći pospešnom vetru, na pop-Ćirinu kuću baš kad su izašli da se šetaju, a rešeto je užasno zablebetalo i lupalo, da je Melaniju formalno ućutkalo, i ova ne mogaše do reči doći.

— A, a, to se ne može izdržati! — viče Melanija.

— Zaista ne može. Gotovo da ostavimo šetnju za sutra. Klanjam se, gospođice! — viče Pera.

— Službenica! Baš mi je žao. Al' sutra morate mi obećati da ćete ranije doći i duže ostati, da naknadimo današnji gubitak.

— S drage volje! Ljubim ruku! — reče Pera i poljubi je u ruku i ode.

Ali ni sutradan nije bilo bolje. Opet je rešeto izneto i opet su počeli da rade baš u ono doba kad je najlepše bilo za šetnju is-pred kuće. Pa tako i prekosutra, tako da se to dosadilo ne samo Melaniji koja se unterhaltovala, nego i svima u komšiluku, pa čak i baba-Tini koja se još pre pedeset godina unterhaltovala. Šetnja je davno bila prekinuta, za čitavu nedelju dana, i u kući pop-Ćirinoj beše drvlje i kamenje na gđa-Sidu. Gospođa Ćirinica bila je sva zelena od ljutine, i čekala samo da se pop Ćira vrati i da mu se potuži, jer, kako se izražavaše, nije bila rada „da ima posla sa jezičnim ženama"; a ne manje je u isto vreme bila zelena i gđa Sida što još niko od pop-Ćirinih ne protestira, a eto već čitava nedelja dana prošla!!!

GLAVA DESETA

*Njome se vraćamo za nekoliko nedelja unazad. Kad je proči-
taju čitaoci, ujedared će im pući pred očima i moraće uzviknuti:
„Vidi, vidi Jule!" jer će im sasvim pojmljivo i razumljivo biti
Julino ponašanje, i priznaće da je zlatna i umesna ona poznata
narodna poslovica koja veli: „Ispod mire tri đavola vire".*

Znam da su mnogi čitaoci (pa ma i ne bili kritičari) sumnj-
ivo vrteli glavom kad su pročitali prethodnu Glavu, jer im se
čudno i neverovatno učinilo što se Jula tako lako utešila, dok
joj je mama još jednako praskala zbog Melanijinog uspeha.
Prebacivaće piscu da nije dobar poznavalac ljudi, odnosno
ženskih, a ako se među čitaocima još i kritičar nađe — on
će izvesno dodati: da svo dalje ponašanje Julino nije dovoljno
motivisano. Zar jedno mlado žensko stvorenje — reći će oni —
u tim godinama (a koliko je pak godina Juli, koliko i Melaniji,
to pisac nikako nije mogao da dozna), pa da ne oseća, nego
da je kao kamen prema laskavim rečima jednoga onako lepog
i prijatnog učenog mladića, i posle da je tako ravnodušna kad
joj, takoreći ispred nosa, odnose priliku?! Tako je! Istina je!
Ali je i to istina da se mnogo štošta u ovom šarenom svetu
i *ne može* da motiviše — pa ipak se događa. Ali pisac će se

ipak potruditi da osvetli stvar sa svake strane, tako da će sve motivisano i jasno biti. Biće svega dosta k'o vode.

Nije dakle ni Jula bila „kamenita stena". Onako jedra i zdrava i ona je osećala, i njena krv je bujnije strujala u žilama, srce joj jače bilo, obrazi se zaplamteli žarom koji se jednom i nikad više u životu ne vraća, i misli su njene od nekog vremena često bludile izvan kuće, i zanimale se jednom njojzi milom i dragom slikom već od nekoliko nedelja. Ali to je još bila velika tajna. Za nju je malo njih znalo; njih dvoje mladih, jedna stara tetka, i Onaj što sve radnje ljudske zna.

Bašta pop-Spirina, koja je bila velika, sučeljavala se s baštom tetka-Makre koju je celo selo zvalo tetkom, ali koja je bila prava tetka samo Šaci hirurgu. On se, doduše, zvao hirurg, ali to je još jednako samo njegova želja bila, jer u stvari još nije to bio; bio je samo berberski kalfa. Ali što nije bilo, može da bude, vele pametni ljudi, a kod našeg Šace utoliko lakše, što je Šaca već od rane mladosti bio namenjen na medecinu; zato je i dat u gimnaziju, ali je već iz četvrte „latinske" bio isteran zbog ateizma u nekom vidu, i onda šta će s njim, nego ga kao Srbina i srpskog gazdačkog sina, dadu u berbere. A čim sam kazao šta je bio, nije nužno da napominjem da je lep u licu, nežnijeg sastava i pitomije naravi a poetske naklonosti, jednom rečju, gospodske persone, što rekli. Tako isto je izlišno napomenuti da se lepo nosio, kicoški češljao i učtivo ponašao, te ga je i ženski svet rado imao. Dosta je samo da jednom prođe sokakom, pa se tek oseti kako se prosipa i razleva miris od mirišljava sapuna i pomade, pa tek zatutnji kakva bosonoga na kapiju, i nađe baš onda da zove komšinicu iz preko puta, samo da mu dâ na znanje da je tu, i da ga prati očima. Naravno da to paorskim momcima nije bilo pravo, i da su vrebali priliku da mu se nekako oduže; ali on je ne mareći mnogo za podvige junaštva, uvek gledao da ne da kakva krupnijeg povoda, poznavajući paorska grubijanstva. Mnoga je ženska bila spevana sa Šacom u pesmi, pa posle izlemana kod kuće; i obratno, to jest, najpre izlemana kod kuće, pa posle spevana u pesmi, što uostalom sve na jedno izlazi.

No na stvar. Dakle Šaca hirurg je imao tetku, čija se bašta graničila, sučeljavala, sa pop-Spirinom baštom. Kao što je poznato čitaocima koji se briju, berbernice ni u varoši ne rade svaki dan, nego većinom subotom i nedeljom, pa tako je i u selu. Čitave nedelje Šaca, berberski kalfa, bavi se drugim poslovima. Ili udara u tamburu, ili prepisuje *Pesmaricu*, ili traži gliste, pa ide da peca ribu (u jesen hvata štiglice), ili, naposletku, ode kod tetka-Makre. Tu je jednoga lepog dana imao prilike da vidi kroz baštenski plot Julu kako se zajapurila pleveći baštu, i da je čuje kad peva. Tako danas, tako sutra, ele on se nekako tako navikne, pa mu čudan dan kad ne ode svojoj tetki-Makri makar na nekoliko trenutaka, ili kad Jule nema u bašti da je vidi ili čuje. Malo koji dan da nije došao. Ponese zejtina i pola tuceta brijača, pa sedi u bašti i oštri brijače, a pevuca kroz zube. Donosio je ponekad i tamburu; pa kad Jula nešto zapeva, a on je prati sa tamburom. Spočetka se Jula k'o i ženirala i ljutila pomalo, jer joj se učinilo da je Šaca isuviše slobodan. „E, a otkad to?!" pitala se u sebi Jula. Sutradan kad je došla i zapevala, nije čula tamburu da je prati. Sada je videla da je juče valjda nešto ljuta bila, jer, i naposletku, a zašto momak i da ne peva u svojoj bašti uz svoju tamburu!!! Danas se već ne bi ništa ljutila. Ne želi baš, al' ne bi joj ni nepravo bilo. Tako misli, a jednako kopa motičicom što joj je tata naručio kod Orestija kovača. Kopa i misli. Učini joj se k'o da su zalupila baštenska vrata. Sluša. Nema ništa. Ostavi motičicu i priđe plotu, pa viri kroz plot. Nema nikoga, učinilo joj se samo. A tako bi volela da čuje malo tamburu; nešto je raspoložena danas. Gleda u baštu. Tišina; nigde nikog. Ćarlija vetar, valjda je on i zalupio baštenska vrata. Ljulja se lastar i drveće i cveće.

— Gle, gle! Bože, baš k'o da su živi! — veli Jula i gleda slatko i nasmejano na cveće, na rodin kljun i ružu, kako se jedno drugom klanja i približuje i pada u naručje, pa k'o da se ljube. Pa se opet razdvoje i stoji svako na svom mestu, pa ćute k'o da osluškuju da ih kogod ne gleda i vreba; pa se onda opet, kao kradom od sveta, zanihaju i padnu jedno drugom u naručje, pa se opet ljube. „O, o!" čudi se Jula.

Preksutra kad je Jula došla pre podne u baštu i stala pleviti, zapevala je po svom običaju. Pesma je potekla iz nekog raspoloženja koje daje mladost i raspoloženje, a ne iz kakve ljubavi, jer Jula još nije bila zaljubljena (iako je ovo već deseta Glava pripovetke). Ona još nije mislila ni na koga, nije ni danju ni noću snivala još nikoga. Ona je volela svoje piliće i guščiće i svoju Milku koju joj je tata još kao junicu poklonio, a od čijeg je prodanog mleka spuštala krajcare i seksere u svoju lončarsku „šparkasu". Pa opet, kako joj je milo bilo kad začu iz baba-Makrine bašte tamburu! Juli je tako milo bilo, i tako je veselo plevila baštu, da je s travuljinom počupala i svu mirođiju, tako da su sutradan iz komšiluka morali uzajmiti mirođiju za krastavce iz vode, bedeći onu Rakilinu derlad koja čini pustoš po svima komšijskim baštama. A dan posle, već se toliko oslobodila da je zapevala baš onu istu pesmu koju je Šaca maločas udario u tamburu. Ah, kako je Šaci bilo kad je čuo da mu se neko odaziva iz komšijske bašte. Odmah posle te pesme udario je Šaca u tamburu i sam zapevao:

Čija li je taraba,
Čija li su vrata,
A čije je ono luče,
Što odande guče?

Nije prošlo ni koliko jedan dobar očenaš da se pročita, a iz pop-Spirine bašte začu se najpre (očevidno forme radi) neka starinska pesma „Tavni luzi i bregovi, kažite meni bjednoj", a posle te pesme i jedne male pauze, začu se iz pop-Spirine bašte — kao kad pevnica pevnici odgovora — i druga strofa one pesme koju je Šaca počeo:

Mamina je taraba,
Mamina su vrata,
A moje je ono luče,
Što kroz pendžer guče!

To beše kao neki odgovor na ranije pitanje, bar tako ga je Šaca, poznavajući — što rekli — lavirinat ženskoga lukavstva, razumeo.

Ostavljam sada fantaziji mojih čitalaca da predstave sebi (ako su, to jest, ikad u životu tako preko plota i tarabe otpočinjali — ili čak i imali kakav — roman), njima ostavljam da predstave sebi kako je bilo i Šaci i Juli toga trenutka, jer to se i ne može opisati, to vredi doživeti i osetiti, i posle ga se doveka sećati. Milo oboma, i njemu i njoj. „Nema sumnje — misli i jedno i drugo — to se mene tiče!" Njemu milo što zna da to sigurno ne peva gospoja Sida popadija, a njoj opet tako isto što je sigurna da stara tetka Makra ne udara u tamburu.

Tako su se još posle nekoliko dana tamburom razgovarali, a posle su se već služili prozom; počeli su se, to jest, pomalo i razgovarati.

— A, jeste l' svaki dan tako vredni, frajlice? — osmeliće se Šaca jednoga dana i zapitaće je.

Jula ćuti i radi dalje. Kratka pauza.

— Frajla-Julijana — započe opet Šaca — jeste l', reko', uvek tako vredni... he, he, tako k'o danaske?

— A šta se to vas tiče?! — reče Jula i produži kopanje.

— A pomaže l' vam kogođ?

— To se vas baš ništa ne tiče! — veli Jula, i stade razbijati jednu grudvu zemlje.

— He, a možda me se i tiče! — veli Šaca.

— E, a zašto da vas se tiče?

— Pa umorićete se, frajla-Julijana! Eto oznojili ste se... pa ćete nazepsti, pa...

— E, pa neka ozebem!

— E, al' možete se i razboleti!

— E, branim ja, pa neka se razbolem!

— E, al' možete onda i umreti!

— Pa neka umrem... ima, fala bogu, ko će me žaliti. Valjda ćete me vi oplakivati?! — reče Jula i prestade kopati.

— Te još kako! Ja ću baš najviše žaliti!... Sav ću se umotati u flor, bogami, frajla-Juco! Ne znate vi još, frajla-Juco, kako sam ja zdravo čuvstvitelan...

— I-ju! Ala je bezobrazan! (Stade Jula s radom i pogleda ga.) Sram vas bilo! Sevajte odma' s te dére. Mâ... Sad ću zvati mamu.

Nastade opet pauza. Jula produži kopanje, a ljuta jako, pa prebacuje sebi što se i upustila u razgovore.

— On da me žali! — govori Jula onako za sebe. — Vi'š ti to njega! Uncut jedan. — Al' sam mu dobro i odgovorila! Nema ga! — veli, a uvo joj okrenuto komšijskoj bašti. — Jao, krsta! Ne znam da su moja! — reče i nasloni se na motiku da se odmori malo. — Što ne bekne sad štogođ, mustra berberska!?

A iz druge bašte se začu najpre tambura, a zatim i pesma:

Ej, da je meni leći pa umreti,
Al' da mi je smrti ne videti;
Da ja vidim ko će me žaliti?
Žaliće me moja mila nána,
I žaliće još milija dika;
Nana žali za godinu dana,
Dika žali za nedelju dana —
Ej, ta milija je dikina nedelja,
Neg' nanini' sto godina dana!

— I-ju, ala je bezobrazan! — prošaputa Jula, kad onaj poče pesmu, ali je zato opet pažljivo do kraja poslušala! E, baš je bezobrazan! A zatim uzdahnu, pa stade dalje da kopa. — Je l' on samo berberin... — uncut je on! — veli Jula, a okopava sve što joj pod motičicu dođe.

— Frajla-Julo — osmeli se opet Šaca, i zagazi opet u prozu — a jeste l' se umorili?... Hoćete l' da vam pomognem?

— Ta okan'te se vi mene! Šta ste me zaokupili tu! — obrecnu se Jula na nj.

— Pa zar ja divanim što zlo!? Velim: da vam malo pomognem. Ako ja k'o prvi komšija neću, a da ko će!? „Drvo se na drvo naslanja, kažu paori, a komšinica na komšiju!"

— Probajte samo ako 'oćete da pustim našeg šarova s lanca! Nećete se skrasiti ni u toj vašoj bašči.

— I-ju, frajla-Juco, nisam znao da ste tako svirjepi! He-he, al' nećete, nećete, znam ja to dobro! Znam ja, frajla-Julo, vaše dobro srce! E, baš ću da probam! — reče Šaca pa se uhvati za ogradu, kao da hoće da preskoči.

— I-ju! Mâ — trže se Jula i htede da vikne mámu. — Probajte samo, sad ću da viknem tátu! Vi'š ti to njega! Odma' šibajte iz bašče...

— Ta šta vi tu mene furt plašite s vašim tátom... ovaj gospodin-parohom i šarovom, u mojoj rođenoj bašči!?

— E, a otkud je to vaša bašča? — veli mu zbunjena Jula.

— E, pa to je bašča moje tetke, a ja sam tetkin k'o što ste i vi *tátina*.

— Nisam ja tátina.

— Pa ondak ste mámina...

— Nisam ja mámina.

— Pa da čiji ste?

— Nisam ničija! — reče Jula kao ljutito.

— Baš ničija! O, maj!... I-ju! Frajla-Julijana, pa, ajde budite ondak moja...

— I-juf!!! Ala ste bezobrazni! — viknu zaprepašćena Jula.

— Sram vas bilo! Gledaj ti samo uncuta jednog! — veli Jula sva oznojena i zajapurena, pa ne može još da dođe k sebi od čuda, nego se naslonila na motiku, pa gleda začuđeno oko sebe po drveću kao da ih priziva sebi za svedoke ovog grdnog bezobrazluka Šacinog. — Ako još tako uspiljite kroz tarabu, odma' ću vas ovom motikom! Sevajte táki od tarabe! Mol'te boga što nije táta kod kuće! Sram vas bilo!

Nastade opet pauza. Jula kopa, a Šaca se ućutao i povukao pa ćuti. Tišina. Kaju se oboje, i jedno i drugo; Šaca što je bio tako drzak, a Jula što je bila tako surova. Ne čuje se ništa iz bašte, samo zelena žabica se čuje kako peva sa jednog ne znam kog drveta, i golubovi kako guču ne znam u čijoj avliji. Juli žao baš ozbiljno. Čas krivi, čas pravda sebe, al' opet na kraj kraja, kad ozbiljno pomisli, pa šta je to tako baš strašno kazao; ta eno i u pesmama, trukovanim još — pa šta se sve ne kaže, pa se niko ne nalazi uvređen! „Ho — misli u sebi Jula — kako sam ga samo strašno izgrdila! Sad se valjda zastidio pa otišao u drugi kraj bašte, a uši mu se — misli Jula — sve crvene k'o cvekla iz kombosta od silnog stida. Siroma' mladić! Možda i plače sad od jeda i sramote! Al' baš da vidim!" reče u sebi Jula, pa pritrča lako tarabi, i stade zavirivati kroz tarabu u tetka-Makrinu baštu. Gleda po bašti. Ne vidi nikoga; samo drveće i cveće, i visoku zelenu metlu i bikove od crna luka kako se izdužili u visinu. Tišina, ona prava baštenska tišina pred podne; samo se čuje zujanje i treperenje vilinih konjica oko onih silnih bikova u lejama, i silno lupanje u grudima Julinim od nekog straha.

— Nema ga... otiš'o je — prošaputa Jula. — Huncut

jedan!... Misli on, ja sam mu ona sa šora paoruša... Otiš'o je! — reče glasno.

— He, he! Frajla-Julo, a vi kanda zavirujete! Kanda *mene* tražite! Baš ste najgirig! Tu sam, tu — smeje se Šaca demonski.

— Juf! — ciknu Jula, i trže se kao oparena od tarabe kad spazi Šacu koji joj, iako lep momčić beše, dođe sad gadan, gadan kao sam đavo sa onim njegovim smejanjem.

— He, he! Tu sam, tu — ponavlja Šaca.

— Sram vas bilo! — dreknu Jula na nj, sklanjajući zbunjena bujnu kosu svoju pod plavu cicanu maramu kojom je povezala glavu.

— E, lepa parada! *Vas* treba da je sram, a ne mene! Ja baš ako i gledam, a ja sam barem muškarac, pa mi se i šikuje... al' *vi, vi*!... Frajla, pa još gospodin-popina ćerka! — veli Šaca sretan što joj se osvetio za raniju uvredu. — Sveštenička kći, pa izviruje na déru!

— A otkud je to déra! — brani se Jula, ne znajući šta da kaže. — Nema ovde nikakve dére... Još ćemo i s *vama* da imamo déru!

— Ta kako ste to počeli, može je još i biti! No, to mi se dopada!... Još samo treba da vas čujedu... i da vas spevadu šorom!

— Probajte samo! — veli Jula, pa produži rad motičicom, ali šta je radila i šta okopavala, to ni ona sama nije znala.

A Šaca uze zadovoljan tamburu i zapeva, onako radi svoga zadovoljstva, evo ovu pesmu:

Seka-Juco, što gledite?
Ala ste vi smešni!

Ako mene ne ljubite,
Duše mi ste grešni!

Čisto znadem šta mislite
Kad se nasmijete!
Kazali bi, al' ne smete,
Da me milujete.

— Ju! Ju! — ciknu Jula i baci motiku, pa se udari očajno šakama u glavu, poražena tolikom drskošću Šacinom. — Ju, kako je bezobrazan! — i polete iz bašte, koja joj se sva okretaše. Silno polete da pobegne, tako silno da se udari o jedno drvo, kao zec kad u strahu nagne da beži, a ništa, pa ni najveće predmete, ne vidi pred sobom. Od silne sramote i silna bola od čvoruge koja joj je iskočila, udari u plač kad se nađe u avliji.

***

Utom dođe i g. Pera u selo, i zbi se ono što je čitaocima već iz ranijih Glava poznato.

Ni Jula ni Šaca nisu nekoliko dana dolazili u baštu. Prva je Jula popustila i došla. Od tog dana je opet počela dolaziti svakog dana, pa pre podne je plevila, a posle podne zalivala baštu. Osluškuje, ali ne sme nikako da pogleda u komšijsku baštu. Malo joj čudno što ne čuje odande pesme ni tambure. „Pa šta je to baš tako strašno uradio? — pitala se Jula u sebi. — Baš ništa strašno! Lepo me pita: pomaže li mi kogođ? Pa to baš nije ništa neučtivo!" Već se kajala, što je tako gruba bila kad je on spočetka onako lepo zapitao, i želela je da se samo još jedared pokaže na plotu, pa da ga lepše dočeka. „He, valjda je lud da dođe, kad ga tako dočekujem. Tako mi i treba kad sam bila luda! Al' kanda će zaboraviti!" tešila se Jula, al' Šace nikako nema, tako da se Juli učini ovo nekoliko dana čitav vek.

Jednoga jutra tih dana ustade Jula vrlo sumorna i rasejana. Tome je bio uzrok noćašnji san, upravo ne noćašnji nego san u samu zoru. I otkud samo to da sniva!? Njega da sniva! A snivala ga je vrlo lepo; i kao popino dete, vaspitano, naravno, u strahu božjem, snivala je jedan san koji je, može se reći, pomalo i pobožan bio.

Sniva ona, a ona se kao šeta po bašti, pa kao nema više evedre između njihove i tetka-Makrine bašte. A u bašti ništa nije onako veselo kao pre, nego sve nekako sumorno, kao neka omarina, pa sve u nekom sutonu, i ptičice spavaju, i šareni leptiri se polepili po drveću kao mrtvi, pa sve ćuti i kunja, samo se čuje neko tiho jecanje i plakanje, isprekidano gukanjem gavranovim, odande iz onog komšijskog jorgovana. Kad bliže jorgovanu, a ono pod njim neki crn, veliki kao čovek gavran, njihov Gaga. Kad malo posle, a ono nije gavran nego Šaca pod jorgovanom plače. A pored njega, na jednoj grani stoji njihov *Gaga*, stari gavran, onoliki koliki i jeste, pa i on tužan jako opustio krila, pa samo ćuti, pa i on gleda žalosno na nju. A na Šaci kao da nisu one njegove lepe iroške haljine, nego neka kao mantija, i neka kamilavka; a u njega neka duga brada pa se bogu moli. A ona prolazi jednako pored onog jorgovana, a on je tužno gleda, pa joj veli: „Julo, vidite li kako sam crn kao ovaj gavran!" — „Jeste — odgovara i gavran. — Do sad je brijao tuđe brade, a od sad neće smeti ni svoju." A Šaca kao opet nastavlja: „Julo! Neka vam bog oprosti, vi ste me do ovoga doveli; al' ja ću se opet zato za vas bogu moliti!" veli joj on, a posle tiho zapeva, tako tiho i tužno, kao grana zelena kad zapišti na vatri, tako zapeva on njenu milu pesmu:

Tebi ljubav javit' ne smem,
Jer tvoj biti ne mogu;
A da s drugim sretna budeš,
Moliću se ja bogu!

A zatim se zaplakao i on i crni gavran, a zaplakala se i Jula. I mora da je dugo i glasno plakala kad se i sama mama probudila i oterala Gagu s vrata, a nju viknula i probudila, i pitala je: što plače? A Jula joj kaže da je snivala strašno. — „A ti uzmi, râno, malo vode pa popi', to pomaže; odma' će te proći stra'", veli joj máma i kaže joj, nek' se prekrsti i nek' prekrsti jastuk. I Jula je poslušala; popila je čašu vode, prekrstila jastuk, ali mu odmah okrenu drugu stranu, da bi i Šaca snivao nju kao ona njega.

Zato je ujutru sedela dugo na krevetu i gledala rasejano i zamišljeno u papučice svoje. Došao joj Šaca mnogo miliji. Nije ju vređao kao do sada, nego joj tužno cvileći govorio one slatke reči. Toga dana joj jednako u glavi; i toga i drugog i trećeg dana jednako joj je posred srca — ali ga u bašti nema! Srela se s njim samo jednom u šoru. On prošao pa joj se javlja, ali učtivo, hladno se javlja, i prolazi. A Juli došlo čisto čudno što se Šaca tako čini nevešt, a u snu joj tako mio i iskren i tužan bio, a sad prilično raspoložen. To je zabole jako. I ona postade sve sumornija, jednako joj zuje u glavi one reči i ova pesma iz sna, a pred očima joj onaj tužni pogled njegov! Jako joj žao što je onakva bila. Ah, mislila je u sebi, samo još jedared ako se nađe s njim, neće više biti takva kao do sada.

Išla je svakog dana u baštu.

Jednoga dana radi ona tako u bašti, kad čuje gde se nešto u komšinskoj bašti provlači, pa šušti lišće. Sva pretrnu; srce joj jače zakuca, a obraze prođe mala rumên.

— On je zacelo! — mišljaše u sebi, i hitro doterivaše kosu i odelo na sebi.

Zatim čuje neke korake, ali se još nikako ne osvrće, nego se dala i kao zadubila u posao pa radi, a sva se pretvorila u uho, pa čeka kad će je odande on nešto zapitati.

— Uf, baš je šmokljan! Baš je pipav! — reče u sebi, a jednako iščekuje da čuje bar tamburu.

Ali svega toga ne bi. Zato stade sama pevucati tiho kroz zube neku pesmu, a nešto joj se steglo u grlu, tako joj je žao i nepravo. Postade već i nestrpljiva, a i ponos devojački bi dirnut.

— Šta se samo skanjuje tu vazdan!? — reče u sebi, pa, ne mogav više da izdrži, polako prileti plotu, pogleda strašljivo oko sebe, pa se primače i zaviri u komšijsku baštu. Vidi lepo ono bure nasred bašte na suncu, a vidi i to kako se neko sagnuo iza bureta pa se miče, ali nikako da se ispravi.

— Vidiš, molim te, kako se krije; e baš je obešenjak! 'Oće da me uplaši, pa me vreba! — veli Jula, odobrovoljena, slatkim i mekim glasom.

— A jao, kosti moje! — ču se odande iza bureta.

— Ko je to sad? — reče polako Jula, pa se izdiže na prste da bolje vidi.

— Ej, starosti, starosti! — ču se glas tetka-Makrin, koja je došla u baštu da obiđe bure i natoči sirćeta.

Kakvo neprijatno iznenađenje! — Dakle, nije to bio *on*! I Jula oseti nešto teško u grudima, kao kad čovek proguta vruć mekan hleb.

— Dobar dan, tetka-Makro! — oslovi je Jula.

— Bog ti pomog'o, dete! — zašišti odande baba Makra.

— A šta radite to, slatka tetka-Makro? Di ste za toliko?

— Eto, obilazim, ovako stara, sirće, sinko. Snivala sam noćaske tako koješta, a utuvila sam dobro, râno, da, kad gođ tako što snivam, uvek mi se posle toga mora strefiti kakva gođ šteta u kući, to je k'o sveto; pa zato, eto dođo' da vidim da nije pukla slavina, il' da nisu prešli ovi Rakilini đavoli iz komšiluka, pa odvrnuli slavinu... A retko, dete, i dolazim u baštu. Nešto sam ti slaba... jedva se vučem.

— Pa jěste — veli Jula — niko i ne nadgleda to bure.

— Ta obiđe ga pokatkad moj Aca.

— Da, vid'la sam ga kanda tu odonomadne.

— Jeste, râno, nema ga već sedam-osam dana. Gazda mu najpre iš'o po nekim bačkim salašima i met'o „kupice", a posle otiš'o poslom u rit, u lov na pijavice, pa na njemu ostavio dućan... a sutra dolazi, râno.

„Fala bogu kad je samo zbog toga!" reče Jula u sebi, a posle dodade glasno: — Pa pozdrav'te ga, slatka tetka-Makro, pozdrav'te.

— E, ozdraviću ja, râno, kad me pronesu Velikim sokakom — veli tetka Makra odlazeći. — Kad me zakopadu...

Posle toga je Jula veselo produžila rad u bašti, i rešila se, kad opet dođe na plot, da mu odgovori da je ona zasad tátina i mámina, a ono odonomadne da je u ljutini kazala.

I, doista, sutradan, čim je čula tamburu, odmah je ponela kanticu za polivanje, i našla se u poslu u bašti. Ele, da ne budem dugačak i dosadan, toliko mogu reći da se opet razgovor otpočeo. Šaca je pitao, a Jula je odgovarala, ali sad kako meko i kako nežno! I naposletku svršilo se tim da je Šaca bio poslužen dudom, onim krupnim „španskim" dudom, kakvog nadaleko nije bilo, a nabrala ga je Jula sama svojom rukom; birala ga k'o golub zrno, i naslagala lepo na široko vinovo lišće, pa mu dala kroz déru koja se toga dana prvi put pojavila na ogradi baštenskoj. A Šaca je opet iz blagodarnosti izrezao na jednom drvetu u njihovoj bašti jedno srce i dva pismena u njemu, pismo Ю i A.

— Ao, frajla-Julo — reče joj Šaca sav blažen — kad ću biti tako srećan da *ja sam*, svojom sopstvenom rukom, mogu brati u toj bašči i *ja vas* ponuditi!

A zatim joj je pripovedao, držeći je za ruku, kako je on od velike i bogate porodice, i kako neće dugo ostati u selu. Ići će u Peštu ili Beč, da izuči hirurgiju. A njegova je porodica velika; sve sami notaroši i varmeđaši, a ima i dva arhimandrita u porodici. I šta ti sve nisu razgovarali! I kad jedno govori, ono drugo i ne diše i ne trepće od silne pažnje i milošte.

Razišli su se zadovoljni. Šaca je otišao blažen. Bio je poetski raspoložen. Celoga dana je prepisivao neku *Pesmaricu*, i iz nje prepisivao sve pesme koje su godile raspoloženju njegovom.

Posle ovoga sastanka vrlo su se često sastajali i razgovarali. Koliko je samo puta prečula Jula kad je máma zove. — „Ti kad se na štogođ nakaniš, ne znaš šta je dosta!" — kara je gđa

Sida i preti joj da će izdati baštu pod arendu ako se bude jednako u njoj bavila. Ali i jeste bila bašta uređena: sve okopano, oplevljeno, uvek zaliveno, kao kakva promenada! I niko ih živ nije znao i zaticao sem baba-Makre, a i ona je, sirota, bila i slabih očiju i malo nagluva od starosti. „Bože, a da l' su se koji put poljubili, onako stojeći i razgovarajući se na ogradi?" zapitaće možda koja radoznala čitateljka, koja bi — kad se već žrtvuje da ćuti i nakani da čita — htela odmah da sve u jednoj knjizi nađe. — A ko će ih znati; i ko im je, što kažu, svetlio! — odgovara pisac. Šaca nije bio baš tako šmokljan, a ograda nije bila tako česta — po svoj prilici da jesu. I kakav bi to opet roman bio bez poljubaca čak i u desetoj svojoj Glavi!!!

***

Eto tako se otpočeo i zapletao jedan roman u pop-Spirinoj kući na mesec i više dana pre, i nekoliko dana posle gospodin-Perina dolaska. Dolazak g. Pere nije izmenio bitno ništa — a mogao je vrlo lako. Da je g. Pera obratio dovoljno pažnje; da je otvorio oči za čisto zlato a zatvorio uši sirenskim glasima — bilo bi sve drukčije. Stari naši vele: da je dečje srce kao vosak — možeš praviti od njega šta hoćeš — a ja velim da je i u mladih devojaka srce kao vosak. Tako je i s Julom! Jer Jula je g. Peru samo jedared bolje posmatrala, kad je, to jest, pila iz velike čaše vodu, pa ga onako, kako već to smerne devojke čine, preko čaše posmatrala pijući polako, i dopao joj se. I da je g. Pera samo imao vešto oko da razazna čisto zlato od lažna varka, i da je bio malo-malo obazriviji — iščezla bi slika Šacina iz Julina srca, kao da je nikad ni bilo nije! A ovako, Jula se oseti malo potisnuta od drugarice svoje. I ona odmah ponosno ustupi sasvim; i odmah nađe utehe porazu u samoći, u mislima na Šacu, i u mislima kojima se tako rado bave mlade, prvi put zaljubljene devojke, a to je: u mislima o svojoj smrti. Najradije je mislila o tome: kad bi umrla, ko bi je sve žalio, i kako bi je Šaca tek žalio! I da l' bi se od teške žalosti za njom iz pištolja ubio, ili bi u Tisu skočio? Pa kako bi ih jedno do drugoga ukopali i svi ožalili i cvećem im grobove zasadili, a njih spevale paorske devojke: kako su se voleli, i kako jedno bez drugog nije moglo da živi na ovom svetu. A tek onaj san o Šaci kako joj je živo ostao u pameti! Tek posle toga sna Šaca joj je došao mnogo miliji, jer je tek u snu videla koliko bi joj teško bilo kad bi ga izgubila. Ni ona ne bi mogla preživeti takav gubitak, sanjala je Jula budna; i ona bi se ubila, mislila je u sebi; ubila iz pištolja, ili bi u Tisu s brega. Posle toga sna nikako da joj iz glave izađe Šaca! Zato ovaj i nije imao pravo kad je opet jednoga dana napao Julu što joj je g. Pera doneo obećanu knjigu *Preodnicu*. Šaca je bio ljubomoran i ljut; Jula mu se ispovedila sve kako je bilo. Ali joj on nije verovao; prebacivao joj je tako nemilosrdno da je sirota Jula sva uplakana izašla toga dana iz bašte.

— No, šta ti je... šta sliniš tu! Šta plačeš? — pita je gđa Sida.

— Pa kad vam nisam dobra! — odgovara Jula jecajući. — Bolje da me nema; da se nisam ni rodila.

— No, no! Ne moraš ti baš tako nakraj srca biti!... Râno moja! Gle, kakve su joj samo oči! — umiruje je gđa Sida i ljubi je. — Idi odma' na bunar, pa se umi' 'ladnom vodom.

Jula je poljubi u ruku i ode.

— Kako je sirota haglih i osetljiva! Pre *toliko* dana sam je karala, a ona, vidiš ti to čudo, još *ni sad* da se utješi!!! — veli gđa Sida, a oči joj pune suza. — Al' sasvim na *moju* familiju!

GLAVA JEDANAESTA

U kojoj je ispripovedano sve što je bila prirodna posledica Julinih čestih odlaženja i sastanaka u bašti na ogradi, a što je još više zaplelo stvar i dovelo do sukoba za koji se čak u Temišvaru čulo. Ukratko, cela je Glava puna vrlo interesantnih stvari: između ostalih, završuje se podužim monologom i jednim čarobnim lukrativnim snom Niće boktera.

Davno su stigle iz polja krave u selo, i svaka ušla u svoju avliju sa vimenom punim mleka; davno su već i pomužene bile, i domaćice se jedna drugoj hvalile neverovatnom količinom mleka, tako neverovatnom da nijedna nije već ni verovala. Na selo se počela spuštati blaga letnja noć i, kako se to pesnici lepo izražavaju, počela je umotavati u svoju mračnu koprenu svo selo sa kućama i baštama, ambarima i avlijama, samo visoki đermovi kao da probiše vrhovima svojim tu koprenu i dizahu se pravo tamo zvezdama. Davno su prošla i poslednja kola popinim sokakom, i prašina koja se bila digla visoko iznad kuća, spuštala se polako i slagala mirno dva pedlja debelo, a na jesen će od nje jedno slavno blato da bude. Ko je šta imao da svrši i kupi u bolti kod grka, svršio je i kupio; i grk je već uneo sve što mu je stajalo ispred dućana: uneo i krupice soli i kenječu, i lule i kamiše, i bičalje i drenove budže, i ocila i kremenja i trud u svežnjićima, i bardak sirćeta i grdno staklo kiselih paprika, i prekjučeranje zemičke i čitavu četvrt slanine koja je visila na zavidnoj visini i oko koje su povazdan obilazile, gledale, šklocale zubima i tužno maukale komšijske mačke sve dotle dok ne izgube glas i oči im ne izbele.

Niko živi ne ide više sokakom. Izumire polako i bahat ljudi i topot konja i tandrk kola i torokanje žena. Jedna po jedna klupa ispred kuća pod bagrenjem ostaje prazna. Ukućani sedeli ispred kuće posle večere i razgovarali se o mnogim raznim stvarima. Razgovarali se: o koleri; o velikim ratovima i topovskim kuglama kolike su u staro doba velike bile, a kolike su sad; o mesečarima kako idu uz visoku dvokatnicu k'o po patosu, pa tom prilikom spomenuli i o Gliši, koji je bio dvanaest godina u soldatima daleko tamo u Bukovini čak, kako je i on ili mesečar ili lopov, tako nešto, jer ide i onda po sokacima i kojekuda kad nikako i nema mesečine; razgovarali o gladnim godinama kad se šapurika mlela i jela i od šapurik-ina brašna česnica i vesilica pravila; o skakavcima i pacovima i o Talijanima majstorima što imaju nekakvu svirajku, pa umeju njome da ih izvabe iz sviju kuća i ambarova, pa ih izvedu za sobom, a pacovi trče k'o na dâću za njima, a majstori jednako sviraju pa ih izvedu čak iza varoši do velike bare ili na Tisu, a pacovi sve jedan preko drugoga, pa k'o ljudi skaču u baru ili u Tisu.

Pred drugom kućom opet pripovedali o Rusima. Jedan pripoveda kako su Rusi najveće carstvo, i kako sa svakim ratuju i svakoga tuku u ratu; a bog im pomaže jer drže sve poste, pa poste i na sami drugi dan Božića, ako se, to jest, strefi, da padne u sredu ili u petak. Dok je leto, oni hoće nešto i da otrpe, pa ćute, ali tuve sve, i čekaju zimu, jer su, kažu, leti mlitavi, a kad zasvira severac i zaokupi mećava, a njima tek onda dođe prava njihova snaga, pa se onda njihov car samo prekrsti sa tri prsta k'o i mi, pa baci kapu od sebe, pa zapita druge careve od druge vere (jer on je srpske vere): „Ko 'oće da se bijemo? Evo, tu sam, nek mi izađe!" A oni ćute k'o miševi.

Pred trećom kućom opet sedela baba Savka, kočoperna baba, pa pripovedala svojoj komšinici, drugoj jednoj babi, kako joj se juče na noć prisnio njen pokojni Lala. — Doš'o pa stao prid mene — pripoveda Savka — ali ni nalik na onoga živog Lalu. A kere zalajale iz celog komšiluka, pa laju, laju, a ja i' rasterujem žaračem i branim pokojnog mog. A on oslabio, bože, pa pocrnio u licu, a na glavi mu neki stari poderani šešir k'o da ga je sa strašila skin'o, a doroc mu sav iskrpljen, pa stao pa me gleda i žalostivo maše glavom. A ja ne mogu k'o odma' da ga poznam, a on se zaplak'o pa kaže: „He, ko je odande odakle ja dolazim, tog teško poznadu. Eto, kaže, i mene, pa moji me ne poznaju." — „Ta jesi li ti to, Lalo?" reko' ja. „O, Lalo moj, a otkud ti?" A on mi kaže: „E, moja Savka, moja Savka! Ne pitaj me, veli, odakle sam doš'o! Ja sam ti izdaleka, od tuđe zemlje, iz tuđa sveta, di petli ne poju, di zvona ne zvone, di se odžaci ne puše; ja sam ti, moja Savka, sa onoga sveta, kaže mi on, di nema roda za mene." A ja ga pitam: „Pa šta bi 'teo, rode: što ne sedneš?" A on mi kaže: „Nije mi do sedenja, ni divanjenja, kratko je vreme, bojim se, kaže, petlova, nego sam doš'o da tebe vidim i da te nadgledam i da ti kažem, Savka, dobro da utuviš ovo: traži druga, traži stubac kući; a već meni tamo kako je da je, nego se bar ti ne muči i ne zlopati na tim vašim svetu, kaže! A ja ću se, kaže, strpiti i pričekati tebe!” A ja ga pitam: „Jesi li gladan, staratelju i jedan tutore moj; da ti spremim, rode, golubića u rasolu, to si ti uvek rado jěvo?” A on mi odgovori: „Prošlo je to mene, snago moja, nego ti uradi k'o što sam ti kaz'o; slušaj ti samo meneka, ja sam ti, kaže, uvek dobra želeo!” A ja sve jednako k'o ne znam da je on umro, pa kažem: „A ko će tebe, rode, negovati i po tabanima te češkati, ako se ja, ne daj bože, i po treći put udam, k'o što mi ti, eto sadakana, sovjetuješ!” A on mi kaže: „E, moja Savka, nije meni do žene! Tamo ja i ne znam, kaže, je l' sam muško il' nisam! Udaj se ti samo, ta možda mi, kaže, nećeš više ni trebati!” A posle ga kao ujedared nestalo, a mesto njega ost'o samo neki doroc, pa raširio rukave pa kao ide meni, a ja se utom trgnem. I sad, nikako da mi izađe iz glave to što mi je govorio. Pa sam ti, sadakana, drûgo, na muki velikoj. Jedno mi zameranje pristoji: ako poslušam njega, kásti, jedan testamenat njegov — zameriću se svetu; a ako poslušam svet, zameriću se njemukana! A uvek sam ga za života slušala, rođena moja, pa zar sad da ga ne poslušam!? Ej Lalo, Lalo! Kako je menika brez tebe, brez svoga kásti, druga!... Badava je tu Arsa... i puna kuća! Šta je meni taj Arsa? Šogor! Šogor, što kažu, tuđa forinta! Ej, Lalo, Lalo! Furt mi tvoje reči i tvoj testamenat zuji u glavi i u ušima.

A pred četvrtom kućom pripovedaju o nekoj svekrvi kako je veštica, pa se iskopistila na svoju snahu, zavadila je s mužem, pa dolazi svaku noć; dokle je tu, sve se čuju izdaleka šijačke gajde kako tanko sviraju, a ona je davi i viče joj jednako: „Ti si me, veli, u ove nečiste sile oterala i ja dušu moju izgubila!” pa se sve zatrčava od vrata krevetu, seda joj na grudi pa se češlja grebenom i davi je. I tako to svaku noć radi, i tako to traje dok petli ne zapevaju, a onda odjedared kao da u zemlju propadne.

Pred petom se kućom opet skupili oko jednoga koji se onomadne vratio iz Bečkereka — kamo je odvezao bio neke Čivute, grošićare žitarske — i koji im je pripovedao mnogo novih i čudnovatih stvari. Pripovedao im je: kako je u Bečkereku slušao i čuo od jednoga gospodara koji je mnogo knjiga pročitao, a i sad još jednako povazdan čita sve novine, kako su se tu skoro, lane ili onomlane, neki ljudi, čak tamo preko mora u Americi, spremali da pucaju iz topa na mesec. Pa već i izračunali lepo sve kredom: koliki treba da je top, koliko tane, a koliko baruta i do kog termina treba da stigne tamo tane i da tresne o mesec. Pa baš taman kad su već hteli da pripale top, seti se jedan Banaćanin, baš će biti da je bio iz Iđoša, koji se tu strefio, pa skine šešir i mane rukom i kaže: „Molim lepo — kaže — gospodari! Sad vi 'oćete, napriliku kásti, onako, k'o ljudi, da opalite na onaj mesec gore. To je sve lepo i krasno i fajn — veli Iđošanin — ali je l' vam palo na um šta će biti ondakana od naši' ušiju, kad ovaj top rikne k'o sto magaraca; ta neće tu ostati čitava uveta odavde sve do Iđoša! Aj, jeste l' to promislili?! A posle, neka — veli — đavo nosi i naše uši... ni magarac se, kaže, nije proslavio sa onolikim njegovim... Al' šta ćemo brez mesečine? Šta ga će tu štaloga probiveni' i konja pokrađeni' biti, kad još i pored mesečine, pa jedva da sačuvaš vranca od rđavi' ljudi! Aj, *to* ja vas pitam?" — A oni se, vele, uhvatili svaki za svoje uši, pa zinuli, pa se zamislili, a posle ga pitali: „A odakle si ti, prijatelju?" — A on kaže: „Ja sam iz Iđoša!" — „Iz Iđoša?" pitaju oni. — „Baš iz Iđoša!" — „A di je to?" — „Ta Iđoš — kaže on — zar Iđoš ne znate?! Ta između

Sajana i Kikinde, al' ja nisam diškrećanin!" — „E, fala ti — kažu mu oni — i za naše uši i za mesečinu. Nećemo pucati; samo šteta što smo se toliko istrošili!... A dobro si kaz'o; otkud ti samo pade na pamet to? A čuli smo — kažu oni — da su svi Iđošani na tvoju vormu pametni! A, baš ti fala!" — I tako od oto doba — pripoveda onaj dalje — kad si tamo, samo kaži da s' iz Iđoša, pa ne beri brige; jerbo su Banaćani spasli svetu mesečinu, i mesec ostao na starom svom mestu. I tako odonda je svaki Iđošanin fraj na skeli i na ćupriji i svud, i ne mora imati pasoš kad kupuje barut za čvorke i zečeve, i ne mora da puši trafiku, niti mu iko traži pasoš kad prodaje konje. To je iđoško pravo odondak." — Tako onaj pripoveda, a oni oko njega zinuli pa slušaju; poneki još četvrt sata ostao sa ražjapljenim ustima od čuda, sve dok mu nisu kazali da zaklopi usta i da ide spavati. Tako se, eto, jedan naš Banaćanin u dalekom svetu pročuo, a Iđošanima obećano jedno zvono od onoga topa.

Tako se eto razgovaralo o svačemu ispred kuća po klupama. Razgovarali se najpre življe, pa sve lakše i lakše, pa kad se umorio i pripovedalo i slušaoci, i svima se već počele krpiti oči, nastade zevanje i nastaše češće pauze. Izumire razgovor dûž celog šora, i zamenjuje se lavežom pasa i koncertom žaba iz sviju jendeka ispred kuće.

Tek čuješ ovde-onde gde neko zeva i veli: „H-a-aj, haj, ajde da se to malo pospava; biće i sutra dana za razgovor!" — „Laku noć!" viču s jedne strane. „Laku i blagu!" odgovaraju s druge. — „Zar tako rano? A šteta ovako fajn noć!" — „Ta bilo je razgovora, pa i suviše. I tako sutra valja podraniti; do'će nam napoličari", veli opet neko. — „A šta znate! Gotovo i mi ćemo skoro. Treba i nama da podranimo" — čuje se opet neki glas iz preka — „valja u rit, da nasečemo trske, da pokrpimo krov, jerbo je već sramota kakav je. Izgleda čupav i odrpan k'o bojtarova kapa. Laku noć!"

Dok malo posle i to ne umukne zajedno sa nestankom onih silueta ispred kuće. Još malo života ima po avlijama, odakle čuješ kako se rakolje i ćućore kokoške na drvetu ili kako škripi đeram; to vuku vodu da bába opere noge, i dok pere on grdi i izdaje naredbe za sutra. Zatim još čuješ kako se zatvaraju avlijska vrata i kako čupavi zeljov vuče lanac po avliji i lane ponekad običaja radi, dok i toga nestane naposletku.

Mrak je pritisnuo i omotao sve. Nema mesečine. A i šta će je večeras kad se Šaca sprema na nešto veliko i odvažno; a za to su taman dovoljne i one sitne zvezdice koje svetle i švalerski žmirkaju s neba amo dole na zaspalo selo i budnoga Šacu u njemu, koji se žurno uputio, pa najedared zastao. Čuo je neke korake iz daljine, pa se sklonio u hlad ispod nekog bagrenja. To behu koraci seoskog *boktera* ča-Niće, koji je javljao selu koje je doba, i čuvao selo od lopova, pored sve klevete kojom su ga bedili da je i sam s njima ponekad bivao u ortakluku. Šaca je čuo Niću kako ide, kako se leno vuče kroz sokak, kako zeva, i posle kreše ocilom u trûd, pali lulu i psuje Čivutina što mu je dao sitnu trafiku; a posle grdi nekog gazdu što drži zla garova koji grize kapiju kad god on prođe i laje na vlast. I bokter je prošao popinim šorom, otišao u drugi, i iz ovoga u treći sokak, i tu je dunuo ravno dvanaest puta u svoj bokterski rog, a posle četvrt sata još jedanput, i ukravši tako čitav jedan sat, legao je kao svaki umoran čovek kome je blagi Tvorac odredio noć za odmor i spavanje, i zahrkao je, i nije primetio kad je Šaca savio u popin sokak.

Šaca je išao polako sve ispod bagrenja, dok nije došao blizu pop-Spirine kuće. Tad mu je jače zalupalo srce kao svakom, ma kako smeo čovek da je, što zakuca pred drskim preduzećem. I on uze tamburu, i poče još izdaleka polako udarati u nju onu već dobro poznatu pesmu: „Ti već spavaš, zlato moje", tako tiho da je glase njene moglo čuti samo Julino zaljubljeno uho. Šaca se pre tri dana sporečkao s Julom na déri u bašti, kao što je čitaocima već poznato iz završetka prošle Glave, i opet nije dolazio tri dana, i zarekao se da neće nikad više doći, ni boga joj nazvati, nego će otići u svet. Pa kao što je rekao, tako je i porekao. Nije mogao da produži bar još tri dana, iako je rad bio, nego se krenuo da se javi Juli. Čuo je od tetke da je pitala za njega, i milo mu bilo što je namučio malo svojom ljubomornošću.

Posle male kavge najlepše je da dođe jedna serenada, a tako zahteva i logika događaja. A Jula će ga čuti jedina u kući, jer tata joj spava čak u avliji ispod komarnika, a ona s mámom u sobi sa sokaka gde obično sve udavače najradije spavaju. Ni máma u sobi nije mogla čuti tamburu. Ali Jula je čula, i odmah je skočila iz kreveta k prozoru, pa kroz razređene šalukatre videla neku priliku, i odmah u njoj poznala Šacu; čula sitnu tamburu i razumela reči dobro poznate joj pesme, iako je Šaca, kao obazriv i miroljubiv berberski asistenat, i nije smeo zapevati. On je samo tiho udarao u tamburu, tiho kao zujanje pčela u proleće, a ona je, u sebi naravno, pratila rečima: „Ti već spavaš, zlato moje (govori Jula u sebi pesmu), tebe grli slatki san; spavaj, spavaj, laku noć, o Julo, bog ti u pomoć!"

Jest, to kaže dragan kroz jasne žice i kroz suvo drvo tamburovo.

Eh! Šta bi kazala sada Jula, da sme od mame, da se, to jest, ne boji da je probudi. Zar bi manje poezije bilo u rečima Julinim nego u ovim gotovim stihovima, sad posle ponoći, kad sve selo, pa i sam Nića bokter spava, kad je noć tako lepa, zvezde tako lepo žmirkaju s tamnoplavoga neba, i krv ključa i kipi u ova dva budna zaljubljena stvora?! Zar bi njen odgovor na pesmu bio slabija pesma, samo da je smela dati od sebe glasa? Srce joj je udaralo u grudima, kao pijan domaćin kad gruva na avlijska vrata, udaralo da iskoči. Valjda je zato i pritisla levom rukom grudi, a desnom digla polako zavesu, i stala slušati pesmu, i kroz šalukatre rekla mu: — Laku noć, laku noć!

— Juco! — ču se glas gđa-Sidin. — O, Juco!

— Jao, ta máma je budna! — prošaputa Jula.

— Juco!... Je si li ti to?

— Ja sam, mamo! — odgovori plašljivo Jula.

— Šta radiš tamo u to doba? — pita je gđa Sida koju je komarac pecnuo i kašalj probudio.

— Pa... eto... vrućina mi...

— Šta je to tamo napolju?

— Ta onaj njihov mačak doš'o tu pod naš pendžer, pa sve larma! Tako je brezobrazan...

— Kakvi su oni — veli gđa Sida zevajući — taki im je i mačak.

Nastade mala pauza.

— Juco... jesi l' još na pendžeru?

— Jesam, mamo!

— Otvori malo šalukatre!... U sobi je k'o u rernu... vrućina mi je. Pa zapali malo omana... eno na'ćeš tamo na ormanu...

pored štrikeraja, pa zapali... Ovi prokleti komarci ujedaju k'o kere... mora da su oni pravi ritski. Jedan me otoič uj'o baš ispod oka, tako da me je iz najtvrđeg sna probudio, obešenjak jedan!

Utom zaurla pop-Ćirin pas, ne trpeći, kao i svi u njegovom rodu, muziku.

— Za gazdom! — prošapta gđa Spirinica.

Jula rado i veselo posluša mámu, i otvori širom prozor, a Šaca se privuče polako, a Jula mu pruži svoje bele pune ručice, koje je ovaj (nemojte misliti da pisac preteruje, iako se sve ovo događa u jednom selu) galantno i obilno obasipao poljupcima.

— Laku noć... dosta je, ukebaće nas! — šapuće Jula, i otima ruke za koje se Šaca kao davljenik uhvatio, i ne pušta ih, nego joj šapatom odgovara, pa se tako tiho razgovaraju.

— A šta ti tu stojiš? — reći će gđa Sida koja se docnije opet probudila kad je Jula kinula.

— Pa vi ste mi kazali da otvorim malo pendžer!

— O, časni te, dete! Pa što ga nisi odma' zatvorila?

— Pa čekala sam da mi vi opet kažete.

— Pa zar ti odondak furt tu stojiš?! O, dete, dete! Ajd' zatvori... dosta je... nakupiće se komarci opet.

— 'Oću, mâmo.

— Da nisi ozebla, râno? 'Oćeš da ti dam moju „šlofkapu"?

— Fala, mamo! Toplo mi je zdravo — reče Jula, pa zatvori prozor, i leže u krevet, ali ne sklopi oka i ne zaspa cele te noći. A i šta će joj spavanje i san, kad ovako budna lepše sanja.

A i Šaca se brzo nađe kod kuće. Leteo je sav blažen na krilima srećne i utešne ljubavi, tako lako da čisto nije osećao da tabanima dodiruje zemlju. Usput nije srećom nikoga sreo do ča-Nić014 boktera. Brzo natuče šešir na oči, pa ubrza pored njega, ali ga oštro oko ča-Nićino ipak poznade.

— 'Broj'tro, brico! — viknu mu malo lolinski ča-Nića, pa se iskašlja onako u srpskom smislu.

— Laku noć, ča-Nićo! — odgovara mu brzo i tiho Šaca, pa gura tamburu pod kaputić, i sve brže pèrja.

— A di smo to bili noćoske, sinovče, aj? Ko se to noćom u gluvo doba brije, aj?

— Niko! — odgovara Šaca izdaleka već.

— He-he! — smeje se Nića. — „Sve po 'ladu, da ga ne poznadu!" Aaa! Sinovče, ne valja ti pos'o!

— Ajde ne larmaj tu, nego duvaj sate, kad si za to plaćen! — ču se još izdalje Šacin glas.

— Ajd'-ajd' — produži Nića više za sebe. — Nosi te đavo, a i tražiš đavola! Samo nemoj posle drékati, kad te tako digođ u brijanju ukebaju, pa ti vȉlama natrukuju na leđi slovo „šča"! He-he! — produžuje Nića, nameštajući se na jednoj klupi pred kućom — nemoj samo posle drekati, to ja velim, kad te stanu levčom ili tako čimgođ polivati. Tražite đavola noćom — nastavlja Nića, pošto se dobro namestio na klupi — a posle vam ča-Nića kriv, kad stanu vȉle da igraju po leđi; kriv vam ča-Nića, što ne čuva varoš, k'o da ja imam solginu plaću! Čudna mi plaća, al' su se i prekinuli! Ne stiže ni za traviku! Još da nema onako pomalo kad neko zapadne u škripac, pa pomagaj ča-Nićo... mor'o bi' bagov da pušim, k'o poslednji pavor! Da sam se kojom srećom pogodio za pudara ili bojtara, uha! Di bi moj kraj bio sadakana!... Nego 'oću ja državu da služim; 'oće Nića da je i on neki majkin „beamter", kad mu ni njegov čukundeka, a ni iko u vamiliji nije taj 'lebac jevo, ni to bio! Al' kako sam radio, tako sam lepo i proš'o; tako mi i treba! Jedva za duvan i slaninu!

A zatim stade zevati.

— Ha-a-aj, haj-haj! — zeva i veli: — Daj da se to zadimani jedna! — reče pa napuni i zapali lulu, i stade pućkati i pljuckati onako po banacki, pa se da u duboke misli.

Dugo je pućkao i mislio, a posle opet otpočne monolog svoj.

— Dȉ li je to, da mi je samo znati, bilo noćoske ovo berberče?! To ja furt študiram, pa evo nikako ne mogu da iskumstiram! Di je to samo, lola jedna, do ovo doba mog'o biti?!... Ako ne bidne kod Aćimovi'?!... Aćim je juče ujutru, pre sveta, odvez'o nike Džide u Temišvar; tek ako priksutra dođe natrag. A njegova Krista... đavo od žene! A lepo sam ja njega učio i divanio mu: „Aćime, more, Aćime, slušaj ti *mene*! Nisam stariji, al' sam pametniji od tebe! Sve sam ja to, vi'š, proter'o i proživio, i više, štono kažu, sveta vidio od tebe. Aćime, Aćime! Ne uzimaj mladu ženu, ne uzimaj sebi bedu na vrat, Aćime, magarče Aćime, nije to za tebekana, ta kadašnji si ti čovek! Biće na vormu što peva Giga Bačvanin svirac: „Sedam déra, četrnajst švalera!" Aja, neće on da sluša mene, 'oće on da je pametniji od mene. E, moj Aćime, moj Aćime! Bolje da sediš kod kuće, pa da čuvaš kuću, kad ti je bog dao dosta od čega ćeš da živiš, nego što kočijašiš kojekud po belim svetu.

Tako završi Nića svoj monolog, pa opet produži da misli; nabije ponovo lulu, ukreše i zapali je. I opet puši, pljucka i misli, a od silnih misli zabolela ga već glava.

— Il' ako nije bio baš kod samog gospodin... he-he, a on i

nije tu, nego na putu — veli Nića, pa vrti glavom. — A šta ja tu lupam glavu — veli Nića. — A kakva je fajn ova noć, nije ni čudo! Ta čudo bi bilo da nisam nikog sreo. Ej, da nisam samo na dužnosti, došlo mi je da se i ja ovako mator keša proђavolim malo... He, he! A šta bi mi k'o falilo!? Ne dâ se baš ni Nića svakoj šuši! Nego ubila me ova moja sirotinja, pa mi nije ni do čega! A da vi'š da natučem svilen šešir preko desnog oka, pa čizme na bore na noge, pa stivu lulu pustim na dugačak kamiš niz trbu', da vi'š ondak đavolstva! Nego ovako u ovom masnom šeširu i dorocu, pa i ne mili mi se ni da pogledam kudgođ... Eto, pa i ovako, kakav sam, da sam... pa opet se strefi, pa ponekoj zamaknem za oko... Eno baš u Tatićevom šoru, ona Arsina punica, k'o rek'o bi da me je begenisala; jerbo, kad god proђem pored nje, a ona se uvek ondak seti, pa namešta maramu i zulove, pa namešća usta i pòglêda me, a kad već proђem, a ona se uvek ondak iskašlje malo, pa me pita: „Kako ti je, Nićo, brez žene?" A ja joj kažem: „Baš k'o i tebikana brez čoveka." A ona se opet nakašlje, a ja k'o velim: kad baš 'oćeš i biće ti!... Fajn žena, što jest; žustra baba! A šteta što nije u mojoj „parokiji"! Pa čeres toga baš i mislim da se promenim sas onim mojim pajtašom i kolegom, onim Mićom, jerbo to je njegova parokija, njegov kvart — pa da vi'š ondak veselja! A šta sam ja tunakara stao da lupam glavu čerez Šace brice! E čudo mi nȉko! Ta kad sad neće, a dà kad će, đavola! A zar sam ja opet bio bolji kad sam bio njegovi' godina?! Tane mu gosino! Ta da nisam i ja priko jego brez fenjera ter'o kera, zar bi' danas stao da bidnem bokter, pa da k'o nȉki šarov režim i lajem čerez tuђeg imanja, a za tuђu asnu? Dȉ bi moj gazdašag bio! Al' prošlo! — odmahnu Nića rukom. — A da je ostalo ono staro, ta ne bi' mu bio bokter ni u samim Beču oko careve palate, a kamol' u ovim kavonim selu! Ali, šta je tu je; fala bogu kad nije i gore!

— Ha-aaaa! — zeva i nastavlja. — Čisto me već zabolela glava od ovi' silni' misli. Daj da se to malo prilegne i prodrema, evo već i petli! — reče Nića, pa uze rog i dunu *triput* — iako je tek *dva sata* po ponoći bilo — a lulu zadenu za kaiš od desnog opanka, pa leže na klupu i nasloni se na desnu ruku, sklopi svoje vazda budne oči, i zaspa po drugi put.

***

Nije potrajalo dugo, a ča-Nića se stade u snu smešiti. Blaženi osmejak mu lebdijaše na usnama ispod brkova koji su bili onako po banatski potkresani, pa izgledali nad usnama kao ivica ili streja dobro zbijenog i upravljenog krova od trske. Beše to osmeh pravednika koji spava i sniva kako polučuje nagradu. I san stade plesti svoje tanko tkivo oko Niće boktera koji hrkaše, i brzo ogradi oko njega divnu kuću od tvrda materijala, a bez intabulacije i krajcare duga, ogradi ga kućom velikom, prostranom, i punom svega i svačega. I Nića snivaše divan jutarnji san.

Sniva, a on kao već oženjen baš onom istom Arsinom punicom, onom Savkom, pa su sad k'o muž i žena. Ušao Nića u gazdašag, pa ga svi u kući poštuju, i rade, a njemu ne dadu ništa da radi, a njemu vele: „Neka, ča-Nićo, ne trudi se, mi ćemo sve to već i sami, i brez vas!" A on se baš i ne otima mnogo, nego se tako povazdan odmara. Ne mora čak ni čizme ujutru da navlači, nego se samo ujutru premesti iz kreveta na krevetac (odmah tu do kreveta), pa leži tu ceo celcati dan bosonog potrbuške na krevecu, a ovaj malo potvrd. Oseća lepo ča-Nića kako leži na tvrdoj dasci, pa mu samo pomalo čudno, kako to tako gazdačka kuća, a tako tvrd krevetac. Ali se ipak dobro oseća. Leži tako potrbuške, pa puši i pljucka preko svog kratkog kamiša (jer ča-Nića iako je ušao u gazdašag i mogao sad zapaliti k'o solgabirov stivu lulu, ipak se nije ponevidio, nego je i posle pušio na svoj kratak kamiš od krajcare). Puši tako, i samo izvoleva. A Savka, sadašnja njegova baba, kao mesi u naćvama hleb, pa mu okrenula leđa. Malo-malo pa se tek okrene na nj, pa ga lepo pogleda, a jednako mesi živo i žustro, a sve se na njoj trese, a Nića je zadovoljno gleda kako je vredna. A ona se kao okrenula, pa ga onako lepo gleda i pita: „'Oćeš li, snago, da ti Savka napravi lepinje?" A on joj veli: „Ta baš nisam s raskida, samo je onako podebelo namaži s mašćom; metni na nju dvaput onoliko masti koliko mećeš u žižak... Pa malo slanine kad bi mi ispekla na vatri, ne bi mi škodilo zbog kašlja prokletog... A i malo kožurice... znaš da svi u mojoj familiji rado jedemo kožurice s vatre." — „Pa kol'ko da ispečem kožurice, perzekutore moj?" — pita ga kao Savka. — „Pa, onako... kol'ko za jedan dobar opanak", veli joj Nića. „Ne škodi ako bidne i više... Ako štogođ i pretekne; nije zgoreg da uvek ima u kući pržene kožurice... A trebaće i čerez miševa; nakotila se pògân, nos da odgrize... ja ću nataknuti na mišolovku, a znaš da je miš popašan na pečenu kožuricu k'o Vla' na ribu", veli joj Nića, pa se okrene malo na leđa da se malo odmori, a ona ga pogleda svaki čas, pa mu odgovara: „Biće sve k'o što si rek'o i izvolev'o, solgabirove moj! 'Oću, snago moja, a da kome ću ako tebi neću debelo mazati, ta da što smo se uzeli?! Gazdačka je ovo kuća, rode, ti samo izvolevaj! Ta stek'o je moj pokojni Lala, radio od jutra do mraka, i stek'o dosta, da *ti* sada ne moraš raditi, nego ti samo, Nićo, izvolevaj! Ta biće *tebikana*, makar ni Arsi ne doteglo, jerbo si mi ti *bliže rod*!" A Nići milo, bože, kad je gleda kako mesi, kako se brine za njega, i kako se nadnela nad naćve pa mesi hleb, pa se sve na njoj trese. Milo mu, pa je gleda jednako, i jednako se smeši!

Ah, jutarnji snovi, vraški, nestašni snovi! Kakve divne i zanošljive, šarene i mile slike izatkivate vi zorom, i varate njima čoveka, slabo to stvorenje! — Gledajte samo srećnoga i zadovoljnoga Niću kako je zavaran i očaran njima; kako mu se smeši brk očekujući vruću, posoljenu i mašću debelo premazanu lepinju, i pečenu slaninu i kožuricu s vatre (što svi u njegovoj familiji rado jedu), i gledeći s leđa jedru i okruglu svoju Savku kako živo mesi i kako se sva trese!

I sve će te krasne slike domalo, za trenut jedan, nestati i iščeznuti! Nestaće ih kao dima i pepela od trafike, kad ga ča-Nića duhne sa lule; proderaće se naskoro lepa i šarena slika ta, kao tanka paučina što se prodere kad bumbar proleti kroz nju — čim samo prvi paor jutros prođe kraj spavaćiva Niće, i vikne mu: „'Broj'tro, ča-Nićo!"

GLAVA DVANAESTA

U kojoj će, što kažu, prsnuti tikva, i dogoditi se ono čemu se niko nije nadao, i što bi se zamerilo i samim prostim parohijanima kad urade.

Ovo nekoliko dana dok su obe popadije mehovima mrzosti i pakosti jednako potpirivale i sve više raspaljivale oganj kavge i svađe, nijedan od oba popa nije bio u selu kod kuće, nego obojica negde na putu. Da nisu tih dana odsustvovali, bogzna da li bi bilo svega toga, pa naravno i same ove pripovetke. Ne bi se, možda, stvari do toga stepena tako nesretno razvile. Ali, ovako... Ali uzalud sva deklamacija; opučilo se niz brdo, i ko će sad pred to stati i zaustaviti!?

I jedna i druga popadija jedva je čekala da joj se pópa vrati, da se sita najada i potuži na, takoreći dojučeranju svoju najbolju drugu i prijateljicu. Najpre se vratio pop Spira, a dan docnije i pop Ćira. Gđa Sida je već dobro spremila pop-Spiru i napunila mu uši, ostalo je samo još da i gđa Persa ne izostane iza svoje komšinice.

— Erža, o Erža! — viknu gđa Persa kad ču da stadoše kola pred kapiju — ostavi to pile, ja ću ga očupati, pa strči i otvori kapiju, eto nam milostivog gospodina s puta.

"

Zatutnjila Erža onako bosonoga, i otvori kapiju kroz koja ulaze kola, a u njima pop Ćira, sav prašan, u nekom starom šeširu koji je još đakom kupio.

— Dobro došli!

— Bolje vas naš'o — reče pop Ćira, skidajući se s kola. — Ja sam se malo poduže zadrž'o na putu. He, al' šta mu znaš; te ajd' ovo, ajd' ono... ele, k'o što vidiš, ost'o sam čitava tri dana preko termina. To je ono što kažu: U grad kad 'oćeš, a iz grada kad te puste! Pazi, Erža, polako... porculan je, polupaće se! Celog sam puta im'o s njim glavobolju.

— No, dobro samo kad si i sad doš'o. Mi se već zabrinuli di si to... A već Melaniju sirotu ne mogu da umirim. „Juh, kaže, da nije samo pàpi unangenem štogođ pasiralo." A ja kažem: Nije, nije, râno, dobar je bog!

— Nije, fala bogu... Meni nije, a valjda ni vama nije.

— The... kako se uzme... Zdravi smo... a već čućeš, dok se odmoriš, sve krasne stvari... sve lepše iza lepšeg.

— No, pa kako, kako? Vi mi se i ne falite kako ste proveli ovo nekoliko dana bez mene? Kako u selu?... Kako u kući? Ded', boga ti, peškir, Perso — reče umivajući se. — Kako ste živili i provodili se?

— Kako!?... Naopako! K'o kéra u bunaru, što rek'o paor. Dobro te si doš'o, a da je još malo potrajalo, mor'o bi nas tražiti po svetu. Došlo mi je bilo u jedan ma', da ostavim ovu pustoljinu.

— Eto ti sad! — veli pop Ćira. — Ta nije valjda?

— Ta ti već dabome da mi nisi nikad verovao! A otkad ti govorim ja.

— Šta mi govoriš?... Pa šta je to, daklem, bilo? Da se nije kakva nesreća dogodila?

— A, baš naprotiv, sve je veselo išlo. Šteta što nisi bio tu, možda bi i tebi davali „nahtmuziku” — veli zajedljivo gđa Persa.

— Ne razumem te baš ništa — veli pop Ćira.

— Pa to i nije lako razumeti.

— Ajde, nemoj mi tu... i tako ne znam ni di mi je glava od puta i silna truckanja.

— Bili smo k'o u arištu — nastavlja gđa Persa. — Melanija samo sedi pa plače... Što se ovo dana siroto dete naplakalo, neće se celoga veka toliko naplakati.

— No, pa šta je dakle?

— Kod svoje rođene kuće, pa da ne smeš ni nos da promoliš kroz kapiju. Eto tako smo vreme, Ćiro, doživeli i dočekali. K'o da smo poslednji u selu!

— Ta 'oćeš li već jedanput kazati: šta je to bilo?

— Ta... ona tamo... ona pop-Spirina, grom ih spalio! Nemoj me ni pitati. Ne volem ni da se setim toga, a kamol' da ti još pripovedam.

— No, pa šta je bilo to opet sad?

— Pa od onog jauzna, Sida drvlje i kamenje na nas ovamo... Da propadnem u zemlju pred onim mladim čovekom! Od njega me najviše sramota!

— Oho! Pa to ti meni nešto krupno kazuješ!

— Takve sekiracije što smo ovo dana od nji' imali, ne bi' ni u snu snivala, nit' bi verovala da mi je pre toga kogođ rek'o da će do tog doći.

— Pa šta kaže onaj *paor*? — zapita već malo ljutito pop Ćira.

— Pa to i jeste što me jedi! Potpustio onu beštiju, a on se izvuk'o: otiš'o negde na put, a nju ostavio da gazduje.

— Al' ti mi ne reče: šta je to sve radila?

— Otkad si se ti krenuo na taj prokleti put — otpoče gđa Persa pošto se namesti u staru fotelju — nisam ti ja, Ćiro, ni ja ni Melanija, imali ni mirna dana ni mirna sana. Kažem ti: ni danjom ni noćom nismo bili mirni od nji'ovih bezobrazluka. Taman jedno prestane, kad al' eto ti drugo se počne... pa tako furt. Danjom metnuli neko rešeto pred kuću, pa se setili *tu* da rešetaju žito; pa neka pleva, neka prašina, k'o da je ionako malo na sokaku; a noćom neki gajdaši, tamburaši, trumbetaši, Ćiro, neki kurmaheri i neke nahtmuzike, k'o da smo na „Tisapartu" tako mi je izgledalo.

— Oho! No, to je, k'o što vidim, sve lepše i lepše.

— Da šta ti misliš!? Celog bogovetnog dana lupa ono prokleto rešeto i tera plevu sve na našu stranu; ne možeš k'o čovek izaći na sokak od prašine. A noćom se opet vuče čitava kompanija; tu su ti sa nekim trumbetama, nekim verglovima, da ceo šor ne može oka da sklopi.

— Pa šta su ti se zavezala usta, kad ih imaš, fala bogu, pa da im kažeš da valjda još neko sedi u ovom sokaku?

— A da šta sam nego to uradila! Pa misliš da mi je štogođ *pomoglo*? Šiljala sam Eržu da joj kaže kako to nije lepo da iznesu rešeto za žito na sokak kod onolike nji've avlije... kako nam svima smeta i pravi larmu po sokaku. Ta nije da je đípala i praskala, ta nije da je vikala, već misliš sad će je šlôg. Sve skače k'o gumalastika od zemlje, kol'ko je pakosna, beštija i aspida jedna vasilijska, pa poručuje po Erži i kaže: „Pozdravi ti, kaže, tvoju milostivu tejšasonku, nek ona ne tura, kaže, svoj nos u moj viršoft; kome je dao bog, taj i rešeta žito. Tako ti kaži, kaže, da sam je pozdravila!" Umal' sirotu našu Eržu, ni krivu ni dužnu, nije istukla.

— No, *to* mi se dopada! — veli ljutito pop Ćira, a popadija doliva ulja na plamen gneva pop-Ćirina pa nastavlja:

— „Bolje, poručuje mi ona po Erži, neka pazi *ona*, to jest *ja* da pazim, neka pričuva ona onu njenu princezu... a to je, znaš, nišanila na našu Melaniju... nek pričuva onu njenu Genofefu, kaže, dok je nisu spevali paori u šoru!"

— Oho! — reče pop Ćira i diže obrve čak pod ćelepuš. — Oho!

— E, sad gledaj ti samo, molim te, *te* uncutarije i *toga* brezobrazluka od jedne aspide, šta se ona usudila da kaže. I ona se našla da mi čuva kuću; *ona*, i to *moju* kuću da čuva. Al' i ja sam joj k'o što treba i odgovorila — veli zadovoljno i blaženo gđa Persa. — Pozdravila sam je i rekla sam joj: nek čuva ona, bolje će biti, onu njenu *bundu* da ne uskoči za kakvim u dorocu sa roglja.

— A-a-a! Pa to je, bogami, baš zagustilo? A to se ne sme više tako ostaviti ni trpiti.

— A, pa videćeš samo sutra! I sutra će sigurno biti larme po sokaku. Eto i gospodin Pera se od oto doba formalno odbio od nas, pa ga nema, ređe nas posjećuje. Izađe jadan mladić s Melanijom pred kuću, pa ne može reči da čuje kad se razgovara, od onog prokletog rešeta!... Jedan jed samo. Vidićeš već!

— A, to ćemo tek videti! Nek probaju samo! — veli ljutito pop Ćira.

— Ta... sad i ja mislim da je već krajnje vreme, da i ti k'o otac... a ne bila *ja* na tvom mestu, to samo ja velim, a ja bi' već...

— No, dosta, dosta! Znaću ja već i sam šta mi treba raditi! — reče ljutito pop Ćira. — Očitaću ja njemu već...

— Da mu očitaš, jest — hrabri ga gospođa Persa — te još kako da mu očitaš. Ej, da ti ja moj jezik pozajmim!

— Te još kako ću da mu očitam! Zar je to lepo da se mi kao komšije i parosi tako mrzimo?! Zar sam mu ja kriv, ili moje dete?

— Ili ja? — veli gđa Persa. — On ga je prvi dočepao i odveo bio svojoj kući.

— Pa bio ga čuvati.

— A devojačka su vrata svakom, što kažu, otvorena.

— Valjda je on dete, nije valjda još majorent, pa ne zna šta mu treba.

— Nego mu sad treba tutor da mu tutoriše.

— A, ta kazaću ja njemu sve to! Vidiš ti, molim te, da čovek nije ni u svojoj rođenoj kući miran! — veli pop Ćira, pa stade hodati ljutito po sobi.

— Ako štogođ stane da prebacuje, a ti mu reci: da svaki prema sebi traži priliku; kaži mu da mladić ima oči i svoju nauku, pa vidi i razlikuje: šta je *pomorandža*, a šta *cvekla*.

— Ne brini se ti! Zapušiću mu usta, da će pamtiti dok je živ kad se sa mnom dišput'o.

— A možeš mu i to reći: da se *dockan* setio. Mladić je već razgovarao sa mnom, a i Melanija mi se ispovjedila... To je već svršeno... Sve mu je zabadava sad.

— Nemaj ti brige. Ti pazi kujnu, a meni ovo ostavi. Kol'ko sutra naći ću se s njim. Imamo i inače poslove neke da svršimo.

***

Sutradan su se našli i razgovarali poduže pop Ćira i pop Spira. Pozdravili su se, razume se, hladno. Dosad su se uvek pitali za zdravlje i onda kad se obojica nisu makli ni iz sokaka, a sad se vratili obojica s puta — pa jedan drugog ama ni jednom rečicom da ne zapita!!! Kad su počeli zvaničan posao, jedan drugome nisu u oči gledali, nego i jedan i drugi kad nešto ima da kaže, a on govori i gleda u onaj pismeni akt, ili okreće plajvaz, ili namešta pero u držaljici, ili tako ma štogod, tek da se nađe u poslu. Svrše i taj posao, a izgledalo je da se pop Ćira već predomislio, i da neće ni otpočinjati kakav privatan razgovor, nego da će se u miru rastati. Pop Spira je već uzeo svoj štap i šešir, i gladio ga rukom niz dlaku, dakle već bio spreman da pođe, kad će ga pop Ćira jetkim i dršćućim glasom osloviti i zaustaviti.

— Ama... oče Spiro, 'tedo' se nešto s vama malo razgovarati, ako se, to jest, s vama, uopšte *i može* razgovarati.

— E, da!? A otkud to sad, gospodar-komšija?! A zašto kao da ne možete razgovarati?! K'o i dosad, dragi komšija i kolega.

— Ta... ne znam, znate — reče pop Ćira i podiže obrve, a dobi dve ozbiljne brazde oko nozdrva — jesam li se, to jest, dobro atresir'o i 'oće l' vrediti što *vama* govoriti?

— Pa kako ste vi to „vama" nekako čudno izgovorili!?... I posle, 'oćete l' o crkveno-opštestvenim stvar'ma da razgovarate?... Ako mislite o njima, stojim vam na službi... o njima se valjda tek nećete sa mojom Sidom razgovarati?!

— Dobro te niste rekli, s vašom Žužom!

— A šta bi vam falilo, samo ako ona...

— Oho! — veli pop Ćira.

— Oho! Dakako! — veli pop Spira i ostavi štap.

— O familijarnim stvarima želio bi' da se razgovorim s vama, gospodar-komšija, o familijarnim... ako, ako, to jest, nemate što protiv toga.

— Molim vas, izvol'te samo! — veli pop Spira. — Šta tu vazdan pravite nekakva predislovija!

— Ta... znate, česnjejši gospodin' *Spiridone*, mislim, je l' vredno i *da počinjem* s vama; jerbo ne znam ko je stariji u toj vašoj kući, *vi* ili *ona*... ona vaša... vaša supruga?

— No, pa ja sam... ja, prečesnjejši gospodin' *Kirilo*! A šta bi k'o hteli? Dede, nemojte obilaziti kao mačka oko vrele kobasice!

— No, pa ako ste vi stariji u kući, k'o što kažete, a ono molio bi' vas... kad bi bili tako snishoditelni prema meni, pa naredili onima tamo... onima vašima... da ostave moju kuću na miru. Znate, nisam rad ni da se *svađam* s vama, a ni da varmeđa ima posla. Eto, to sam želio da vam kažem. 'Oću — podigao pop Ćira glas kao da diktando govori — 'oću da sam odsad miran pred svojom kućom, oče Spiridone.

— Po meni baš — upade mu u reč pop Spira — oče Kirilo, možete slobodno, ako 'oćete i človiti pred kućom!

— ...a za rešeto je avlija a ne sokak — nastavlja pop Ćira. — A ne izneti ga nasred sokaka, kao da je sokak vaš spahiluk...

da čovek ne može da iziđe pred svoju rođenu kuću od lupe, prašine i pleve...

— Ja vodim virtšaft kako ja znam!

— Jeste! Vi vodite virtšaft kako vi znate; vaša supruga kako ona zna, a vaša slatka ćerčica opet kako *ona* zna! Neko danjom, neko noćom; tek došlo vreme da se pošten komšiluk raseli od toga vašeg virtšafta.

— Oho, oho! Ama vi, gospodin' Ćiro, baš onako...

— Jeste; mi *onako*, a vaša kuća *svakojako*.

— Oho! — uzviknu začuđeno i uvređeno pop Spira, pa ostavi šešir. — Samo kad je *vaša* kuća primer selu.

— Bogme i jeste.

— Doduše, imate se čim i ponositi; k'o mačka s ogorelom šapom!

— No tek na vašu se kuću neću ugledati.

— No, to vam i neće biti možno, jer sam juče zabranio mojoj Juci i da prima vizite vaših, a još manje da sme odlaziti k vami. Dakle, gospođica Melanija će nas poštedeti.

— Neće vam ni doći, ne bojte se, baš da je i zovete.

— Ta da! Ima ona dosta *unterhaltunga* i kod svoje kuće. Fala bogu, onaj vam i ne izbiva iz kuće. A zbilja, gospodar-komšija, a otkad ste vi to postali hauzmajstor pa izdajete kvartire? — zapita pop Spira.

— Jest, al' bar dolazi *danjom*... a tu su i stariji!... A kod vas onako, što pevaju paori... „sve po 'ladu da ga ne poznadu!"

— To je laž! — grmnu pop Spira.

— Pa izvol'te zapitati i izvestiti se kod Niće boktera... On, k'o što vam je poznato, najbolje zna te stvari.

— Oho! — viknu pop Spira.

— Mož'te vi vikati: „oho" kol'ko 'oćete, ali to je sve tako. Ne može čovek uveče da razladi sobu i da pusti friška lufta, od larme i muzike; digli sokak na glavu!

— E, e! Ama to će kanda da izađe na debelo, gospodar-komšija! — planu pop Spira, koji izgleda da je sad shvatio domašaj pop-Ćirinih zajedljivih reči. — Koga vi to mislite kad *tako* govorite, moliću lepo?

— Pa govorim — veli jetko pop Ćira — o vašoj krasnoj 'ćeri Juci... nek vam je živ' i zdrava!

— Gospodin' Ćiro — viknu imperativno pop Spira — *'ćer* da ste mi ostavili na miru! Ne ispirajte usta s njom! Nju mi ostavite na miru.

— Nek ostavi ona moju kuću na miru, ili bolje reći: nek ostavi na miru *momke* po selu, pa će onda i moja kuća biti pošteđena!

— A šta ima ona *to* s vašom kućom?!

— Ima to što nije miran sokak od nahtmuzike. Sve trešti od nekih trumbeta.

— Pa zar je samo moja kuća u sokaku?!

— E, nije nego valjda onoj baba-Tini prave muziku?!

— Ta kakva je ćorava sadašnja mladež, i zašto kao i ne?

— Pa kad prave baba-Tini, a što će onda vaša Juca, vaša bezazlena i krotka ćerčica na prozoru?! Sigurno se odala na astronomiju i zvjezdočtenije — veli zajedljivo pop Ćira — pa pogađa 'oće l' biti rata, i ko će dobiti batina.

— Pa i biće i rata i batina! — dreknu pop Spira ljut kao zver, i polete na protivnika...

Šta je odmah sledećeg sekunda bilo, doznaće čitaoci odmah

u sledećoj Glavi, od jedne sa svima detaljima toga događaja dobro obaveštene gospođe.

GLAVA TRINAESTA

U kojoj je pripovedanje, ili bolje reći izveštaj, gđice ili gđe Gabriele, koja je uvek vrlo dobro obaveštena bila o svemu i svačemu, i znala do najsitnijih detalja sve što se dogodilo (pa i što se nikad ni dogodilo nije) u selu; i koja je, budući dosta besposlena, vršila ulogu i podmirivala potrebu seoskog „Tagblata" ili još bolje „Interesanteblata".

Ovaj sastanak i razgovor između popova bio je tako oko devet časova. Toga istoga dana posle podne, pripovedale su se čudne i neverovatne stvari o tom događaju. Uveče toga dana, znalo je celo mesto, i levo i desno od Velikog sokaka pripovedalo se u svima kućama o tom zbitiju. A zasluga za to pripada gđici Gabrieli. Ona je bila kao neka vrsta mašamode u selu. Otmeniji su je zvali „seoskim telegrafom", a paori „seoskim dobošem", a nazvana je tako ne onako napamet, nego što je doista ličila i na jedno i na drugo. Što se god dobro ili zlo, lepo ili ružno, desilo u jednom kraju, za tili čas saznali su svi ostali krajevi, od Švabine suvače, pa sve do iza vašarišta. A znala je dobro i nemački, pa joj je utoliko širi bio teren i polje rada za kupljenje i rasprostiranje novosti, i sa tih premućstava bila je prisna prijateljica sa gđom Cvečkenmajerkom, mesnom babicom, kojoj je svaki dan išla na jauzn sa štrikerajem u korpici. Tu su jedna drugoj raportirale što je koja doznala, i posle raznosile vrlo savesno i revnosno novosti po selu.

Koja je od njih prva doznala za taj strašan događaj, to vam pisac ne ume da kaže, jer je svaka prisvajala za sebe tu zaslugu da je ona prva saznala, pa onoj drugoj kazala. Odmah posle ručka, uzela je gđa Gabriela (molimo čitaoce za izvinjenje što ćemo je zvati čas gđom čas gđicom, jer tako su i u selu svaki čas grešili) uzela, dakle, štrikeraj u korpicu, pa poletela i zaredila po kućama i sokacima. Prvo je otišla gđa-nataroševici, dakle u beamterske, odatle u trgovačke, a posle u majstorske kuće, i tako dalje sve po rangu.

— O, pàrdôn, izvinite! Neka, neka, ručajte vi samo — veli gđica Gabriela, ulazeći kod g.-nataroševih — ja ću malo posle doći.

— O, ništa, ništa! — veli gđa nataroševica. — Mi smo malo poviše zakasnili, izvin'te i vi! — Bar da ste ranije došli, a krasnu smo riblju čorbu imali.

— Molim, molim — ustručava se gđa Gabriela — k'o što sam rekla, ja mogu i malo posle! Na mom duvarskom sátu već prošlo dva.

— Pa i nije vas prevario — veli gđa nataroševica — nego se mi malo zadocnili; a u drugim kućama dabome da su davno i davno ručali.

— Bo'me, kako gde! Kako kod koga! — reče zadovoljno Gabriela. — Kod gospodina *Ćire, paroha,* znam da im danas nije do ručka...

— Kod gospod'na Ćire?! — reče radoznalo gđa

nataroševica, i postade odmah mnogo uslužnija. — A šta je to bilo tamo, slatka?

— Šta, zar niste čuli?

— Nismo, rođena! Ta molim vas, raskomotite se samo, k'o kod svoje...

— I *ništa* niste čuli?! I *ništa* baš?! Ta je l' možno? — pita Gabriela skidajući maramu. — A ja potrčala da čujem, kažem u sebi: gospođa će kao beamterka to najbolje znati, jer se na ove seoske torokuše, gnedige, ne smete osloniti.

— Ništa, slatka! Ja sam vam ovde k'o u pustinji...

— Ta nije možno! Taz is unmeglih! Ta celo selo samo o tome govori...

— Da nisi ti, Kipro, čuo što? — pita gđa nataroševica muža.

— Ja... baš ništa — veli g. nataroš.

— Eh, moj suprug — veli očajno debela gđa nataroševica — to vam je upravo beamterska natura; ima taj rđav običaj da ga se ništa, ama ništa, slatka, ne tiče, i ništa neće da mi kaže!... Uvek od desetog nekog čujem što se u selu dogodilo.

— Ta šta govorite, milostiva!?

— Ta brez šale! Nego izvol'te, ne ženirajte se ni najmanje.

— Molim, molim... ne ustručavajte se ni najmanje... ni najmanje... K'o da i nisam tu! Ja ću evo ovde na kanabe! — reče Gabriela, i sede iza njihovih leđa na jedno kanabe, i izvadi svoj štrikeraj.

— A ne, ne — ne dâ joj gđa nataroševica. — Se'te, slatka, ovde sas nama. Izvol'te malo dinje, da znate samo kako je slatka, k'o da nije iz paorske bašte, nego k'o da je „cukras" pravio.

— Pa mogu baš jednu kriščicu, onako forme radi, samo da vam ne dam korpu! — veli Gabriela i ostavi štrikeraj.

— No, pa šta je, šta je to, slatka, bilo? — veli gđa nataroševica.

— A ja baš idem pored vaše kuće, pa mislim u sebi: daj, kažem, da svratim k njima, valjda će gospodin-notêr znati sve... Kad ono... vi niste ni čuli! Ne znate ni kol'ko ja!

— Molim vas...

— Ta šta vam ja baš mnogo i znam?! Čula sam, al' čisto i sama ne verujem... a na spletke mrzim k'o na đavola... Ta znate me, fala bogu... pa nisam rada da mi se prebaci...

— Verujem, verujem, slatka, i *sama* sam vam takva.

— Znam, znam, bar *meni* nemojte, gnedige, govoriti...

— Pa kol'ko znate, slatka, kol'ko znate! — navaljuje gđa nataroševica. — 'Oćete l' malo šećera na dinju? Ima svako-jakih gustova. Eto, moj Kipra vole da pospe dinju biberom il' tubakom (burmutom)...

— Fala, gnedige, ja volim dinju onako klot naturalnu; osim rajs-pulfera znate, zbog vetra, i na lice ništa ne mećem...

— A, pa vi nemate ni nužde! Taka koža!

— Dakle slušajte!... Al' molim vas, milostiva, da zadržite to za vas. Bogzna je l' to sve i istina, pa nisam rada...

— O, molim, molim, to nije bilo ni nužno... Ako ova riba na astalu — reče i pokaza na varku od soma — što progovori, to će se i od mene čuti. Dakle...

— Dakle, čujte! — reče Gabriela i pokloni se g. Kipri natarošu, koji ispušio beše lulu i krenuo se da prilegne malo, naredivši da se ona lubenica ne vadi iz bunara pre nego što se on probudi. — Dakle, vi znate da sam ja prijateljica i gospoja-

Sidi i gospoja-Persi; ne znam već, gnedige, koju većma i više volem. K'o da smo sestre, ili tako štogođ. Ako se sećate, ja sam vam još pre dve-tri nedelje rekla i prorokovala da će biti vašara između njih. A ja što vidim, gnedige, to je viđeno. Još onda sam primetila da nije k'o nekad. A to je sve zbog onog mladića, mladog gospodina Pere, što je sad učitelj ovde. Naravno, i sasvim prirodno; i jedna i druga ima kćer, pa mati k'o svaka mati. Svaka je dobru rada za svoju kćer; a jao, žalosna, a kako i ne bi; ako mati neće, a da ko će?!... Ju, ja sam se baš zaljubila u taj vaš cic; govorim, a sva mi pamet ostala na njemu! Di ste ga, gnedige, uzeli? Da lepa cica! — reče razgledajući haljinu domaćičinu.

— Kod Piškelesovice na roglju, u Bečkereku, treća kuća od apoteke.

— Baš neću imati mira dok i sebi ne kupim...

— Jest, vrlo lep cic! Niste vi prvi kojoj se dop'o.

— A je l' ostalo još u komadu?

— Bo'me, potrčao je sve sam prvi nobles u Bečkereku i sve razgrabio.

— Juf! Ta nemojte me, gnedige, plašiti! A pošto rif?

— Trideset i dve krajcare, al' treba se umeti i pogađati.

— Ta šta govorite! Trideset i...

— Ta man'te cic dođavola — prekide je nestrpljiva gđa nataroševica — nego molim vas dalje, samo dalje...

— A, da, pàrdôn, pàrdôn!... Dakle, do tog doba su se i kojekako slagale; al' od oto doba, krv i nož, krv i nož! Jedna drugu i da ne vidi! A već, doduše i pre se jedna na drugu tužila. Koliko mi se puta gospoja Sida tužila na gospoja-Persu — kako je obešenjačka žena! „Kad god ide Melanija u crkvu, uvek zove i moju Julu, a neće sama da ide; samo da se vidi kako je ona gospodske boje, bléda, a moja Jula zdrava pa rumena k'o što je bog dao. A posle — kaže — primjetila sam — kaže mi gospoja Sida — i to, da uvek ona ima nešto osobito, tek samo da nije k'o u ove moje. Ako moja Jula pođe jedne nedelje brez rukavica... a kud će na ovo vreme i da ih navlači!... Melanija odmah navuče rukavice, da pokaže kako je „nobl"; a ako druge nedelje ova moja ponese i navuče rukavice, onda ih opet Melanija *ne navuče*. Onda opet 'oće da pokaže kako ona ima bele ruke k'o u noblesa, a moja Jula, bajagi, samo ih zato navlači da sakrije svoje od virtšafta ispucane ruke!!! I na to je — kaže gospoja Sida — sve ona matora sakramencka beštija uči! — Dugo sam — kaže — lupala glavu i študirala dok sam se dosetila toj njenoj uncutariji." Eto tako su se i pre ogovarale. A ja je tešim i stišavam... taka mi je, znate, narav, volem sve lepo, brez svađe, pa joj kažem: „Pa možda je to, slatka gospoja-Sido, samo slučajno; vama se to tako čini! Baš vam mogu otvoreno kazati, i uveriti vas da gospoja Persa, kol'ko je ja poznajem, da ona, naprotiv, baš k'o svoje rođeno dete vole vašu Julu. Baš meni samoj je onomadne kazala kako vam zavidi što imate tako vrednu i zdravu 'ćer." — „Eto — veli ona — "... Ju slatka, baš bi' vas molila još za jednu malu kriščicu, ova vaša dinja sve se topi u usti.

— O, pa što ne kažete! Izvol'te, molim, izvol'te.

— Fala lepo! Moj pokojni nije mario za dinje. Uvek sam ih kradom jela u kujni s mlađima... Bio je nervozan na dinje zdravo.

— Verujem, ima ljudi razne fele...

— „Eto — veli gospoja Persa" — pripovedam, znate, *ja*

gospoja-Sidi — „eto ona moja, Melanija to jest, malo-malo pa kašlje! Te kuvaj ovo, te kuvaj ono. Zdravo je nježna — kaže — haglih k'o leptirova krila! Sve ja moram da radim, žao mi deteta; šta ćete, kad se za nešto više rodila — kaže. — A gospoja Sida kako koji dan, sve šira; njena Jula sve radi za nju. Ono je devojka — fali je gospoja Persa. — Kad korači, sve se trese zemlja pod njom! A ova moja k'o neka balska lepeza; da je duneš, zaustavila bi se negde na tarabi ili na bagremu, kako je laka! Nikakav teži posao nije za nju. A gospoja-Sidina Jula kad se popne na kacu, pa im traje do novoga, a nama oko Sretenija nestane, pa moramo da kupujemo kupusa s pijace."... „Evo vi'te — kažem ja gospoja-Sidi — šta kaže gospoja Persa!"... I zar mislite — okrenu se gđi nataroševici — da sam je umirila?... Bože sačuvaj! — nastavlja Gabriela. — Tek onda se zgrane, pa stane da đipa i da praska. A ja je jednako umirujem; jerbo ne volem, znate, svađu: volem svaki sa svakim da lepo živi... Molim vas, slatka, ja sam se već obezobrazila, al' vi ste krivi što umete tako slatku dinju da izaberete...

— O, molim, molim... s drage volje! Izvol'te! — reče gđa nataroševica, držeći jednako nož u ruci i dinju na krilu. — Al' poslušajte me! Uzmite malo šećera pa posolite krišku!

— Ajd' baš da vam ne učinim nažao. Ali samo jednu kašičicu!... Dakle, tako ja stišavam. Volem sve lepo; s *lepim* se, slatka, može sve učiniti. Tako sam utiškavala i, što kažu, krpila! E, al', bo'me, i tome je bilo kraja! Dok su *mene* slušali, i dok sam *ja* mogla... bilo je i kojekako. Al' otkako dođe onaj mladić, ne sluša me više ni jedna ni druga, pa tako je i došlo do škandala...

— Do *škandala*?! Molim vas samo brže, šta je, dakle, to

bilo? — reče gđa nataroševica, i odseče i sebi krišku dinje. — I ja ogladnila čisto od ljubopitstva... Dakle?

— Samo se malo, gnedige, strpite! Dakle, k'o što sam rekla i kazala, čim je novi učitelj doš'o, odmah su ga saletili i jedni i drugi. Jedan ga dočep'o za rukav, pa ga vuče na ručak; a drugi za drugi rukav i kragn, pa ga vuče na jauzn i večeru. A mladić siroma', da se ne zameri ni jednima ni drugima, ajd' i tamo i ovamo; pa zaređ'o iz jedne kuće u drugu k'o neka komesija. A oni i jedni i drugi udri fali svaki svoju... a on se samo okreće čas jednoj čas drugoj. Mladić, naravno, ima oči pa probira i šacuje. Ele, gospoja-Persina Melanija, bogami, bolje umela; učinila odmah eroberung!... Ta ono... znate... ne treba se baš mnogo ni čuditi; u tom joj je, što kažu, i vek prošao! A posle, i *nemecko vospitanje*... šta ja furt predikujem i govorim... al' nemam kome. Eto, i ovde se pokazalo!... Sad će joj padati na um, znam dobro, moje reči, al' šta je 'asne sada!? Govorim ja njoj otkad još: „Gospoja-Sido, ako ste prava mati, i prijatelj svome detetu, nemojte da je ostavite da bude slepa kod očiju i bez izobraženja; podajte je u lêr kod frajle Nimfidore, da nauči da hekluje štrumfpandle i sas perlama čačkalice za zube i nemecki unterhaltung! Do'će vreme, pa će vas dete proklinjati! Badava, što jest, jest; al' za ljubazne stvari — samo je nemecki jezik stvoren, slatka! Nije to da govorim i držim stranu što mi je mãma bila Nemica... al' sasvim je tako. Zar ne? Ja samo kad moram da se svađam i da psujem koga, onda govorim srpski, nekako je za to zgodniji; ali za fine stvari, opet vam kažem, samo nemecki! Samo nemecki, slatka moja!... Sad se ujeda gospoja Sida, a kad sam je ja savetovala da dâ njenu Julu negde na stranu u kuću, u lêr, a ona sva pozelenila, pa đipa, mal' me nije udarila, pa kaže: „Ne dam ja, dok sam ja živa — kaže — moje dete u švapsku kuću; u jednom istom koritu — kaže — i mesidu 'leb i peredu veš, i kupadu decu, poganija jedna!" E, eto joj sad...

— Al' molim...

— Ele, gospodin Pera se zaljubi do ušiju u frajla-Melaniju, pa je svaki dan kod njih, i donosi joj sve lepe nemecke knjige, sentimentalne i pune žalostivni' stvari za plakanje. I kaže sad da ne bi ni jedne sekunde mogao biti bez nje, to jest Melanije; a da se, ne daj bože, strefi štogođ, otiš'o bi, kaže, iz dešperata, u klošter Mesić u kaluđere.

— Ju, siroma' mladić!

— I tako frajla Jula ostala na cedilu, pa se iz dešperata zaljubila u Šacu... onog mladog, zdravog, lepog... ta znate ga sigurno... berberskog asistenta. Ta kako da ga ne znate?! Onog što uvek zalepi mali k'o mladež okrugao flaster na donju vilicu, k'o bajagi, bole ga, ima bubuljicu, a ono nije, ne fali mu ni đavola... nego samo iz obešenjakluka, da je još lepši!... A obe mamice više da ne vididu jedna drugu, nego se sekiradu, a sve zbog budućeg zeta. E, sad ko je tome kriv, pitam vas, što se Juli izmakla tako lepa i dobra partija?

— Al' molim vas, slatka — opominje je gđa nataroševica — al' ja još nikako da čujem...

— Ah, pardon, pardon, milostiva! Naljutila sam se... žao mi sirote Jule, k'o da mi je rođena sestra. Dakle, dosta do toga, da je nastala 'ladnoća među njima čerez mladoga her-lerera, toga mladića. Gospoja Sida naučila da predveče posedi pred kućom, al' ne može da gleda kad se šeta frajla Melanija i gospodin Pera, pa gospoja Sida protolkovala to tako k'o da je to truc njojzi i Juci. Pa ona onda iznela rešeto pa rešeta žito, a pop-Ćirini onda oni ne možedu da iziđedu pred kuću ni poslom, a kamoľ radi unterhaltunga. Onda gospođa Persa počne pozivati gospodin-Peru na večeru i posle večere, a iz gospoja Sidine avlije bacadu se sas krompirima u gospoja-Persinu avliju, samo da ne ostanedu dužni. A onda gospoja Persa napusti svoju sluškinju, onu šindivilu Eržu, što su je spevali u šoru s onim mladim apotekarskim subjektom, da trucira gospoji Sidi... Izađe k'o bajagi da počisti sokak ispred kuće, a ona zapeva koľko je grlo donosi onu paorsku pesmu: „Pusti, bože, sve gromove tvoje, pa *potuci* sve *komšije* moje", a to se, znate, odnosi na pop-Spirine. Šta mislite!!! Bi ľ vam to ikad palo na pamet! A gospoja Sida onda k'o veli: „Kad ti mene sekiraš *pesmom*, ja ću tebe *muzikom*! Da vi'š kako *ja* umem!" I jedno veče dođe lepo Šaca, onaj što sam ga malopre spomenula, sa čitavom bandom bleh-inštrumenata, gajdi i drugih inštrumenata, i digne sokak na glavu; srela ga... lepo ga vid'la k'o ja vas, milostiva, sad... frau Cvečkenmajerka kad se vraćala od porodilje iz arendaškog sokaka. Kad su se vratili popovi s puta (jer nijedan se nije strefio tada kod kuće), a one obadve udare u plač i tužbu, a supruzi mesto da uredidu stvar i stišadu, a oni se potučedu! I pop Spira, kažu, inzultir'o je gospodin-Ćiru... gađ'o ga peskonicom, i onaj ost'o bez jednog zuba... izbiven mu *levi* kutnjak, baš s koje je strane i jeo pop Ćira, jerbo desnom se stranom i ne služi, na desnoj su mu svi zubi slabi i šuplji.

— Ta šta govorite!!! — pita zaprepašćeno gđa nataroševica.

— Da šta vi mislite! Gospodin Ćira je haglih čovek, a ono je paorenda, pa još nemeški sin! Mož'te predstaviti sebi! Zar niste čuli kakve je muke im'o otac pop-Spirin dok ga je nater'o da se školuje? To je salašar. Triput je, kažu, beg'o iz škole i beg'o na salaš, pa se bricom branio i neće nikako u skamiju... Pa ga onda, četvrti put, otac vez'o ularom i pajvanima iza stražnjeg sica za šarage, pa ga tako odvuk'o u školu, te se jedva skrasio u skamiji.

— Ta šta govorite?!

— Da šta vi mislite?! Još onda k'o dete, pa se vid'lo da će biti od njega neki grubijan — završi Gabriela mećući štrikeraj u korpicu, koji je posle treće skriške dinje opet izvadila bila.

— Ta, šta je...

— Izvin'te, milostiva — reče oblačeći se — al' ja sam se malo i odviše zadržala! Službenica! Ljubim ruke, gnedige!... Al' molim vas samo, nikom ni reči! Nek ostane kod vas! Nisam rada! Nisam rada, znate, da me posle popreko gledaju... Službenica!

GLAVA ČETRNAESTA

U kojoj je sav onaj „rest" Gabrielinog pripovedanja koji nije mogao stati u Glavu trinaestu. U njoj će, dakle, čitalac saznati još neke podrobnosti koje se odnose na onaj krupan događaj, i videće kako seoska „fama" postaje i raste.

Čim je izašla od gđe nataroševice, uputila se gđa Gabriela brzim korakom gđi Soki grkinji. A tako isto i nataroševica pohitala je, obukavši se navrat-nanos, gđi Gecinici kasirki, i gđi apotekarici, da vidi da li su ove čule što od svega ovoga; pa ako su čule, da sazna još više, a ako nisu, da im prva javi.

— 'Oće l' kéra? — ču se sa sokaka glas.

— No, ko je sad opet? — pita gđa Soka, i pogleda na avlijska vrata.

— Gospoja Soko, 'oće l' kera? — ču se i po drugi put glas, i gđa Soka pozna glas Gabrielin.

— Neće, neće!... Na lancu je pod ambarom. Izvol'te slobodno! — odgovori gđa Soka. — No, šta će sad opet ta matora torokuša?! (Gđa Gabriela nije bila ni matora ni ružna, nego baš naprotiv; ali je gđa Soka bila gnevna, a onda ni sami muški ne biraju izraz, niti su objektivni!) Opet će me zadržati od posla k'o i odonomadne — veli gđa Soka, pred kojom stojaše jedna gomila starih plesnivih rukavica, koje je sekla i spremala da pokriva flaše od paradajza koji je baš toga dana kuvala i za zimu spremala.

— Dobar dan; kis ti hant! — klanja se gđa Gabriela. — Pardon, pardon, ako sam vas štagod uznemirila... k'o i uvek, i danas ste u poslu. Zaboga, gnedige, ta kad se vi odmarate, to bi' samo volela znati...

— O, baš naprotiv. Ni najmanje me niste uznemirili. A ja baš malopre u sebi mislim: o, neće l' bog kog doneti!... Kako sam sama, baš bi mi taman k'o poručena došla; kad al' ono, gledaj, eto vas. O, sam vas je bog don'o.

— Bogme, slatka, neću se moći dugo ni sama zadržavati, jer sam za poslom, a i vi ste, k'o što vidim, u poslu.

— Ta, eto, cunjam po ormanu. Tražim i kupim stare rukavice, da pokrivam flaše od paradajza. Sve same bâlske rukavice, od bog te pita kade. Gledam ih, bože, pa mislim i pitam se: ta jesu l' to, bože, moje?! Ta zar je u njih stala ova moja sadašnja ripida!? Kako se čovek samo izmeni! A naravno, i kad je to, slatka moja, bilo! Bože, šta je čovek! Ne zna ni kad proživi, a tekem dođu godine! Pa mi pade sad i to na um, bože, kakav je štucer moj pokojni bio nekad kao mlad trgovac, kad mi je šmajhlov'o!... The, pa sve je prošlo!

— No, al' i vi morate priznati, slatka, da je imao i kome; im'o je, bo'me, *i kome* da šmajhluje! — veli gđa Gabriela.

— Ta... baš ne velim da nije; nije mi jedan to prizn'o... Bila sam mlada; a što je mlado, to je i lepo... Bilo pa prošlo! — uzdahnu gđa Soka.

— He, gospoja, „prolaze godine k'o god mutna voda", što kažu paori. Što proživite, slatka, to vam je...

— Pravo kažete — potvrđuje gđa Soka.

— Jest, bo'me! Pa opet ljud'ma sve nešto tesno dok su živi! Gledam baš našu gospodu parohe, pop-Ćiru i pop-Spiru samo; the, a šta ćete!... Jedno, što kažu, tesno, a drugo besno!... K'o da će hiljadu godina da žividu!

— Pop-Ćiru i Spiru? — zapita je začuđeno gđa Soka. — A šta je to bilo?

— Zar ništa ne znate? — čudi se gđa Gabriela.

— Ništa...

— I vi baš ništa niste čuli?

— Ni reči, slatka moja, ni reči!

— Ta je l' možno!?

— Ta zadrž'o me ovaj prokleti paradajz kod kuće, i baš sam danas našla da ga kuvam!... Efi! O, Efika! Uzmi ove rukavice, pa ih ovlaži i razvuci, očisti ih od plêsni, i iskomadaj ih ovako k'o što sam ja počela — naredi gđa Soka Efiki, jednoj okrugloj dundi belih trepavica koja je dotutnjila — dobila sam vizitu... nemam sad kad. Ajde, nosi to brže!... Dakle, šta je to bilo, slatka!? Sedim k'o na šporertu od ljubopitstva, tako sam najgirig! Ništa, ništa vam ne znam...

— O, to sam vam ja onda u velikoj šteti! A ja, sirota, mislim da se oasnim štogođ, pa kažem sama sebi: daj da odem časkom do gospoja-Soke; ona će to znati, kad drži dućan! O, o, baš mi je žao...

— Molim vas, ni reči, k'o što vam kažem, nisam čula! Rec'te samo kol'ko znate; nemojte me, slatka, mučiti! Kol'ko znate, pripovedite, a ja već mogu sebi predstaviti!

— Ta, naravno, kol'ko znam.

— Da se nisu posvađali?

— Ta da je samo *to* — pa i bože pomozi!

— A zar ima, naopako, štogođ još i gore?

— Da šta vi mislite.

— Ta šta govorite! I-ju!

— Inzultirung!... Potukli se!

— Potukli! Frau-Gabriela, vi se valjda samo šalite! Id'te, molim vas.

— Na moju čast, slatka!

— I-ju! Ko bi to rek'o!

— Te još kako!

— Ta ne govor'te!

— Da šta vi mislite! Izvuk'o bo'me naš gospodin Ćira k'o Talijan kod Kustoce!

— I-ju! Gospoja Gabriela, ta *šta* vi to meni govorite?! A *od koga*, naopako!

— Od pop-Spire.

— Jao, naopako mu zvonilo! A čerez čega?

— Čerez mladoženje! Otimaju se o njega; i jedan i drugi ima u kući na udaju... pa čerez gospodina Pere, učitelja.

— Ta znam, znam... al' tek... k'o mislim da... ne mora zbog toga baš tako! — čudi se gđa Soka. — Ta i do sad je bilo proševine! Ju, bože — čudi se i krsti gđa Soka — ta to baš k'o neki paori!

— E, al' pripoveda mi gđa nataroševica... — slučajno sam kod nje svratila maločas i od nje čula. Skamenila sam se kad sam čula, i jedva sam došla k sebi. Ja vam sad ne umem ni deseti tâl od onoga što mi je sve ona kazala, da ispripovedam (a nemam ni kade, slatka)... Kaže mi gđa nataroševica, između ostaloga, da nije samo oko toga bilo čiju će 'ćer uzeti. To bi mu — kaže — pop Spira još i oprostio; nego je on dočuo da je onaj, to jest pop Ćira čak išao di treba, da izradi da njegov budući zet, to jest, sadašnji gospodin Pera, dobije pop-Spirinu parohiju!... Sad kako je to trebalo da bude — to vam sad ne umem baš kazati i ekšplicirati — ali dosta do toga da je to pop Spira dočuo, pa lepo seo u kola pa za njim; i srećno mu pokvari taj posao. Pa još tamo su se, u Temišvaru, kaže gđa nataroševica, sporečkali, a ovde jutros i dovršili.

— Za ime sveta, pa zar se baš tukli!... A koji im je đavo u tim godinama?!

— Formalno tukli. Po selu samo o tom i govore. Idem da čujem još štogođ. Službenica! Službenica — reče, i pohita da ide.

— Ta sed'te još malo — zaustavlja je gđa Soka ispraćajući je do avlijskih vrata. — Ta tek što ste došli! Ta ne zadržavate vi mene ni najmanje!

— Moram, slatka, i suviše sam se zadržala. Dakle, zbogom!

— Ta, ta, frau-Gabriela, ta šta vam se to vuče — povika za njom gđa Soka. — Ta vratite se brže! Kud ćete tako? Ta spala vam donja bela suknja, pa se vuče; ta saplešćete se, pa ćete razbiti nos.

— Jao mene žȁlosne! — viknu očajno gđa Gabriela, koja je bila već prilično odmakla. — Ju, ubio je bog; kako *to* da mi pasira! — pa stade i pogleda dole i vide da je sasvim tako. — Uf, uf! Kud sam sad ovako pristala!!!

— Frau-Gabriela — ču se i drugi glas iz jednog otvorenog prozora iz kuće gospodina Gece kasira. — Ta di su vam oči! Ha, ha! Ta izgubićete suknju nasred puta! O, ženo, bog te vid'o!!!

— Izvol'te brže u avliju! — ču se treći glas iz treće kuće.

— Oh, baš ću vas moliti! — reče gđa Gabriela i utrča u kuću. — Molim vas, samo malko. Uf, uf! kako to da mi se desi! Molim vas, slatka, ja sad nemam kade, nego evo vam suknje, a ja ću poslati sutra moju malu. Uf, uf, kad ja najviše posla imam, onda mi baš pasira kakav maler. Izvolite, samo do ujutru.

— Ne brin'te se ništa.

— Al', slatka, nemojte samo nikom ni reči o tome! Uf, uf. Baš vam fala! Sreća te mi je taj maler pasirao pred vašom, a ne pred kakvom drugom kućom! To mi je uteha bar, jerbo vas znam da ste žena na svom mestu! A kud bi' znala! Jao naopako! Ako vide paorski muškarci, 'oće, đavoli, još da me spevaju! A kud bi' znala od sramote, da su me kakvi muškarci vid'li! Prokleti muškarci! — reče i ode kao vetar u kuću g. Gece kasira, gde je raširenim rukama dočeka gđa Marta, Gecina supruga.

— No — reče gđa Gabriela ulazeći u Gecinu kuću — i ja vam krasno izgledam. Izgledam k'o da su *mene* tukli, a ne gospodin-Ćiru!

— Ta je l' istina, boga vam, to što sam otoič čula za našu gospodu parohe.

— Od koga slatka?

— Ta od gđe nataroševice. Njoj je g. suprug njen Kipra sve iz akta pročit'o, kaže ona.

— Ona to kaže!!! Ona!!! Ta ja sam joj, slatka, sve kazala!

— Dakle, istina je! — čudi se gđa Gecinica. — Dakle, tukli su se?

— Formalno tukli. Jedva su ih razvadili. Pop Spira je inzulti'ro, onako paorski, gospodin-Ćiru. Udario ga.

— Udario! Jao naopako! A čime?

— Udario ga „štoglom" u levi obraz, i sve mu zube poizbijao i prosuo po porti.

— Kakva „štogla"?

— „Kakva"! Bože moj, kako me to pitate?! Pa *štogla*: štogla od peglajza! Bože, gospoja Marta, k'o da ste paorkinja, pa nemate peglajza u kući — nego peglate k'o paorkinje na veliku rólju!

— Ta... znâm, al' opet... — reče Gecinica pa se prekrsti od čuda. — Jao meni, a otkud mu štogla?!

— Pa poneo sa sobom u džepu. Vi bar znate, slatka, k'o kasirka, kakvi su popovski džepovi i šta sve može u nji' da stane!

— O, o, bože!... *Štogla*...

— Pa-pa-pa im'o štoglu.

— Ta... znam, znam... — veli, sumnjajući, gđa Gecinica, ajde-de, da su se *popadije* sas štoglama potukle; žene su, pa ne bi bilo nikakvo ni čudo da polete peglajzi i šporerti!... Al' ljudi, pa još popovi! — Ah — reče odbijajući odlučno — kakva štogla, bog vas vidio!!!

— Pa štogla, slatka, štogla! — reče žalosnim glasom gđa Gabriela. — Uostalom — trže se pa nastavi — sad vam ja baš ne umem kazati *otkud mu* baš štogla... al' tako sam čula... pošto sam kupila, poto vam, što kažu, i prodajem...

— Otkud samo štogla! — čudi se jednako gđa Gecininca. — Pa onda...

— E, pa kad mi ne verujete, ja neću pripovedati — reče gđa Gabriela, gotova već da udari u plač.

— Al' molim vas, pripovedajte!

— Ne, ne! Vid'li ste da mi je pasir'o onaj maler — reče Gabriela pa udari u plač — pa me samo sekirate, i ne verujete mi. To baš ni najmanje nije lepo od vas, gospoja Marta! Ja, iako mi spada suknja, al' ja opet nikad nemam običaj da lažem! — reče gđa Gabriela, i stade liti grozne suze. — A to može svakoj pasirati kad hita za poslom! — završi sva uplakana.

— O, bože, bože, s *čim* da se potuku!

— E, pa lepo ako mi ne verujete, a ja vam neću ni doći više nikad. Zapišite slobodno kad me vidite kod vas!

— Ta nemojte opet i vi biti tako na kraj srca! — umiruje je gđa Gecinica. — Zaboga, zar između takih ljudi pa da dođe do toga?!

— Ta znate, fala bogu, gospodin-Spiru — reče brišući suze malo umirena gđa Gabriela — salašar, pa još nemeš, grubijan!

— No, to će lepo da se svrši! Kaže mi baš gđa nataroševica kako joj je muž kaz'o da će gospodin Spira biti obrijan k'o dvaput dva, a parohiju će dobiti gospodin Pera čim uzme Melaniju, a baš će biti krasan par; i čim se zapopi. Da šta vi mislite! Ode brada...

— Hahaha! — nasmeja se gđa Gabriela onako uplakana. — Moram, slatka, da se smejem, iako mi i nije do toga! Šta mi pade na pamet! Sirota Jula! Baš je malerozna; naslutila je. Nije se zabadava zaljubila u Šaciku berberina. Bar će imati ko će obrijati pop-Spiru. Hahaha! Njegov rođeni zet! O, ubio te bog, Gabriela, otkud samo *to* da ti padne na pamet! O, ženo, ženo, idi do vraga! Da me ko čuje di se ovako smejem, mislio bi još da sam neka pakosna žena. Sirota, sirota Jula! Baš lepo naslutila! Službenica, klanjam se!

— Ta ostanite još malo, slatka! Bar na belu kafu, a krasan obrst imam.

— Drugi, drugi put. A sad moram! Imam još neke kuće — reče, i ode kao vetar na avlijska vrata, i prođe neka tri-četir sokaka, i svrati u nekih šest kuća. Već se počeo polako mrak spuštati kad je izašla iz šeste kuće, i pohita jače.

Gđa Gabriela je hitala k'o bez duše sokakom, gde se srela najpre sa gđom nataroševicom, posle sa gđom Sokom grkinjom — koja je ostavila paradajz na Efiki i naredila joj gde da je potraži ako se slučajno što dogodi na vatri — i naposletku sa frau-Cvečkenmajerkom, i zadržala se s ovom poslednjom poduže na putu. Frau Cvečkenmajerka je bila kao ubijena kad je čula da njena prisna frau Gabriela zna mnogo više od nje, i želela je da joj se čim bilo osveti, ali nije umela ni reči prosloviti, i, što joj je najteže bilo, frau Gabriela je nije mnogo ni zapitkivala, zato je jedva čekala da je skine s vrata.

— Pa zbogom — reče frau Cvečkenmajerka.

— Zbogom, slatka, neću da vas zadržavam, a i sama sam u poslu. A sutra ću vam kod vas na jauzni sve potanko ispripovedati! Bože, poznaje se da je već jesen... dan kraća! Dok opereš sudove i pospremiš, a ono se već smrklo! A imam još sedam kuća da obiđem. Adije! — reče i poljubiše se i rastadoše.

Gđa Gabriela udari u Kabaničarski sokak. Na avlijskim vratima zateče Pelu, Leke kabaničara ženu, nešto ljutu, gde grdi šegrte.

— Da se niste i vi *tukli* s kim gođ? — zapita je gđa Gabriela.

— Nisam, slatka... nego s ovim šegrtima, sâm jedan jed kad nije majstor tu...

— A, tako štogođ! A ja mislim, vi ste se tukli, jer to je sad, znate, ušlo u modu i kod samog noblesa! Pa reko': kad možedu popovi da se tučedu...

— Ju, a koji popovi?! — trže se Pela majstorica.

— Pa popovi... ovi... naši.

— A koga su, rekoste, tukli?

— He, koga: toga koji se neće sigurno pofaliti. Bajagi, ne znate! Vi ne znate!

— A otkud i da znam! Otkako mi je čovek ot'š'o po vašarima, slabo vam i izlazim... pa tako ništa i ne znam.

— Verujem, verujem... bo'me pop Ćira vam i neće doći da se pofali... Molim vas za jednu čašu vode s bunara; sasvim sam promukla od uzbuđenja i potresa.

— S drage volje! Izvol'te unutra — reče Pela i pođoše obe.

— Juf! — dreknu gđa Gabriela uplašena od zveketa lanca.

— Idi, Milo, oteraj zeljova pod ambar — viknu Pela šegrtu — znaš da ne trpi kaputaše i obuvene ljude. Odma' misli da je neki vandrokaš.

I doista, to je bilo nužno, jer Lekin zeljov manje je lajao na bose paore, al' kad vidi gospodina ili samo obuvena čoveka, a on se pomami i sve za štikle hvata zubima.

— Prošćavajte — veli Pela kabaničarka — moj Leka već tri nedelje kako je po vašarima, a ja se opet bojim da se kogođ, kad je ovako sama kuća brez muškoga, ne ušunja, pa puštam zeljova s lanca.

— Baš vam fala! Lepa voda. Bože kad rekoše „vode", pade mi na pamet, što kažu, *opiju* se ljudi pa se potučedu; e al' kad je nekima suđeno, a oni se potučedu i brez vina i brez vode. K'o sad s pop-Ćirom što se...

— Ju, ja i zaboravila da vas pitam. A ko ga je napastvovao?...

— Pa pop Spira!

— Pop Spira! Ju, žalosna, a zašto?!

— Pa zbog mladoženje... gospodina Pere.

— Pa mi u ovom sokaku čuli da je to sas Julom i gospodinom bilo svršeno još dok je ovaj bogoslovac bio... kažu da je odma' sutradan, kad je doš'o, bio i prsten.

— E, bilo đavola! I vi to, bože, slatka snaš'-Pelo, odma' tako verujete?! To je samo tako izneto, pop Spira je 'teo doduše, i bogzna kako rad bio, ali steg'o se k'o kakav grk, pa nije 'teo ni krajcare da dâ nuz devojku. A pop Ćira, bogami, pametniji — pa privuk'o mladića! Jer bo'me, kad ko ima devojku na udaju, pa još pod felerom — taj ne treba, bogami, da džimrija?

— *Feler*! A zar je Juca popina pod felerom?

— A da šta vi mislite?

— Ta zdrava je k'o tresak, zaboga!

— E, čini vam se to samo, slatka.

— Ju, strasna i velika! A kakav to feler ima? — pita Pela začuđena.

— Ta zar je jedan, slatka. Ne znam ni s koga kraja već da počnem!

— Ju, rođena — čudi se Pela — a ko bi to rek'o?!

— Eto, prvo, ne zna nemecki! Zar to nije feler za jednu mladu devojku!!! Eto kažite sami!

A Pela se zamislila pa ćuti; i njoj izgleda da je to doista jedan feler.

— ...Te još kakav feler... još kakav slatka! Vama k'o

majstorici, nemojte se naći uvređeni, naravno, dabo'me... i ne treba, ali njoj, njoj...

— Pa se potukli?!...

— Mal' ga nije probô „ključem" čim se čupa slama... Srećom se strefili tu gospoda tutori i Arkadija crkvenjak, pa mu oteli „ključ".

— Ju, žalosna, a otkud mu *ključ*?!

— Pa u porti bilo to... u crkvenjakovoj avliji... A on onda dočep'o ciglju, pa ga udario po glavi, i sve mu zube izbije... Eno, konzilijum od bečkerečkih doktora skupio se u bolesnikovoj kući, pa kažedu: donja vilica, bog da prosti!... Bog zna 'oće l' i živ ostati!

— O, o, zaboga, šta čujem!

— E, a sad zbogom snaš'-Pelo. Žurim se! Zbogom! Zbogom! — reče pa se požuri, al' se najedared saplete na vratima avlijskim. — Ju! — viknu iznenađeno.

— Ju, ta šta vam je; umal' niste ljosnuli!

— Ju, „hozl", grom ih spalio! I baš sad kad sam u najvećem poslu! Molim vas, slatka snaš'-Pelo — nemam kad sad da se toaletiram kad imam eto drugih poslova! — neka prenoći kod vas, a ja ću već ujutru poslati... Evo vam... — reče i predade ih hitajući Peli. — Ju, nesretna Gabriela, ta ti kako si počela, ako ovako furt ustraje, nećeš ništa ni odneti do kuće!!!

— O, ženo, ženo, časni te!... A kako... ha-ha-ha!

— Sreća te mi taj maler nije digođ u drugoj kući... ili na sokaku pasir'o... Di bi od sramote, da su me kakvi muškarci!... No, lepa parada!

— Bo'me! Kakvi su obešenjaci — bilo bi vam sutra...

— Juf, snaš'-Pelo, nemojte mi ni spominjati. Bolje u zemlju

da sam propala! Ubio ih bog, svud se oni moradu da stre-
fidu. Muškarci! Juf, samo kad pomislim... Pa još oni paorski
muškarci čim vididu, a oni spevadu šorom. O, o, mog malera
nema nigdi, slatka snaš'-Pelo!

— Ubio ih bog!

— Samo, molim, ni reči. Ni reči. Znate, čula sam od frau-
Cvečkenmajerke. Ona mi svaki dan dolazi na jauzn, pa me
tako saleti da naposletku popustim, pa moram, 'tela ne 'tela,
da je slušam... A ona mora da isakati... Ja joj zato ni desetu
ne verujem.

— Ta neću, slatka, znam ja šta je tajna — veli ispraćajući
gđu Gabrielu koja se izgubi u mraku, proklinjući tu „svađu"
zbog koje se gube suknje i hozlice.

Odmah za njom krenu se i snaš'-Pela, pa zaredi po
komšiluku. Ona nije ni ulazila u kuće, nego je s avlijskih vrata
vikala i dozivala domaćice i žensku čeljad da im kaže šta je čula.
Na prva tri mesta rekla je da je povreda naneta gvozdenim
ključem, a na druga dva je u hitnji pogrešila, i rekla da je to
bilo gvozdenim vilama.

Gđa Gabriela je poletela laka i čila kroz sokake, i u četvrtom
se sokaku opet srela sa Cvečkenmajerkom, u petom sa gđom
Sokom grkinjom, u šestom sa gđom nataroševicom i gđom
kasirkom, a u sedmom sa gđom apotekaricom. I tih pet mo-
bilisanih dobrih žena, raznele su kao ono „žene mironosice"
— brže nego da je celo selo isprepletano telefonom — glas o
jutrošnjem strašnom događaju. A baš im je i zgodno bilo, jer
je toga dana bio neki *ženski praznik* „Kirijak Otšelnik", koji
pada 29. septembra, pa se toga dana i ne radi u tom selu
otkako je pre dvadeset i nekoliko godina udario šlog jednu

ženu za koritom baš na sam dan svetoga Kirijaka Otšelnika. Sve su toga dana formalno spale s nogu, jureći iz sokaka u sokak. I sama gđa apotekarica — koja se spočetka ustezala da se krene, jer je smešno govorila srpski, i ona se naposletku dala najrevnosnije na posao.

Kao mala gruda snega kad se otisne, mala i neznatna, s vrha brega, pa na podnožje stigne kao ogromna lavina koja zatrpa čitave kuće — tako je i taj glas od jutra do uveče narastao i formalno zatrpao pop-Ćirinu i pop-Spirinu kuću!... Uveče u krajnjem šoru gde se prodaje krišom duvan, i gde obično ne smatraju da je grehota isprebijati ili čak i ubiti financa; tamo gde se kradene stvari iz sela obično prvo traže i najčešće tu i nalaze — u tom, dakle, kraju su se toga dana uveče pripovedale ne verovatne pripovetke, već čitave basne sa svima pojedinostima. Zato je pisac i prinuđen da se služi podacima maločas spomenutih poštovanih gospođa, a ove sa kraj sela samo da notira — jer najverodostojniji izvor za taj događaj, to jest Arkadija crkvenjak, taj izvor vrlo je štur, i izdao je pisca vrlo rano. On (tj. Arkadija) bio je tamo pred vratima, i čuo i prisustvovao samo dok su se svađali, a čim je čuo neku lupu u sobi, on je pobegao na zvonaru, da ne bi bio u neprilici uz koga da pristane i da svedoči. „Fáma" je po selu kružila, fáma sa svima ukrasima svojim; jedra, gojazna fáma, debela fáma, deblja nego obe popadije ujedno.

Zato je dakle na krajeve sela i stigla ta vest tako jako preterana. Tamo se pripovedalo da su se popovi još u Temišvaru potukli, ali da su ih tamo brzo razvadili, i oni se, vele, pritajili, jer su uvideli da, doista, nisu u tuđem svetu komotni kao kod svoje kuće, u svom selu. Pa zato čim su se našli kod kuće, odmah su se sutradan i dohvatili. I jedan i drugi, vele, sakrio je levču pod mantiju, i tako otišli na razgovor, da se, k'o ljudi i njihovi stari, obaveste. Reč po reč, pripovedao je dalje Rada Čilašev, pa je, bome, došlo i do gustog. Pop Spira izmakne nekako udarcu, izbije pop-Ćiri levču iz ruku, pa ga dohvati svojom tako nesretno da mu je okrenuo donju vilicu čak na leđa! Jedva je Sofra brica namestio na staro njeno mesto, ali zube, bog da prosti. Ako ostane pop Ćira u životu, neće se, zarek'o se, smiriti dok pop-Spiri ne skine i bradu i brkove da izgleda k'o šokački plebanoš!!! Već je dva lanca najbolje svoje zemlje ponudio da proda, i fiškala našao; a teraće, kažu, proces dok traje fiškala i lanaca. A, kažu da su mu već poručili i od gospodina vladike, da se ne brine; uzeće, vele, od pop-Spire toliko sokaka parokijana, kol'ko pop-Ćiri zuba u glavi fali.

Šta je od svega ovoga istina, doznaće čitalac iz sledećih Glava, koje će kraće, ali ne manje interesantne biti.

GLAVA PETNAESTA

Iz koje će čitaoci videti da je i u ovoj prilici potvrđena ona stara poslovica koja veli: „Gde ima vatre, mora i dima biti”; dakle, da tu ipak ima nekog đavola gde se toliko mnogo pripoveda. Sem toga, videće šta je bilo i u jednoj i u drugoj kući posle onog događaja.

„Svako čudo za tri dana”, veli naša poslovica; pa tako je bilo i sa ovim događajem. Selo je dva-tri dana govorilo, pa se i umorilo, željno naravno, novijih novosti. Znalo je da je pop Ćira u zavadi sa pop-Spirom, pa je to notiralo, i počelo smatrati kao staru i već običnu stvar. Ali je selo k'o svako selo: svoj hleb jede, a tuđu brigu vodi. Nije tako stajala stvar s popovima. Kod njih nije važilo to pravilo da: svako čudo za tri dana traje. Oni su tek otpočeli pravo neprijateljstvo. Pop Ćira se odmah sutradan posavetovao sa svojim prijateljima o tome kakve korake valja da preduzme. Svi su bili saglasni da treba da tuži pop-Spiru, ne proti ili kome drugom, nego samom Njegovom preosveštenstvu vladici.

I on sede i napisa tužbu.

Nećemo je navoditi celu, nego samo poneko mesto iz nje ispričaćemo. U tužbi se pop Ćira bavi prvo samim sobom.

Spominje nekih trideset godina besprekorne službe crkvi i oltaru; trideset godina trudnog apostolskog rada u vrtogradu gospodnjem, gajeći i usađujući u srca poverene mu pastve razne dobrodetelji. Spominje koliko je njih „supružeski ali nevjenčano živećih" privoleo da prime sv. tajnu braka; koliko je Švabica i Mađarica izveo iz jeretičkih zabluda i priveo (zajedno s bezlobivom im dečicom) u krilo pravoslavlja i privenčao za pravoslavne Srbe; spominje niz pridika koje je držao, i njima istrebio silan kukolj i korov, i razduvao plevu greha i zlih navika među svojim parohijanima... I tek zatim prelazi na sukob koji je imao sa pop-Spirom i uvredu koju je pretrpeo od istoga. Tuži pop-Spiru, a dodaje da dokaze o svemu što se odnosi na sukob i sledeće, čuva pri sebi, i da će iste na sudu pokazati. — Tužba je bila konceptovana, i rukom samoga pop-Ćire, koji je imao vrlo lep rukopis, napisana. Toga dana kad je prepisivao načisto tužbu, poslao je sve od kuće da mu ne smetaju, a on ostao sam kod kuće i prepisao je i poštom poslao.

Posle ovoga, posle poslate tužbe, otvorila se grdna provala između jednoga i drugoga popa. Nikad više od to doba nisu zajedno bili. Ako je jednoga „čreda" bila, drugi nije ni privirio u crkvu, ni on ni njegova porodica. A kako kod velike gospode ide sve polako, to se i sa tom tužbom nije hitalo. Stajala je poduže bez ikakva postupka po njoj, a za to vreme hladnoća i mrzost između njih rasle su sve više i padale svakom sve više u oči. Ako je, na primer, kakav bogatiji umro, i porodica mu zahtevala da ga oglase sva zvona i opoje oba popa: to su ga, istina, oglasila sva zvona, ali oba popa nisu htela da budu zajedno; jednoga je od njih obično uvek zamenjivao pop iz susedna sela.

A šta su radili njihovi ukućani; šta popadije i ćerke im, šta g. Pera i Šaca? Zapitaćete, radoznali čitaoci.

G. Pera se odmah drugi-treći dan po dolasku u selo našao u čudu, pa ne ume mladić da se nađe nikako. Nema on ništa ni protiv koga. Mila mu i Jula i Melanija, dobar mu i pop Ćira i pop Spira podjednako bio do ovog nemilog slučaja. Dopala mu se bila i Jula dosta; našao je na njoj dosta čega za voljenje. Njeno zdravlje, pa bujna plava kosa, pa njeni rumeni obrazi, rumeni kao breskve duranclije (i docnije kad god su ga poslužili kod pop-Ćirinih breskvama duranclijama, njemu odmah padnu na um Julini crveni obrazi); pa njen miran i dobroćudan, njen detinjast pogled — sve mu se to dopalo, i padalo na pamet kako bi to lepo bilo kad bi svega toga bilo i kod Melanije koju je, naravno, jako voleo. Jest, tako je osećao i mislio g. Pera do ovoga nesretnog slučaja. Ali sada, kao častan čovek, pređe sasvim na stranu pop-Ćirinu, i odsudno i skoro otvoreno stane protiv pop-Spire. A nije ni čudo. Ta već su ga u pop-Ćirinoj kući zvali prosto: „sine Pero” ili „sinko”, a on njih „otac”, „mati” ili „roditelji”. Ispovedio je već i on Melaniji i ova njemu najpre simpatije i naposletku i samu ljubav; a to su isto i oboje priznali pred roditeljima, i već onako privatno, i kao krišom, izmenjali i prstenje. I sad, kao budući zet te kuće, naravno da je uzeo dosta učešća i u neprijateljstvu koje je tako ozbiljan vid uzelo.

A Šaca i Jula?... i njihova je stvar napredovala, onako u potaji. Sastajali su se i dalje u bašti, naravno malo ređe, jer je bilo skopčano s opasnostima otkako je nastala jesen. Bašta se proredila. Nema više onog gustog zelenila koje je išlo na ruku zaljubljenima, i krilo ih od one nesnosne kontrole koju je bog svakom mladom zaljubljenom stvoru, u licu njegovih roditelja, natovario na vrat. Lišće vinove loze opada, pa se proredilo, makova cveća davno nema, samo štrče u visinu suhe glave pune maka, i daju povoda Šaci da se baca u sanjarije i da stvara slatke slike kako će mu skorim, ako bog da, kao zetu u toj kući, goveti i činiti po volji od svake ruke, pa između ostaloga počešće mesiti savijaču s makom, koju on, kao svaki Bačvanin, od sviju testa najradije i jede. Metla davno počupana i povezana i u šupu odneta, i duž tarabe, koja se prede u leto sva zelenila i šarenila od ladoleža i vreže koja se uz nju puzala, i od zelene metle suncokreta i rodina kljuna — duž te tarabe ne vidi se više ništa od svega toga do gola taraba, sa ovde-onde osušenom vrežom, koja sad ne može nikoga da prikrije i da tako pomaže bezazlenom ašikovanju. Zato su sada i sastanci bili u prisustvu tetka-Makre, što kažu: „pod vidom čestnosti", tako da bi im to uvek bio zgodan izgovor da su se „slučajno" tu našli. Za te, dakle, simpatije između dvoje mladih nije zadugo niko više znao do njih dvoje i još bog na nebu i baba Makra na zemlji, s tom samo razlikom što je bog sve i video i čuo, a baba Makra po malo videla, a slabo što čula od svega razgovora njihovog. I tako je to trajalo sve do onog fatalnog i nemilog događaja. Ali posle toga, počelo se iz kuće pop-Ćirine strožije motriti na sve što se u pop-Spirinoj kući događa. I naposletku se i prokljuvi. Nije neosnovana sumnja koju su izražavali pop-Spirini, da tu ima i frau-Gabrielina masla. I tako, iako su Šaca i Jula, kao svi zaljubljeni, najradije voleli samoću — ipak su bili te hude sreće da budu ne samo opaženi, nego čak i spevani.

Ko ih je spevao, to se nikad nije moglo doznati, ali je vrlo jaka sumnja ostala na Timi „šrajberu" (upravo „šlajberu", kako su ga paori nazivali), koji je sa Šacom — kao što vam je već poznato — vrlo rđavo živeo, kao, što kazali, dva petla na bunjištu. Još od one pesme, ako je se sećaju čitaoci, u kojoj se spominju neki pulgeri i paorski momci, i neke vȉle i neko drekanje, a za koju se (pesmu) držalo da ju je spevao i poslao u *Kalendar* (*Velikobečkerečki*) Šaca brica, a da je, kad ju je spevao, mislio na Timu „šlajbera" — još od toga doba mrzeli su se njih dvojica. I sada kad se počelo zuckati po selu da se Jula popina i Šaca rado gledaju — omrznuo ga je Tima još strašnije, jer se i njemu jako dopadala Jula popina. I dok je on nju smatrao kao nedostižni ideal, kojega je samo izdaleka smeo posmatrati i mislio da je i samim tim već srećan i presrećan — dotle se, kao što se već uveliko pripovedalo, *on*, Šaca, s njom čak i sastajao u bašti i kurisao kroz tarabu, i „eroberung" napravio, pa čak i dotle doterao da se drznuo ponadati da će mu *ženom* postati!!! Pa koga to ne bi naljutilo, rec'te, po duši, dragi čitaoci! Jer ako ćemo pravo i objektivno, u čemu je Šaca umakao Timi? Obojica su bili školski drugovi, obojica učili latinsku školu, obojica isterani iz škole: Šaca iz četvrte, a Tima iz pete latinske. Šacu je isterao katiheta, a Timu profesor latinskog jezika kad ga je ovaj (Tima) jednom u vrlo učtivoj formi zapitao kako se latinski kaže „šalaj"! I vrlo je prirodno da je Tima smatrao sebe za boljeg od Šace iz dva uzroka: prvo, što je Šaca isteran iz *četvrtog*, a on iz *petog* razreda; i drugo, što je Šaca otišao u *majstore*, a on (Tima) u *beamtere*. A to je, mislim, prilična razlika. I zato je, dakle, on sebe smatrao za bolju priliku i partiju jednoj svešteničkoj kćeri kakva je Jula bila, nego Šaca, koji je, istina, vrlo lep bio, ali uvek kratke rukave nosio, i zimi išao bez zimskog kaputa. Ali, što bi, bi! Jula je bila Šacina i Šaca njen. I Tima kol'ko je pre voleo Julu, toliko je sad više omrznu. Pa kako je bio darovit za stihove (oni mnogi lepi stihovi na srcima, to jest na lecederskim medenim kolačima, najbolji su dokaz jake pesničke žice Time šrajbera), a naljućen i uvređen do srca, nije čudo što je seo i sastavio jednu pesmu, koju, istina, nije hteo a ni smeo, nikako da prizna za svoju, ali za koju je celo selo znalo da je njegova i ničija više, jer se on sam najčešće pored nje pratio sokakom i Ciganin mu je pred zoru svirao, a on je pevao iz dešperata tu pesmicu, koja je glasila:

Jurget i dve ludaje!
Juca nam se udaje;
Udaje se za berbera,
Momka brez felera, ej!

To je ta pesma koju je Tima šrajber spevao, a koju je i pop Spira jedne večeri čuo, i razabravši koga se tiče, kao pomaman kući došao i viknuo Žuži:

— Di su te dve ludaje?!

— Koje „ludaje", milostivi? — zapita ga začuđena i preplašena Žuža, videći ga onako jarosna.

— Zovi mi odma' gospoju i gospojicu! — reče i tresnu nogom ljutito.

One dođoše, a pop Spira ih uze preda se.

Niko dotle u kući nije znao ni slutio šta se iza brda valja, ni pop Spira, ni popadija mu — zato je sve iznenadila, kao grom iz vedra neba, ta novost.

Odmah na prvo pitanje Jula je udarila u gorak plač, a gospoja Sida se samo krstila i poglédala čas na popa čas na ćerku. Pop Spira je vikao da se sva kuća tresla, a popadija ga je jednako utišavala, dok se naposletku nije malo smirio i ostavio joj odrešene ruke da ona sama svojom ženskom veštinom izvidi tu stvar i da mu javi.

I doista, Jula se ispovedila mámi. Kazala joj je sve. Nije zaboravila ni bogat rod Šacin, ni njegovu nameru da ide u Beč da tamo svrši hirurgiju. Gđa Sida bila je najpre k'o da ju je čovek hladnom vodom polio. Stala je kao okamenjena, pa nije znala ni reči da kaže. Bilo joj je to čudno, neočekivano, što je čula iz usta Julinih; nije verovala svojim rođenim ušima, pa se zato i zamislila. Jula je u ćošku plakala, potokom lila suze i brisala ih keceljicom, a gđa Sida se šetala po sobi, zastajkivala kod prozora, i gledala bez ikakvog interesovanja i izraza kroz prozor na ulicu, i jednako mislila, ali se ipak nikako nije mogla da seti da je kadgod čula da se neka tako iz popovske kuće udala za berbera. Utom joj pade na pamet i Melanija i Pera i gđa Persa.

— Nema od tog ništa! — reče odlučno gđa Sida. — No, još bi nam to trebalo! — reče i ostavi svu uplakanu nesretnu Julu, kojoj te mámine reči ugasiše i poslednji zračak nadežde.

***

Jula je žalosno provodila dane posle ovog razgovora s ocem. Niko joj nije bio naklonjen; ni otac pa ni mati. Oboje behu protivni njenim simpatijama Šaci, i sastanci prestadoše, jer se na Julu oštrim okom motrilo kao na svakog krivca. Zato je i zavolela samoću. U samoći je kol'ko-tol'ko utehe nalazila. U samoći je mogla misliti na koga je htela, to joj niko nije mogao zabraniti! Kako je mislila da je svaka nada propala, najradije je mislila o svojoj smrti, i praštala je i ocu i materi, iako su oni mogli učiniti da ne dođe do toga. I misli njene, i pesme koje je najradije tada pevala, i knjige koje je čitala — sve je to pokazivalo da je Juli težak život, da joj nema života, i da joj je smrt bila jedina sreća. Otac, kao svaki otac, nije na to ni obraćao pažnju, pa nije ni primetio (čak je poveo jednom reč, i to pred Julom, o jednoj dobroj partiji koja joj se javlja), ali gđa Sida, kao svaka mati, kojoj je ćerka vazda na očima te i srcu bliža — ona je primetila i nije joj se to nikako dopadalo. Najpre je razumela iz pevanih pesama Julino raspoloženje. Zato je oštro motrila na svaku Julinu pesmu, i sve se više i više s bolom u srcu uveravala da je njena Jula nesretna.

Gđa Sida sluša, sluša pesmu koju Jula peva uz gitar.

A Jula peva onu krasnu bačku romansu, koja se nekad rado i mnogo pevala, a koja je sad davno već zaboravljena u nas, kao i mnoga druga dobra i krasna starija stvar, i niko je više ne peva kao nekad. Peva Jula:

Pošla Juca u Bečej kod ujca,
Pošla mlada kako će da strada!
Kad je bila blizu Feudvara,
Susrela je tri mlada drotara:
„Di sa pošla, Madžareva Julo?
Di da ideš, naša biti moraš!"...
Jedan skida zlatne belenzuke,
Drugi skida dukate sa vrata,
Treći veli: „Poljubi me, Julo!"...
Al' govori Madžareva Jula:

„Mene j' nána uvek zaklinjala
Da ne ljubim kog mi srce neće!
Volem biti tiskoj ribi 'rana
Neg' ljubiti tri mlada drotara!"
To izreče, u Tisu uteče,
Pa otuda mlada progovara:

A gđa Sida ostavila davno pletivo, pa je pažljivo sluša; i trlja već oči i brižno vrti glavom. A Jula nastavlja još tužnije:

„Oj, Boga vam, tri mlada drotara!
Pozdrav'te mi moga dobrog babu:
Da ne kosi ukraj Tise travu:
Pokosiće moju kosu plavu!
I pozdrav'te moju slatku nánu:
Da ne pije Tisu vodu 'ladnu,
Popiće mi moje oči čarne!
I pozdrav'te moga milog diku:
Da ne brodi Tisom vodom 'ladnom;
Polomiće moje bele ruke,
Natruniće moje oči čarne!" —
To izreče, u Tisu uteče!

Gđa Sida oseti kako su joj već „natrunjene oči", i počela ih brisati maramom, ali se savlada i diže i uđe u Julinu sobu. Pa iako joj se srce cepalo, namršti se, i zapita je ozbiljno:

— A kakva ti je to pesma?

— Pa pesma, mamo... iz Bačke pesma, pevali su je onomad bački risari!

— Ta znam, znam; al' otkud nađe da pevaš baš *nju*?

— Pa još od vas sam je, slatka mamo, i naučila — pa onomad me podsetili na nju.

— Tu pesmu više da *nisam* čula! Jesi l' me razumela? Vi'š ti to nje!!! — viknu gđa Sida, a steglo joj se u grlu od silne žalosti. — Da mi više nisi zapevala! Gledaj ti to nje samo! Kad ne umeš pametniju kakvu da nađeš, bolje nemoj ni pevati!

— Neću, slatka mamo! — veli Jula. — Zar je meni do pesme i do pevanja! — reče i ubrisa nos špicem od marame kojom joj beše povezana glava, pa udari u plač i pokri lice keceljicom.

Zaplaka se gđa Sida; ne mogaše ništa reći, nego ostavi sobu.

Posle toga je gđa Sida nikako nije samu ostavljala. Jednako je ili išla k njoj ili je dozivala k sebi, tek da joj je uvek na očima, i da je razgovara i razgali. Ali je to slabo pomoglo; Jula je tugovala, ne smem reći venula, jer, kao za pakost, mada je bila zaljubljena, ostala je jednako (protivno svima pravilima poetike) onako isto punačka i okrugla kao i negda još kad još nije znala za tu, takoreći, paklenu, ali ipak tako slatku strast.

Gđa Sida se dovijala od svake ruke da joj izbije iz glave te želje i misli, ali se, nekako, uvek svršavalo Julinim plačem i gđa Sidinim neuspehom. Jula je ostala stalna, a gđa Sida sve mekša i popustljivija. Češće su i čitali ponešto. Jula čita, a máma radi kraj nje i ćuti kad ona u sebi čita; ili je sluša kad Jula čita naglas.

Jednoga dana tako sedi i Jula i máma i rade neki ženski rad i jedna i druga, a Jula pokraj toga i čita i počešće briše suze. Gleda je gđa Sida ispod oka i nije joj pravo.

— Ti si opet dočepala kakvu žalostivu stvar. Što ne uzmeš nešto veselo i za smejanje? Šta ti je to?

— *Preodnica* gospodin-Perina, ostala još od onda. Čitam *Karlovačkog đaka*, mâmo.

— Ostavi to odmah!

— Ta tek što nisam svršila.

— Taki, kad ti kažem! — viknu strogo na nju gđa Sida. — To valjda već po treći put čitaš!

— Al' samo još pola strane, pa sam gotova. Slušajte, slatka mamo!

I Jula poče glasno dršćućim glasom čitati: „Ljubinkove kosti leže sad u junačkoj zemlji hercegovačkoj, al' groba mu niko ne može naći; no baš da se i znade za njega, ko bi mu došao u pohode, ko bi nad njim naričući suze prolio, kad nikoga nema od svoga?

„Prolivajte barem vi, drage sestre Srpkinje, suzu žalosti nad nesretnim udesom našega Ljubinka; pokažite time da cenite i uvažavate požrtvovanje za rod, a srpska vila upisaće mu ime u čitulju srpskih mučenika, i sačuvaće mu spomen i za potonji svet.

„No, ako vam je odveć žao, nežne duše srpske, što se Šac... ovaj... Ljubinku... grob ne zna, te što mu tako niko ne može na nj otići i suzama ga svojim zaliti, a vi otidite do „gospodar Jove”; tu ćete se dovoljno utešiti.

„Gospodar Jova” će vas odvesti na karlovačko groblje, i pokazaće vam grob u kome polovina Ljubinkova života večiti sanak boravi...

„Tu na grobu Jul — Draginjinom pripovediće vam tužni otac kako mu je mila jedinica posle udaje sve većma i većma venula, dok nije i uvenula. Kroz plač će vam priznati da je *ubica deteta svoga*, da je ubica žene svoje, i ona je naskoro posle smrti Draginjine svisnula od žalosti: a vi ćete, gledajući gorko al' kasno kajanje *samovoljna* oca, i sećajući se tih nevinih žrtava samovoljnih, uzdahnuti, te reći: Samovoljo, nigde te ne bilo!" — dovrši Jula, gušeći se u suzama, i ispusti knjigu, a gđa Sida pletivo, pa se i ona zaplaka.

— E, kad bi to bilo istina! Nego tek tako, ma ko... A *ko* je spis'o to? — reče gđa Sida, brišući suze.

— Napisao je Kosta Ruvarac...

— Kosta! Ta... ta to je pop-Vasin Kosta... pop Vasa iz Sâsâ. Eh, eto šta velim ja! Otkud on zna to? Ja poznajem tri gospodar-Jove u Karlovci, i nijedan nije im'o 'ćer Draginju. Sve koješta! Makar nije im'o druga posla. Et' tako! Pop-Vasa ga šilje i, što kažu, otkida od svoji' usta da mu sin študira, pa da vremenom bude od njega čovek, a on — izmišljava sve koješta. Ta da je *sto puti* trukovano, *ne verujem* ja to! — veli gđa Sida, pretvarajući se da nije potresena.

— Mamo, jelte da je žalostivno napisano!?

— Zlato moje, ta neće dotle doći! — reče potresena gđa Sida. — Ne daj bože! Nije táta tvoj bezdušan k'o taj gospodar Jova.

— Mamo, slatka mamo, meni je zdravo teško!

— A zar je meni lako, rano moja... Al' gledaću što god mogu; moraće popustiti, nije on, rano, tako jogunast! — teši je gđa Sida, a posle nastavlja mirnijim glasom: — A, kažeš... on je bogate familije... može da svrši i hirurgiju?

— Može, kaže, vrlo lako — veli Jula, umirujući se malo-pomalo.

— The — reče gđa Sida u sebi. — „Ne lipši magare!" A posle se opet zamisli. — No, za hirurga već ide — reče glasno, pa se opet zamisli. Poznavala je ona više gospode hirurga. Sve su to bili fini ljudi koji su se družili opet s finim ljud'ma, kao s g. prezesom, apotekarom, ritmajstorom, a i sami se zvali doktorima i druge doktore zvali „kolegama". Pa i drugi ih drukčije i ne zovu nego „gospodin-doktor". Gospodin hirurg ide posle podne u kasinu, tamo igra šaha, ili pije punč i čita novine, zna kako će ovaj car onoga fino prevariti i razgovarati se o tome, a kad jede grožđe, a on ga opere u čaši, i ne jede ljuske, nego ih ostavlja u tanjir, pa kad pojede, a on opere ruke u istoj čaši, kao što sem velike gospode još i Čivuti rade. Jednom reči, rezonuje gđa Sida, svaki se hirurg vlada sasvim gospodski, i onda, naravno, vredno je malo i porazmisliti, jer prilika nije rđava. Jula je uputila na tetka-Makru da se od nje još bolje o svemu izvesti. I gđa Sida se reši da se i ne razgovara pre sa pop-Spirom, dok se najpre ne razgovori sa tetkom „toga momka". A mora se priznati i to da je gđa Sida, kao i svaka mati, omekšala jako gledajući svoje dete kako joj iz dana u dan čezne, i uveliko se pomirila s tom mišlju da je Šaca doktor, ili još bolje „Aleksandar doktor", dobra partija za njenu Julu.

Odmah sutradan dva puta se našla sa baba-Makrom u bašti. Tako i prekosutra. Izvestila se o svemu i od baba-Makre, a i inače; i bila je potpuno zadovoljna sa dobivenim podacima. „Bože — govorila je u sebi gđa Sida — *što* je sudbina! Tu nam sreća pod nosom — a mi da je ne vidimo!!!" Razgovara se i sa popom, i razložila mu sve, i dodala da ona, kao mati, ne bi imala ništa protiv toga; štaviše, ona bi oberučke dočekala takvog zeta.

— Momak je dobar; ništa se za njega tako nešto ne čuje, a od dobre je i bogate familije! Ima već sad lepo imanje kojim rukuju tutori. Učio nešto latinske škole; dakle, nije onako neki... A posle toga, ima neke stare tetke i strine, sve bez dece, a tek što su žive!... Još koji dan... svaki čas očekuju vest... Spiro, Spiro, ne ispuštaj „terno” — završuje gđa Sida — takav „hauptrefer” neće ti se skoro trefiti!

A pop Spira je samo sluša. Duva na nos, okreće stivu lulu oko kamiša, i šeta se po sobi, i zastajkuje svaki čas; razmišljava, gleda u štukator ili kroz prozor, pa, najposle, sleže ramenima, pa reče:

— Ta, sad, šta je tu je! Ti k'o mati nisi trebala da dopustiš da dotle dođe. I sad mi ne pomaže sva moja pamet i školovanje. Šta mu sad znam! A, baš kad se rado imaju, a šta im ja drugo znam raditi!... Pa... neka im je — srećno! Samo tek... nikad mi nije to padalo na pamet! Drukčije sam mislio! No, pa — neka ih...

— Bože, Spiro — veli radosna i zadovoljna gđa Sida — a ja sve velim: to je valjda tako *sudbina.*

— Pa možda će biti srećna! Eto, da mi je ko u Karlovci rek'o: „Uzećeš Sidu!” „Kakvu Sidu!?” rek'o bi' mu ja... E, a vi'š sad kako lepo živimo...

— E, pa dabo'me! Uzmu se što kažu... i koji se nikad ni vid'li nisu, nit' voleli, što kažu... pa lepo ljudi žividu sretno i zadovoljno, a kamol' kad se ovako stefilo!... Ja opet, Spiro, velim: to je taka sudbina...

— Ta ovo, fala bogu, skinuli smo kojekako s vrata... Nego ona... *ona* komendija samo da prođe, da mi se skine s vrata; dan'o bi' dušom... čisto bi' se nanovo rodio!

— A... kako stoji, boga ti? — zapita ga i pogleda zabrinuto gđa Sida.

— Ta... malo rđavo... onako, svakojako...

— Pa ti kaži — uči ga gđa Sida — da ga toga dana nisi *ni vid'o*, a kamol' povredio.

— E, vraga! Kad je uzeo *zub*, pa ga čuva kod sebe k'o oči u glavi.

— Ju! Pa šta će biti? — pita preplašeno gđa Sida.

— The, biće šta bude! Ja ti sad iz *ove* kože ne iziđo'!... Nego, dok se ta komendija ne svrši, kaži, boga ti, *momku*, da se *i on* povuče malo... nek' čuva dućan... Vidi, valjda, fala bogu, i on sam kakav je danas svet.

— Dobro, kazaću mu! — veli gđa Sida zadovoljna, i pohita da javi radosnu vest Juli, tom najnesrećnijem stvorenju pod ovom božjom kapom, koja je sva uplakana i neutešna sedela u kujni i probadala viljuškom paprike, spremajući ih za zimu.

GLAVA ŠESNAESTA

U kojoj je opisano jesenje vreme u selu. Ko je sit spletaka iz prošlih Glava, preporučuje mu se da pročita, odmora radi, ovu Glavu koja nema nikakve jače veze s glavnim događajem, i koja ne bi trebala ni da dođe, da se pisac, kao druga sretna braća njegova, obzirao na zamerke kritičara i držao strogo pravila „Poetike".

Prođoše lepi letnji dani, dani nesnosne dnevne žege i vrućine, ali i prijatne večernje i noćne hladovine. Dan je za danom sve kraći bivao. Najpre neosetno kraći, „za jedan kokošji korak", što rekle iskusne babe, a posle osetno kraći. „Prođe leto", rekla bi tek vredna domaćica, „okrać'o dan. Taman opereš sudove, a ono se već i smrklo; taman si ustao od ručka, ajde sedaj opet za večeru. Ne zna čovek kad mu prođe dan, a ono se tek smrkne!" Prošlo i „sirotinjsko leto" i nastade pozna, vlažna i močarna jesen. I Mitrovdan je tu, tek što nije svan'o. Nestalo onog vedrog i nasmejanog plavog neba, pokrili ga sivi oblaci koji se povazdan gone, stižu i prestižu. Oseća se čovek pod njim kao vojnik pod prokislim i mokrim šatorom. Sitna kiša sípi, sípi povazdan, od jutra do mraka, i celu noć bije monotono u prozore, i ujutru opet osvane oblačno nebo, kiša i blato; i vidiš samo pokisle kokoši pred kućom i čavke na granju, i vrapce čuješ pod strehom kako džakaju. Sípi sitna kiša, pa probija i sirotinjski doroc i gazdinsku kabanicu; pada jednako i pravi po putu blato preko članaka. Upadaju kola do glavčina i junaku čizme do članaka, pa čak i do štrufli. Treba da su, što kažu, „pasent" čizme i debeli flanelski obojci, pa da se čovek usudi preko sokaka i njegovog debelog blata. Zato se na takav put u ovo doba i šalju samo stariji i jači, a mališani u to doba ostaju kod kûćâ, pa se džaveljaju i preturaju po ćilimcu u toploj sobi, ili se sa dedom, koji takođe čuva zapećak, bodu i tucaju glavama k'o ovnovi i čeliče svoja temena na taj način, da vremenom postanu tvrdoglavi, i da se ne dadu svakoj šuši pulgerskoj! Tako ih spremaju za docniji život, ali ih ipak ne puštaju napolje preko sokaka. Jer kad se jedan takav mališan krene preko takvog blata, desi mu se to da se formalno uglibi u blatu sa batinim čizmama (na čije sare može komotno da sedne kad god hoće), pa ne može da makne odande, nego ga stane dreka i dernjava i zapomaganje odande. Viče za pomoć, a na viku njegovu lete u pomoć usplahireni ukućani; uhvate ga za uši, pa izvuku najpre njega iz čizama, a posle čizme iz blata. Stoga čak i komšija komšiji ređe dolazi, naročito ako nisu jedan uz drugoga, nego preko puta jedan od drugog.

Izgleda kao da se uspavao, kao da izumire život u selu; ućutalo se sve, po sokacima i svirke i pesme i žagor i razgovor. Lišće opalo, i crni se ogolićeno i pokislo granje na drveću; opao kreč i lêp sa kuća od silne kiše, pa ti izgledaju kuće izdrpane kao red prosjaka pred crkvom. Rode se sele i ostavljaju gnezda prazna na dimnjacima, a noću čuješ kroz mokar vazduh sa daleke visine nad tobom tužno kliktanje ždralova — i oni nas ostavljaju kao lažni prijatelji u nesreći, i begaju od ovih sumornih dana, i traže vedrije nebo i blaže podneblje. Samo će nestašni i bezobrazni vrapci ostati i posle Mitrova dana u svojim, letošnjim, kvartirima. Cvrkutaće ispod strehe, gložiće se i kavdžiće sa korisnim kokoškama ovi nezvani gosti, kad onima vredna domaćica baci zrna pred kuću; i ostaće i preko zime, i dočekaće svoje stare znance i rode i laste.

Sve je selo zajedno sa seljacima promenilo fizionomiju svoju. Ne vidiš više bose noge, ni kratke rukave, ni papučica, ni cicanih suknjica; sve se to, i muško i žensko, i staro i mlado, fatiralo i ubanturalo dobro. Na glavi šubare jagnjeće ili astraganske, na pleći izvrnut kožuh ili doroc i šarena kabanica, a na nogama ne vidiš više opanke — koje kakav gurman šarov ili zeljov hoće u slast da pojede kad se raskisele — nego čizme do kolena, namazane lojem ili mašću, svinjskom ili ribljom, koja se prekonoć dobro upila u kožu da ne propušta vodu i da ne ubija nogu. Posle bábe i svekra, nikoga, valjda, ne neguju i ne poštuju tako zimi u kući k'o čizme. Pa i sama životinja i živina nije ona letošnja. I šarovi se povukli pod ambar, pa reće laju. Povazdan spavaju pod ambarem, a lanu tek u snu kad im, to jest, što neprijatno i strašno dođe u snivanju. Po avliji vidiš danju samo brbljive i proždrljive patke ubrljanih kljunova, kako se, večito gladne, ustumarale po avliji i jednako brbljaju i brljaju kljunom po žitkom jesenjem blatu; vidiš i glupe pokisle kokoške i još gluplje i mizerne ćurke (koje ti izgledaju kao kakva stara koketa sutradan posle burnoga bala), kako su se skupile i ćute, ćućore pokatkad ili pućnu od vremena na vreme. Sve, sve se promenilo; samo domaći peť'o posred njih ostao još onaj lepi, stari, letošnji petao. Pokisao, istina, malo i on, i kresta mu, k'o rek'o bi', pomodrila, ali je ipak ponosit; ne da poznati da mu je zima, otima se. Što ti je, bože, leventa i staro gospodstvo! Tako mora svaki pomisliti kad ga vidi i pokisla i ipak ponosita.

Ukućani se povukli u kuću, pa retko i izlaze u avliju. Kujna im je sad najmilije mesto. Tu se uveliko sprema zimnica. Došlo je doba „svinjskih daća" (takozvani „disnotora"). Kolju se svinje, sprema se ukras odžaku. Deca se raduju bešikama od koje će gajde napraviti, a stariji kožurici i svima već onim đakonijama koje se obično dobijaju od jednog tako ugojenog, a posle zaklanog i spremljenog svinčeta. Iz avlije se diže gust dim i liže plamen od zapaljene slame u visinu. To se prlji zaklano svinče, i greju zadovoljni ukućani oko vatre. Bukti slama posuta po svinčetu koje se prlji po svima pravilima, a domaćin ga struže kresačkom kojom se leti kreše trava po baštenskim stazama, a u isto vreme bodrim okom pazi da ko od oblaporne kućne čeljadi, ili iz komšiluka ko, ne odseče kradom svinčetu oprljeno uho ili rep, jer to i jeste najveća delikatesa na jednom tako oprljenom svinčetu, i stoga će sa njom, po starodavnom i lepom običaju, omastiti brke sam domaćin. Posle će svinče razúditi na trista delova, i od njih trista nekih stvari načiniti, od kojih je sve jedna od druge bolja za jelo; a njima će posle prekraćivati ukućani vreme u doba kratkih dana i dugih noći. Domaćica će jedna drugoj slati po pun tanjir od zaklana svinčeta, i kobasica i krvavica i kožurica, i pričaće jedna drugoj koliko je koja dobila od zaklana svinčeta masti i čvaraka i sala. Čitava čuda pričaće jedna drugoj, i slušaće pažljivo jedna drugu, ali nijedna nijednoj neće ni reči verovati. I sve će se to povešati u odžaku i po ostaloj kujni tako visoko da domaći mačak može samo videti sve to i zazubice dobiti, ali se neće hasniti! Zaboleće ga vrat gledajući povazdan tako u visinu, ali neće svoga brka omastiti. To je ostavljeno za ukućane, a ponekad i za *vertepaše* koji zimi od Svetog Nikole pa do Bogojavljenja idu svaku noć po kućama, i koji se — uzgred budi rečeno — umeju već i sami ponuditi. Jer dok *Irod* i *Melhior* i *Valtazar* i *Kašpar* predstavljaju u sobi s golim mačevima čudesno rođenje Hristovo pred zablenutim domaćima, i dok ih onaj peti iza vrata, *stari Pera iz Staroga sela Kera*, zabavlja svojim starodrevnim humorom i šalom — dotle često onaj šesti i prekobrojni koji obično nije ni predstavljen domaćima, skida kobasice, suve jezike, švargle i drugo jestivo iz odžaka, a u tome mu ide na ruku omirski smeh ukućana, izazvan šalama i dosetkama svuda omiljenoga staroga Pere iz Staroga sela Kera.

I pozna jesen ima svoje poezije i svoje topline — bar oko ognjišta i oko bánka i zápećka; jer svo ćeretanje i kikotanje koncentrisalo se oko ognjišta, a kašljanje i zevanje, gunđanje i savetovanje oko zápećka i bánka. Omladina u kujni, a ostarina na bánku ili iza zápećka priča i seća se lepših dana i drukčijega, boljega sveta. Povazdan stoji kraj vatre lonac s kukuruzom koji se onako okrunjen, u zrnu, kuva, i šakama ga jedu ukućani celoga dana, ali zato i izgleda sve po kući zadovoljno i okruglo i debelo, samo što ne grokće od debljine. Već se noću češlja perje, da se kol'ko-tol'ko prekrati noć.

Posedaju u toploj sobi, pa češljaju perje. Sve sama ženskadija, sve od báke iza zápećka, pa do male unuke sa kurjukom od pedlja, dugačkim kao mišji rep — sve se to dalo na posao, revnosno radi i pažljivo sluša babije pripovetke. A báka priča o starim vremenima kad su još soldati nosili kurjuke, kad je ona bila devojka, pa je pevali po šoru tamo s nekim koji je davno umro (pre no što se od ukućana iko i rodio), i kad su se još perišani nosili. Ili pripoveda još davnije stvari, iz vremena kad nije bilo porcije ni egzekucije, ni trukovanih novaca od papira, ni arende, ni perzekutora — nego je svet živeo srećno i carevi sinovi uzimali paorske 'ćeri. A mlađa je ženskadija pita: jesu li i nju spevali u šoru sa carevim sinom, pa se smeju, a baba se ljuti i kija, a perje leti čak pod gredicu i po sobi čak do bábinih čizama koje se, napunjene slamom i namazane mašću, suše na bánku pored vruće peći, a ova zahvatila pola sobe, pa izgleda kao čivucka arendatorska kancelarija. Ide smeh i kikot. Bȁba se ljuti, a smeh sve jači; jedva se stiša kad se čuje kakva lupa iz kujne.

Onda se trgnu svi i osluškuju okrenuti kujni, a bába veli:

— Idi, vidi da se opet nije onaj lopov máčak dočep'o žiška, pa će da poloče svu mast, k'o i odonomadne što se počastio!

Ali to nije bio mačak, koji je na pravdi boga danas obeđen, nego je to bio poznati nam Nića bokter. Čuo i on žagor i kikot i pesmu, pa prolazeći kaljavim sokakom i gacajući po blatu, svratio je, kao vlast, da vidi šta je i kako je u kući gazda-Pere Tocilova (jer o njegovoj kući i jeste reč u ovoj Glavi).

— Ta gle Niće! — viknuće svi veselo, jer ča-Niću je svak voleo.

— A zar tako vi pazite na kuću! Vi se zadivanili i uzanđarali tunakara unutra, a da sam neki, k'o što me bede, ta mog'o sam vas do gole duše po'arati! — veli Nića ulazeći.

Pa i on se zajedno sa prirodom i selom promenio. Na nogama mu čizme, na plećima doroc, a preko njega duga kabanica, ispod kabanice rog u koji duva i oglašuje sâte i budi selo, i duga drenova budža koju vuče po zemlji kad ide.

— Dobro doš'o, Nićo — dočekuju radosno ukućani i skidaju mu i kabanicu i doroc.

— Ala da pasje noći, tane mu gosino! — veli Nića. — Taman za lopove!

— Neće, neće, Nićo — vele mu oni — a i ko bi se usudio kad *ti* čuvaš selo.

— Eto, ja svrn'o malo! Vidim sveću, pa k'o velim, daj da k'o vlast vidim šta ti tamokana rade, da otkud ne trukujedu i ne pravidu kakve *falične banke*! — smeje se Nića. — Pa ako me dobro podmažu i podmite, možda ih neću izdati i prikazati, kako mi je i 'nako mala plaća sprama velike brige i glavobolje i sekiracije moje!

— S drage volje, Nićo! E, fala, fala. Pa 'oće l' ti dosta biti tako jedna *'iljadarka*, a, Nićo? — pita ga domaćin Pera Tocilov s kreveca.

— Ama ne volem ti ništa što je *falično*; a ti bi mi, znam, dao! Nego dad' ti menikana malo onog tvog vina, jerbo to sam ciguran da ti nije falično. Ha, ha! Aj, šta veliš: je l' dobro divanim?! — zadžakao Nića, pa sve ječi kuća, pa se smeje i ostavlja budžu i rog u budžak. — Aj, je l' dobro divanim, tane mu gosino! Vina ti menikana dâj, da ča-Nića ogreje malo svoju beamtersku dušicu, kad je ovako pasja noć napolju.

— 'Oću, 'oću, Nićo! 'Oću, rode, samo kad ne tražiš štogođ više kao mito. Ajde, gucni malo! — veli Pera Tocilov, i pruža mu pun bokal vina.

— Ta... svoji smo — veli mu Nića, pa jednom rukom diže bokal, a drugom kapu s glave. — A, pa, spas' bog, gazda

Petre! — veli Nića, pa otpi dobro, a zatim uze pozituru, pa nastavi: — E, pa, zasad nek ti se na ovom prođe; što si natrukov'o banki natrukov'o — nek đavo nosi; neću da se posle kaže i da mi se prebacuje da sam ti ja napakostio i metnuo crn komad u torbu. Ionako je velika povika od vas paora na nas „beamtere"! Al' drugi put, bogami, brez povećeg komada slanine, il' pečene kožurice, il' malo suvi' rebara svinjski', neće ti se, bogami, proći. Pa i malo suva jezika svinjeća iz odžaka ne bi Nići škodilo. Znaš, kad mi se ovaj moj jezik oduzme i izda me od pića — nek mi se, velim, onaj svinjeći u torbi nađe kao ciguracija! Aj, šta veliš, ha ha ha — dere se Nića da ga svi čuju — je l' dobro divanim!? Aj?

— A zar još nisi večer'o, Nićo? — pita ga domaćin.

— Ta znaš, mi „beamteri", k'o i sva gospoda, večeramo mnogo docnije neg' vi pavori... pa ponikad, što kažu, tako dockan, da skoro i ne večeramo od silnog beamterskog gospodstva.

— He, he — smeje se domaćin — pa što onda piješ *vina*, kad još nisi ni večer'o!

— Pa ja, znaš, ovo tolkujem — veli Nića — da je ovo još k'o posle ručka; a posle ručka može vino, je l', gazda?

— A bi l' se pri'vatio malko? — pita ga domaćin.

— A ima l' štogođ? — pita Nića.

— Ta biće, Nićo, k'o za tebe.

— I treba, i treba! — veli Nića. — Znaš što kažu: „Veselo srce kudelju prede". E, pa tako ti je i sa mnom sadakana, kad mi je prazna glava... ovaj... 'tedo' reći, prazan trbu', pa i ne mili mi se ondak ni da duvam u dužnost... ovaj u rog.

— Pa što se ne „fatiraš", što kažu, iznutra, k'o ja? — pita ga domaćin.

— E, „lako je đavolu, što kažu, u ritu svirati", pa i tebi, gazdi čoveku, prdačiti se sa mnom.

— E, e, gospodi nikad nije dosta. Sve oni mislidu da mi paori imamo bogzna koliko.

— Ta... kol'ko vam treba, i kol'ko vam je bog dao. Znamo mi to. Namiris'o je Nića još sa sokaka. Sve mu golica nos ova tvoja silna salamura. Zar ja ne znam, zar ne znam — k'o jedna vlast — da si pre tri nedelje zakl'o dva, pa k'o Englezi debeli. Da si i' posl'o u Beč, dobio bi cigurno kolajnu k'o jedan, na priliku, dobar, što kaže Švaba, viršofter.

— A zar si osetio, Nićo! — veli komplimentom zadovoljni domaćin. — Ala imaš fajn nos, tane mu gosino!

— Pa zato ga i negujem i timarim k'o gospođa perzekutorovica ono njeno matoro lice — reče Nića, i priđe lojanoj sveći, i stade mazati nos vrućim lojem od sveće koja je gorela. — Ta kako da ne osetim! Ta drugo je vaš pavorski, a drugo naš beamterski nos! A zašto nas i plaćadu, neg' da ga svud zabodemo! Aj, je l' dobro divanim!!! Ta ne mogu da prođem sokakom od silna mirisa.

— E, kad je tako, a ono, Đuko, idi pa skini iz odžaka koji par kobasica, pa ih metni na vatru za našeg Niću... I malo slanine možeš.

— Nemoj samo mnogo kicoško parče! — dodaje Nića. — Otkroj ti, onako, jedno parčence, kol'ko, kad ostane kožurica, da može da izađe jedan par pavorski' opanaka od nje. Nemoj da te buni štogođ što je ča-Nića „beamter"; prošlo je to posle *bune* i *Klićana*! Nego otfikari ti onako po pavorski komad jedan. Ko zna u kom će sokaku ča-Nića osvanuti i fruštukovati! Pa neka mu se nađe u njegovoj beamterskoj torbi. Aj, šta veliš — zalarmao Nića smejući se — je l' dobro divanim?!

— I slanine donesi — naređuje domaćin — i malo suva jezika, i jednu okrajku 'leba.

I dokle Đuka sprema za N, ovaj se razgovara s ukućanima i domaćinom. Njemu se obraća posle nasamo, i razgovara s njim, a domaći češljaju perje, kikoću i pevaju.

— Nisam ti doš'o baš čerez jela i pića, gazda-Petre, a za koje ti opet fala — veli mu Nića; — nego sam ti doš'o čerez tvoje asne, gazda-Pero.

Pa mu onda tišim glasom pripoveda sve što je čuo od Arkadije, a i inače po selu o popovima, o tužbi pop-Ćirinoj, o skorom putovanju njihovom, i o oskudici kola s arnjevima, sad baš kad oba g. paroha *moraju* da putuju.

— Dakle sad, gazda-Pero — završuje Nića — ti znaš šta treba da radiš. Pa k'o što sam te naučio. Ne popuštaj što zaceniš. Sad je tvoja berba. Samo... — opominje ga Nića prstom — ćutkac! Nikom da se nisi šalio da kažeš da sam te ja naučio. Znaš, oba gospodina su upravo u mojoj bokterskoj parokiji, pa... znaš... nisam rad da se zna.

Utom stiže i Đuka s punim tanjirom, i metnu ga pred Nićou.

— Pa, domaćine — veli Nića — zar da večeram, a prid večeru zar baš ni čašicu rakije, aj?! Makar one bećaruše.

— Ama ti, Nićo, otoič reče da ti je „posle ručka"? Zar posle vina rakije?!

— To je beamterska forma, domaćine. A ti nisi bio beamter, pa i ne znaš, pa nije ti baš ni zameriti! — šali se Nića.

— Tako beamteri mešadu; pijedu vino, pa presečedu rakijom, pa onda opet vinom.

— Ajde daj mu i rakije — veli domaćin.

Doneli mu i rakije. Pije Nića rakije, pa se prihvata jela i nudi domaćina.

— Ovo mi je po treći put što večeram večeras! A kako i ne bi', kad te samo gledam kako umeš da jedeš! — veli mu domaćin, pa se primiče i jedu zajedno, nudi jedan drugog boljim zalogajima, i zalivaju ih iz bokala koji se i prazni i puni, i razgovaraju se o hitnom putovanju popova. A domaćin se jednako čudi Nići kako i otkud on sve to zna.

— E, moj Nićo, moj Nićo — veli mu domaćin — ko *tebe* ima, taj zna šta ima! Otkud samo prokljuviš sve to!?

— E, moj gazda-Pero! Ne zovedu se badava moji stari *Cunjalovi*, i ne zovem se ni ja zabadava Nića Cunjalov! Utubi to, gazda-Pero — veli ponosito Nića i otpi za pola bokala — pa nastavi — ja ti, vidiš, gazda-Pero, sve na svetu bolje znam i cigurnije nego i onaj vetar što svud zaviruje i zabada svoj nos, i neg' onaj mesec što blene po svu noć po ovim svetu; di ja stignem, tu ne može ni mesec ni vetar! Što ja znam čuda po selu — to malo ko zna! A da mi je rek'o bog da pišem knjige, k'o što duvam sad u rog — pa da napišem čuda i pokore seoske, pa tri đakona da čitaju tri dana i tri noći, pa da im još pretekne! Utubi to, gazda-Pero — veli Nića, na kom se već moglo osetiti dejstvo vina iz Tocilova podruma. — Što se Nića kaplicira, on mora to i naći... ne sme faliti!

— Pa kako ne možeš nikako da nađeš sebi ženu? Što ne nacunjaš sebi ženu? — pita ga Rakila, jedna lepuškasta mlada udovica iz komšiluka. — Dokle ćeš samovati, Nićo, tako k'o niko tvoj?

— He, šta ćeš!? Drugu Pelu ne mogu lako naći! — veli Nića malo i tužno. — Otkad mi ona umrla, a ja udario u nikakav dešperat, pa prop'o i ja i imánje. Od onakog gazde — eto na šta sam spao!

— A di ti je, Nićo, ona Madžarica iz Sente... ona Kakaš-Verka — pita ga Rakila đavolasto.

— ...Pa sam i propao od derta i od jedne teške žalosti za Pelom — zabašuruje Nića i oglušuje se prema Rakilinom pitanju — pa... eto tako ot'šlo sve — reče Nića i manu rukom. — Tako mi valjda suđeno, a zar sam ja kriv?!

— He, Nićo, Nićo, kriv si ti k'o đavo — veli mu Rakila, ne puštajući ga. — 'Oćeš ti talirima da potkivaš Kakaš-Verkine čizme!? A di ti je sad?

— He, odonda i nisam više vid'o talira — veli tužno Nića.

— Odskitala — veli druga komšinica — za nekim škadrunom — za nekim tockim ulanerskim filerom.

— A vi to kanda češljate perje? — zapita Nića, da bi okrenuo razgovor na drugu tému. — Aj?

— Jeste — odgovaraju mu — spremamo za svatove.

— A ko se to udaje?

— Ta... ne udaje se još niko... al' može biti — veli bába. — Eto, fala bogu, dve devojke.

— A šta ja opet i pitam — veli okuraženi Nića — ta eto i naše Rakile...

— Pa neće me niko, Nićo, rode! — veli Rakila đavolasto.

— Pa ni za koga i ne razbiraš, nit' koga tražiš — veli Nića. — A šta bi ti k'o falilo, na priliku, za udovca?

— A ko će, Nićo, udovicu sa troje dece? — pita Rakila.

— Pa, eto... ti udovica, a ja udovac; pa šta bi nam k'o falilo!? Ta tek mi je četrdeset peta, a u *Roždaniku* mi piše: da ću doživiti i čitavu stotinu i još tri rádoš.

— Šališ se, Nićo — veli Rakila.

— Uz'o bi' te, Rakila, pa ne troje dece, nego da i' je k'o devet Jugovića. Jednome da ostavim moj „bokteraj", a druge će bog izvesti, što kažu, na put... Ajd', spas' bog, ukućani!

— Ama *to*, *to* mi samo nije milo, taj tvoj „bokteraj"! Mnogo skitaš noću, Nićo, pa bi' venula za tobom, bojim se! Pa te zato i neću!

— Pravo veliš! Neću te, bome, ni ja.

— A zašto, Nićo, rode?

— Ta im'o bi' samo brige, a asne baš nikakve, kad bi' te uz'o. Vi'š, mene jednog plaća slavna opština za tolike kuće i sokake što i' čuvam. A dok ja čuvam tolike sokake, koliko bi' tek ondak ja treb'o da držim boktêrâ i iz moje male plaće da i' plaćam da čuvaju moj *sokak*... aj? Di je tu asna? Aj, Rakila, je l' dobro divanim aj?! — veli Nića, zadovoljan što se odužio Rakili za Kakaš-Verku i završuje i večeru i razgovor pri kom je pomalo zapletao jezikom.

Utom mu uneše i suva jezika i slanine dobar komad.

— Eto ti, Nićo, suva jezika, taj te tvoj već izdaje — veli mu Rakila — već zaplećeš.

— Ta nije baš ni trebalo, samo ste se zabadava trudili — veli Nića, i trpa suv jezik u rukav od kabanice, koji je dole zavezan i lepo služi i kao torba. — Neću ništa ni govoriti; samo ću duvati u rog, a za to mi ne treba ni Nece Muckalova jezik! A ovo parče slanine ću za ujutru da ostavim — veli Nića i meće slaninu u onaj zavezani rukav od kabanice... — A kod Bućkalovi’ mese sutra ujutru ’leb, tamo ću svrnuti ujutru na vruću lepinju, a i da im kažem da sam nacunj’o trag nji’ovim vrancima, onim ukrađenima. A sad: laku vam noć svima, pa i tebi, Rakila, dindušmanine moj jedan.

— Laku noć, čâ-Nićo.

— Eh, kad ovako ide sve lepo, pa ondak mi se i mili da služim! Al’, gazda-Pero — veli Nića i metnuo prst preko usta — samo: ćutkac! — A sad, laku noć. I fala na dočeku. Al’ baš je bilo sve lepo! Ta nije da ću duvati u rog, da već niko neće znati kol’ko je sati!...

I tako odlazi Nića, a neko od ukućana ga isprati do avlijskih vrata i zatvara ih za njim, pa se žurno vrati u toplu sobu.

— Jednako oblačno, nema ni forme da će se prolepšati! — veli i seda među ostale.

Još neko vreme sede i češljaju perje. Bȁba poneki put zevne, zatvori oči, pa izgleda k’o da spava, ali još jednako češlja i meće očešljano perje na jednu, a patrljice na drugu gomilu.

A devojke i mlade komšinice šapuću. Čuješ poneku reč glasno izgovorenu, pa onda opet smeh, a perje leti na sve strane, i jasan devojački smeh gasi iznenada sveću, i budi i ljuti bȁbu.

— Ajde, dosta već jedared! Dokle ćete? Kad počnete, a vi ne znate šta je dosta!... Dobro, dobro! Do’ćete i vi u moje godine... a sad vam je lako — veli bȁba, domišljajući se da se njoj, i na njen račun, smeju. — Ajde, kup’te perje, pa da se poleže!

***

I malo posle dižu se komšinice i odlaze praćene fenjerom. Ostaje soba s ukućanima samo. A zatim se gasi sveća u kući, prestaje šapat i nastaje tišina. I iz topla perjana kreveta slušaju zadovoljni ukućani tiktakanje duvarskog sahata, kišu kako lupa u prozore, i vetar kako zviždi, kako trese prozore i tresne od vremena na vreme tavanska vrata, koja je domaća čeljad zaboravila da zatvori. Psuje domaćin zaboravne i nesavesne mlađe, i pita ko je bio poslednji danas na tavanu, ali ne dobija nikakva odgovora. A devojke zavukle glavu pod toplu perjanu dùnju, pa tiho kikoću, ali im domaćin ne čuje kikota, pa se i on ućuti. Samo se još čuje tiha i monotona kiša, ona mokra jesenja kiša, koju je tako lepo slušati iz topla kreveta, čuje se kako lupkara u prozore i čuje se rog Niće boktera koji je duhnuo dvanaest puti, ali Tocilovi ukućani čuše samo triput; ono ostalo puta odneo je vetar u druge sokake, u drugu „parokiju" drugoga boktera.

GLAVA SEDAMNAESTA

Koja je samo zato postala što bi inače Glava šesnaesta porasla kao glavurda. U njoj će čitalac videti: ko je glavni vinovnik što se ljudi, ne samo grešni mirjani u parohijama, nego čak i parosi, mrze.

Ah, jeseni, jeseni! Kako si sumorna kad te čovek posmatra gacajući blato po sokacima, ili onako pokis'o kad se grči u kolima bez arnjeva! I jednoga takvog sumornog novembarskog dana, stiže iz vladičanske rezidencije T. poziv i jednome i drugome parohu. Tamo su razgledali tužbu i uzeli je u postupak. I sad moraju obojica da predstanu nadležnome sudu. Da idu odmah, jer u subotu se mora bar jedan vratiti, da bude tu radi crkve. Ozbiljan i jedan i drugi pop; i jednog i drugog spopala neka tréma. I sam tužitelj Ćira se prepao, pa mu čisto došlo da pokuša da trgne tužbu i preda stvar zaboravu.

— Neka ga đavo nosi! — veli pop Ćira. — „Pametniji popušta", vele naši stari. Uzdržao sam se, savladao sam moj gnjev, i posramio ga svojom uzdržljivošću i dolgeterpljenijem — a to više vredi nego da sam ga bacio pod noge. Neka ide bestraga, kazaću da odustajem i praštam velikodušno nanetu mi obidu.

Ali gđa Persa ne da nikako, nego jednako potpiruje plamen mrzosti i omraze.

— Šta?! Zar onaj paorenda i dalje da bude paroh tu di si i ti?! — praska gđa Persa šetajući po sobi, pa od vremena na vreme zastaje, briše porculan keceljom, gleda pop-Ćiru s leđa i nastavlja da podbada. — Ćiro, uzmi se na um! Ćiro! Odma' idem u rod; idem u beli svet ako taj grubijan ne povuče što je zaslužio! Idem, Ćiro, kud me oči vode a noge nose, i ti gledaj šta ćeš bez popadije; da te vidim onda šta ćeš!...

— Ali, Persida... slušaj zaboga...

— Neću ništa da slušam, ništa da čujem! Punktum! — viče gđa Persa, podobna razdraženoj lavici. — Ćiro, utubi dobro to što ću ti sad izdiktirati: dok ga ne vidim obrijanog, da mu lice izgleda klot k'o jurget — *neće* mi, Ćiro, biti srce na mestu.

— Al', Perso, zaboga! Ta ti i ne znaš kako je sve to išlo dok je došlo do gustoga.

— I *neću* da znam, i *ne treba* mi da znam! — sikće gđa Persa. — I brkove mu skini, grubijanu jednom salašarskom, a ne samo bradu. Ako mu je vo vremja ono onaj njegov déka mog'o dobiti onda nemešag od Princ-Evgena kod Sente kad se tuk'o pod Jovanom Tekelijom s Turcima, valj'da i ovaj sad da dobije zato somborsku parokiju, šta li? Čuješ, Ćiro... i brkove dole! I da sam ja kojom srećom na tvom mestu, ja bi' tražila od Njegove ekselencije gospodina vladike da ga baš onaj njegov — kako se đavola zove — no ta onaj njegov Šaca, jest on baš da ga obrìjâ! Baš on, i niko drugi! A ja bi' — da sam ja nešto na tvom mestu — ja bi' sela preko puta od njega, evo ovako, Ćiro — reče i sede na jednu fotelju — pa bi' zapalila lulu i naređivala kako da brije. „Još ovde; ovde nije dobro obrijano!

— Eno tamo još tri dlake vidim!" — rekla bi' i pokazivala kamišom na tu stranu! Čuješ li, mamaljugo banacka?

— Al', za ime boga, Persida, pa dosta mi je udovletvorenija! Eto, Pera je isprosio našu Melaniju; kroz nekoliko nedelja će biti i svadba. Pa zar ti nije dosta kad si mu, takoreći, ispred nosa ugrabila zeta?! Ako ćeš pravo da ti kažem — ja mu se, ta bogami, i ne čudim što mu je bilo teško. Ta otac je tek!

— Ćiro! To je već štogođ drugo! Drugo je naša Melanija — a drugo ona njihova landpomerance!... Mladić lepo vaspitan, izobražen, pa traži spram sebe i svoga vaspitanja i priliku, k'o što bi' i sama uradila da sam na njegovom mestu. Ništa mi tu, Ćiro, nismo krivi, nego im'o mladić oči pa probir'o. A ona njihova da je bila za nešto bolje rođena — ne bi se zadovoljila kalfom.

— E, e! ti već daleko teraš!

— E, sad ja *daleko* teram! *Ja*, daklem, teram daleko! Ej, mamaljugo, mamaljugo banacka! Dakle ti si već konten da sve zaboraviš!... Ćiro! Kad mrziš, treba da mrziš ljucki. Jest, tako je to! Sve dole! I bradu, i brkove, i...

— Ali Njegovo preosveštenstvo, gospodin vladika — ekselenc...

— Kakva ekselencija!... Kakav vladika! More, ne bila ja na tvom mestu, a ja bi' to već... vid'o bi ti!... Ćiro! Da znaš da ćeš tamo naći sva četiri vaselenska patrijarka i petoga rim-papu, pa ništ' ne treba da se plašiš, Ćiro, kad znaš da si u rezonu, nego treba da im kažeš sve što ti je na srcu, što te jede i peče. Ćiro, kad mrziš, mrzi! I brkove mu nemoj oprostiti, sve dole, sve! Sve!...

— Ali, Persida...

— ...A našem Peri treba da kažemo da odma' od sutra pusti još dužu kosu; kad dođe vreme, nek je gotov i za đakona i za popu!

— Lako je tebi! — uzdahnu pop Ćira.

— Sve, sve mu obrijaj, nek izgleda k'o ćelavi Muslija!... I u grob kad legnem, Ćiro, mislićų furt na to! Iz groba ću, čini mi se, ustati sa brijačem, pa ću ga *sama* obrijati ako ti nećeš! Da pamti kad se bacio na tebe.

— E, ti kad nekoga mrziš, a ti ne znaš da postaviš, tako da kažem, plot tvojoj mrzosti i jarosti! — reče pop Ćira, smešeći se malo. Valjda mu je došlo smešno, pomišljajući kakav bi to prizor bio kad bi gđa Persa stala da brije pop-Spiru, a ovaj se otima. — Ah, ne, ne! Ti si strašna kad nekog omrzneš.

— Nije neg' da se još izmirim valj'da! Ako ti 'oćeš, ja bo'me neću! Ja kad volem nekog, ja sam onda melem, a kad ga mrzim, onda mu ne treba gori pelen!

— Pa, zaboga, Perso; trideset skoro godina živimo k'o prijatelji!

— Ne trideset, Ćiro, nego trideset puta trideset da je, pa neću da znam! Nema više ništ'; bilo pa prošlo! „Pokvareno prijateljstvo — pamtim kako mi je govorila uvek moja pokojna máma (bog da joj dušu 'prosti, bila je zdravo pametna žena!) — nije, veli ona, k'o kakva poderana štrimfla, pa da se može podštrikati!" Aja, nema toga, Ćiro! „A ponovljeno prijateljstvo, to ti je, dete — govorila bi mi obično pokojnica — to ti je, dete moje, baš k'o podgrijan cušpajz od krompira! Ako od podgrijanog krompira od podne može biti večera — to će i od pokvarenog prijateljstva moći biti štogođ!" Nema ti tu, moj Ćiro, više ništa! To je bilo, *bilo*, Ćiro, a i ne daj bože, više da se povrati! — grmi gđa Persa.

— Ama neki strah uš'o u mene — veli pop Ćira — pa nikako da se ohrabrim... Nije to šala — ići pred preosveštenstvo! Valjda sam ja to naučio! A kakve sam sreće, još mogu *ja* biti kriv!

— Sav svet zna da je on kriv.

— E, slaba je to utjeha za mene! Znam ja Spiru. Ne da se taj lako! Kako je deb'o, a da vi'š kako se praćaka k'o šaran kad ga izvuku iz vode. Naučio je taj na te kolače. Koliko se samo puta *taj* iskobelj'o, i to baš tamo di sam mislio da mu, bože me prosti, ni sam savaot neće moći pomoći!... Eno kad se ono vuk'o klípka, pamtiš i ti... pre petnaest godina... kad je bio hram crkve, pa kad se vuk'o u porti klípka sa paorima, pa sve nadvuk'o. Javili gospodinu episkopu... pa ništa. — Pa pre toga, ako se sećaš još kad je ono zadocnio na jutrenje... ja pomisli': ode mu brada k'o da je nije ni im'o — a on još pohvaljen i crven pojas dobio! Ima taj više sreće neg' pameti — to ja samo znam!

— Dolijaće! Dolijaće, Ćiro, ako ima boga, k'o što ga i ima! Nego ti samo ne popuštaj tvoje pravo i tvoj rezon! Vid'la bi' ja nji' da je nešto pop Spira u rezonu; teško bi bilo meni! Morala bi' od one Side u beli svet bežati! Pobedićeš, Ćiro, drž' se samo!

— Ta, ja već vidim moje „dobroj'tro" — veli pop Ćira — vidim ja i moje i pop-Spirino „dobroj'tro"!

— Ti samo čuvaj onaj *zub*! Da ga čuvaš k'o oči u glavi! To ti je najvažnije sad na ovom svetu!

— Tu je kod mene. Nosim ga uvek sa sobom (u zlu ne

treb'o!). Al' koje mi i asne od njega, kad će mi se, znam, zavezati usta k'o zvono na Veliki petak, pa neću umeti nijedne kad dođem pred Njegovu ekselenciju.

— Ej, da mi je, Ćiro, da ti ja *moj jezik* nešto mogu da pozajmim!... A kad ćeš morati tamo?

— Prekosutra se krećem.

— A jesi l' se postar'o za kola?

— Sutra ću da gledam u selu.

— Gledaj bo'me, zimnje je vreme... nije k'o u leto... a znaš obešenjake paorske!

***

— Kad ćeš na put, Spiro? — zapita gđa Sida.

— Sutra, u ime boga — uzdahnu upitani.

— Pa jesi l' se spremio? — pita ga brižno.

— Ta, nisam baš k'o što b' ja želio, al'...

— Ta samo da prođe jedared ta komendija. Strašno sam se dala u brigu, Spiro! Ima tri-četiri dana kako sve snevam neke episkope i neku bERBersku sapunjavicu; a to ne sluti na dobro!

— E, pa kad 'oćeš zeta berberina, to ćeš i snevati!

— Ta ne čerez toga, nego se bojim da te ne kaštiguju.

— A, do toga neće doći — hrabri je pop Spira. — Ne dam se ja dok sam živ!... Taman! Makar odn'o đavo lanac-dva.

— Dakle ima neke nadežde?

— A kako je, naopako, ne bi bilo?! Što kažu: čovek dok je živ, on polaže nešto na nadeždu, nada se! Ja sam se ispočetka malo k'o i boj'o, jerbo, znaš, kako je!... To mogu tebi da kažem. Kriv sam. Kriv sam, vidiš i sama — k'o đavo sam kriv! A toliko sam se uzdržav'o! No, al' zato ipak ne treba se predavati očajaniju.

— A jesi l' se posavjetov'o s kimgođ?

— A s kim ću, kad i ne smem nikom da kažem kako je baš sve to bilo! — Šaca je dete... a šta bi' i znao s njim!?

— Pa zar nemaš baš nikog drugog?... A kako Arkadija... kako s njim?

— Ta, on mi je već kudikamo pouzdaniji, pa njemu sam već smeo da kažem šta je i kako je, a nešto je već i sam znao.

— Pa šta ti on kaže?

— Pa, kaže da ima nadežde. Samo, kaže, da isplanira još malo, pa će mi danas kazati šta je iskumstir'o.

— O, daj bože, da ispadne samo štogođ dobro — veli gđa Sida, pa se prekrsti krišom od pop-Spire. — 'Oćeš li da ti spremimo što za put, k'o obično?

— Možeš; mada mi nije ni do čega.

GLAVA OSAMNAESTA

Iz nje će čitaoci videti kakve teškoće ima da savlada čovek koji mora hitno, a u nevreme da putuje.

Utom uđe i Arkadija.

— ’Oću l’ da tražim kola? — zapita Arkadija.

— A, pa dabo’me! Samo se pogađaj, jer ti bar znaš paora! — veli pop Spira. — Obešenjak je. Kad te vidi da si u nevolji, a on onda ne zna ni za boga ni za dušu, već k’o veli: kad si mi samo pao šâkâ! Pa onda već i ne zna šta da ište!

— Ta kome vi to divanite?! Ta zar će mi to biti prvi put da se pogađam! Ta umem ja, te još kako, da se cenjkam; ta ni brige vas! — hvali se Arkadija.

— Pa koga misliš da uzmeš? A? — pita pop Spira.

— Ta... sad... pravo da reknem — nije baš, znate, ni lako. Jesenje je to doba... putevi pokvareni, a blato veliko...

— Da, da, to je nevolja jedna!

— A kako bi sad dobro došlo da imaš svoja kola i konje! — veli gđa Sida.

— He, to sam ti, Sido, i sam više puta pomislio, he... al’ šta ćeš!!!... Da i’ držim — skupa je ’rana; pa p’onda... oni odande, oni preko — oni nam još i ponajviše smetaju! Čim

čuju da ko ovamo kod nas u Banatu ima lepe konje — odma'
se ustumaraju ti prokleti Bačvani! — Što ti ljudi imaju tu
prokletu pasiju da ukradu konje od Banaćanina — to je jedno
čudo! — Pa, što ukradu ukradu, ajd' nek i' nosi đavo; neg što
još volu da namagarče gazdu kome ukradu konje!!!... Eto, pre
tri meseca kad su onom Neci ukrali konje, pa malo im što su
odveli konje, neg' mu još metli ular na vrat, pa otišli s konjima,
a njega ostavili k'o nikog njegovog; a on kad se probudio, jedva
su ga ukućani kurtalisali oni' amova! Eto, tako! A još spav'o u
štálogu; 'oće čovek da čuva svoje konje! Eno, od sramote još i
sad ne sme čovek međ svet.

— A brani se — prihvaća Arkadija. — „Ja sam, kaže Neca,
mesečar, pa ništa ne znam šta je sa mnom, kaže, kad jedared
zahrčem. Mogli su me, kaže, slobodno upregnuti u štajerska
kola da i' vučem i brez biča; ja, kaže, ništa ne bi' znao! Nego
fala im, kaže, što su bili ipak *ljudi*, pa nisu!"

— Eto, zbog toga me i mrzi da držim kola i konje — veli
pop Spira i priđe k prozoru, pa se zagleda u jednu staklenu
téglu i gledaše je dugo.

Nastade počivka.

Možda je sada i to, maločas spomenuto, bio jedan razlog;
ali ne manje jak razlog bio je i taj što je pop Spira, kao svaki
pametan čovek i ekonom, voleo što jeftinije da prođe. Leti
mu je bilo lako. Uvek je imao poneku priliku da putuje, jer
se uvek desilo da je neko iz sela išao svojim poslom nekud. I
kad sad g. popi trebaju kola, on se i poveze na njima, jer koji
bi to parohijanin bio koji bi svome parohu odrekao kola! Ali
sad u novembru mesecu slabo ko i preže konje. Ako ih ko i
preže, preže ih samo u svatove, pa zato nijedan pop ne može

više onako prilikom da se vozi, pa jedna nevolja! Kome se sad obrati, mislio je i slutio pop Spira, taj će mu sigurno naplatiti sad i ono što se, bog te pita kad još, badava vozio, pa će mu presesti sva vožnja zabadava.

Toga se bojao pop Spira, pa je zato i odlagao tu neprijatnost, i dočekao, evo, poslednji dan da pogađa kola. A posle, bacao ga je u brigu i njegov *barometar* u kući, jer onaj zeleni žabac u onoj staklenoj tégli na prozoru, pokazivao mu stalno od nekoliko dana kišovito vreme.

— Pa, šta ste rešili? — pita ga Arkadija.

Pop Spira ćutaše i jednako stajaše na prozoru i gledaše rasejano na teglu sa žapcem. Od ovo nekoliko dana gore imenovani je jednako bio dole na dnu. Tu se dan noć zadržavao, i u ne malu brigu bacao pop-Spiru i sve ukućane, a osobito Julu. Jer Šaca je dao čizme da se naglave i naglavke unapred platio, a Nika čizmar, drevna jedna pijanica, zatvorio i dućan i čizme, pa zapao u jednu birtiju već blizu vašarišta, pa već treći dan sedi uz gajdaša, a Šaca ostao u letnjim cipelama, pa ne sme nikud preko blata. A onaj u tegli ućutao se na dnu, šćućorio se, pa samo širi mehure, a nikako neće uz merdevine (koje su njega radi tu u tegli i nameštene) te da tako pokaže i nagovesti prolepšanje vremena. Sve se zabrinulo. Pop Spira ga gleda rasejano. Jula plače kad ga vidi, a gđa Sida skida gromove čim ga pogleda u onoj njegovoj vazdašnjoj pozituri. „Sav mi je zelen — govorila bi gđa Sida kad bi god prošla kraj prozora. — Gledaj samo, molim te, kako se kapricir'o obešenjak jedan zeleni, pa baš nikako da se popne uz lotre, nego me gleda odande bezobrazno k'o kakva buljooka Čifutkinja! Grom te spalio, obešenjače zeleni!" Tako ga je grdila gđa Sida, ali on se ipak nije penjao uz merdevine.

— A... jesi l' što smislio? — zapita pop Spira Arkadiju posle dužeg ćutanja, ne mogavši duže da izdrži drzak i bezobrazan pogled onoga na dnu.

— Pa, da vi'te, i smislio sam... Samo ne znam 'oće l' valjat' štogođ — veli Arkadija.

— Pa šta si to k'o smislio?

— Pa, eto, to sam smislio. Da se vi morate pošto-poto dočepati onog prokletog zuba, da ga on nipošto ne uzmogne pokazati Njegovom preosveštenstvu gospodinu episkopu. A krom toga, morate furt ostati na tom da, to jest, svega onoga nije bilo, čime vas on bedi u tužbi, da ga, to jest, niste gađali ničim. Vi samo kaž'te: „Ne znam ja ništa od svega toga, a on, kaž'te, neka dokaže, da je to sve *tako* bilo, k'o što on kaže." Obraz je splasnuo, a zuba nema — e, pa ondak nek dokaže ako je majstor.

— E pa to i ja znam, al' to je đavo što je zub kod njega. Pa *kako* onda?

— E, pa to je i kod mene đavo, što se ni ja dosad, baš k'o za pakost, baš nikako da domislim: kako! Ja k'o mislim, da *potplatite* kočijaša što ga bude odvez'o — pa *on* da se kakogođ dokopa zuba.

— A znaš li bar koji će da ga vozi?

— Pa i neće ih biti baš na probiranje. Oni što su sad kod kuće, i što bi k'o mogli da voze, nisu se nijedan, kol'ko ja znam, pogodili.

— Ne znam koga da pogodim! 'Oće l' Pera Bockalov?

— Man'te ga vragu! — odvraća ga Arkadija. — Skup je. A

i ako se pogodite, imaćete komendije saš njim. On ima jedan lud običaj: vole, neg' bogzna šta da mu date, da udari prekim putem, pa kad ga ukebaju, ko plaća štrof, nego onaj koga vozi.

— A Proka Cikanov?

— Izešćete se živi ako ga pogodite. Pipav je dozlaboga, zato su mu i izdenuli ime, pa ga niko u selu drukčije i ne zove nego Proka „Oćeš-Nećeš"... Svaki čas ima on nešto da radi; čas pali lulu, čas ga žulji čizma pa je svlači, pa onda ispusti bič pa silazi s kola i ide bestraga natrag, a vi sedite u koli pa čekate. Što drugima treba pola dana, njemu treba čitav dan, pa i dan i po!... A posle, pa i konji mu nisu nikakvi! Neke sremačke rage, pa k'o mačke sitni! K'o da šljive tera po vašarima... A što je najgore, nikad ne znate: pošto ste pogodili kola. Kol'ko je onako na oči pipav i zavezan — al' da ga vidite kako ume da se svađa i da laže kad ga isplaćujete... Njega nipošto!

— A kako bi bilo da uzmemo Radu Karabaša? Aj? On baš lepe konje drži!

— Hu, ta man'te ga bestraga! Da je on samo polak dobar k'o što su mu konji — bila bi jedna krasota! On dobro tera, doduše, al' i on ne valja.

— Pa kad dobro tera, a šta ćeš više i bolje!?

— Bačvan je pa vole malo više da divani. I čim koja čarda — a, fala bogu, nisu retke — a on *stoj!* da napoji konje i sebe, a posle kad uzme uzdice u šake, a on tera k'o lud! Samo vikne: „Drž'te se, gospodari!" pa kad ošine konje, a gospodar ako se nije dobro u'vatio za lotre, izlete k'o da nikad nije ni bio u koli! E, to mu, eto, baš ne valja! Tako je priklâne vozio jednog Džidu iz Simikluša u Veliki Bikač, pa ga još kod Bočara izgubio iz kola, i tek kod Karlova opazio da tera prazna kola i ne vozi nikog. „A što ne paziš?” pcuju ga ljudi. „A što se ne drži ljucki!” brani se on; pa još ispadne da je drugi kriv. Pa bar da se češće okrene, ajde-de; nego kad natuče šešir na oči, a on se po dva sata ne okrene, nego samo viče i šiba konje, a sve leti blato na onog za njim u sicu, pa ne znaš kad si kavoniji, il' kad ispadneš iz kola, il' kad ostaneš u koli!

— O, o! — vajka se pop Spira.

— A posle — nastavlja Arkadija konduitu Radinu — ima još i tu ludu narav da ne da ničijim kolima ispred njegovi' kola. Tàki potera pored nji'! A vešt je, obešenjak, da izvrne tuđa kola samo dok zapne levčom o levču!... I posle, 'oće da pije... i da se tuče usput. Čim je malo đornut, a on 'oće da peva. Pa što on sam 'oće da peva, ajde-de; nego što tera i onoga koga vozi, da i onaj peva, pa ako ovaj neće, a on odma' skida levču, pa tera s kola! Kaže, on je „nemeš”, pa baš i nije spao na to da kočijaši.

— Pa to je onda lud čovek!

— Lud, sasvim lud. Ne znaš ko je luđi, il' on il' oni njegovi besni konji. Trezan, i bože pomozi; al' kad je pijan, niko s njim ne može da izađe na kraj. I pije, i bije se, i kupuje konje usput i plaća i pije aldumaš; on vas poveze, a neki deseti vas doveze, nikad ne znate ko će vas dovesti kad vas on poveze. Dobro tera, to je sve tako; al' je nezgodan za jedno svešteno lice, k'o što ste vi, na priliku.

— E, pa koga ću, za ime boga, da uzmem? A kakav je onaj Pera Tocilov? Šta veliš, da njega uzmeš?

— Pa on će, da vi'te, još i ponajbolji biti. A ima i dobre arnjeve. Kupio i' baš tu skoro kad se prodav'o neki štajervagen, pa skin'o i metnuo na svoja laka lepa kola. Njega, njega najbolje...

— E, vrlo dobro. Pa idi, pa se cenjkaj. Il' kako bi bilo da ja sam odem? A, šta veliš?

— Pa mal' te neće to najbolje i biti! A ja ću bar za to vreme da se natenane razmislim malo za ono i da raspitam: je l' gospodin Ćira pogodio kola i koga je pogodio; pa ako nije, onda da *ja sam* to nekako udesim; ako bude k'o što ja mislim, onda smo „na konju", gospodine. *Na konju* — dodade pouzdano Arkadija.

— Ajde, potrči — veli mu pop Spira — potrči, poradi k'o da se tebe samoga tiče.

GLAVA DEVETNAESTA

Iz nje će čitaoci videti da su imali pravo naši stari kad su rekli onu zlatnu poslovicu: „Teško svome bez svoga!”

Posle pola sahata krenuo se pop Spira da pogodi kola. Obišao je onako usput sve paore koji kočijaše. Bio i kod Pere Bockalova, i kod Proke Cikanova i kod Rade Karabaša, a i još kod nekih; i ni kod jednog nije našao čestitih arnjeva, a gde bi ih i bilo, tu je opet gazda na putu. Ostade mu još samo gazda Pera.

Pop Spira uđe unutra u kuću gazda Pere, i baš ga zateče u kući gde sedi u hodniku, pa kruni kukuruz.

— Pomoz' bog, Petre sinko!

— Bog vam dobro dao, gospodin-popo! — reče Pera i skoči sa stolice, ostavi brzo lulu iz usta u jedan ćošak, pa skide šešir i poljubi g. popu u ruku.

— Pa, kako je? Kako? Radiš li, jesi l' vredan? — pita ga pop Spira. — Pa met'i taj šešir na glavu, Petre sinko, pokri' se, pokri'!

— Ta, eto, kol'ko mogu, gospodin popo, i kol'ko, što kažu, moram! — „Aaa, jedan po jedan!” — reče u sebi gazda Pera Tocilov, i namignu đavolasto ispod šešira.

Jer isti gazda Pera nije niko drugi nego dobro poznati nam sinoćni Pera Tocilov kome je Nića bokter došao i kod njega se dobro počastio, kao što je strpljivim čitaocima dobro poznato iz Glave šesnaeste. Domaćin je Niću počastio, a ovaj je to, bogami, i zaslužio, jer je toga večera naročito doš'o bio Peri Tocilovu. I dok su oni tamo pevali i kikotali češljajući perje, dotle je Nića ispripovedao sve, i dodao da će mu sutra oba popa doći na noge da se pogađaju da ih vozi. Moraju putovati, a sem njega niko nema onake arnjeve i onake konje. „Pa nemoj da sramotiš svoje krasne konje, pa da i' budzašto voziš — savetovao ga je Nića. — Ta vidiš li kako ti je zapala sikira u med, pa nije da je samo sikira, neg' i svo držalje. Zato budi pametan — k'o i uvek što si bio — pa ne ispušćaj! Ta, znaš kako oni nas deru kad je neko od naši' u nevolji; kad se, na priliku, ženi! Ta, volijem popovsku krajcaru, neg', što kažu, trgovačku forintu! Ta seti se samo šta nas parokijane košta samo ono jedno nji'ovo *Gospodi pomiluj* i *Podaj Gospodi!*" — učio ga je one večeri Nića; i sve je to sad palo na pamet gazda-Peri Tocilovu, kad je video pop-Spiru u svojoj avliji.

— Eto, ja svrn'o malo! — otpočinje pop Spira razgovor. — Vidim te u avliji, pa reko': daj da svratim malo kod našega gazda-Petra... A, ti uvek vredan!

— Pa fala... Fala vam, gospodin-popo, koji ste me se siromaška setili.

— E, moj sinko, nisi ti siromašak. Ti si čovek gazda, kad ti možeš da držiš konje samo čerez gazdašaga i svatova.

— Ta, gospodin-popo... i vi kako divanite da je, al' nije... Jadan mi gazdašag! Nego krparim, krparim k'o niko moj. Kakvi svatovi; zar je meni do nji'. Nego, eto tako, malo njivice, malo 'ranim svinje, malo kočijašim — pa kraj s krajem. Tavori se, gospodin-popo, od talijanskog rata i otkako iziđoše ove sekseruše banke sve gore; pa dok mogu — dobro, a kad udari ruda u breg, a ja ću, što kažu, „aljku na bataljku", pa il' u Srem preko, il' još dalje u Serviju... A zasad još pomalo od kočijašenja...

— A imaš li asnu od kočijašenja?

— Pa... k'o što reko', ne daj bože i gore! A, što rekoste „asna"? Eh, a ko danas ima asne od rada? Niko! A paor ni toliko!

— A jesi l' bar majstor u tom poslu?

— Ta, sad ja neću ništa da divanim preko sebe, nego, eto, pitajte druge ljude i Džide i gospodu. Izvol'te pitati druge ljude koje je Pera Tocilov vozio, pa pitajte i', jesu li drugog kočijaša posle tražili!

— E, lepo, lepo! Baš mi je milo. Pa sad baš kad sam ionako besposlen, da se bar razgovaramo... A, bi l', na primer tako, ovo dana, vozio?

— Ta-a-a, ono, znate... — oteže Pera i počeša se — vidite i sami kakav je belaj napolju! A baš, da vam pravo kažem, i ne bi mi milo bilo sad na ovakom vremenu... Leti je drugo...

— A, dabome da je leti drugo. Leti može čovek baš i peške da ide... A, pošto voziš, na priliku, leti?

— A, kao... koga, na priliku?

— Ta, sad... koga bilo... ma koga... Leti, na primer... kolk'o tražiš na dan?

— Pa osam srebra...

— Mnogo... A zimi?

— Pa duplo; šesnajst srebra.

— Hoj, hoj! To je bo'me papreno, Petre sinko! A u jesen?

— Pa k'o i u zimu, šesnajst.

— To je, bo'me, mnogo. Mnogo, mnogo...

— E, pa jesen je, blato je, gore neg' i suva zima il' sneg.

— Ta znam, Petre sinko! Al' koliko je duži letnji dan nego ovaj zimnji — pa ipak za zimnji tražiš duplo! Ajd' desetica, i kojekako.

— E al' opet, vi zaboravili, koliko je dugačka *zimska noć*. Pa svu noć konji jededu, a noć se otegne k'o gladna godina... a konje treba 'raniti, pa onda i' dobro možeš terati. Šta je desetica! Ode, što kažu, sva u konjsku zobnicu; „deseticu u zobnicu!"

— Ama mnogo je, mnogo!

— Pa spram kese, gospodin-popo, i spram čina. Ono, znate, što kažu, vandrovkaša na putu čovek i zabadava uzme u kola, al' ono je vandrovkaš, a nije gospodin. A gospodin što gođ bolje plati, to sve bolje i za njega; pripada mu veća počest. A díka, što kažu, i riđi u taljigama, nek'mol' gazdi!

— Ja bi' se, znaš, ovo dana krenuo na put; onako, palo mi na pamet, došla mi volja da se malo razonodim. Pa... reko'... daj da obiđem i pripitam najpre našeg Petra.

— E, fala, fala, gospodin-popo. I ja, što kažu, *vas* počitujem, i već, onako svi u mojoj kući... vas pa vas... niko vas od moji' drukčije i ne zove nego „naš gospodin-parok"...

— Pa, kol'ko dakle tražiš?

— Pa rek'o sam: šesnajst srebra.

— Osam... Petre.

— A pa malo je, malo, gospodin-popo, nije sad leto.

— Pa prolepšaće se! Mora se prolepšati. Eto onaj moj mi žabac kaže: da će biti promjene, promjene nabolje.

— Ta kakva žaba, gospodin-popo! Ta kako to opet divanite!? Ta, sto žabaca da mi, ne krekeću, nego da mi natrukovanu obligaciju dadu — pa im ne bi' verov'o. Ta šta će meni žabac, kod mene živog! — Padaće ovo, gospodin-popo, bar još čitavu nedelju dana! Poznajem ja to po meni; ta bolji mi žabac ne treba! (Pera Tocilov je nekad sekao drva u nekoj spahijskoj šumi, i tom prilikom zaostale mu neke sitne sačme i sô, pa od toga doba je bolje i sigurnije znao da predskaže svaku promenu i vreme bolje i sigurnije nego i sam kalendar *Stogodišnjak*.)

— Ama kad ti kažem — uverava ga pop Spira — promjeniće se.

— Ta nemojte mi, gospodin-popo, soliti pamet, ta usoljen sam ja dobro, pa zato tako i divanim. Kera bio, ako ne potrefim! Ta još moj pokojni bába (bog da mu dušu prosti!) govorio mi je: „Sinko Pero, govorio mi je on, kad kiša probije zoru, probiće i opakliju.” I to je baš tako k'o sveto! Baš sam to dobro utubio! Nema tu lepa dana još zadugo, gospodin-popo! Nego četrnajst srebra, pa da se sutra zorom krenemo u ime boga.

— Ama ti si, Petre, tako zacenio, k'o da si ti sam u selu.

— Pa, gospodin-popo, mal' te neće taj đavo i biti! — Kome trebaju kola s arnjevima — taj me *mora* potražiti... Jerbo, što je bilo kola s arnjevi po selu, to je sad sve na putu.

„Vidiš obešenjaka paorskog, kako sve zna. Tako i jeste; šta znaš!” — veli pop Spira u sebi, a zatim reče glasno: — Osam, osam, Petre. Dosta će biti i osam srebra. Pa, eto, možeš, ako se strefi da uzmeš još koga u kola.

„Ako nisam i neću!” — reče u sebi Pera Tocilov, a posle

dodade glasno: — Četrnajst, gospodin-popo; ajd', dajte eto dvanajst srebra i još jednoga da uzmem u kola — da isteram bar tako ti' šesnajst srebra. Eto, nađ'te vi još jednog, pa da vas vozim ne za *osam* nego za *šest srebra*!

Razmisli se pop Spira i posle podužeg razmišljanja, šetanja i cenjkanja, pristade naposletku. Popusti i Pera i pogodiše se za deset srebra.

— Dobro! — veli pop Spira. — Deset, deset — ali kad ti platim *deset*, 'oću dobro da teraš.

— Nemajte brige; k'o ajzliban!

***

— Posle jednog sahata dotrča Arkadija pop-Spirinoj kući i zateče popa kod kuće.

— Koje dobro, Arkadija? — zapitaće ga ovaj.

— Dobro je! Raspit'o sam! Gospodin Ćira pogodio je onog Peru, onog Tocilova, da ga sutra vozi.

— Eto ti sad! Pa i ja sam ga pogodio! No, sad će biti komendije!

— Pa vi dakle zajedno putujete! E, to je baš k'o poručeno! *To* je dobro! Nikad bolje!

— Kakvo te „dobro" spopalo!? Ta *to* baš *ne valja*!

„Ama to, *to* baš i valja! No fala bogu — dodade Arkadija za sebe — dobro mi je isp'o moj plan za rukom!" — A zatim reče glasno: — E, baš fajn se strefilo!

— Kako to misliš?

— Pa, evo, kako! Sad se možete vrlo lako dočepati onog zuba.

— E, al' kako?

— Pa, evo kako sam ja to ištudir'o... Ako se krenete sutra zorom, stići ćete uveče u Temišvar — i onda nema nikakve nadežde. Zato se i nemojte krećati ujutru, nego pođite oko podne, pa onda morate noćiti u Čeneju kod gospodin-paroha, onog, onog što ga paori zovu: *Oluja*, vašeg i njegovog prijatelja... A ja taki idem Tocilovu, da mu kažem da ne preže zorom, nek nađe kakav god izgovor — jer vi, kazaću mu, ne možete pre ručka da se krenete.

— No, pa dobro, al' ja ipak, još ne vidim... Pak šta onda?

— E, pa sad kaž'te mi, molim vas, još samo ovo: kome je isti pop Oluja veći prijatelj, vama ili gospodinu Ćiri?

— Pop Oluja!!! Ta meni, meni dabome! Te još kakvi smo pajtaši a prijatelji bili, i to još otkad! Još od prve latinske! Ta zajedno smo, k'o deca, s katihetom *vertep* nosili; ja producir'o *cara Valtazara*, a on *Peru iz Staroga sela Kera*. Ta nije bilo većeg spadala u školi od njega! — Te još kakav, kakav prijatelj...

— Taman k'o što valja! Kad je tako, a vi ćete mu se onda moći slobodno povjeriti; i onda gledajte, pa da vam on pomogne da se dočepate zuba. Znate kako je putovanje... pa jesenje močarno vreme, pa prozebe čovek... pa večera, pa ondak razgovor, pa vino!... Ta vi me već razumete... Može se... zgodno je...

— E, al' kako ću, kako? Kad ga on, kažu, čuva k'o oči u glavi; svaki čas ga zagleda i pipa, je l' mu na svom mestu. Pa baš i da ga se dočepam, al' kad on vidi da ga nema, a?

— Ima i za to leka, nemajte vi brige! Ja sam se za sve postar'o. Evo vam ovo ovde zamotano. Pa kad mu sklonite onaj zub, a vi mu onda lepo podmetnite ovo na njegovo mesto — veli Arkadija i predade mu jedan mali zamotuljak. — Valjda ga neće usput razvijati...

Pop Spira ga uze i razmota, a kad vide šta je, a on se grohotom, slatko, nasmeja.

— „Sej den jegože sotvori Gospod!”... Arkadija, čoveče, ti si moj izbavitelj, evo, već po drugi put! E, ako se još i sad izvučem iz škripca, neću ti to vo vjeki vjekov zaboraviti. E, Arkadija — reče pop Spira dignuvši zadovoljno obrve — ti si, ti si... formalni štranjgov! — veli i tapka ga zadovoljno po ramenu.

— He, he! — smeje se i snebiva Arkadija.

— Ali, kako samo, vragu, da ti to padne na pamet, kad ti nisi učio nikakve škole?!

— He — veli Arkadija, pa trlja onako smireno popovski ruke i uvlači snebivljivo vrat — učio sam, gospodine, kakve sam mog'o... Učio sam, te još kako učio! Svršio sam vam ja, gospodine, i onu trinajstu školu! — završuje Arkadija ponosito. — A, posle, svi su *Provlakovi* majstori za to; a i ja, ako ćemo pravo, treba da se zovem *Provlakov*!

— Ah, badava — veli zadovoljno pop Spira. — Kažu: „Trista, *bez popa* ništa!” Ako niko nije, a ono ću ja da je preokrenem, pa od sad nek se kaže: „Trista, *bez crkvenjaka* ništa!” Aj, je l' dobro divanim? što rek'o naš Nića bokter. Što jest, jest! Pravo su rekli naši stari: „Teško svome bez svoga!”

GLAVA DVADESETA

U njoj je opisano jedno jesenje putovanje sa jednom epizodom na čardi. U prvoj polovini Glave je zabava, a u drugoj pouka, tj. izneta je užasna slika jednog alkoholom ruinisanog organizma, za pouku mnogim čitaocima.

U sredu tako oko deset sahati, baš kad se gospodin nataroš kretao u amt, otvorila se širom kapija Pere Tocilova, a na kapiju izađoše kola i konji; na kolima lepi arnjevi, a pod arnjevima sedi Pera Tocilov. Iskrivio se i ispružio šiju, pa naređuje iz kola nešto svojima tamo u avliji. A zatim se prekrsti, pa opsovav blato i kišu (koja je tako svesrdno padala kao da su bar nedelju dana i dodolama i litijama molili boga za nju) — ošinu konje, i potera upravo u popov sokak pred pop-Spirinu kuću. Kad ga uze na kola, prekrsti se još jedared onako mahinalno, videći gđu Sidu kako se krsti na vratima, pa se krenu pop-Ćirinoj kući i stade pred kapiju.

„I brkove i bradu", čulo se još iz avlije, „sve, sve obrijaj, sve skini šalašaru jednom paorskom, sve, sve! Nek' ide svet na njega k'o na čudo, nek..."

I ujedared zastade i gđa Persa koja je govorila i pop Ćira koji se uhvatio za levču i metnuo nogu na potegu da se popne u kola; oboje zastadoše kao okamenjeni, jer oboje spaziše u kolima pop-Spiru, ogrnuta gospoja-Sidinom velikom zimskom maramom kako se pomače ulevo, a (iz počasti) ostavlja pop-Ćiri da on sedi „o desnuju".

— A-a-a — zamuckuje preneraženi pop Ćira — a-a-a, a šta je ono tamo, a, Petre? A kakva je opet to komendija?

— A kakva bi opet komendija bila, molim lepo? — pita Pera Tocilov, a načinio naivno i pošteno lice kako to već paor ume.

— Pa, Petre sinko, je l' to pošteno od tebe; ded' kaži sada ti sam? Jesam li ja pogodio kola i kaparu dao — il' neko drugi? A? — pita ga pop Ćira stojeći kraj kola.

— Pa, pa, molim lepo, gospodin-popo, pa i vi ste pogodili, a drugi gospodin popa su pogodili. Obojica ste pogodili i pošteno mi, što kažu, i kaparu dali, koje ja vama, k'o jedan čovek siromašak, nikad neću zaboraviti, i za koje vama: fala! Ono kásti, i niste vi pogađali, nego vaš Arkadija pogađ'o za vaš račun. Nego izvol'te u kola; izvol'te da ne kisnedu za banbadava i konji i amovi.

— He, Petre, sinko, ma nećemo tako — prebacuje mu pop Ćira.

— Al' molim ponizno, gospodin-popo, a zar mi niste vi sami dozvolili da još jednoga mogu primiti na kola u prednji sic nuz mene!? Pa eto i gospodin su, na priliku, parok, k'o i vi što ste, pa dǐ bi ja njega metnuo do mene, a eto i on vam odaje počest, ostavio vama udesno... a zato vas i vozim po pô. A za deset srebra, što kažu, ne vredi ni prezati na ovakom belaju od vremena. A valj'da je pravo da i ja, što kažu, k'o siroma' jedan čovek, zaradim koju krajcaru za porciju; jerbo i konji imadu dušu, makar da su, što kažu, jedna marva.

— Ta umete vi paori, znamo mi već vas i vaše politike! — umeša se gđa Persa. — Zaboga, Nikolajeviču, zašto nisi dobro otvorio oči kad pogađaš kola; kad znaš dobro paore, grom ih spalio i sas obešenjacima!... Ta di bi se ti, bog s tobom — produžuje gđa Persa sva zelena od jeda — vozio s kim bilo! Traži druga kola, ta bar toga zelja ima dosta, fala bogu.

— Ima kola, al' nema arnjeva, milostiva! — veli Pera Tocilov. — Ta gledajte samo kakvo je to vreme! Ta grijota bi bilo i kéru isterati na sokak na ovaku kišu i u ovako blato!

— Ta obešenjaci ste vi svi, kol'ko vas je gođ! *Nemeši* vama trebaju, *nemeši*!

— Eh, ta man'te se, gospoja, komendije! Ta kakvi nemeši! Ta svi smo mi *nemaši*, pa čerez toga se i svađamo. A da smo „nemeši", nit' bi vi bili brez kola, nit' bi' ja spao na to da drugoga vozim. A i „nemeši" baš, al' su i oni prokopsali! Ta eno Rade Karabaševa, pa on je bar nemeš, pa i on kočijaši! Pa spao na Džide perjare i grošićare, a ja bar gospodu paroke vozim! Nego, bolje vi sedajte, da manje kisnemo i mi i konji!

— Ta kako ne bi bilo kôlâ u tolikom selu?! — praska gđa Persa.

— Ta ima kola, ne velim ni ja, milostiva, da i' nema, al' to je đavo što nema arnjeva. Znadu to i gospoda pope. Zar mislite, nisu oni k'o, na priliku, jedni pametni i učevni ljudi, obišli sve, pa jedva u zlo doba, našli kod Pere Tocilova?

— Pravo kaže obešenjak jedan parasnički! Ah, Arkadija, ti si mi sve to napravio!... Moram! Šta je, tu je! — veli pop Ćira polako gđa Persi.

I ona uviđa i pristaje, i daje savet pop-Ćiri, i veli mu polako:

— Pa, nemoj da popušćaš, nego drži srce. Pazi, za živu glavu, da se nisi upuštao saš-njim u razgovor. Nit' ga pitaj, nit' mu odgovaraj što. Najbolje će biti da se odmah umotaš u bundu. Uvuci glavu, natuci kapu na oči, pa spavaj. A ako baš ne možeš da zaspiš, a ti se učini k'o da spavaš, to je bar lako. Do Temišvara nemoj da se šališ da se pokažeš budan! Drži srce, Ćiro, ako si prijatelj svojoj deci!

— He, lako je tebi! Al' ja sve slutim, da će se iskobeljati, znam ja njega!... E pa zbogom. Pa paz'te na kuću. Ako dođe Lorenc Čifutin, kaži mu da ću u subotu ovde biti, pa nek me pričeka dotle. A vi zatvarajte rano kapiju, i odma' puštajte Trezora s lanca, pa pazite da se kakvi vandrokaši ne ušunjaju u kuću.

— Teraj već jedared! — reče pop Spira, kad pop Ćira sede s desne do njega.

— E, pa zbogom! — veli pop Ćira iz kola.

— Srećan put! — pozdravljaju ga njegovi, gđa Persa, Pera, pa i sama Melanija, koja se oporavila od lake nesvestice, u koju je maločas pala kad je videla pop-Spiru u kolima u kojima će joj se pàpa voziti.

— Ajd', u ime božje! — veli Pera Tocilov, i stade tek sad puniti lulu.

— Tako vas volem, to je lepo! Šarmant! Ausgecajhnet! Bravo, gospodin-Ćiro, bravo! Klanjam se! Kis ti hand! Tako, to je krasno! A ne da se mrzite i svađate! Daklem ste se izmirili; niste više „fašê", daklem „alte frajndšaft rostet nî"; daklem opet vredi štagođ; pa sad pravite lustrajze? Jelte? Putujete zajedno?... Bravo!... E, sad sam sretna, jerbo sam videla šta sam davno i jednako želila. Moja gratulacija i majn grûs! — viče frau Gabriela koja je bila zavirila u kola i videla, na veliko i njeno čudo, oba popa kako sede lepo jedan pored drugog. Našla se odnekud, ne znaš ni sam kako, onako ulopana, pred pop-Ćirinom kućom, dok je Pera Tocilov punio lulu i kresao ocilom i psovao i trûd i kremen i ocilo i Čivutina.

— Ajde, teraj već jedared! — viknuše ljutito u jedan glas oba popa.

I kola pođoše.

— Srećan put! — viče za kolima i maše belim rupcem frau Gabriela. — E, to je baš lepo. Ko bi to rek'o. E, baš, baš... Sva sam onako, nekako, kako da vam kažem, srećna! Sve mi nešto falilo dok su bili fašê, pa sam bila, nećete mi verovati, gnedige, k'o ubijena, al' formalno, k'o ubijena! — produžuje frau Gabriela s gđom Persom. — E, e, ko bi to i pomislio!!! A ja, još kad sam ustala, a ja sva dešperatna, pa još mislim: šta će, bože, biti sas vašim gospodin-suprugom, pa sas vama, pa sas vašima! A, ono, eto, šta sam videla! Ju, ju, ju! Neće mi verovati ljudi kad stanem da im pripovedam; a, formalno, ni ja svojim očima još ne mogu da verujem. Idem odmah da javim to dešperatnim prijateljima vašega gospodina supruga!... Milostiva, kis ti hand! Frajlice... gospodin-Pero... službenica! — veli frau Gabriela i odlazi žurno.

— Idi dođavola; vrat skrjala! — veli gledajući za njom, ljutito gđa Persa. — E, baš od ove hucoše i torokuše švapske ne možeš ama baš ništa sakriti! Svud se ona nađe, grom je spalio! Stvori se k'o iz zemlje! Gledaj je samo, molim te — veli gđa Persa gledajući za njom — kako se sva ulopala od blata, k'o da su je bikovi vijali. O, časni te, ženo! — krsti se gđa

Persa. — Kakva je to samo pasija, tumarati tako brez nužde po blatu! E, ovo ti je baš prava kaštiga božja za selo! — veli gđa Persa gledajući rasejano za njom. — Ajte, deco, ozepšćete! A ti, Melanija, čedo, ti ćeš noćas opet buncati, ako nazebeš sad tako u toj lakoj haljini.

I avlijska vrata zalupiše za njima, a iz avlije se i opet čule one strašne reči: „I bradu, i brkove, i sve, sve... sve obešenjaku jednom salašarskom!”

***

Prođoše kola kroz selo; ostaviše ga i udariše preko vašarišta. Kako pusto i žalosno izgleda to mesto sada, a kako je veselo i živo izgledalo pre sedam nedelja, kad je tu bio trodnevni vašar, na kome je Rada Karabaš (sa još nekima čikošima iz Bačke) šest dana ostao pod jednom šatrom, pio aldumaš s čikošima radi kupljenog divnog ždrepca koji je koštao pet stotina srebra i koštalo ga popijeno vino i porazbijane flaše i glave na sedamdeset i pet srebra njega samo. Koga tu sve nije bilo i šta se sve nije prodalo i pokralo za ono tri dana dok je vašar trajao, a sada ništa ne čuješ! Tišina, ništa ne čuješ; ni žagor, ni vrisku i ciku pod šatrama, ni podvriskivanje i poskočice u kolu, ni kako puca batina po leđima kakvog Ciganina lopova, ni pravdanje kakvog Nece ni Proke pred komesarom da je prodavani konj njegov, a da pasoša nema zato što su mu dindušmani njegovi ukrali najpre pasoš, pa će posle i konja, pa zato ga, veli, i prodaje sad jevtinije.

Tera Pera Tocilov preko vašarišta, pa i njemu došlo teško; setio se Pera prošlog vašara i jednog vranca za koga se cenkao, pa ga ispustio a bio je još iz *martonoške* ili bašahidske ergele! Umreće i prežaliti neće što ga nije il' kupio il' ukrao. Zato je sada setan, lula mu se ugasila, i pogled mu bludi po pustom vašarištu. Pozn'o je ono mesto gde je vranac stajao, pa puno sveta oko njega — a sada sve pusto, nigde nikoga, samo pokisle vrane i gavrani grakću i preleću sa bagrema na bagrem. Prenu se iz misli Pera Tocilov, zadenu ugašenu lulu u čizmu, navuče kabanicu, pa ošinu konje.

Ostade za njima za tili čas i vašarište i groblje i dudara, i uhvatiše se glavnoga puta. Njive i s jedne i s druge strane. Pred svakom njivom dva duda, pa se po njima zna dokle je čija njiva. Sve je sada sumorno, i njive i drveće. Po putu nikoga, po njivama nikoga, a dudovi ogoleli, pa im se crne pokisle grane. Tek na nekom vidiš vranu ili parče repa od dečjeg zmaja, koji je, bog te pita, s koje strane pao i zapleo se u granje sa kojega je lišće davno otpalo, a rep ost'o tu da krasi golo drvo, i stajaće tu sve do druge godine do leta, kad drvo ozeleni listom, i kad se nakiti mirijadama dudova ploda. Tada će ga tek možda skinuti kakav gladan vandrovkaš, koji se popeo na dud (ne birajući je l' crn, beo ili murgast) da se najede i potkrepi svoje sile za dalje putovanje peške, i uzicom mu prekrpiti svoj „pintl", i produžiti svoj put dalje sve pored dudova, ovim istim putem kojim danas ne sretaju naši putnici ni žive duše.

Pera Tocilov tera konje i razgovara se s njima, jer oba popa ćute i ni reči ne čuje iza sebe. Pop Ćira valjda spava, a pop Spira, koliko mu briga dopušta, dremuca pomalo. Pera bodri konje, kara ih i spominje im onog Martonošanina (vranca), i kori ih i zastiđuje njime, te oni povuku bolje. Posle tri sahata putovanja, zaustaviše se kola pred jednom naherenom i čupavom čardom.

— 'Oćemo l' malo da se odmorimo? — zapita Pera koji je nerado prolazio pored čarde k'o pored turskog groblja. Njegov je princip bio iskazan i nadaleko poznat, već kao popularna poslovica: „Kad prođeš pored krsta, ma čiji bio, prekrsti se; a kad prođeš pored birtije, ma kakva bila, zaustavi se!" — Aj! — zapita jačim glasom one unutri — 'oćemo l' malo da odmorimo sirote konje?

— Pa, ne bi zgoreg bilo! — odgovori mu pop Spira željan da malo pobegne od silnih svakojakih misli koje su ga ophrvale onako sedećeg u kolima, a i da se prihvati malo.

Kola stadoše. Pop Spira i Pera siđoše. Pera pokri konje ćebetom, a posle ih ispreže, pa uđe s pop-Spirom u čardu, a pop Ćira ostade u koli bajagi spavajući.

Čarda — jedna straćara, naherena na jednu stranu — beše prazna, samo jedan podaduo bojtar sedi za jednim dugačkim čamovim stolom, pa gleda iz budžaka kao pacov iz rupe. Pred njim stoji jedan fićok rakije. Pijucka iz njega i razgovara se s birtašicom koja je peglala neke šlingovane suknje u birtiji. Baš joj je pripovedao nešto o prošlim zlatnim vremenima, i o negdašnjim velikim i sadašnjim malim platama bojtarskim. Pripoveda joj — iako ga ona i ne sluša, jer je već sto puta to isto čula, pa zna napamet — kako je pre trideset godina, kad je on još momak bio, vredno bilo biti bojtar i svinjar; kad su gazde i trgovci terali svinje u Peštu na vašar, pa su i bojtari onda prošli i videli sveta k'o malo ko.

— O, birtašu — lupa i viče Pera Tocilov — zove te gospodin parok.

— Ajde, donesi štogođ Peri — veli pop Spira — a možeš i meni.

— Rakije, rakije malo! — veli Pera. — Biće baš dobro na ovu 'ladnoću.

— Odma', taki! — veli jedna još dosta lepa žena sa povezanim vilicama, pa ostavlja posao, poljubi pop-Spiru u ruku i donosi im rakiju, pop-Spiri u manjem, a Peri u većem staklu.

— A di ti je čovek? — pita je Pera Tocilov.

— Očo juče u Temišvar poslom, gospodine. Spremamo!... Imaćemo u nedelju malo kalabaluka, veselja! — veli zadovoljno birtašica.

— A kakva kalabaluka? — pita je Pera.

— Ta, eto... nismo imali drugoga posla! — veli stidljivo birtašica izlazeći.

— Sad... vi, na priliku — umeša se u razgovor onaj bojtar iz budžaka, jedan tankih podužih brkova, prava ruina, koga sad prvi put i primetiše gosti — 'oćete k'o jedni putnici da znate, šta će to biti u nedelju kod nas ovdekana. E, pa ja ću vam, molim lepo, moći to ješplicirati. Jerbo ja sam i neki rod ovom birtašu što je sada, to jest, u Temišvaru. — On će, znate, da se ženi; pa u nedelju će da tu bidnu svatovi.

— E, to je bo'me lepo — veli pop Ćira, prihvativši se šunke koju je doneo iz kola.

— ...A uzeće ovu ovde što je sad tu peglala, pa izišla tamo — produži bojtar i pokaza kamišem na vrata na koja je birtašica izašla. — Jedna čestita duša; ta da je, što kažu, priko novina tražio — pa ne bi takvu potrefio, tako je to blâgo jedno od žene! — reče bojtar, pa ustade i brzo sunu sebi rakije u fićok. — Ja sam ovde znate, k'o neki rod, pa zato se i ne civram, nego se i sam poslužujem. To mi je balsum, i, kasti, jedna slâdost. Al' pomažem im k'o svojima, jerbo ima ljudi pa 'oćedu da pijedu, a nećedu da platidu, a ja im ne dam to, i pazim na nji' k'o njihov rod, i, na priliku, branim ovo imaće k'o i moje da je.

— E, to je lepo od tebe, lepo! — veli pop Spira, doručkujući i pružajući i Peri da jede.

— A ona je Vlainja, a moj Miša je Srbljin k'o god i sam što sam, a i svi u našoj vamiliji, a imelo joj se Tinkuca, kasti: Tinka. Pa drži se šnjimekara već neki' jedanaest godina, još onda kad je onu Toticu, što je pre nje tu bila, oter'o. Pa sad ga saletili i poručili mu iz slavne varmeđe: il' nek je uzme, il' ćedu je pelšubovati u Lugoš, odakle je i došla...

— A tako? — veli pop Spira.

— A ona udri u plač, a njemu ondak došlo žao. Bili, što kažu, tolike godine k'o da su i venčani, pa dï bi on to sada dopustio, i kakav bi opet čovek bio! Pa kaže: „E, baš neće biti k'o što slavna varmeđa kaže, nego, kaže, k'o što *ja* 'oću". Pa sad će se, k'o što vam otoič reko', u ovu nedelju da venčadu. Eto, pegla za svatove. Sprema se, jadnica, pa radosna, pa već bogzna kako... a i on je već čitavu nedelju dana nije tuk'o, a sve čerez venčanja.

— I treba, i treba! — veli Pera Tocilov, jeduci. — Ljudi su, treba da se venčadu; nisu marva, na priliku, pa da brez venčanja žividu... Od čega bi, na priliku, eto gospoda pope živili, da nemadu eto tako ponikog da venčadu. Što kažu: Ruka ruku mije!... Za svakog je bog ponešto ostavio, i, što kažu, opredjelio. Eto na priliku, ti služiš goste, a ja kočijašim, a oni se uzimadu, a gospoda parosi, oni venčavadu... E, pa tako; svak ima svoje jedno poslovanje i, kásti, zarađivanje. Ne može svaki sve da radi.

— Samo da vi'š komendije i belaja — nastavlja bojtar, plašljivo nalivajući sebi opet jedan fićok rakije — da vi'š belaja, ako joj dotle ne splasne obraz! Otek'o joj, pa je, k'o što vidite, povezala vilicu. Bole je zub, pa k'o da je neko tuk'o. A nije je ove nedelje, što kažu, ni malim prstom dodirn'o. A to ja znam najbolje, jerbo ja sam, što kažu, povazdan tunakan. He-e-e — uzdahnu duboko bojtar i nateže fićok i otpi dobro — nisu više za bojtara ona vremena, pa da ide u Peštu, da prođe svet; nego... eto tako, kapam tu bresposlen, a baš mi to nije milo, k'o čoveku radniku. Ta zar sam ja nosio kadgođ ove pudarske opanke?!... Neg' čizme i leti i zimi, pa sve potkovane talirima! He-e-e, ali sad, eto tako... Otrc'o sam se k'o neki stari švigar! — završi bojtar, pa nateže fićok, pa ispi onaj ostatak. — A moja su stradanija velika; kad bi' ja poč'o...

— E, pa 'oćemo l', Pero — reče pop Spira i diže se.

— Možemo, gospodin-popo — reče i skoči Pera i viknu birtašicu koja uđe.

— Je l' kakav put do Čeneja?

— Rđav, gospodin-popo... A zar bi' ja sedio i zlopatio se ovde k'o u arištu — veli bojtar.

— Ajde popi' ovo da ne ide u štetu! — reče pop Spira i dade mu svoju rakiju, a i od Perine nešto ostalo. — A kad misliš da ćemo stići, kad je takav put?

— Fala, gospodin-popo. Bog vam za to platio. Pored vas sirotinja može da živi! — reče bojtar i uze ispred pop-Spire i

Pere rakiju i popi. — Pa još za dva sata puta stićete. Stićete komotno još za vida u Čenej.

Platiše birtašici rakiju i vino. Birtašica i bojtar zahvaljuju i ljube pop-Spiru u ruku. Oni odlaze, birtašica ih stidljivo ispraća, želeći im: srećan put!...

— A, ti, peštanski trgovče, ti si se kanda opet počastio, dok sam ja bila tamo napolju! — veli mu birtašica kad odoše putnici. — Ti si opet točio, a?

— Nisam točio... a što ja da točim! Valj'da je šljivovica! Nego nika komadara i bećaruša!

— Jesi, točio si! Poznajem ja! A veliš: „šljivovica", a?... ubila bi te u vrat.

— A što da točim, i kome da točim, kad sam jedva i ono popio što mi je od dobre volje dato?! „Točio!"... gunđa bojtar. — Sve *ja* kriv, samo *ja* točim i pijem! 'Teli bi i da prodate i da vam ostane!!!

— Ćuti, ćuti, znam ja tebe...

— Ta šta me, šta me znate! Ta jedva sam i ono uz'o. Znate i sami kol'ko sam se nećk'o. Tek da vam, što kažu, ne učinim nažao, uz'o sam i popio. A zar se nisam *nećk'o*?

— E, *nećk'o* si se! Ti si se nećk'o?! I jesi mustra da se nećkaš!

— A valj'da ja baš to pijem od besa? Nego, tako... pijem, pa mi se ondak pomalo još i mili da živim. Jerbo to je moja sladost jedna!... Pa velim: ta dobar je bog, pa neće on svoje bojtare baš tako ostaviti. Pa ondak imam niku nadeždu; jerbo je to za mene jedan „balsum" kad malo gucnem...

— *Balsum!*... Što god ti grebe tu tvoju prokletu gušu, sve je to, znam ja, balsam sa tebe; nek samo grebe...

— E, *grebe*! Otkud grebe, kad klizi k'o zejtin!... Sve se tocilja! — veli bojtar.

— *Klizi*, dabo'me da klizi. Zato ti i velim da si točio i pio, sunđeru jedan.

— Ta nisam, sunca mi! Nisam, bogami! Nisam se ni mak'o, a kamol' točio i pio. Ajde bar da je kakva šljivovica, pa da kažeš, namamio sam se na nju — nego nika ordinarna i komisna bećaruša!

— Pio bi ti i „šajtvosera"!

— Ta nemojte grešiti dušu!... Ta nemojte me, snaja, za banbadava cveliti! Ta nemojte me bediti i ružiti — kad me je dosta i onaj bog naružio! — ropće ovaj novi „Jov" sa čarde.

— Izgorećeš, nesrećo jedna! *Izgorećeš* od te silne rakije.

— E, izgoreću! A ko je još u mojoj familiji izgor'o od rakije!... Et', tako! Sad mi već i familiju ne ostavljate na miru!

— Ne znam ja za tvoju familiju, al' ti ćeš baš izgoreti...

— Eh, da izgorem od rakije! — brani se i ne dâ bojtar. — E, valj'da sam neki fidibus, pa da izgorem. Neću se ni zapaliti, a kamol' izgoreti! Ona me *'ladi* kad je pijem. Valjda ima u njoj pedeset grádi, pa da izgorem! Ja neću samo prid tuđinom da kudim espap, jerbo smo rod; a zar je to čestita rakija?! Da je to čestita rakija, ja bi' se bar stres'o kad je pijem. Blaga k'o božja rosica... mo'š je piti ko keša baru, ništ' ne osećaš!... Ta zar ja ne znam; ta zajedno sam je s mojim Milošem kvario! — Ja mu jednako vičem: „Ta imaš li ti duše... ta nemoj više; dosta je!" A on veli: „Još malo", pa još kvari.

— E, gledaj ti samo jedne kére neblagodarne! — reče birtašica iznenađena, i ostavlja peglajz u čudu. — Još *on* probira!

— ...nego ti tako; uvek voliš da me cveliš... A ja te još bogzna kako falim prid gospodin-popom kako si vredna i dobra...

— Ta dobra sam ja, nego ti ne valjaš! — veli birtašica i nastavlja peglanje.

— E, sve ja ne valjam; nikad ja ne valjam! A kad nisam dobar, pa ondak bolje i da me nema!

— Pa otkad sam ja to već rekla! — veli birtašica, peglajući jednako.

— Ta šta me i taj bog već ne uzme jedared sebikana i ne kurtališe me!

— Ne boj se! Neće te skoro uzeti! Ne treba ni njemu što ne valja, nego to ostavlja nama ovde na vratu...

— ...da se ne mučim i zlopatim na ovom svetu kad sam svakom na teretu i na putu! — jada se bojtar pa se primače i ispi još ono malo što je ostalo u fićoku Pere Tocilova, pa uzdahnu teško: — He-e-e! Još da mi nije ovog balsuma... pa dođe mi ponikad da nađem kakvu krivu granu, pa da...

— Da se obesiš, je l’?...

— Ne — preseče je bojtar brzo, kao da htede pobeći od krive grane — nego da skočim u vodu, jerbo tu mi je, znam, cigurna smrt.

— Ti da skočiš u vodu! Gle ga samo kako laže! Ta bežiš ti od vode daleko k’o besna kéra...

— He — uzdahnu opet bivši bojtar. — Divanite et’ tako, pa samo grešite dušu. A dabome, kad ne znate zašto je sve to. Meni u *Roždaniku* to piše da ću ja stradati, i to baš ni od čega drugoga nego baš od ote vode, pa čeres toga ja i dandanas malo pijem vodu.

— E, kad ti u *Roždaniku* piše — govori birtašica, a navlači na dasku drugu šlingovanu suknju — onda je to tvoja sud-bina... a ja nisam znala. E, onda možeš skakati...

— Eh, znam ja da bi vama bilo srce na mestu tek ondak!... Ej, ta što me cvelite, snaja! Ta šta se bog već jedared ne smiluje na mene jadnika! — jada se ovaj.

— Ajde nemoj mi se tu prenemagati i prevrćati očima k'o šokački pop — nego uzmi klipovâ, pa idi, pa nakruni svinjama i na'rani i'!

— 'Oću! 'oću, tàki! Samo me nemojte, snaja, cveliti više...

— Pa onda — daje mu birtašica uputstva — kad metneš pred nji' da jedu, a ti ondak onog žutog furt češi rukom po leđi sve dok jede, halav je pa gura svud njušku i otima od drugi', a kad ga tako počešeš malo, onda i oni stidljiviji dobiju reda i jededu...

— Ta, znam ja to! Zar sam ga jedared češ'o po leđi!... Trgov'o tolike godine, što kažu, i bio jedan pa jedan; i srebrna pucad, i ćurdija s tokama, i čizme, i svilen čupav šešir nosio... Ej, da ste me nešto onda poznavali, snaja, i da smo bili svoji k'o danas...

— ...a kad ga k'o češe po leđi — nastavlja birtašica i ne slušajući ga — a on je onda malo učtiviji, pa ne otima od drugi', a on je ionako ponajdeblji...

— ...Kakav sam ja bio ondak, i di treba da je sada moj kraj... pa di sam samo pogled'o, bilo je cigurno moje; i kako sam se mog'o oženiti!

— Znam, čula sam za tvoja čuda i pokore!... Čula sam šta su te koštale one čizme i one kacabajke onim Madžaricama u Kun-Sent-Martonu što su ti svu noć igrale čardaš... Zato si ti sad i doter'o do pasa!...

— Al' i jesam bio iroš, ao, duka mu! — reče i lupi o sto. — Nisam se, što kažu, boj'o ni jednog bačkog iroša, ni pušć'o ga ispred sebe!... Ej, da mi je danas onaj tâl a ova moja pamet!...

— E, pa sad ajd' idi! Pa kad ga zakoljemo, omastićeš i ti brkove! Biće kožurice u kupusu, a dobićeš i bešiku za duvankesu; a ja ću ti je, kad uzimam kade, opšiti crvenom pantlikom. Ajd', irošu moj!

— 'Oću! Sve ću uraditi k'o što mi kažete, samo mi nemojte pribacivati za ono malo rakijice; jerbo to je moja sladost, moj balsum! Rakija je jedna moja sladost, kásti. A je l' vama onako malo 'ladno, snaja!... Baš ne bi škodilo da se čimgođ malo ugrejem iznutra...

— Pa ti si pre rek'o: da te 'ladi, a sad opet kažeš, da te greje?

— E, pa kad je čovek dobar, k'o ja što sam, pa sve mu na dobro izlazi...

— Ajd' baš da ti dam — smeje se Tinkuca, i daje mu fićok rakije i on ga iskapi namah. — Pomozi mi, vidiš da sama ovo dana ne znam ni dî mi je glava od silna posla i peglanja sukanja.

— Ehe — zaustavi se bojtar i uzdahnu — što kažu:

Peglaj mi se, suknjo šlingovana,
U subotu bić...

— Táki napolje, da se istrezniš! — obrecnu se Tinkuca. — Vi'š ti to njega samo!

— Hej — uzdahnu bojtar izlazeći, uzdahom punim melanholije koji je tako običan kod sviju strasnih ljubitelja rakije. — Prošlo je, vidim ja, bojtarsko i svinjarsko vreme, nit' ima više oni' vašara ni oni' aldumaša, kad su išli u Peštu i vidili sveta; a sad im je lako brez nas, kad ima ajzlibana... I ko ga je izmislio! Ozntrogere mu švapske!...

***

— Đi! Šarga, Piroš! Ajde, momci! Ded', kicoši moji! Ajd' još malo u blato! — čuje se glas Pere Tocilova i pucanj biča, i kola ostaviše čardu.

Pop Spira se namestio pored pop-Ćire, koji jednako kao bajagi drema uvučen u bundu. I jedan i drugi pop se pipaše: pop Ćira da vidi je l' mu tu zub, a pop Spira da nije izgubio onaj Arkadijin zamotuljak. — „Obešenjak paorski", mislio je pop Ćira, „mene vozi za deset, a njega za pet srebra." A to je isto mislio i pop Spira: „Čivutin jedan, on se vozi za pet, a ja za deset srebra. Uvek se on tako jeftino vozi." — Tako misle oba popa. A Pera Tocilov puši i preko kamíša se razgovara s konjima. Zadovoljan je, pa obećava i Šargi i Pirošu nove čizme od ovih zarađenih dvadeset srebra.

GLAVA DVADESET PRVA

Sadrži u sebi večeru i konak kod gostoljubnog paroha čenejskog, pop-Oluje nazvanog. U njoj je vrhunac zapleta, koji se razvijao u Čeneju i Temišvaru.

Opet poduži i dosadan put. Kiša prestala. Pera Tocilov je poterao malo bolje konje koji su se u čardi dovoljno odmorili. Već se vidi čenejski toranj, al' je daleko još do Čeneja. Putuju, al' na putu još nikog da sretnu. Tako su išli dva i po sahata, i već počeše sretati najpre kola a posle i pešake, neke Švabe u drvenim klompama, sa rukama ispod pazuva, pa idu jedan za drugim u redu ko guske.

Blizu je i Čenej.

Još malo, eto ih na vašarištu. Prođoše kraj groblja, ostaviše i veliki bunar nakraj sela, i Veliki krst i uđoše u Veliki sokak. Prođoše i njega, i stadoše pred parohovu kuću, još za vida.

Pred popinom kućom puno kaljave dečurlije. Skupili se na meko utapkano blato, pa se igraju *kolja*. Jedno od njih čim opazi da se kola obrnuše i uputiše popinoj kapiji, ulete k'o bez duše u avliju, i razdera se koliko ga grlo donosi:

— Otvor'te kapiju, evo gostiju!

— Šta se dereš k'o magarac! — obrecnu se na nj iz avlije

domaćin, koji je kao svaki popa, radije išao u goste nego ih primao. — Ako su gosti nisu valjda kurjaci!

Kapija se otvori i kola uđoše.

— O-o-o! Dobro došli! Dobro došli! — dočekuje ih i pozdravlja domaćin. — Kakva sreća, kakva čast!

— Bolje vas našli! — ču se pop-Ćirin glas duboko iz bunde, a kad se siđe na levu stranu iz kola, pojavi se i pop-Ćirina glava, koja se pušila k'o obarena šunka kad je izvadiš iz velikog lonca.

— O, kakva sreća, kakva sreća! Ta jeste l' vi to, česnjejši?

— Usput, onako usput — veli pop Ćira — a sutra ćemo dalje.

— O, drago mi je, osobito drago, o, o, o!

— Sutra, rano zorom ćemo dalje — veli i pop Spira, silazeći i prilazeći domaćinu.

— O-o-o! Ta Spiro — viknu radosno domaćin — ta jes' ti to, Spiro? O-o-o! E baš, baš dobro! Ta jes' *ti* to...

— E, nije nego si *ti*! — veli mu pop Spira, i poljubi se s njim nekoliko puta najsrdačnije.

— E, e, e! Pa izvol'te, izvol'te. Rokso! Glišo, ta đi ste se zavukli vragu!? — razdera se domaćin, i ustumara po avliji.

Utom istrča i Gliša i Roksa, i počeše skidati s kola.

— E, e, baš mi je milo — veli domaćin. — Dakle tek sutra putujete. Bar ćemo se malo, onako, natenane prorazgovarati. Izvol'te, izvol'te u sobu, raskomotite se.

Ulaze u kuću. Pera čisti točkove, i psuje blato i put; Gliša uvodi konje u štalu, a Roksa vija živinu po avliji.

I dok su se komšijska deca, čitavo jedno tuce, potrpala u kola i džakala, gurkala, preturala i plakala u kolima, a oni u kujni čupali živinu i spremali bogatu večeru, popovi su se razgovarali već o mnogim stvarima. Iz razgovora je mogao domaćin, pop Oluja, primetiti da ni jednom ni drugom gostu nisu sve koze na broju. Pa kako je bio intimniji sa pop-Spirom, on ga naposletku i zapita, kad ostaše jedno kratko vreme nasamo:

— Ama, Spiro, ja nešto primječavam!... Rek'o bi' k'o da ti nisu sve koze na broju; i tebi, a i pop-Ćiri! A? Koji je to vrag meď vama? Da se niste na putu posvađali! Ovo pogano vreme, pa nije ni čudo što je čovek ljut na svakoga, pa bi se samo svađ'o.

— He — uzdahnu pop Spira — posvađali smo se mi jednoga baš lepog dana, ali sad mi je sav *crn*, samo kad ga se setim.

— A kako zaboga?

— Ta... one naše žene... Žene k'o žene!... Napravile trista čuda; pa sad obojica imamo pune šake posla i jednu glavobolju; al' ja veću...

— Ništa od svega toga ne znam ti ja, Spiro!

— Nije valj'da imala frau Gabriela kola da plati, a znali bi i vi...

— Ta šta govoriš!...

— Pa... ovaj... najbolje će biti da odemo u koju drugu sobu... ne bi' rad bio, znaš, da nas ko prekida! A tamo ću ti sve natenane ispripovedati; jerbo to je dugačka istorija, a ti si mi, što rek'o psalmopevac: jedino moje uzdanje i moj štit.

— O, o! Ta šta govoriš! Šta govoriš! — čudi se pop Oluja. — *Ništa* ti ja, kažem ti, od svega toga nisam čuo. O-o-o! Pa ajde, zdrage volje, kako ti ne bi' pomog'o. Hehe — smeje se domaćin — kako ne bi', kako ne bi'! Ta sećaš li se, Spiro, kad smo ono, k'o bogoslovci, vilovali — pa ja dav'o serenadu plebanoševoj „viršofterki"! A? Da nije bilo onda tebe, zlo i naopako po mene? Kako ti ne bi' pomog'o. Samo kaži đi te bole!

— A, znam; bila mu i neka rođaka, a?

— Tako nešto! Dakle ajde!

Odoše obojica u pobočnu sobu. Dok su se oni tamo zabavili, dotle se u kujni spremalo, sve u prisustvu Pere Tocilova koji je sedeo kraj vatre i pijuckao komadaru u društvu sa čenejskim crkvenjakom. Razgovarali su se o ovogodišnjoj letini i jeli prženice namazane mašću i belim lukom, tek da se kol'ko-tol'ko zabave do večere. Za to vreme pronađe se iz razgovora da su Pera Tocilov i crkvenjak i neki rod, ili bolje reći: biće rod, dok se samo neki njihovi koji nevenčano žive, venčaju.

Sto se postavi i jelo se donese.

Izađe i pop Spira s domaćinom iz sobe. Ovaj ga hrabri i veli mu:

— Nemaj ti brige! A kako te ne bi' kurtalis'o. Ta sećaš li se kad si ti opet mene kurtalis'o belaja! Nego, ajde, 'lâdi se večera na astalu.

Dođe i pop Ćira.

Posedaše svi, a gđa popadija s crkvenjakom i Roksom poslužuje.

Oba gosta su izgladnela jako, i zato se do pola večere i nije razgovaralo, nego se svojski jelo. Tek kad su doneti na sto uštipci, naslagani povisoko na dva tanjira kao dve piramide, i bili pri osmoj ili devetoj čaši, otpoče življi razgovor. Razgovarali su se o svojim stvarima. O parohijama, o venčanju, krštavanju, i sahranjivanju; o episkopima i učiteljima, o starom vremenu, i o tom kako je danas.

— Pa kako parohijani, domaćine, kako; je l' k'o u staro doba?

— Ta ja samo kažem: ne daj, bože, gore!

— Ta nije valj'da? — veli pop Ćira.

— Ta da vid'te, slabo nešto sad svet i umire... pamtim druge godine... a i ne rađa se k'o nekad — veli domaćin. — Slabo se rađa, pa valjda zato slabo i umire.

— Da, da, imate pravo, i ja sam to primjetio — potvrđuje pop Ćira.

— Nema ti staroga vremena — veli domaćin. Znam, bože, nekad, pa ti svaka kuća puna dece, sve po devet Jugovića! Pa je tu onda lako. Ima i ženidbe i udadbe. Pa je lako bilo i mililo se čoveku onda popovati! Nego popuj ti sad kad je sve taksirano i po nekoj tarifi, pa ajd' živi ti sad ako možeš.

— Ne valja, ne valja! — veli pop Spira.

— Eto zađ'te sad iz kuće u kuću, pa nigde nećete naći, k'o pre u sretna vremena, punu kuću, nego il' ima il' nema po jedno u kući. Pa ako je devojka, a ona uskoči za momkom, pa ih posle jedva možeš da nateraš da se što pre venčaju po obredima našega blagočestija; a ako je momak, on ti se ženi iz drugog il' trećeg sela, pa se tamo i venča, a ja ostanem tako praznih šaka... Pa ne znaš šta je gore.

— Rđava vremena, zaista! — veli pop Spira.

— Ja sve mislim — veli domaćin — da su krivi naši episkopi. Nema više onih starih popova, a starih popova nema jer nema više ni onih starih vladika. Pamtim ja, bože, u moje detinjstvo šta se pripovedalo i govorilo o mitropolitu

Nenadoviću, pa o Stratimiroviću! Kakve su to sile bile! Pa kakav zapt i kakva strogost! Kakva glava, bože moj! E, pa onda su, naravno, drukčije i vladike i popovi, a drukčiji i parohijani! To je bio jedan grom, formalan grom za sveštenstvo i mirsko i duhovno. Da on čuje da neko ima raspru s parohijanima; il' da je pušio pred svetom; il' da se veselio u društvu — teško njemu! Teško njemu!... A da neko, k'o udovac na primer, ima domostroiteljku po primeru inovernih popova; ili da se paroh s parohom na sablazan stada svoga svađa — no, toga bi' voľo videti ko bi mu smeo izići na oči! Za najmanju sitnicu kaštigovao je nemilice.

— Eh! Pa ne valja baš ni to kad je neko isuviše svirjep. E, bože, pa ljudi smo, slaba stvorenja, pa, pa onda i zgrešimo ponekad, jer „niktože bez grjeha tokmo jedin Gospod", kaže se. Pa zar sad zato da me kaštiguje k'o bezbožnu Sodomu i Gomoru?! — veli pop Spira, kome se ni najmanje nisu dopadali razgovori o strogim episkopima i arhiepiskopima.

— ...A da paroh paroha tuži i tužaka episkopu — nastavlja domaćin — i da to još parohijani znaju!... Taman posla! Ne znaš, ko prođe gore, tužitelj ili tuženi...

— Ta, ta, ta manimo se ti' razgovora! — veli pop Ćira. — Čitav se dan truckali u koli, pa sad sve takve neke stvari. Bolje kaž'te ukratko: ništa nije ko u starije doba; niti ima više starih episkopa, ni starih paroha, ni starih parohijana, ni starih učitelja...

— A, baš ste mi iz usta izvadili, počitajemi — prihvati domaćin. — A zar sad to valja što rade ovi noviji, današnji ovi učitelji?! Sve kod njih k'o ni kod koga! Ne puštaju đake da pomažu zvonaru; kaže: đaci su zato da uče. Jest istina da su đaci zato da uče, al' su i sinovi naše svete crkve — kažem ja učitelju — pa zašto da ne služe crkvi i oltaru! A bar da ne znam da deca volu zvonaru; nego duša im je i srce da se vešaju o uže! Povazdan bi da su na zvonari. E baš onomad sam se baš slatko nasmejao. Pitam jedno dete: Šta ćeš ti biti, Pero, kad velik porasteš? On kaže: „Ja ću zvonar biti." — A ti Ivo? „I ja", kaže on. — A ti, Živo? „Ja ću prvi tas da nosim" — A ti, Niko? „Ja ću crkvenjak." A ti? „Ja ću da pirim kadionicu." — A ti: „Ja zvonar." „Ja u ripide"... Kad pogledaš, svi hoće da služe samo crkvu. I oni mi tu još nešto pripovedaju! Puče im, već, misliš, srce za čitankom! A kako je to pre lepo bilo; deca na zvonari, a zvonar kod moje kuće, pa pomogne štogođ. A sad mora da drži još i, i, i, i vice-zvonara!!!... He, daleko smo doterali! Ne valja, ne valja ništa ova nova nauka. Kud će nas to odvesti — sam bog će znati!

— Dede, spasi bog! — prekide ga pop Spira.

— Na spasenije! — odgovori mu domaćin, i kuca se i s njim, a i s pop-Ćirom, i to još dvaput.

Piju i razgovaraju se, i opet piju. Pop Ćira se zarumenio, pa ne samo da on pije, nego i sam naliva i svoju i domaćinovu čašu, kao da je on domaćin. Razgovor je živo i neusiljeno tekao, čaše se svaki čas i punile i praznile. Domaćin navalio, pa ih jednako nudi, češće pop-Ćiru s kojim je manje poznat; kad se kuca, s pop-Spirom se kucne jedanput, a s pop-Ćirom uvek po dvaput. Poslužiše se i punčem koji se u ono doba pio u svima boljim domaćinskim kućama.

Pop Spira izađe napolje da naredi Peri Tocilovu kad da ih probudi, i dok se on napolju bavio, a domaćica u kujni nešto cunjala, dotle se domaćin upustio s pop-Ćirom u drugi jedan razgovor.

— Pa, vi mi se i ne falite, česnjejši... vama se, k'o mislim, sme čestitati. Čuli smo da... vi... ovaj, udajete gospođicu kćer, a?

— Ta, tako je! — veli pop Ćira. — Sad posle Božića.

— A, dakle istina je. E, taj će, bo'me, dobiti dobru domaćicu, i, što kažu, soputnicu u životu — veli domaćin. — Gotovo, bolje da je *on* tu, pa da njemu čestitam, jer njemu se tek može čestitati! Šta mislite: dobiti devojku iz takve kuće!

— A — doda pop Ćira — pa i on je dobar! I ona će dobiti, što se kaže, dobroga druga! Ja sam sasvim zadovoljan, sasvim! — veli zadovoljno pop Ćira, i natoči zadovoljno i sebi i domaćinu. — Dakle: spasi bog!

— Na spasenije! — Iskapiše do dna. — Svršeni klirik, a je l' tako?

— Jeste; soveršeni klirik... s eminencijom. A ima glas, jedna divota, k'o car David uz harfu. Persona, ponašanje, sve! Sve!

— A traži l' mnogo?

— Ni reči nije spomen'o!... Ni reč'ce...

— A dabo'me; pametan mladić, pa k'o misli: ono što je najskupocenije — to je dobio, a? Dobio je vrednu i vospitanu devojku, primjernu punicu i česnoga tasta, pa k'o veli: ono drugo sve na čast vam! Ajde, dakle, u zdravlje zaručnika. Spasi bog.

Kucnuše se. Pop Ćira ispi svu i natoči još jednu sebi.

— E, pa da se kucnemo — veli domaćin. — U zdravlje roditelja zaručnicina!

Kucaju se. Pop Ćira iskapi i sad do dna.

— A i on, i *on* je krasan... Sušta smernost! Da ga vidi

Njegova ekselencija — no, bilo bi belaja. Ugrabio bi ga odmah. Ne bi mu taj dao da se ženi, nego bi s njim u manastir; a bio bi, ta mal' te ne bi bio drugi *Rajić* ili *Mušicki*!... A, sasvim, sasvim sam s njim zadovoljan! — reče razdragani pop Ćira, i ne primeti kad mu nali u čašu domaćin s kojim se onako nesvesno kucnu. Domaćin ispi do pola, a pop Ćira svu čašu. — Njoj, *njoj* ima se više čestitati, moram priznati! — veli iskreno pop Ćira.

— Upravo — veli domaćin — sva zasluga ima se pripisati vašoj poštovanoj supruzi, gospoja-Persi, jer, što kažu: „Vidi *mater*, pa prosi 'ćer!"... Daklem, ako smem uzeti sebi slobodu... u zdravlje primjerne supruge, vaše gospoja-Perse!

Kucnuše se; pop Ćira naiskap, a domaćin iskapi onu ostalu polu do dna.

— Ta, ono — nastavlja domaćin — ako ćemo baš tako sve dalje, onako znate — da oprostite što ću se tako izraziti — ako stanemo sve dalje tragati i njušiti — pa nije tolika zasluga ni gospoja-Perse, vaše supruge, kol'ko vaša, *baš vaša*, česnjejši gospodin-Ćiro, što ste, to jest, vi, u svoje vreme, *izabrali* gospođu Persu sebi za suprugu, a ona opet vaspitala gospođicu Melaniju!... Dakle: suma-sumarum — *vi* ste krajni vinovnik sve ove današnje sreće gospodin-Perine, a i gospođica-Melanijine (k'o što bar vi velite).

— Ta pomalo jeste i tako! — veli pop Ćira.

— Eh, pa onda što smo i pili uzalud, i pre vas, drugima, manje dostojnima. Trebali smo *prvo* u vaše zdravlje, dragi moj i retki moj goste, česnjejši gospodin-Ćiro! Al' neka — možemo još sve i popraviti. Daklem, sve ovo brišemo, pa iznova! Ovo je daklem prva zdravica, i ona neka je u *vaše* zdravlje. Spasi bog.

Kucaju se i piju; domaćin pola, a pop Ćira ispi celu čašu. Razveseliše se popovi dobro.

— „Na rjekah vavilonskih, tamo sjedohom i plakahom” — zapeva pop Ćira razdragan. Zaturio se malo u stolicu, pa pustio glas, a diže obrve, i veze i kiti sve lepše i lepše, na zadovoljstvo i divljenje domaćina koji ga od vremena na vreme obodravaše reč'ma: „A, to, to! To mi se dopada!” Ispeva ceo psalam, svih devet stihova, a između svakog stiha namigne očima na domaćina kao trijumfujući, pa veli: „Aj, šta velite?!”

Vesele se popovi. Domaćin otpeva drugi jedan psalam: „Iz glubini vozzvah k tebje, gospodi”, a pop Ćira opet treći: „Gospodi, vozzvah k tebje, usliši mja; vonmi glasu molenija mojego.”

Raspoložili se i domaćin i pop Ćira, pa se naizmence kucaju i pevaju psalme, sve lepše od lepšega, i piju u zdravlje gospođe Perse i ostalih redom.

Zatim se opet produži razgovor o devojci, o mladoženji i parohiji: hoće l' ostati u selu, ili će tražiti kakvu varoš. Tu pop Ćira nagovesti da je želja Melanijina da se presele u varoš. Još su se neko vreme razgovarali, kucali i iskapljivali čaše, hvalili jedan drugoga glas i pjenije, dok se nije pop Spira vratio, i domaćica ih još po jedared poslužila punčem. Posle punča obrediše se opet vinom. Najrazgovorniji je pop Ćira; doliva i sebi i ostalima. Hvali sve svoje po kući.

— Kakva majka, takva i ćerka! — veli pop Ćira. — Moja Persida je jedan, tako da kažem, skȗp dobrodjetelji, pa je, naravno, i svoju kćer tako vospitala... a ko je uzme, biće srećan i zadovoljan, k'o i sam što sam u supružeskom životu svom.

— Ta kome vi govorite — veli domaćin — ta znamo mi već to odavno!

Piju, kucaju se, pa opet piju. Ali već nastaju pomalo pauze. I kad je govor počeo sustajati, a oči se krpiti, spomenu pop Ćira prvi da bi rad spavati, jer se sutra rânom zorom kreću. Domaćin nije ništa imao protiv toga, i gosti se digoše od stola i odoše na spavanje. Pop-Ćiri dadoše gostinsku sobu, a pop Spira, kao intimniji, dobi krevet u domaćinovoj spavaćoj sobi.

Malo posle uđe domaćica sa jednom dremljivom čupavom sluškinjom, i pokupiše posuđe sa stola, i pođoše.

— A što si uprtila tu saksiju s tim kaktusom, kud ćeš s njom? — zapita je domaćica koja je zastala, pa je gleda, a Roksa se klanja dremljivo. — Ej, nesrećo čupava, ta ti si na nogama zaspala. Samo da ti je da čmavaš, ne načmavala se, lenjština vlaška. Ostavi tu saksiju, pa pokupi taj escajg, pa idi pa spavaj; a u zoru da si mi rano na nogama, pa operi sve to kad večeras nisi ni za šta! Dok mi sve ne opereš, ne nadaj se bome fruštuku. A, moram ja, vidim, drugi red otpočeti s tobom. Ta, daj taj kaktus ovamo, što ga držiš jednako — pa sad ajd' tornjaj se, pa čmavaj. Ej, blago onom ko se na tebe osloni!

Izađoše napolje.

Nastade tišina, a malo posle ču se neko šaputanje.

— A di ga drži? — pita domaćin.

— Pa valj'da je u džepu? — šapće opet Spira.

— Ajd' da vidim! Al' najpre da vidim spava li?

Nastade opet tišina. Osluškuju obojica, okrenuti pop-Ćirinoj sobi.

— Oče Ćiro — viknu malo jače domaćin s vrata. —

Česnjejši... O, oče Kirilo! — viknu još jačim glasom. — Zaboravili ste da mi kažete kad da vas probudim.

Tišina. Nikakva odgovora.

— Oče Ćiro — viknu još jače domaćin. — Spavate l', a?

Opet nikakva odgovora. Tišina. Iz sobe se čuje samo snažno hrkanje, pomešano s nekim zviždanjem.

— Dabome da spava! — veli domaćin. — A, koga moje vino obori, taj se ne diže šâle.

— A, a! Taj baš junački struže čuture — šapće pop Spira, sav zadovoljan. — Dobro je! Sad možeš slobodno. Znam ja njega k'o i sebe. Kad taj jedared zaspi i zahrče, može mu slobodno pored kreveta sto i jedan top ispaliti — ne probudi se taj lako. Ajde, dakle, idi...

Domaćina nestade u gostinskoj sobi.

— Nema po džepovima — veli domaćin s vrata — tražio sam, pa nema... Sve neke mustre; mustre od kukuruza, i neke mustre od vunice, valj'da za ćerku, treba nešto udavači...

— Pa dï je, vragu, metnuo! — reče zamišljeno pop Spira. — Vidi da nije u ćošku od pojasa? Ima on jedan kao džepić u pojasu samom.

— Ama nema pojasa međ 'aljinama! — veli domaćin malo posle. — Možda ga nije ni pon'o.

— A kako da ga ne ponese! Ta dï bi on pred vladiku bez pojasa!? Tu će negde biti da je i pojas. Vidi da ga nije otkud metnuo pod glavu, pod jastuk... Stari je to kurjak... Kajafa je to!

Domaćin se opet vrati, i malo posle ga iznese sav radostan.

— Pravo si kaz'o... metnuo ga pod glavu, bio mu pod jastukom...

— Dad' ga brže ovamo! — veli pop Spira, pa grozničavo dočepa pojas. — Ha, evo ga, evo! Ovde u ćošku, ne reko' l' ja?! Evo ga, tu je! Sad brže njega napolje, a da metnemo ovo na njegovo mesto! — I pop Spira izvadi brže onaj zub iz zamotuljka, i metnu ga sebi u džep, a iz džepa izvadi onaj zamotuljak što mu ga dade Arkadija, i zavi ga u zavoj pa metnu u pojas pop-Ćirin.

— E, je l' gotovo?

— Sve je u redu; svakom svoje. Brže ostavi odakle si i uz'o. Zamotaj k'o što je i bilo.

Domaćin uze pojas, ostavi ga na svoje mesto, i vrati se natrag.

— I jednako spava i hrče isto onako! — čudi se domaćin!

— Spava taj k'o zaklan. Da smo kakvi rđavi ljudi i dušmani, mogli smo mu komotno izvaditi još dva *zdrava* zuba — taj ti se ne bi lako probudio! — veli pop Spira, ohrabren uspehom. — A, veliš, vino jako bilo, a?

— K'o grom, k'o grom; oborilo bi i samog Golijata!

— Dokaz je pop Ćira! Al' je i povuk'o, ha-ha-ha!

— No, fala bogu! Jesam li ti kaz'o: ostavi ti to samo meni.

— E, e, baš ti fala. E, kad baš spomenu otoič *ti* Golijata, onda posle ovakog srećno okončanog djela mogu i *ja* kazati sa carem Davidom: „Da postidjatsja i smjatutsja vsi *vrazi moji*; da vozvratjatsja i *ustidjatsja zjelo vskorje*." Ha, ha, ha.

— Ha, ha, ha! — smeje se pop Oluja.

— E, pa sad laku noć. Bar ću jedared mirno spavati posle toliko nedelja! E, fala, laku noć! E, ti si me sad, takoreći, po drugi put zapopio. Laku noć. Čekaj samo da uništim ovaj prokleti korpus delikti. Ako mi ostane u džepu, opet neću imati mirna sna, dok ga se ne kurtališem! — reče pop Spira i izađe u avliju.

***

Ujutru rano krenuše se kola, i oko podne stigoše u Temišvar.

Sutradan pre podne i jedan i drugi pop odoše pred Njegovo preosveštenstvo, jer je ovaj hteo da ih pre svega posavetuje, i da, kako se to kaže, utiša stvar pre no što bi došla pred nadležni sud i formalno suđenje. Nisu nam nikad ni bila pri ruci akta iz episkopske arhive, pa zato i ne možemo ulaziti u detalje u pripovedanju, jer bi ova inače poduža pripovetka izašla još za jednu Glavu duža. Toliko samo kažemo na završetku ove Glave, da su oba paroha otišla ka Njegovom preosveštenstvu. Zadržala se tamo poduže, i posle pódrug sahata ostavili episkopski dvor. Čudo je bilo to što je pop Ćira izašao (iako kao *tužitelj* ušao) prilično pokunjena nosa i crvenih jagodica, a pop Spira naprotiv — iako optuženi — sasvim veseo, onako veseo, baš kao što je bio i onda kad je ono odlikovan crvenim pojasem. Još je čudnije što su obojica odgovorila jednom svom poznaniku koji ih je sreo baš kad su izlazili iz episkopije. „Šta je, kako se svršilo?” zapita ih poznanik. „Je l' se svršilo?” — „Jeste, jedva jedared!” odgovori mu pop Ćira. — „Fala bogu, sve je dobro!” dodao je pop Spira zadovoljno. Ali što je najčudnije, oba se popa ne rastadoše na izlazu iz episkopije, nego zajedno produžiše put u razgovoru i objašnjavanju nekom...

Dakle su se pomirili! — kliknuće čitaoci. Ali zašto je pop

Ćira malo pokunjen i uzbuđen, a pop Spira veseo i zadovoljan, to će već čitaoci iz sledeće dve Glave doznati.

GLAVA DVADESET DRUGA

U njoj će se čitaocima pokazati sasvim suprotna slika onoj iz prošle Glave, to jest, što se tiče popova, Pop-Spire i pop-Ćire; jer se na ovom poslednjem (to jest pop-Ćiri) zbile one reči od poslovice koja veli: „Ja bosiljak sijem, meni pelen niče".

Popovi su ostali još pola dana u Temišvaru da nakupuju nekih stvari. Imali su od kuća svojih porudžbina, kao što je to već svakom poznato da se familijaran čovek ne može ni na pola časa izvan varoši na put krenuti, a da ga ženska čeljad kao kamilu ne natovari kakvim porudžbinama koje ni Stratimirovićeva glava ne može da popamti, toliko ih je mnogo. A utoliko je pre bio to sada slučaj kad se išlo čak u Temišvar, u kom bi one sa sela mogle čitavo pola dana da zazjavaju samo pred jednim izlogom dućanskim. Pop Ćira je imao sijaset porudžbina, pop Spira istina nijedne (jer nikom nije bilo do toga, ne znajući „ishod stvari"), ali se njemu samom sad otvorila volja da nakupuje i iznenadi svoje ukućane. Radostan što je tako jeftino prošao, mislio je u sebi da će za te novce (za koje je držao da su već gotovi da odu đavolu u torbu), biti najbolje da sada kupi što korisno u kuću. Pop Ćira je kupovao da umilostivi, a pop Spira da obraduje kod kuće.

Šta ti sve nisu nakupovali! I porketa, i flanela za zimu, i botuše za obe popadije. Pop Ćira je kupio još i rajspulfera za lice, i onu spravu za brenovanje kose, i neke komendije za pravljenje lokni, i neke nove hornodle (nazvane po nekoj švapskoj princezi udavači tadašnjoj), i gumalastiku za čišćenje, i spravu za zakopčavanje rukavica, i neke silne konce i vunice od nekih deset raznih numeri, koje sve nije mogao ni da zapamti, nego je sve to zabeležio još tamo kod kuće na jedno pola tabaka hartije. Pa kad je ušao u dućan, izvadio je iz špaga i to pola tabaka, i razmotao i metnuo preda se, seo na stolicu, a naočari obrisao i natakao na nos, pa iz pola tabaka diktovao jednom malom lepo očešljanom Čivučetu, i sa plajvazom jednu po jednu porudžbinu prevlačio na hartiji, dokle nije sve tačno po inventaru nabavio. — Pop Spira je kupio i veliki kalup sapuna, nož za tranžiranje šunke, i još mnoge kujni potrebne stvari, koje su bile tako potrebne, a po selima još malo ili nikako poznate.

A setio se i svojih izbaviteljâ, Arkadije i pop-Oluje. Arkadiji je kupio visoke botuše, u kojima će služiti u crkvi, šal od tri srebra i lepu stivu lulu sa dugim kamišem od trinaest srebra, za spomen. Takvu istu lulu kupio je i pop-Oluji, domaćinu.

— Bože moj, što ti je čovek; ne zna šta nosi dan, a šta noć! — mislio je kad je kupovao. — Dȉ sam se ja i mogao nadati da će mi biti do toga da to kupujem i Sidu iberašujem!

A obojica su kupili kafe i šećera i podosta zemičaka i kifli. Nakratko, iskupovali su toliko stvari da već skoro nisu imali ni gde da pomeću sve to u kola. I kad su se u petak zorom krenuli i posedali u kola, sedela su oba popa na stražnjem sedištu svom, kao — oprostite mi za taj izraz jer je reč o popovima —

sedela su tako udobno kao đavo na džombi, što se kaže. A tome je pomalo bio kriv i sam Pera Tocilov, koji kao da se zakleo da upropasti sve popove koji mu šaka padnu. On se u dva maha slavno koristio gostoprimstvom u kući čenejskoga popa. Dobro se ugostio i on i konji mu, a sem toga, tako je savesno nabio oba „sica", i prednji i stražnji, domaćinovim senom, tako savesno da će se konji još bar nedelju dana častiti čenejskim senom.

Kola su pošla, i putem od Temišvara do Čeneja popovi su se razgovarali u kolima. Razgovor nije im tekao onako od srca, iskreno, kao nekad, što je, naravno, i vrlo pojmljivo; ali tek, tek su se razgovarali, pa čak i složili u jednoj stvari.

— A kol'ko ste platili vi za kola? — zapita pop Spira.

— Deset srebra! — veli pop Ćira.

— Šta, vraga?! Pa i ja toliko... Al' valj'da zato što ste vi prvi i pogodili? — veli pop Spira.

— E, to je baš taj đavo što i ja jednako mislim još od moje kuće. Sa mnom se pogađ'o k'o da će samo mene voziti. Ja mu kažem: skupo je, Petre, može l' jeftinije? — „Uzmite koga, pa ću jeftinije da vozim." — Pa nađi koga, kažem mu ja. — „Ne mogu — veli on. — Nađ'te vi, pa ću vas voziti za šest srebra" — pripoveda pop Ćira.

— Ao, obešenjak jedan; ama isto se tako i sa mnom razgovar'o! Isto tako! — tuži se i pop Spira. — Kaže: „Nađ'te vi još jednog, pa ću vas voziti za *četir* srebra"... Kad ono i od jednog i od drugog uz'o svih deset srebra. Pogađ'o se sa mnom k'o da sam mu ja prvi doš'o. Obešenjak paor!

— Svi su oni taki, vrag im babi!... Ja sve mislim onaj

lopov, onaj arhilopov Nića bokter, on ga je mor'o svemu tome naučiti. K'o misli, u zavadi su, neće čuti jedan od drugog.

— E, po to bi' i ja kočijašio — veli pop Spira. — A paor paora drži.

Kad stigoše u Čenej, svratiše na jedno pola sata na odmor kod pop-Oluje.

— No, pa kako je bilo, kako si prošo'? — zapita radoznali domaćin kad se nađe nasamo s pop-Spirom.

— Črezvičajno dobro — veli veselo pop Spira. — I fala ti, velika ti fala još jedared. Ispalo je preko svakog, ama kažem ti preko svakog očekivanja, dobro. Ekselencija nas je naterala da se lepo izmirimo, i da sve obide, učinjene od jednoga drugome, zaboravimo. Ta čak smo se i rukovali i poljubili pred njim...

— *Poljubili*!... Ta idi, molim te! Ta šta govoriš!?... I poljubili...

— Da šta ti misliš!? Poljubili, dabome. Al' naravno... išlo je k'o kroz ponjavu il' nategaču, što se kaže.

— A ta da, već, naravno... mogu sebi predstaviti...

— Ja, naravno, dabome, što se mene tiče, što ono kažu: „kako sam se nadala, dobro sam se još i udala"; meni i nije bilo baš tako teško. Ćutim, pa u sebi velim: fala bogu, kad je samo do toga došlo!... E, al' njemu, njemu...

— Verujem, verujem. Neg' molim te da mi sve is-pripovedaš...

— Al' kažem ti, sto si mi puta pao na pamet, a da ti dokažem da sam te se sa zahvalnošću sećao — reče pop Spira, i izvadi iz bunde, i donese mu jednu lepu skupocenu stivu lulu, i predade mu je — evo, to nek ti je znak moje iskrene blagodarnosti.

— A, vrlo, vrlo lepa — veli zadovoljno pop Oluja i razgleda je — a šta je koštala?

— Šta je, da je — tek to nije ništa prema onoj tvojoj usluzi meni učinjenoj. U zdravlju je ispušavao. Ajd', odma' zapali jednu, a ja ću da ti ispripovedim ukratko.

Pop Oluja zapali lulu, a pop Spira mu ispripovedi sve. „I tako ti gospodin episkop završi svoje slovo, prebacujući pop-Ćiri, da nije lepo da se on drzne da vara svoje *pretpostavljene*; ali mu, veli, prašta" — završi pop Spira pričanje. Taman je završio, a uđe pop Ćira, i zateče ih u smehu. Smejali su se obojica tako slatko kao što to samo zdravi i debeli popovi mogu.

— E, česnjejši — oslovi ga pop Oluja, pokazujući mu novu lulu — vi mi i ne čestitate! Moram sam da vam se pohvalim. Gle'te samo šta mi je don'o moj Spira na prezent.

— A a, vrlo lepo, vrlo lepo! — veli pop Ćira, smejući se usiljeno, a u sebi je izvesno pomislio: „Nije to tebi pop Spira zabadava prezentirao; ima tu i tvoga masla, Kajafo jedan!"

— E, dakle, aj'te, izvol'te, izvol'te, prihvatite se malo — ponudi ih domaćin kad domaćica unese kajganu, omiljeno putničko jelo. — Izvol'te česnjejši, ded' Spiro!

Putnici posedaše. Nude domaćina. On se izvinjava.

— A, fala, fala! Ja, bome, sad ne ispuštam ovu lulu iz usta do doveče! — reče smejući se.

— Ta služite se, česnjejši gospodin-Ćiro — nudi ga domaćin... — Šta, valj'da vam se ne dopada kajgana? — reče pop Oluja, terajući guste dimove nadole preko kamiša na novu stivu lulu.

— A, fala, fala! Nije to! Nego nisam vam baš nekako najbolje sa stomakom — veli mu pop Ćira, a u sebi misli:

„Znam te, znâm, stari kurjače, i zašto si tu lulu zapalio, i zašto si me baš kajganom poslužio! Ovo je baš ono što kažu: „Košta ga k'o svetog Petra kajgana." *Ja sam* platio i tu stivu lulu i tu kajganu. Sad tek vidim kol'ko su pametni bili naši stari kad su rekli: „Čuvaj se popa"; a ja sam im'o posla s *dva* popa i jednim *crkvenjakom*!

— E, dakle, 'oćemo l' pri... ovaj, soputniče? — veli pop Spira, svršivši sam s kajganom.

— Možemo, možemo! — veli pop Ćira, omotavajući šal oko vrata. — E, pa sad, dragi domaćine, da se rastajemo. Fala na dočeku.

— O, namalo, namalo! Kamo sreća, pa da me se počešće tako setite!

— E, bogami — dodade pop Ćira — sad vi treba kod nas; na vas je sada red! Pa, izvol'te na svadbu. Još nekoliko nedelja — a javićemo vam — pa ću imati roditeljsko veselje u kući... svadba moje kćeri...

— A javiću ti već i ja — veli pop Spira — i kod mene se sprema, uveliko se sprema.

— Šta? — veli iznenađen i obradovan domaćin. — Zar i ti udaješ? A za koga, za koga?

— Eh, za koga! Pa za njenu priliku, čućeš i videćeš! „Našla vreća zakrpu", kaže se, ha-ha-ha! — smeje se pop Spira. — Mi smo se dugo odupirali i kvarili, al' devojka ga hoće; njega, pa njega... Što rekli paori: „Il' za njega, il' u Tisu s brega!" a mi, šta smo znali, nego popustili. Pa k'o velim: idi, bedo, aratos te bilo! Kad 'oćete, a vi se uzmite! Ha-ha-ha! — reče pop Spira, izlazeći iz kujne. — Dakle, zbogom, domaćine, i fala ti baš od srca — reče pop Spira izlazeći iz kujne, pa se poljubi s domaćinom.

— Fala i tebi na luli, a i vama, dražajši gospodin-Ćiro, na toj počesti koju ste ukazali mom skromnom domu.

— Fala i vama, takoreći, drugi stranoprijemni Avraame! — veli pop Ćira i rukuje se s njim, pa grabi što pre na vrata.

— Fala i vama, dražajša domaćice — veli rukujući se s njom pop Spira — vaš gostoprijemni dom ne može čovek nikad zaboraviti. Zbogom!

— Ta nije baš onako k'o što je trebalo — izvinjava se domaćica — al' vi ćete već izviniti!... Pa pozdrav'te gospoje i decu; a one su, bože, valj'da već velike devojke, valjda već na udaju, a?

— Ta pa zar nisi čula, da se udaju obe! — veli joj domaćin.

— E, da! Ta šta govorite! A, pa dabome!... Prolaze godine, a ženska deca, što kažu, začas narastu i nađikaju k'o štir. Srećan put, pa pozdrav'te sve.

— Ajd', Petre, poteraj!

Kola pođoše.

Tera Pera Tocilov po putu koji se malo ocedio, lete konji veselo kao da gajdaš u kolima svira, a Pera veseo, pa raspoređuje opet u glavi onih zarađenih dvadeset srebra, šta će sve za njih da kupi. Prođoše i čardu i ostaviše je za sobom, i ne svratiše u nju. A i šta će u čardi kad je Pera potkrepio dobro i sebe i svoje konje kod popa, pa mu nije do čarde. Šta mu treba čarda?! Valjda posle one popovske krasne šljivovice da pije sad ovu komadaru kojoj i sam bojtar maniše! Ili valjda da gleda i sluša onog melanholičnog bojtara koji jednako pripoveda i jednako se jada, pa bilo koga u čardi il' ne bilo! Jednako pripoveda o starim vremenima, o čoporima svinja, o svojim mladim godinama za kojima će bojtar do groba uzdisati i o „tâlu" (koji da mu je sad kad ima ovu pamet i ovo iskustvo), priča i ponekad pogleda setno kradom na Tinkucu, svoju buduću rođaku, i uzdiše. Hvali sebe, a kao malo i izdalje kudi svoga Miloša, i veli da nije zaslužio takvu ženu k'o što je ona! I to ide sve tako, dokle ga Tinkuca ne istera da nahrani svinje koje grokću oko vrata i opominju ukućane.

Sve je to Pera Tocilov sada prošao i ostavio iza sebe, pa terao sve dalje, sve do sela.

Uveče stigoše u selo. Isplatiše Peru Tocilova pošteno po pogodbi. I jedan i drugi mu dade pogođenih deset forinti posle dužeg traženja po ogromnim popovskim šlajpicima, ne što nisu našli i što nije bilo banaka, bilo ih je dosta — nego što se i jedan i drugi teško rastavljao s tolikom sumom, i što je i jedan i drugi razmišljao malo: da l' bi dobro bilo da mu prebaci tu neiskrenost parohijansku i pljačku svojih sopstvenih paroha; da mu kažu kako to nije ni najmanje lepo, kako to inoverci nikad ne bi učinili prema svom pateru ili pastoru. Ali kao da se predomisliše i platiše bez ijedne duže napomene. To i ohrabri gazda Peru Tocilova, i kad izbroja i složi banke u šlajpik i turi ga za sáru od čizme, on im se zablagodari lepo:

— Pa fala vama, koji ste vi jednog siromaška pomogli. S ovim mi je baš spomoženo. Pa kad vam god ustreba, a vi izvol'te... a ja sam tu, a moje teranje, i što kažu, jedan moj karakter, videli ste!

Manuše oba popa rukom, i ništa mu ne odgovoriše.

GLAVA DVADESET TREĆA

Iz nje će radoznali čitaoci doznati (iz razgovora pop-Ćire sa gospođom Persom) šta je i kako je bilo kod Njegovog preosveštenstva gospodina episkopa u Temišvaru, i kako su obe popadije primale zaključke toga, tako da ga nazovem, Temišvarskog mira.

Nikada valjda s većim nestrpljenjem nisu očekivana oba popa nego ovoga puta. I jedna i druga zabrinuta popadija provela je za to vreme nekoliko teških dana. Ni onaj najduži letnji dan nije im se učinio tako dugačak kao ovo nekoliko kratkih jesenjih dana. Pa tek noći! Kako su im noći duge bile koje su provodile u premišljanju i jedna i druga popadija!

Gđa Persa je bila nestrpljiva kao udavača, a besna kao furija. U srcu njezinom ne beše ni tolicno kol'ko jedna pčiodina glava mesta za milosrđe i praštanje. Disala je osvetom, i samo joj se nekako daleko činjaše taj željeni dan, dan pravedne i slatke osvete.

— Ala će ga namazati sapunjavicom! — razgovaraše se gđa Persa sama sa sobom. — Ala će da ga obrijaju, bogo moja! — uzvikivala je zadovoljna, šetajući se sama po sobi u svojim botušama. Kako će se radovati i blažena biti toga dana kad pop-Spiru obriju, pa mu ne bude ostalo na licu ni tol'ko od brade i brkova koľko njoj na dlanu. — Pa tek kad pomisli na onu gđa Sidu. Nju tek da vidi tih dana, ala bi joj se svetila. — O, bože — razgovara se sama — daj mi samo dotle da živim, da sretnem samo onu debelu beštiju. Odma' bi' se zaustavila pa bi' je zapitala: „Izvin'te, kazala bi' joj, al' odavno se nismo vidili, pa *sad* čisto i ne znam upravo jeste l' vi to, počitajema gospoja-Sido, il' je to vaš gospodin suprug, gospodin Spira, onaj što je nekad, pamtim dobro, imao, onako, baš lepu bradu? Znate, obadvoje ste sad (što jest, jest!) al' obadvoje ste ćosavi, onako, znate, klot — pa vas čovek i ne može tako odma' da razlikuje! Ha-ha-ha! — smeje se gđa Persa satanskim smehom sama u sebi. — Al' rihtig! O, izvin'te, ta di su mi bile oči! Ta vi nemate mantiju — pa vi ste onda gospoja Sida. Da, da, akurȁt! Gospodin Spira je drukčije mora biti, obučen, mada više ne nosi *ni on* mantiju! — Ha, ha, ha! — smeje se gđa Persa, i lupa se po kolenu. — Idi dođavola, Persida, otkuda ti ta đavolstva padaju na pamet! Baš ti to nije ni najmanje lepo. Hahaha! O, ženo, časni te utuk'o!...

Koliko je lepša slika u pop-Spirinom domu. Koliko je više hrišćanske skrušenosti i pomirljivosti pokazala gđa Sida ovih dana! Još pre polaska popina bila je, kao što je vrlo prirodno, jako uznemirena i zabrinuta. Kad ga je spremala na put, metla mu je, kao i uvek, šunke i sira u kola, i posavetovala ga da bude umeren, da se lepo i pitomo ophodi s onim, da ga ponudi šunkom, jer (spomenula mu je gđa Sida) „on voli šunke i uvek je falio naše šunke", pa izvesno neće moći odbiti.

A dok je bio pop Spira na putu, gđa Sida je po nekoliko puta dnevno pročitala *San matere božje* od kojega je nekih deset-petnaest egzemplara imala pozašivenih u lajbovima od haljina i po šifonerima među vešom, i za ikonom i u džepu stare bunde kojom se pokrivalo testo za kiselu štrudlu kad je bilo hladnije, pa nije bila dovoljna samo velika zimska marama. Čitala *San matere božje*, krstila se jednako, i jednako nadgledala zapaljena kandila i menjala „dugmad" i dolivala zejtin. Tih dana u pop-Spirinoj kući, kud se god čovek okrenuo, mogao je da vidi sve sama neka kandila — i ona što vise, i ona u okrnjenim čašama staroga fazona koja se pre šezdeset godina donosila u miraz — gde gore i pred ikonom sv. Đurđa, kućevnog patrona pop-Spirinog, i pred ikonom svetih neumitnih vračeva Kuzmana i Damjana, patrona gđa Sidine familije, i još nekoliko, tako da je jedno kandilo gorelo čak i pred prekrasnim Josifom i Pantefrijevicom, iako su oni čak iz Staroga zaveta, ali grdan strah gđa Sidin pretvorio je kontrafu u ikonu, i valjda joj je došapnuo onu staru poslovicu: „Dobro je i đavolu ponekad upaliti sveću!"

Tih dana se gđa Sida formalno preobrazila. Bila je sušta blagost, meka kao pamuk, nije nikog grdila, pa čak ni Žužu, nego je samo savetovala: „Sa *lepim* se, govorila bi tih dana, uvek više može učiniti nego sa vikom i praskom! Deď Žuža, dete moje, otrči ako te ne mrzi, pa donesi malo krompira iz podruma!" tako bi blago rekla kad je naređivala što Žuži.

Ovih dana je povazdan šaputala tiho molitve, pa čak i onda kad je u kujni pomagala Juli i Žuži, i ljuštila krompire s njima zajedno.

— O, bože, bože! — šaputala je gđa Sida. — Samo sad nas kurtališi ovoga belaja, a više neće doći do toga! Više ti, bože, nećemo dosađivati!

A Jula joj pomaže u poslu, i krišom pogleda u zabrinuto mamino lice.

I Jula je trpela ovih dana. Pola joj je misli bilo ovamo kod kuće, oko šporherta, a pola čak u trećem sokaku oko onog dućana tamo gde visi onaj beli peškir, i gde se ljulja onaj cimer od žutoga pleha. Čitaoci će se dosetiti da je Šaca bio predmet njenih misli, kao što je i ona bila predmet misli Šacinih. Oni se već više od nedelju dana nisu videli, jer je gđa Sida zamolila Šacu da se strpi za ovo nekoliko dana, i da ne dolazi i ne prolazi ulicom, bar dok se pop Spira ne vrati s puta. I zato Šace i nema već više od nedelju dana da dođe, iako je kiša već prestala i malo se ocedilo, a i čizmar mu naglavio čizme, ipak ga nema. Jula je na nj mislila, i tih dana jednako se češljala kako on voli, pa joj je čisto lakše bilo. A i Šaci je milo bilo kad je video to. Nije mogao da odoli srcu i da bude poslušan porukama gđe Side, nego je jedared ipak prošao njenim sokakom i spazio je onako lepo očešljanu, javio joj se, i ona njemu ljupko, i pokazala mu na frizuru. To je Šaci tako milo bilo, da je sav blažen i presretan dugo i dugo mislio na Julu, i duboko u noć prelistavao *Pesmaricu*, čitao mnoge pesme i pevušio ih, pa i sam došao u poetsko raspoloženje i spevao jednu pesmu, i po prilici je, da ne dozna mama, predao Juli.

U pesmi je ispevana njegova šetnja, i sreća njegova što ju je video na prozoru. U pesmi kune zlotvore radi kojih se ne mogu sastajati, ali je teši da i to neće dugo trajati; zahvaljuje joj što ga se seća i češlja onako kako se njemu dopada. Naročito je lep završetak pesme, i on glasi:

Po čelu ste redom

Šnekle poređali
Zulove ste sitno,
Fino, brenovali,
Rusu kosu po mom
Gustu očešljali!...
Ah, frajlice, blago
Rotšildovo što je!
Kad pomislim da će
Sve to biti moje
Zulove i šnekle
I to belo lice
Roznforb-boje!
Ah, ljubazna Julo,
Sve će biti moje!
Sve će biti moje!

Jula je nekoliko puta pročitala pesmu krišom u špajzu, i znala je odmah onoga prvoga dana napamet. I njome ovlada neko pesničko i pevačko raspoloženje, pa je jednako u sebi deklamovala tu pesmu, ili poluglasno pevušila onu poznatu:

Prođi, luče, kad te srce vuče;
Prođi luče, i mojim sokakom,
I moja je kuća na sokaku.

Pa jednako pevuši te stihove, a nikako da ih se otrese; oni je i žaloste i teše u isti mah.

A kako je vedrija i zadovoljnija bila tih dana njena dosko-rašnja drugarica Melanija. Njen zaručnik je povazdan bio kod nje. Čim svrši školske časove, a on ajd' odmah k njima. Tu sedi u krugu svoje buduće familije. Mama hekluje tepih od šarenog stareža, Melanija izvađa svoj monogram na salvetama, a Pera sedi pa čita što, ili im pripoveda što iz svog đačkog života; pripoveda im o silnim predmetima, o silnim zorama koje su ga zaticale kraj knjige, o ispitu, o teškoćama na njemu, ili pripoveda o kakvom svom doživljaju gde je bio na rubu ili ivici propasti, pa je za dlaku falilo da ne plati glavom i bude pokojni. A one ga slušaju i ne dišu, i tek kad se spasenje ispripoveda, one dahnu, i mole ga da im više ne pripoveda tako strašne stvari, jer su, kažu, obe slabih nerava. Ili se svi troje skupa savetuju i prave plan svog budućeg stana i prave razmeštaj nameštaja. — Sa sokaka će imati dve ili jednu sobu, iz avlije opet dve (a isprva dosta će im biti i jedna), zatim kujna, pa čeljadska soba. Iz sobe za ručavanje izlaziće se u kujnu, a iz ove u špajz i u čeljadsku sobu (i onda se neće moći svaki đavo dovlačiti u kuću). Po tim sobama razmeštaju već još sad nameštaj: stolove, stolice, krevete, kanabeta, šifonere, štelaže, i tome podobne stvari. Sve je lepo namešteno u kući (to jest zasad još u glavi), samo su u neprilici s jednim širokim, ne baš najlepše spoljašnjosti, ali vrlo udobnim i praktičnim ormanom bestraga staroga fazona, malo će biti da kažem da je iz vremena blaženopočivše Marije Terezije, a vrlo verovatno da je zapamtio i Seobu Srba pod patrijarhom Čarnojevićem; jer se pripovedalo za nj da je bio naizmence čas u rukama Rakocijevih kuruca, a čas ga preotimali Monasterlijini Srbi, dok se naposletku nije stalno skrasio u srpskom narodu. Ovo mu je sada valjda deveti ili deseti put da je u inventaru stvari datih u „auštafirung", i sam bog zna gde je sve dosad bio, i gde će još biti! Jer, sudeći po jačini i solidnosti izrade, još će za mnogom udavačom doći u novu kuću; jer „zub vremena" izgleda da je nemoćan prema njemu, kao zub starčev prema orahu koštunjcu. Bio je vrlo praktičan i potreban, a nezgrapan i smešan, zato ga nikako i nisu mogli prodati, jer kome bi ga god ponudili, taj mesto da pita: „pošto", hoće da pukne od smeja!!! (A ima takvih stvari kojih se čovek ne može otresti k'o ni onaj Dositejev Abu Kazem Tamburi, bagdadski trgovac, što nije mogao da se kurtališe svojih starih papuča.) Zato su sad i najduže mladenci o njemu razgovarali, kako i gde da ga nameste, a da ne padne strancu ili gostu u oči.

I baš se o tome u petak predveče razgovarali, kad uđe pop Ćira, a za sobom unese sanduk i one mnoge nakupovane stvari.

— A-a-a! — začu se iz sviju grla.

— No, pa kako, kako? A jeste l' mi se nadali? — pita ih pop Ćira, unev sa sobom u sobu grdnu količinu sveža hladna vazduha, i sva soba zamirisa senom i balegom.

Uzbuniše se svi. Melanija odmah ostavi posao, i potrča kupljenim stvarima, pa stade preturati po njima.

— A šta ste mi, pàpâ, kupili; da niste što zaboravili?

— Dakle, šta je bilo, Ćiro? — pita nestrpljiva gđa Persa. — Je l' polučio onaj što je zaslužio?

— Sve, sve sam točno po inštrukcijama izvršio — odgovori pop Ćira Melaniji.

— Dakle?... — pita opet gđa Persa.

— Posle, malo posle... čućeš već.

— Jesi l' dobio udovletvorenje? — pita gđa Persa, koja je

tek pre dve-tri poslednje nedelje obogatila svoj i inače prebogat rečnik i ovom rečju.

— Ta čekaj zaboga... pusti me da se izduvam! — veli joj pop Ćira. — Padne čovek, što kažu, s kruške, pa se izduva, a nekmol' ja toliki put izdržati. Čekaj...

— Uf, pàpâ, um gotes vilen — reče Melanija, pregledajući rajspulfer — šta ste to uradili! Ta zdravo je oštar ovaj rajspulfer!

— E, sad kakav je takav je, ja ga nisam mleo ni žrnao! Kakav si mi kazala i napisala, ja sam ti takav i kupio.

— Nije, râno — veli joj gđa Persa, probajući ga prstima — nije oštar, nego je tvoja koža na licu zdravo haglih, pa čerez toga.

— A našto ti to? — pita je Pera.

— Eh, nemoj mi se mešati u naše poslove! — reče Melanija pa ga udari lako i nežno po prstima.

— A zar nije lepše lice prirodno, onako k'o što ga je bog stvorio?! — veli Pera.

— E, al' ja 'oću da sam *tebi* i belja i lepša nego sve, sve druge ženske! — reče i pomilova ga kradom po obrazu. — Svi vi muški zamerate i pravite se k'o da vam nije pravo, a opet se svi rado osvrćete kad vidite tako nešto...

— E, pa... — veli pop Ćira, vadeći iz sanduka stvari — evo i za tebe, mama, da vi'š da te nisam zaboravio... al' bolje, ajd' pogodi sama šta sam ti don'o! — veli, a zaklopio stvar.

— Ju, màmâ, iberašung! Aaa!

— Da mi nisi kupio naočare?... Il' što je zima tu, pa se rano smrkne, il' šta li — tek počela sam rano da ostavljam štrikeraj, pa bi mi baš dobro došle jedne...

— A, nije, màma! A šta će ti naočari! Koga si trebala da vidiš, videla si ga pre toliko godina. Hehehe.

— Da nije *Zbornik*?

— Nije, nije ni to... ajde da te ne mučim... — veli pop Ćira i pokaza joj kupljene botuše.

— Ju, botuše! E to će zimus dušu da mi drži. A pošto si ih uz'o? — zapita ga mereći ih. — Pedalj i tri prsta dužine, pet širine. Dobro je. A šta su koštale?

— Tri i po.

— Šajna?

— Ta kakvi' šajna!

— Srebra! Ju žalosna! Prevario te obešenjak čifucki! Ja bi' to, vidiš, jeftinije kupila... ne umeš ti, Ćiro, da se pogađaš.

— Pa možemo da vratimo; trgovac je kaz'o da će primiti...

— A, neka, šta je tu je sad! — reče, i pogleda zadovoljno na nove botuše, sravnjujući ih sa onim starim na nogama. — A kod koga si kupio ovaj flanel?

— E, ko bi ga sad znao. Nisam ni zaglédo u firmu.

— Baš da vidim je l' te prevario? A kol'ko si rifi uz'o?

— Dvadeset i sedam.

— A jesi l' drž'o ti sâm rif?

— E, još ću i rif držati. Dosta što sam otvorio četvore oči, a držalo je jedno Čifuče. Još je popustio nešto preko dvadeset i sedam...

— Baš da vidim! — reče gđa Persa, pa uze rif i izmeri. — Šta ja kažem!... Dvadeset i šest i dritl... Eto šta sam rekla!... Izmerio ti je, obešenjak jedan, manje...

— Ta baš sam pazio.

— Treb'o si sam da držiš rif. Lopovi su to; sve sam lopov do lopova! Ukrašće ti iz očiju. *Meni* to već ne bi moglo pasirati.

— E ne bi ti moglo! Kad 'oće da ukrade, možeš ti sto očiju izbečiti, ne pomaže ti ništa! Nego kaži nek spreme „ajnprensupu", nazeb'o sam.

— Lopov čifucki; kod tebe živa, dva dritla da on ukrade!!! — To je kad se ljudi mešaju u naše poslove! Nit' se umete pogađati, nit' otići dȉ treba, nit' paziti da ne ukradu! Obešenjak jedan čifucki — ljuti se gđa Persa — kapricir'o se baš od popinog flanela da napravi svojim Čifučićima one nji'ove „čifucke očenaše"!

— Ajde, Melanija, idi naredi u kujni jednu ajnprensupu za tatu — veli pop Ćira; — s puta sam, pa sam malo nazeb'o.

— A kud se vi spremate? Ta ostan'te na večeri — zaustavlja gđa Persa Peru.

— A ne, doći ću ja već odmah posle večere — veli Pera.

— E pa dobro, al' izvesno...

Izađoše i Melanija i Pera, a iz kujne se malo posle ču jedno: „Juf!"

— Dakle? — ustade gđa Persa koja je dosad k'o na žeravici sedela. — Dakle, šta se svršilo? Je l' doš'o i onaj?

— Doš'o je — reče pop Ćira, pa prevuče šakom preko čela. — Eno ga kod svoje kuće.

— Doš'o?! — zapita začuđena popadija i sede.

— Doš'o k'o što je i ot'šo!

— Pa, onda...

— Paaa, pa onda... nije bilo ništa.

— Pa, ako nije *bilo*, al' će valjda *biti*? — reče gđa Persa, i ustade, pa stade nervozno spremati i bez ikakve potrebe premeštati stvari s jednog mesta na drugo.

— Što je bilo, bilo je; što je k'o im'o da izvuče izvuk'o je.

— Pa je l' povuk'o?

— Jeste, *povuk'o* je tvoj krasni suprug, k'o i uvek.

— Ne razumem te!... A on?

— On se izvuk'o. Ja sam *povuk'o*, a on se *izvuk'o*, k'o i uvek što je. Razumeš li me bar sad? — reče pop Ćira, pa ustade i stade se šetati, a i popadija ustala, pa se i ona šeta; on nagore, a ona nadole.

— Ne znam ja te tvoje rebuse; nego ti meni kaži onako prosto, klot, sve po redu, šta je i kako je to bilo?

— Dakle, slušaj! Kad smo seli u kola, ja sam sve onako uradio k'o što si mi ti kazala. Natuk'o sam kapu i uvuk'o sam glavu u bundu, pa sam tako ćut'o sve do čarde. Kad se on siš'o s kola, ja sam promolio glavu na frišak „luft". Nije šala, neki' tri sâta izdržavati k'o neki „fusbad"! Čim se on vratio, a ja opet glavu u bundu k'o kornjača, pa tako sve do Čeneja. E, tu nisam već mog'o da ostanem na koli, nego me đavo natenta, hoću da šporujem; pa nisam otiš'o u birtiju k'o što sam treb'o, a i sâm mislio, nego i ja odsednem kod čenejskog popa.

— Znam ga, što ima ženu Tinu, Tinin Aksa. Ta kako ga ne bi' znala.

— Nije Tinin, nego luciferov, obešenjak jedan! Čekaj samo, da vi'š komendije. Kod njega smo večerali i prenoćili; a niko drugi, nego on, ukr'o mi je, dok sam ja spav'o, onaj moj corpus delicti, onaj zub...

— Ukr'o zub! — ponovi gđa Persa, i skoči sa stolice, i pljesnu se rukama. — Dosta mi je, dosta! Nemoj mi kazivati, neću da te slušam! Bolje glavu da su ti ukrali. Neću, neću ništ' više da čujem.

— Pa dobro kad nećeš, ja i volijem.

— A jesi l' primjetio? Jesi l' se opip'o ujutru?

— Đavola primjetio! Opip'o sam se, i učinilo mi se da mi ništa ne fali.

— Uh, uh, uh! — huče gđa Persa i lupa se po čelu. — Ostavi me... nemoj mi pripovedati! Idem u kujnu... kad radim, a ja onda zaboravim, pa se bar ne sekiram.

— Pa idi! Ti ionako najbolje znaš da napraviš ajnprensupu.

— Bože, Ćiro — reče gđa Persa, i raširi i diže ruke kao stari proroci — i tebi je još do jela!? Uh, uh, uh! Idem, idem! — reče i pođe, pa zastade. — A šta je bilo dalje? Ot'š'o si, dakle, prazni' šaka kod gospodina vladike?

— Kamo sreće da sam, al' to je đavo što nisam. Da sam ot'š'o prazni' šaka, bilo bi samo štete; al' nisam, pa je bilo i štete i sramote!... Da vi'š samo dalje, čime su me natovarili!

— Jao žalosna, zar ima što još i gore?!

— Slušaj samo! Kad odemo kod Njegovog preosveštenstva, a on nas lepo primi. Poč'o nas je sovjetovati... i, već tako dalje, da ti ne otežem, vidim da se već vrpolješ k'o đavo na džombi. Kad me je zapit'o šta je i kako je bilo, a ja mu onda kažem: da smo se sporečkali, i da se on onako u jarosti bacio na mene onim debelim pentikostarom — onim sa onim debelim koricama — i tako me nezgodno udario, da mi izbio zub. A da je sve tako, može se reko' ja, preosveštenstvo uveriti iz priloženoga corpus delicti-a. I tu mu onda predam onaj zamotuljak sa zubom unutra.

— E, pa vidiš, pa im'o si zub...

— Ta čekaj, molim te!... Nemoj da si tako brzopleta. Im'o sam zub, al' nisam im'o pameti ni koliko onaj pravi pritjažatelj toga zuba!... Dakle, ja izvadim onaj zamotuljak i opipam ga... Osetim lepo tvrdo ispod ruke, pa mislim: dobro je, tu je! i predam ga tako zavijena vladici. Ekselencija uze zamotuljak, razvi ga i pogleda. Ništa ja ne vidim šta je izvadio, jer ja i Spira sedimo na kanabetu ovako k'o sad ja i ti, a vladika za šrajptišom k'o sad do onog ormana tamo. Gleda... gleda. Izvadi naočari, metne ih na nos, a smeši se sve, pa opet gleda, i pita me: je l' to moj zub. — „Moj, odgovorim ja, Vaše preosveštenstvo!" A mo'š misliti kako mi je bilo, čas me zima čas vrućina spopada. Ne znam još šta je, al' već vidim da će to sve na moju kontu da se zapiše. Zatim dozove svog sekretara, jednog mladog i finog đakona, pa mu kaže: „Ajte, veli, mladi amice, vi ste mlađi, imate mnogo bolje oči, vidite ovo, molim vas." — Đakon uz'o, pa i on razgleda, pa i on se smeje! Smeje se i on, smeje i ekselencija; obadvojica se smeju, a ekselencija se sve trese od smeja, tako da mu je i ćelepuš spao. Ta šta se, vragu, smeju, mislim ja, a ekselencija me zapita: „A je l' ovo baš vaš zub, oče Kirilo?" — „Da, Vaše preosveštenstvo — poklonim se ja i odgovorim mu. — Moj rođeni zub. Sluša me već skoro pola stoljetija besprekorno. Moj rođeni!..." Đavo me natera da još poftoravam to. Kad mu ja to reko', a ekselencija formalno pade u fotelju, pa se uhvati za trbu'... ovaj pritisnuo pojas... pa se smeje, smeje... sve se trese. Svi se smeju grohotom, pa i *onaj*, i *on* se smeši, samo tišije.

— Jao mene! — ustade gđa Persa — a šta je to bilo?

— Ta ovo je, ovo je *konjski zub*, oče Kirilo — veli vladika.

— Ta pogledajte ga bolje *koliki je*, ta nije valj'da veći od njega ni onaj „zub vremena" što se zove!

— Jao mene žalosne! A otkud sad opet *konjski zub*!

— „Zaboga, ta gde ste ga samo našli!" veli mi gospodin vladika. — „Izvol'te se uveriti sami."

— Uh, uh, uh!

— A ja priđem i pogledam ga, al' imam šta videti! *Konjski zub*, sasvim konjski i to još koliki! Takva velika zubekanja, kakvu ja, Persida, svoga veka nisam vid'o!... Vid'o sam samo jedared još jedan takav, i to na cimeru jednog dentista... visi kao cimer, da se izdaleka vidi! „Ha, ha, ha, smeje se ekselencija. Ta gde ste ga samo našli?" — Ali, molim vas, Vaše preosveštenstvo, uslišite me! Ta nisam ga ni tražio, niti sam ga naš'o! — izvinjavam se ja, a sve se oko mene okreće k'o u kakvoj polki. Do-do-došlo mi, u zemlju da propadnem.

— Uf, uf, uf! — viče gđa Persa. — Pa što nisi prop'o, bar ne bi' sad znala za moju sramotu. Uh, uh! A šta *onaj* obešenjak?

— Dobro si rekla da je obešenjak. Obešenjak je, onda sam tek dobro vid'o da je obešenjak. Uprepodobio se, pa se k'o bajagi i on čudi, pa se umeš'o i on, pa i on gleda poizdalje, i veli: „Doista, doista! Zub nikako nije od, na primer, kakvog krštenog stvorenja, ni mirjanskog, a kamol' svjaščeničeskog, kaže... Ja, kaže on, poznajem svu familiju moga, sada na žalost gospodina supostata, svi su oni do duboke starosti, doduše, imali i *zdrave* i *jake* zube — ali tek, tek, kaže on, *ovake* zube da su imali — to mi, Vaše preosveštenstvo, kaže on, nije bilo poznato! Sasvim imate pravo, to je — k'o što ste izvoleli primjetiti, sasvim sušti konjski zub!... A, naravno, dodaje on i raspiruje još više, čovek kad tone, a on se onda, što kažu, i za slamku 'vata! Ali ja mu praštam, preosveštenstvo, i jedina mi je uteha u rečima, kaže on, miropomazanog psalmopevca, kaže, koji veli: „Da postidjatsja i posmramjatsja iščušči dušu moju, i da vozvratjatsja i postidjatsja misljašči mi zlaja". E pa zar tu čovek da ne pobesni! Perso, on... pop Spira... okuražio se, pa *on* deklamuje na *slovenski* psalme pred ekselencijom; a *ja*, ja se spleo, pa ni na *srpskom* ne znam ništa da beknem; ne bi znao u tom magnoveniju kazati ni kako mi je ime!... E, možeš misliti kako mi je bilo! Otvori se, zemljo, reko' u sebi.

— Uf, uf, uf! Al' kako nisi pozn'o da je veći zub?

— A kako i da poznam! I tu su mi doskočili, obešenjaci jedni! Ja sam mali zub zavio u veliko parče papira, a oni su zavili veliki zub u malo parče papira! E, ko, đavo da pozna!.. Eto u tome je sav njihov kumst, i sva moja nesreća i maler.

— Ej, naopako ti zvonilo, i tebi i nama s tobom.

— A ekselencija se naljutila posle pop-Spirinog psalma... pa umal' još ja nisam iziš'o kriv, k'o da sam ga namerno hteo prevariti. Umal' *mene* nisu obrijali! — „Ovo je ili hotimična *prevara*, ili — veli ekselencija namršteno — ili nezgrapna *šala* sa mnom! A to mi nijedno nije milo, oče Kirilo!"

— Ćiro, Ćiro!

— ...Badava sam se ja pravd'o da nisam; da sam pon'o moj rođeni, a da je to nečija vaistinu satanska i paklena uncutarija i moja suvišna iskrenost prema ljud'ma, i da sam ja nevina žertva svega toga... da mi je neko promenuo i podmetnuo!... Ajâ... Ekselencija ostade pri tom da sam hteo da ga oblažem, a verovaće mi, kaže, da mi nije bila to namera, samo tako ako tu pred njim pružimo jedan drugom ruku, zaboravimo uzajamne obide i pomirimo se...

— Uf, uf, uf!... Da se pomiriš!

— Šta ću; vidim kako sam, znaš, fala bogu, malerozan, ispašću još *ja kriv*... i... pružim ja prvi ruku, a on kao — obešenjak jedan! — ne zna bajagi đ̀ da metne onaj prokleti zub — a ja jednako držim pruženu ruku, a on meni zub u šaku pa se tu rukujemo i — *izmirimo*!

— Izmirite! Uf, uf! Sreća te nisam debela k'o ona aspida, a sad bi me šlog trefio!

— ...i poljubimo se — završuje pop Ćira svoj izveštaj — poljubimo se na zahtev Njegovog preosveštenstva... A zub zadrži đakon kod sebe. A znam već i zašto ga je i zadrž'o.

— *Po-poljubite se*! „I poljubimo se" — citira gđa Persa, sva zelena od jeda. — O, poljubio se ti s tvojim pokojnim tátom Averkijem što tamo na duvaru visi!

— Ali, Persida, čekaj, čekaj, molim te.

— „Čekaj!" Šta da čekam? Čekaj *ti*! Šta *ti* čekaš... ti, ti...

— Šta *ja* čekam? Pitaš me? Ne čekam ništa — planu sad i pop Ćira — ili bolje reći, čekam *svašta*. I ništa me neće iznenaditi. („Uf, uf!" huče gđa Persa.) Ogugl'o sam već! („To vidim!" veli ona). Tom čoveku pomaže i đavo i bog! Jerbo taj čovek kad god učini kakvu ludoriju, a on, umesto zaslužene kaštige, poluči nezasluženu nagradu! I sad me još pitaš šta čekam! Šta *ja* čekam?

— Da, šta čekaš? Šta čekaš još?! — praska gđa Persa.

— Kad se ono još k'o đakon vuk'o klipka i rv'o s paorima, mesto da ga kaštiguju, on dobi za popa; a kad je zadocnio ono na jutrenje, a on, opet, umesto da ode na epitimiju — a on dobi crven pojas! E, pa ajd' se vuci klipka s njim! I ti me sad pitaš: šta čekam!

— Jeste, pitam te, Ćiro, šta još čekaš? — viče još jače gđa Persa, sva zelena.

— Šta čekam? Šta ja čekam? 'Oćeš li baš da ti kažem?

— Jeste, još to čudo i pokor 'oću da čujem.

— Šta *ja čekam*! Čekam da čujem sad, kad je već tako pošlo, čekam još i to čudo i pokor, da je eto taj pop Spira postao — protojerej, *prota*... jest, *prota Spira*...

— Šta! Sida *protinica*! Grom je spalio i tebe s njome zajedno! Dosta! — grmnu gđa Persa i zalupi vrata za sobom, pa ode u kujnu k'o furija.

— E, pa kad baš 'oćeš da znaš kako je bilo; eto tako je bilo! A da si ti bila u mojoj koži — nastavlja pop Ćira, ostavši sam u sobi — rekla bi i ti sa mnom zajedno: fala bogu kad je i ovako; kad samo gospodin vladika nije ost'o pri tom da sam ga 'teo namerno prevariti.

— Pomirili se i poljubili! Miri se ti s tvojim dékom, mamaljugo banacka (Gospoja Persina je starina iz Bačke), al' ja se bo'me ne mirim! — ču se iz kujne glas jarosne gđa-Perse... — Šta će sad ovaj lonac ovde kad mu tu nije mesto!? Čim se samo maknem korak iz kujne, odmah se napravi vašar!

I odmah zatim ču se strašan tresak, i poleteše crepovi od tresnutog lonca na sve strane po kujni. Melanija pobeže u sobu, a Erža, bojeći se (iz iskustva) da njoj koji drugi ne poleti o glavu, pobeže u avliju pravo kamari slame, da načupa slame za pećku. Pa i sam Eržin hulanerski kaplar, koga su zvali „Šecko-Jedno", koji je već poodavno džonjao u mraku na avlijskim vratima, i kome je u njegovom *Konjičkom pravilu* stajalo da hulaner treba neustrašivo da dočeka bar deset bâka (pešaka) — i on je pobegao kad je čuo onu strašnu viku i prasku iz kujne, pa je pobegao kao da ga sam Bunaparta vija. I on se uklonio ispred opasnosti ispred koje bi i čitav eskadron pobegao; i begao je bestraga, ratosiljajući se za večeras svakog uživanja.

Sve se razbeglo, i nadaleko nije bilo žive duše, samo je jarosna gđa Persa ostala sama da sprema „ajnprensupu", jer ona to najbolje zna. Ali kakvih strašnih izraza nije palo prilikom gotovljenja ajnprensupe. Izgledala je onako sama kraj vatre kao jedna od onih triju u Šekspirovom *Magbetu*. Sve, sve je uzela na svoje rešeto, pa ni Njegovo preosveštenstvo nije ostalo neprikosnoveno.

— Ajnprensupe! ’Oćeš ajnprensupe! — vikala je gđa Persa, mešajući varjačom zapršku. — *Arsenikuma* da ti dam, a ne ajnprensupe, k’o što si ga i zaslužio!... *Ona* protinica pre mene!... Ispred nosa da mi se izmakne!... To ti je ono: „Pošlji ludu na vojsku, pa sedi kući pa plači!" „Umal’ *mene* nisu obrijali!" kaže mamaljuga banacka... Hej, viknu bolno gđa Persa, sa dignutom varjačom, pa je izgledala k’o Isus Navin kad je zaustavljao sunce da ne seda — hej, ta što *nama ženama* nije dao bog, da mi možemo da budemo popovi; da se mi ovako, kako nas je bog stvorio, porazgovaramo malo s tim njihovim vladikama — da vidimo *ko* bi *koga* obrijao!!!

GLAVA DVADESET
ČETVRTA

U njoj je opisana sveopšta radost dveju porodica: tetka-Makrine i pop-Spirine porodice, kojih su porodica najmlađi članovi Šaca i Jula.

Dok je ovo ovako bilo kod pop-Ćirinih, kakva divna i prijatna suprotnost kod pop-Spirinih! Kad je pop Spira došao i ušao sa kupljenim stvarima, izašla mu na susret gđa Sida i Jula. Obe zabrinute, gledaju ga u težnji da mu pročitaju s lica šta im donosi: sreću il' nesreću. Vide ga raspoložena, pa im odlaknu, a još većma kad videše da se eto sam setio da ih iznenadi, i gđa Sidu i Julu, pa se čak i Šace setio, kupio mu lepu pošu od crvene svile, koju boju, kao što je poznato, svi berberi vole osobito. Čim je to videla gđa Sida, slutila je da je dobro. Odmah je osetila, kako se sama izražavaše, da joj se „onaj teški kamen za tri frtalja pomako", i lakši joj bio, ali ga ipak zapita, poslavši Julu u kujnu, šta je i kako je prošao.

— Fala bogu! Fala bogu, to samo kažem ja, a to bo'me, treba *i on* još više i još pre da kaže. Vidiš ti, molim te, samo njega! 'Oće on *ekselenciju* da prevari! Umal' mu nisu slindarili onu bradu.

— A šta je s tobom?

— Sa mnom? Ništa! Vrlo dobro! Ekselencija me izvinila. Dobio sam dišpenzaciju i satisfakciju! Ja iziš'o k'o nevin, a on k'o drznoven klevetnik koji se drznuo da obmane i samo Njegovo preosveštenstvo! Zamerio mi je samo to što sam se *časlovcem* poslužio, kaže: to su crkvene utvari, pa nije, kaže, lepo upotrebljavati ih. A zatim nam je obojici primjetio da se nismo trebali nijedan zaboraviti toliko, ni ja ni on. Kaže preosveštenstvo: „Vi jeste sol zemlji: ašče že sol obujaet, čim osolitsja; nivočtože budet ktomu točiju da isipana budet von i popirajema čelovjeki." I pravo je i kazao. Zasad nam, kaže, prašta, al' nam je sovjetov'o da odsad u miru i lepom soglasiju živimo. A njemu prašta pokušanu prevaru.

— A zar ga je hteo prevariti?

— Ta tužio me da sam se poslužio *pentikostarom*, pa on ost'o bez zuba... a ono nije ni bila ta knjiga, nego *časlovac*...

— Pa... ovaj... a zar to nije bilo...

— Ta, kad dobro promislim — veli pop Spira kao svaki čovek kad prođe opasnost — pa gotovo da i nije bilo sve onako... Sad već, bogami, i ja vidim da mi je sav stra' uzalud bio. Ništa od svega toga, moja Sido, nije istina! Kakav zub izbijen! Kakav zub! Kao da se tako lako vadi zub! Vuku paora od jutra do podne dok mu iščupaju zub, pa još s drage volje pristaje čovek (i onaj što mu vade, i onaj što ga vadi) — pa jedva ga izvuku! A ovo nit' je *on* hteo, nit *ja* još manje, pa — ispao zub!... To je sve bila samo jedna paklena obida i kleveta i ništ' više! Čudim se samo kako sam se mog'o tako uplašiti.

— E, da!?

— Ta kleveta; dabome da je kleveta! Ta već samo to što

je kazao da sam upotrebio *pentikostar*, pa to mu je već prva laž. Nije pentikostar, nego časlovac, mali časlovac! I to još i nije onaj pravi časlovac, od onih iz Rusije poslatih, nego drugi neki, trukovan kod nekog Švabe (i to bez titli, bez titli, Sido) koji, upravo, ne bi ni smeli držati ni u pravoslavnoj porti, a kamoli u tutorskoj kancelariji crkve našega blagočestija! Ta već samo je zato zaslužio da bude obrijan što uvlači *unijatske knjige* u pravoslavne crkve!!! A časlovac je *njegova sopstvenost*, on ga je kupio i doneo. Da ga pitam ko ruši pravoslavije? A on kod vladike kaže da je pentikostar, samo zato što je to veća knjiga, pa k'o veli i posledice moraju strašnije biti!

— E, vidiš ti samo licemjera jednog!

— E, to sam oćut'o, nisam ništ' kaz'o. Nisam 'teo da ga pred ekselencijom uterujem u laž, pa da kažem da je časlovac bio, jer bi' se tako, znaš, odao i prizn'o.

— A, pa dabome! Dobro si radio!

— Al' da vi'š šta je dalje radio! Da vi'š amišaga njegova! Pa nije mu dosta bilo da je naš'o kakav tako od slovesnog stvorenja zub — pa da mu se i poveruje; nego k'o veli, sad je lepa prilika da se i ja naplatim na Spirinu kontu, i da ga konečno uničtožim, da vidi, k'o veli, preosveštenstvo kako sam oštećen — pa don'o neki veee-liki zub, ta mal' te neće biti kolik' polak šapurike... Neki konjski zub, i to valj'da od onog najvećeg štajerskog konja na kome Kranjci vandruju s espapom po našim varošima.

— *Konjski zub*!... E, to ga je ona njegova beštija navela da uradi; niko drugi neg' baš ona. Ah, ko da je gledam i slušam! Ona, ona i niko drugi! Ta nije on toliko ni lud ni pakostan! E, vidiš ti samo nje, kako sovjetuje, k'o neki fiškal.

— Kako ga je sovjetovala, onako umal' nije i proš'o!

— Ta šta govoriš?!

— Umal' što *njemu* ne ode brada!

— Ta, ono, znaš... — veli ohrabrena gđa Sida — mnogo ga ne bi baš ni koštalo. Eto, naš bi ga Šaca obrij'o zabadava, ako ni za šta drugo, a ono za ono naše *staro* poznanstvo i prijateljstvo...

— Al' da si samo vid'la Njegovo preosveštenstvo! Ostavi lepo mene, pa uz'o njega na mindros. Te ti on, bogami, drž' — ne daj! što rekli. Jedva izn'o čitavu kožu.

— Tako je to — trlja zadovoljno ruke gđa Sida. — „Ko drugome jamu kopa, sam u nju pada", govorila je uvek moja pokojna mama!

— Eh, manimo se toga! Bilo pa prošlo!

— Pravo kažeš! Bože, kad preksutra sretnem u porti Persu — no, ta će me, znam, pojesti od jeda i pakosti. A baš ću gledati da se sretnem š njome! — Nego, rihtih, umal' nisam zaboravila. Imam da ti javim jednu vest koju smo dobili dok ste vi bili na putu. Naš Šaca dobio onaj tal. Umrla mu jedna stara strina iz Itebeja, i Šaca tako erbov'o jedno lepo nasljedije, pa se poziva preko naše Varoške kuće da ide da ga uzme, jer on je jedini zakoniti i najbliži nasljednik.

— Eee, bog da joj dušu prosti, to nije rđava vest.

— Vid'o me juče iz svoje oficine pa mi pritrč'o da mi javi, a ja mu kažem: nek priček a tebe! — Sad može ići u Beč da svrši hirurgiju... On će ostati da dobroj strini dâ šest nedelja i da se venča, a posle će ići da študira hirurgiluk.

— To je sve lepo, al' svatovi mogu tek u aprilu da budu.

— Pa dobro, a on nek da strini i pola godine!... Daleko je, al' šta mu znamo... nego prsten...

— Prsten!... Pa dobro, eto, večeras! Šta tu još imamo da čekamo! Nek večeras bude formalna proševina, a kroz dva-tri dana i prsten. Nek ode ko po Arkadiju. I njega sam se setio na putu, e, a kako ga se i ne bi' setio!... Naspelo mi da se malo proveselim. Nije šala, toliko već vreme sve u nekoj neizvjesnosti i strahu; kako sam ot'š'o, a kako se vraćam iz Temišvara!!!

Posle kratkog vremena dođe Arkadija, i bio je zadovoljan kad je čuo da je sve dobro ispalo, blagodareći njegovoj dosetki; a još je zadovoljniji bio kad je dobio šal, botuše i stivu lulu; a najzadovoljniji je bio kad je čuo iz usta pop-Spirinih da će sutra odneti sto forinti i metnuti ih u švapsku šporkasu na ime Jele, Arkadijine ćerke, lepe udavače.

✳ ✳ ✳

Posle jednog sahata bilo je sve spremno. Arkadija je otišao po Šacu i odneo mu crvenu pošu. Zatekao ga u dućanu baš kad je Šaca tucao kudeljno seme i 'ranio štiglice i kanarinke, cvrkućući im. Šaca je bio sav blažen kad je čuo zašto ga zovu. Odmah obuče dušanku višnjeve boje, veza svilenu pošu oko vrata, a prema tome i ostalo odelo nije bilo postidno. Tako nakićen Šaca, kao svakog prazničnog dana, pozvao je svoga principala, a ovaj opet pozove gospodina Kipru nataroša, a Kipra svoju suprugu. G. Kipra će biti na ruci Šaci svojim savetima i uputstvima odnosno tâla, i zato ga je pametno bilo i pozvati. Svi pristadoše rado, i krenuše se od principala

g. natarošu, a od ovoga tetka-Makri, koja se takođe svečano obukla, a odatle devojačkoj kući, gde sve zateknu u svečanom odelu. Tetka Makra je htela, kao stara žena, kraćim putem, između bašta kroz déru — koja je u Bačkoj i Banatu odvajkada bila znak velikog prijateljstva i ljubavi — ali g. nataroš i gđa nataroševica spomenuše da je ovako svečanije, a i zvaničnije.

Zvanični deo proševine bio je i svršio se. Gđa Sida izređala je sve poimence šta će Jula u auštafirung doneti, a tetka Makra je opet izložila uz pripomoć g. nataroša stanje Šacine mase i novoga nasleđa, napomenuvši da je Šaca i njen jedini i neosporni generalni naslednik, bilo testamenta, ne bilo.

— A sve to — završi tetka Makra — vi k'o jedni učeni ljudi, k'o na priliku gospodin parok, možete se uveriti da nije nikakva varancija, jerbo možete u grundupu sve da vidite i uverite se.

— Ta verujemo, verujemo, slatka prijo — odgovara pop Spira — ta kad je još komšija komšiju prevario!

Posle zvaničnog dela, pošto je ugovoreno koga dana da bude prsten, nastade veselje. Začas se iskupilo društvo iz komšiluka. Našli su i Sovru gajdaša.

Otpoče igra i pesma i zdravice, i reða se jedno za drugim naizmence. Sve je veselo bilo i nije ni mislilo na odlazak, nit' bi se iko još zadugo krenuo i kvario društvo, da nije obazrivi i etiketni principal prvi ustao da ide, i primetio veselim i raspoloženim gostima: da je sve to lepo, al' da ipak treba da imaju prizrenja prema poštovanom domaćinu koji se celoga toga dana truckao u kolima, pa mu sad treba tople postelje i ukrepitelna sna.

Na to niko nije imao šta da primeti, i svi se krenuše pored

sveg zaustavljanja gđa Sidinog. Gajdaš je otpratio najpre g. nataroša i gđu mu, a zatim tetka-Makru, i najposle principala i principalovicu kući.

***

A Šaca je bio tako razdragan, da nije nikako mogao da ide odmah kući, nego je udario sokacima, pun puncat najlepših misli i večerašnjih lepih slika i slatkih uspomena. Ide tako zadovoljan sve napred iz sokaka u sokak, pa misli kako je sretan i presretan, jer mu je večeras Jula prvi put kazala *ti Šandore*, a i on njoj nekoliko puta *ti Julo*, pa i jedno i drugo udešavalo razgovor tako samo da se što češće mogu tikati... Ide Šaca tako, pa se seća svega što je večeras čuo i video i doživeo. Seća se kako su dvaput silazili u podrum po vino, i on i Jula. — „Deco, nema vina; dones'te vina! Tata je žedan, a i gosti su!" veli razdragani domaćin. — „Sevaj, Tino, u podrum po vino", dodaje g. Kipra nataroš, a Sovra gajdaš zapeva: „Sipaj Tino kroz keceljac vino!" A oni, kao poslušna deca, gotovi su da poslušaju, pa on uzme ona dva grdno velika bokala, a Jula čirak sa lojanom svećom, pa trče dole u podrum, pa on toči, a ona mu svetli. A on se šali s njom, pa je plaši, pa kaže da će joj ugasiti sveću i otići, a nju zaključati u podrum ako ga ne poljubi. A ona kaže da bi umrla od straha u podrumu u pomrčini onako sama, pa volije i da ga poljubi nego da u tim godinama umre od straha u pomrčini. A on je onda pita: a boji l' se i kad je s njim? A ona mu kaže: da se onda, kad je uz njega, ne boji nikoga na svetu. A njemu milo što ga tako drži za junaka, pa onda on nju poljubi, a ona se otima pa mu kaže: „Sram te bilo!", ali to tako meko i nežno, da mu još i sad zvone u glavi te reči.

I on juri tako pravo, a sve misli na večerašnje slike, od kojih je jedna od druge sve lepša i prijatnija, dokle se ujedared nije našao daleko izvan sela, čak na vašarištu, pa tu se tek začuđen zaustavio, i pitao u sebi: otkud on čak tu?! Zatim se vratio kući, legao, i dugo nije mogao oka sklopiti, a dva dana još posle toga brujale mu gajde Sovre gajdaša i zujalo u ušima ono Julino: „Sram te bilo!" Sutradan je šegra imao muke čisteći braca-Šacine čizme.

Isto su tako zadovoljni bili i oni u pop-Spirinoj kući. Pop Spira je odmah legao, a gđa Sida ostala da posprema posle toga kalabaluka.

A tek Jula, kako je ona tek sretna i zadovoljna bila! U sreći toj svojoj htela je da svi budu srećni i zadovoljni, pa se pustila u razgovor sa Žužom, i milo joj je bilo kad joj je ova pohvalila ukus, i rekla da joj je zdravo lep gospodin mladoženja, i da će pasovati jedno za drugo taman kao poručeno. A Juli milo pa je pita: ima li da koga ona voli, i da ko nju voli? A Žuža joj priznaje iskreno i hvali se i kaže: da je mnogi njih vole, a i ona mnoge njih voli, al', kaže Žuža, da nijedan nije tako lep k'o frajlin mladoženja, niti ijedan ima onaku lepu crvenu pošu, pa da mu tako lepo stoji k'o frajlinom đuvegiji. Tako su ćeretale sve dok se nije Žuža već malo i obezobrazila, pa postala i suviše intimna, i dok nisu čule maminu zapovest: „Ajd' lež'te", i tek onda prestade razgovor i nastaše slatke misli i budna sanjanja pod jorganom.

— Uh, ta što kojom srećom nije letnje vreme — veli gđa Sida sva srećna, sklanjajući posuđe i tumarajući još po sobi —

a ne znam šta bi' dala da je sad leto, pa da smo izveli gajdaša u avliju ili pred kuću! Ta mor'o bi duvati u one gajde da se čuju k'o ono veliko zvono čak do poslednji' salaša, makar mu pukle one njegove gajde. Ala bi se sekirala i kidala ona debela! Ej, moje radosti onda! Da je pitam sad — veli gđa Sida, otvarajući prozore da se promaje soba — da je pitam: *koga* će to da obrijaju! Il' mog Spiru, il' onog njenog što dovlači neke čifucke časlovce u našu crkvu i vara gospodina vladiku!... Ajde da se to spava!... Je l' ostalo još štogođ, bože — reče i stade razgledati po sobi. — Ta otkud tolika zapaljena kandila! Gledaj samo čuda šta ga ih goru! U svakoj sobi po pola tuceta kandila k'o na Hristovom grobu! Ta pogasi ta kandila, Žuža; ta ako je popovska kuća, nismo valj'da spa'ije od Eleonske gore!... Uf, ne znam šta bi' dala da mi je samo znati zna li! Što nije leto, što nije! — reče mećući šlofkapu na glavu.

Uostalom, ta joj je želja sasvim izlišna bila, jer gospođa Persa je još to isto veče — kad je posle večere, pošto je pop Ćira legao, merila i krojila kupljeni flanel — to isto veče čula je od Erže sve što je bilo kod pop-Spirinih. Jer Žuža i Erža su i dalje lepo živele među sobom (ne htevši se povesti za svojom zavađenom gospoštinom), i sastajale se na sokaku, kao i pre svađe svoje gospoštine, sa svojim hulanerskim kaplarima, a svaka je imala svoga. Jednoga su one same među sobom zvale *Zatraceni*, a drugoga *Šecko-Jedno*. A ta su imena oni dobili prema različitom svom temperamentu. Jedan se ljutio kad je video svoju Žužu da s onim drugim razgovara, i odmah psovao: „Zatraceni!" a drugi nije bio takav, nego koju pre nađe, Žužu ili Eržu, a on veli: „Šecko-Jedno" (kaže da mu je svejedno), pa kuriše. — One su se svako veče nalazile, i tom prilikom su između ostaloga još i saopštavale jedna drugoj sve što se u kući jedne ili druge kazalo, govorilo ili dogodilo, a od njih su opet njihove gospođe saznavale sve, što je opet bio trajni uzrok večitom potpirivanju i podgrevanju jedared već otpočetog strašnog neprijateljstva. Pa je tako i večeras, pored svega posla, Žuža od vremena na vreme ugrabila priliku i izlazila s punim bokalom na sokak svome kaplaru Zatracenu i Erži, koja je opet bila sa svojim kaplarom, i tu kazala sve Erži šta je i kako je. Tu su pred kućom pili, pa čak i igrali uz svirku koja se lepo čula iz kuće. Erža je posle sve još toga večera referisala gđi Persi.

— Preselo im, dabogda — veli gđa Persa kad je saslušala Eržin referat. — Mož'te sad — veli umorna od silne praske i već malaksala i salomljena, tako da je već budila sažaljenje — mož'te sad ako ćete tri noći, kad ste natrefili na ludoga Ćiru!

GLAVA DVADESET PETA

U kojoj su opisane dve svadbe, najpre Melanijina, a posle Julina, i ispričana onako uzgred dva malera frau-Gabrielina.

Pre nego što su to znali i sami popovi, znalo je selo da su se pomirili. Frau Gabriela je poletela odmah onoga časa kad ih je videla zajedno u kolima, i javila svima kod kojih je svratila, da se pop Ćira izmirio s pop-Spirom, pa zajedno putuju da kupe stvari za spremu. A Spira je, veli ona, poveo pop-Ćiru o svom trošku, da mu ovaj gustira stvari u bolti; što kupi pop Ćira za svoju Melaniju, to će isto kupiti i pop Spira za svoju Julu, da ne bi Melanija koja ima „nemecko vaspitanje", ni u čemu noblija izgledala od Jule. I ona i ona drúga njena Cvečkenmajerka, znale su i kolika je bila suma (tri stotinarke) koju je pop Spira dao pop-Ćiri samo da ovaj odustane od tužbe i procesa. Sve su to znale i svakom kazale frau Gabriela i Cvečkenmajerka, a ova poslednja doznala je, kao babica, još i to da će gđa Persa ubuduće krštavati unučiće pop-Spirine. Međutim, poštovani čitaoci, koji su i do sad poklanjali vere samome piscu i nikom više, znaće da je sve to jedna izmišljotina i da se stvar sasvim drukčije razvijala. Među popovima je, istina, povraćen neki jadni i žalosni status quo ante, ali ga popadije nisu primile, a nisu ga primile svaka iz vrlo pojmljivih razloga. Gđa Persa je tako blizu bila željenom času osvete, a osećala se u pravu, da je sada bila kao gromom poražena kad je čula kako se stvar iskrenula; a rana koju je ponela na duši zjapila je jednako otvorena i nezalečena. I kako se onda i moglo zahtevati da pruži ruku ili čak i da primi ruku pruženu radi izmirenja, pa ma tu ruku i Njegovo preosveštenstvo rukovodilo. U gnevu svom, šta je samo za gospodina vladiku rekla! Pop Ćira je pobegao čak u treću sobu od straha kad je čuo blasfematične reči gnevne popadije svoje, koje je iz istoga uzroka i sam pisac navlaš izostavio. Strašne reči! Sreća što ih niko dalje nije čuo, i što su izušćene u drugoj polovini devetnaestog prosvećenog veka, kad nema ni inkvizicija ni anatema. A da su te reči bile izušćene protiv katoličkog biskupa, za popovanja kakvog Inokentija ili Urbana — gđa Persa bi bila, izvesno, iste sudbine koje i Djevica Orleanska. — A gđa Sida opet, ona je prešla iz jedne krajnosti u drugu krajnost. Do povratka popova s puta bila je mekša od pamuka i miroljubiva, a čim je čula kako se stvar svršila, odahnula je dušom i osetila je šire oko vrata. Stidela se svoga dotadanjeg strahovanja i htela je da se naplati za sav onaj pretrpljeni strah od poslednjih nekoliko dana, pa i ona, eto, dakle nije htela da zna ni za kakvo izmirenje, iako je najlepše mišljenje imala o gospodinu vladici, čija je želja bila da se izmirenje popova rasprostre na obe njihove kuće. Iznenadna ta sreća povratila joj je staru hrabrost i staru zajedljivost. I posle ovoga, gđa Persa je mrzila a gđa Sida zajedala, a obe su se žurile da što bolje opreme svoje udavače.

Čim je sutradan svanulo, gđa Persa se dogovori s popom da u iduću nedelju bude prsten, a posle Božića svadba. Tako će bar vratiti gđi Sidi milo za drago što je ona preduhitrila s proševinom i prstenom. Tako je i bilo. I sada nastade živo spremanje oprema i darova devojačkih, u čemu im je i ne malo usluge učinila i frau Gabriela.

Frau Gabriela je bila stvorena za takve prilike i usluge, a što je najlepše bilo kod nje, to je što se nije dala dugo moliti. Dolazila je često i nezvana. Ona je povazdan bila po tuđim kućama. Tek sretne tako neku na sokaku pa je zaustavi. — „Za ime boga, um gotes vilen, gospoja (ili snašo, ili već kakva bude shodna titula), ta šta ste to načinili od tako krasnog deteta (ili frajlice)?! Ta imate l' vi oči?!... Ta vi'te samo: lice i persona i štelung k'o u kakve princeze — a gledajte samo kakav je lajb u ove haljine! A a a! Izgleda, izgleda k'o nakarada kakva sa karnevala, a frajlica k'o jedna princeza!"... Pa onda stane nameštati i tresti nasred sokaka tu rđavim lajbom onakarađenu princezu... „Pa ko ju je šio?... Ko, zar ona! A što ste njoj dali kad sav svet zna da ona ne ume da šije. Uf, uf! A moram ja doći da to popravim — pa da vidite kako će onda izgledati kad *ja* to doteram!" — Badava se gospođa mama otima i veli joj: „Ta nemojte se truditi!" Gabriela samo viče: „A, ne, ne, najn, najn! To će da bude, i to mora da bude! A od volje vam da mi date što bude pravo, jer ja kad se kapriciram, ja i za bagatelu radim, al' tek ne mogu da trpim da u tom mestu gde ja živim i mašamodiram, ide jedna tako lepa devojčica (pa je poljubi) u tako, ali *tako* nakaradnim i unpasent haljinama! I'te, molim vas! O Jesus-Marija! So šenes kind und so, so... A a a! Samo jedan jed! Eto vi'te, već plače frajlica!" veli Gabriela pokazujući na devojčicu koja se, pošto joj je frau Gabriela otvorila oči, sva neutešna i nesrećna ogleda oko sebe. — „Utešite se, frajlice, niste vi jedina koju je njena slatka mamica upropastila i unesrećila sas takom jednom fušer-mašamodom! A, i'te molim vas... samo jedan jed!" veli i odlazi dalje. — A sutradan, tako oko fruštuka, metne u ceger dvoje makaze, velike i male, naprstak i još neke svoje alatke i ide na obećano mesto. I što bi mogla za pola dana da svrši, to njoj traje ceo dan, pa i dan i po. Gde radi, tu i ruča i večera, jer hteli domaći ili ne hteli — moraju da je zadrže na ručak. A ona se baš mnogo i ne cifra. Ne čeka, što kažu, da je dvaput pozovu; jer komšije njene ne pamte da se ikad pušio odžak na njenoj kući ni zimi a kamoli leti. Zadržana tako, ona bi ostala na ručku. A najradije je jela „cvečken-knedle"; leti njih, a zimi „grundbirn-nudle". Kad toga ima, ona onda, kako sama veli, ne zna šta je dosta. Toliko navadi sebi u tanjir, da ne vidi onoga vizavi od sebe; pa jede i hvali ih, i veli: kako samo u toj kući jede „cvečken-knedle" i „grundbirn-nudle" i onda ne zna šta je dosta. A umela je nekako da to tako udesi, da na kraj krajeva bude neophodna u mnogoj takoj kući. Ispočetka gunđa doduše domaćica i mrzi je, a posle, malo-pomalo, pa se svi u kući prilično naviknu na nju, pa im čudno kad je pozadugo nema. „Nema nam, bože, već odavno frau-Gabriele; šta je to saš njom, kud se, bože, dela ta žena?!" zapitaće neko od ukućana. Pa na to se navikao već i njen „pinčika" — jedno malo, belo, nervozno i pakosno psetance sa plavom mašlijom između ušiju koje je, kad je blato, po ceo dan sedelo na prozoru i lajalo na mimoprolazeće — i koga je ona ili vodila za sobom kad je lêpo, ili mu donosila kući pošto su u mnogim kućama mrzili kad mu ona dâ iz tanjira da jede, a pinčika opet bio je tako vaspitan i pametan, da nikako nije hteo sa zemlje da jede (kao druga njegova paorska braća), nego samo iz beloga porculanskog tanjira. I to niko nije umeo da ceni kod tog stvora, samo frau Gabriela, jer su svi držali velike rundove, žućove, gadže, i tako dalje. „A što ne držite „pinčike", k'o ja što držim", govorila bi često ona, „pa ne bi plaćala štrof kad kome otkine po pola doroca il' kabanice. Ja mome pinčiki samo kažem, kad dođem: „Pinčili, pinčili!" a on, špicpub jedan mali, samo šnufuje i kija i šmajhluje sas repom." Već nije bio taki njen mačak, „her Kater" nazvan. On se nikako nije mogao da prilagodi takvom životu, jer je kao i svi njegova roda, voleo miran i uredan domaći život. Zato je, čim je stao na snagu i postao, takoreći, sam svoj, ostavio i frau-Gabrielu i (što je kod mačka retka stvar, poznavajući konzervativizam i privezanost mačjeg roda ka mestu svoga rođenja) frau-Gabrielinu kuću i odomaćio se u drugoj jednoj kući, gde su s njim svi zadovoljni i hvale ga kao jednog vrednog člana koji ne jede badava, nego koji zarađuje svoj hleb. Postao je ljubimac babin i neće više taj ništa da zna za frau-Gabrielu i njen avanturni način života. Povazdan sedi mirno i zažmirivši prede na banku, i prekida predivo samo onda kad čuje da u kujni lupa satara i da se seče meso, a posle se opet vraća svome protektoru, dobroj starici, na banak i nastavlja prekinuto predivo.

No kad je reč o nastavljanju prekinutog prediva, da nastavim i ja prekinuto pripovedanje. Frau Gabriela je dakle ovo dana najčešće svraćala u pop-Ćirinu kuću. Tu je pomagala i ručala, a tek je posle večere odlazila. Preko nje je gđa Persa doznavala mnoge stvari iz razgovora koji su se često vodili.

— A čujete l' — zapitaće je tako jednom posle podne odmah po Božiću, kad je rad oko spreme najživlje i najžurnije

otaljavan — kad će se ona njina lorfa udati za onog gólju? Jesu
l' odredili termin za svatove?

— Kažu, gnedige, tamo čak oko Đurđeva dana.

— The, a šta zna! Što kažu, samo nek poveže glavu devo-
jka! A šta će! Šta bi joj pomoglo da sedi pa da čeka! Bo'me joj
baron i neće doći, neg' neko tako!... Našla šljuka prdavca!

— Kaže, da neće ovde da ostanedu posle svadbe.

— Šta, neće ovde da otvore berbernicu?

— A pa neće, kaže, ni da otvore berbernicu...

— Nego? — Valjda će apoteku! — dodade pakosno gđa
Persa.

— Ah, ta ne, za ime boga, um gotes vilen; al' kaže gđa Sida
da ćedu odmah posle venčanja gore, u Beč da putujedu.

— Ju, ju, ju, bože, vidiš ti noblesa: valjda „hohcajtsrajze"!?

— Ah, ta ne, gnedige, nego da študira hirurgiju... Znate,
on ima pola cajgnisa iz gimnazije.

— Golim grlom u jagode! — veli zajedljivo gđa Persa. —
A sa čim će! Valjda će ga pop Spira o svome trošku poslati! —
I bijaše!

— Ta man'te ga vragu! Nije taj siroma'. Sve nekakvi „er-
bšafti". Ima taj novaca! Kažu da je dupli virilac.

— Može biti!... Utjeha! — reče gđa Persa i naprći usta.

— Kaže gđa Sida, vratiće se odande k'o *hirurg* i *dentist*,
to jest „cânarct", jerbo ima, znate, laku i sigurnu ruku, pa su
mu sovjetovali da je grijota da svoj talenat zakopa ovde u ovim
kaljavim selu — veli frau Gabriela.

Tu gđa Persa zaćuta sasvim. Valj'da se sad i sama uverila da
može i to da bude. A sem toga, posle ovih podataka dobivenih
od frau-Gabriele, beše joj, kad dovede u vezu s onim što je pre

neki dan čula, sve jasno. Onda se toliko naljutila da nije mogla hladno ni da misli posle o tom, a sada, kako se začudo slagahu frau-Gabrieline reči sa onomadašnjim gospoja-Sidinim, i kako ih lepo objašnjavahu.

Još pre nekoliko dana nanese ih slučaj te prođoše jedna pored druge baš kad su izlazili s jutrenja. Gospođa Sida se razgovarala s gđom Sokom grkinjom. — „Ju, a zar ćete moći da pustite dete od sebe u svet?" — pita je Soka grkinja. — „A šta znamo — veli joj gđa Sida — kad se uda, onda kud muž, tud, što kažu, i žena!" — „Ta dabome, a šta bi i radili dva berberina u jednom selu! veli Soka grkinja. I jedan pa nema uvek posla. A posle i ovi što su bili soldati, i oni obešenjaci naučili tamo da brijaju, pa pravidu konkurenciju." — „A, neće naš Šandor, ako bog da, brijati nikoga; nije, fala bogu, spao da od toga živi!" — „Nego?" pita Soka grkinja. — „Pa ići će u Beč da študira hirurgiju i zubni doktorat!... Da *namešća zube* i vilice... ako kome treba *fališan zub* — rekla je gđa Sida jače udarajući glasom na poslednje reči, baš kad je gđa Persa prolazila — tu će on biti majstor da namesti!"

To je onda čula gđa Persa i odmah ubrzala da izmakne, da ih ne sluša više. Bila je tada ljuta celoga dana. Onda je držala da je to kazano samo onako, iz pakosti, da ona samo čuje i da se jedi; a sad je lepo videla da je bilo istine u tome.

— He, slatka moja frau-Gabriela! Lako je njoj sad da se prdači! — reče i uzdahnu gđa Persa. — Ah, Ćiro, Ćiro!

✳✳✳

Sa Perom je sve gotovo bilo. On je dobio za đakona u

obližnjoj varoši B. Najmio je i lep udoban stan, i već poslao sav nameštaj tamo u novi stan. Frau Gabriela se ponudila da mu namesti kuću, jer je imala za to ukusa, pa joj je to začudo išlo od ruke. Tu će mlada biti dovedena, i živeće kao đakonovica, jer će se Pera odmah posle svadbe zađakoniti. Mesto je po volji svima, pa i samoj Melaniji, koja je za varoš i stvorena, kako je već toliko puta rekla frau Gabriela.

Davno očekivani i željeni dan došao je. Dan venčanja mladenaca, prvobračnog ženika Petra Petrovića i device Melanije, kćeri poštovanoga paroha Kirila Nikolajeviča, bio je i prošao. Bili su lepi svatovi. Sav nobles toga mesta bio je zastupljen. Bila je čak i varoška muzika za okretne igre, a ni Sovra gajdaš nije falio; samo je on više duvao u gajde onima u kujni i u avliji, nego onima u sali. Mlâda je bila lepa, bleđa nego obično, a mladoženja stidljiviji nego inače. Veselje i igranka trajalo je samo toliko koliko i priliči nobl-svatovima, to jest do četiri sahata popodne. A tada je stari svat naredio da se prežu konji. Posedaše ili, bolje reći, potrpaše se po šestoro-sedmoro u kola, pa se krenuše u B. mladoženjinoj kući. Enđebule zapevaše, zaplaka se gđa Persa a i mlâda malo, brišući suze špicom od „šnuftikle”. A stari svat dade znak, i kola poleteše sokakom, i začas se nađoše izvan sela. Ludi konji i još luđi kočijaši, pa nastade jedno besno i ludo srpsko utrkivanje i podvikivanje. Konji se zgranuše pa sve upropnice skaču, a ženskadija čiči i podvikuje od silna besa „Iju-ju-ju-ju!” Bilo je i prevrtanja i ispadanja iz kola. Najgore je prošla frau Gabriela, koja se povezla kao enđebula (mada je to bilo protiv njenog principa, jer se bojala utrkivanja i nazivala to „ludim rackim običajem i pasijom”) i na njenu nesreću sela je baš u ona kola kojima je kočijašio jedan koji je drugima rado izvrtao kola, pa ih do sad mnoge već tako zadužio. Još pre dve godine prevrnuo je jednome tako kola, a taj se opet danas strefio tu i bio rešen da mu se, posle tolikog vrebanja, osveti za ono preklanjsko. I dala mu se prilika. Baš kad su izmakli tako za jedno četvrt sahata izvan sela, potera on svoje konje pored frau-Gabrielinih i dohvati levčom levču od tih drugih kola, ali ih ne prevrnu nego samo gurnu i ona odskočiše u stranu. A frau Gabriela se sva zanela slušajući kurmaheraje nekresanoga gospodina asesora. I baš kad je ovaj izjavljivao da je gotov radi nje da zaboravi i otera svoju venčanu ženu i nju da uzme — dohvati levča od onih kola njihovu levču, i frau Gabriela izlete iz kola tako lako k'o kakav lak perjan jastuk, i tako postade nevina žrtva ranije mržnje. Pala je jadnica i dočekala se na zemlju prilično nepristojno. „Pazi frajle, kako đavòli!" povikaše iz drugih kola paori kočijaši. Ali Gabrielina kola odleteše za ostalim kolima, ona ostade u jendeku, a g. asesor produži kurisanje drugoj jednoj dami, jer tako je bio pijan da nije ni primetio da to nije frau Gabriela! Usred te nesreće još je to sreća bila što se sve dogodilo tako blizu sela, da se frau Gabriela mogla bar peške tiho vratiti onamo odakle je na kolima onako svečano pošla. Vratila se strašno ljuta i bila je jednako tako ljuta da nije htela čak ni posle nedelju dana da ide s *pogačarima* u B, niti je htela da primi ikakvo pravdanje i izvinjavanje. Oni su joj se sutradan izvinjavali, da u onom jurenju i utrkivanju, kao već u svakim svatovima, nisu ni primetili da je ispala. Ali je to bila jedna vrlo plitka laž, primetila im je frau Gabriela, jer je ona lepo videla kako joj se Cvečkenmajerka smejala k'o luda, kad je njoj (Gabrieli) pasirao taj maler. Tako se zasmejala da je formalno pala g. perzekutoru u krilo, a ovaj je, k'o jedan fini i izobražen čovek, zadržao, da i ona ne ispadne iz kola. A sem toga, nije samo Cvečkenmajerka videla to, videli su to i mnogi drugi. Jer dugo i dugo još posle toga, kad god se povela reč o tim svatovima i o tom maleru njenom, smejali bi se neetiketni paori i sukali zadovoljno svoje velike i čupave paorske brkove, i u smeju bi samo dodali: „E, e, ono joj je baš valjalo, i fajn bilo!"

★★★

To nikad nije mogla da zaboravi frau Gabriela i omrznula je i na Cvečkenmajerku i na gđa Persu i na sve u kući im. Zato je i otišla gđa Sidi, pribila se sad uz tu kuću i pomagala joj svesrdno oko spreme darova i svega; bila je što kažu, i pečena i kuvana kod pop-Spirinih.

Tu je, tako pomažući im, pripovedala mnoge interesantne i gđa Sidi dotle nepoznate stvari iz gđa Persine kuće. Mnogo štošta doznala je tek tada gđa Sida, pa i to: otkad je upravo frau Gabriela omrznula na frau-Cvečkenmajerku.

— Nije to bilo, milostiva — veli Gabriela — tek od onih svatova kad mi je to pasiralo. Još pre, još mnogo pre, gnedige. A zar vam nisu to kazali? Zar niste to, milostiva, znali? Od onda još ja nju ne mirišem kad smo bile obadve u Temišvaru, pa kad joj umro muž, i kad sam videla kako je flegmatiš i 'ladna bila, k'o da je umro kakav perzekutor, a ne njen suprug! Kažem vam, slatka, ništ', al' ništa; ni nesvestice, ništ', ništ'! Samo malo suzâ, pa i to tek forme radi, da može izvaditi šnuftiklu, i čerez kijavice, koju je srećom u to vreme dobila!... Pa zar ona supruga! Ona! Ona!!!

— Ta šta govorite — veli gđa Sida udubljena u posao, pa i ne slušajući je baš.

— Neću da se falim (jer to nije moj običaj), al' trebali ste u takoj prilici — kad je, to jest, moj suprug umro — *mene* da vidite. Da šta!

— Ta i'te molim vas! — reče gđa Sida zevajući i čudeći se.

— E, to je bilo štogođ vredno za viditi! Tu je ona trebala da dođe, da *mene* vidi! A tako sam, onako... znate baš raspoložena bila toga dana za žalost — da vam ne umem kaz'ti... A gospoje oko mene pa sve kažedu: „Ta umirite se, al' dođite k sebi, frau-Gabriela! Samo zabadava sebe upropašćujete!... Njega, kažedu, ne možete te ne možete podići — a kome sve to škodi, nego opet vama!" A ja im kažem: „Niko ne zna i ne veruje šta sam ja sa šnjim izgubila!" A one kažedu: „Verujemo, slatka, i same smo take!" A ja, slatka, ništ' ne znam za sebe, već furt padam iz jedne nesvestice u drugu! Ali furt, furt, iz jedne u drugu! Al' to tako strašno, da je morala jedna da ponese sa sobom flašu sa sirćetom, pa sve mi mećedu pod nos, pa onda, znate, dođem k'o malo k sebi!...

— O, o, o! Jadna frau-Gabriela! Jedna žena!

— Tu je trebala da bude, pa da vidi, loćka jedna, kako se žali suprug i muž. Al' to je, znate, tako išlo, al' tako — da sam se sutra i ja sama, *sama* sam se *sebi* čudila i komplimentirala i gratulirala kako sam ja to bila traurig. Znate, ponekad to začudo ide od ruke!!!

I još htede frau Gabriela pripovedati o svojoj žalosti, ali je sujeverna gđa Sida prekide i okrenu razgovor na drugu stranu, i frau Gabriela nastavi posao.

Posao je iz dana u dan sve više odmicao. A šta je čuda

spremljeno bilo, ne smem čisto ni da ređam, jer se bojim da mi niko neće verovati, a posle i da izređam sad ovde sve te stvari, bilo bi mnogo, i ova Glava izgledala bi kao kakav trgovački cenovnik. Nikad valj'da nijedna popina ćerka nije bila tako opremljena kao Jula popina. Koliko će to kola trebati da sve to krenu, sam će bog znati. Jer gđa Sida je i sama dan-noć radila i spremila je svega toliko mnogo da mladencima neće trebati bar za prvih dvadeset godina ni stvarčice u kući da kupe. Šta je samo fačli, kapica i benkica spremila! I sve ovo nije ni uvela u inventar „aufštafirunga" nego je samo spremila i zadržala u svom ormanu nek se nađe kad ustreba. Samih fačli je predostrožna gđa Sida, koja je uvek bila optimista, dala isheklovati nekih sedamdeset rifi, a prema ovome mogu čitaoci suditi šta je i koliko je svega drugog bilo, tako da nije nužno ni ređati sve. Dosta što ću vam reći da je Šandor (tako su zvali Šacu svi od proševine u kući) potpuno zadovoljan bio kad mu je pokazan bio tačan spisak sviju stvari, i kad mu je još primećeno da će kroz nedelju dana primiti i ono što nije inventarisano, ali je u celoj ovoj stvari ipak najglavnije, a to je samu lepu Julijanu. A tu je, tek što nije, još koji dan.

Bliži se Đurđevdan, dan venčanja Jule i Šandora. I sa časnicima je već gotovo. A časnici su taki ljudi, da se Šandor može samo ponositi kad pogleda međ kakvu je gospodu dospeo. Stari svat će biti g. Kipra nataroš, kum g. doktor (Šacin budući kolega), a dever će biti jedan jurat iz Staroga Bečeja, koji je nešto zapeo na egzamenima, pa sada k'o neki patvarista prakticira kod nekog fiškala. Pomalo prakticira, a počešće ide u lov na šljuke, ili povazdan peca na Tisi ili u ritu na glistu karaše i drugu ribu, i nosi za šeširom veliko pero od čaplje, a čim izađe izvan varoši, a on odmah skida čizme pa ih meće na štap. On je Šacin drug iz detinjstva, kroz sve osnovne i pola latinskih škola, pa su se još onda dogovorili i zadali jedan drugome veru da jedan drugome bude dever; to jest, onome koji se prvi oženi, da onaj drugi bude dever.

***

Dođe i dan svadbe i venčanja. Osvanuo je lepi Đurđevdan. Cela pop-Spirina avlija miriše od silna jorgovana, a sve selo okićeno selenom, jorgovanima i vrbovim grančicama, jer je praznik. U pop-Spirinoj se kući formalno spalo s nogu od ovo nekoliko dana. Pop Spira je bio stari Srbenda. Kad je trebalo odrešiti kesu i pokazati se šta je popina kuća, nije žalio. „Nek ide, zato je i tečeno!" rekao bi. „Nisu svaki dan svatovi! Ako nemam ja, imaće Lorinc Čivutin!" I kao god što je tražio da je kod parohijana toga dana svačega izobilja, tako je i on na dan Juline svadbe svačega spremio. Bio je jedan od obligatnih poštovalaca Dositejevih, iako ga je malo čitao; ali se ipak u tom nije slagao s njim što je ovaj vikao na troškove, svirke, igru, pijanku i veselje, i zamerao mu što je on (Dositej), inače tako učen i pametan čovek — tako pisao i govorio o srpskim svatovima i drugim veselim i lepim običajima. „Nije se ženio nikad — izvinjavao bi ga pop Spira — pa mu nije ni zameriti što je tako pis'o. Dok sam ja živ, biće ovako i u mojoj kući i u selu!"

I doista je spremljeno svega i svačega. Velika soba i dve pobočne bile su ispražnjene i sav nameštaj odnet u šupu, a sobe ostale prazne da se na Đurđevdan napune stolovima punim svakoga pića i svake đakonije. Staro vino u podrumu pregledano je i određeno da se toči dokle ijedan iz veselja tražio bude. A veseliće se celoga dana i svu noć, jer mladenci ostaju u kući, a tek posle nekoliko nedelja se kreću na put, na Šacine nauke.

Stigoše svatovi sa mladoženjom. Divan je bio Šandor đuvegija, pravi gazdački sin, a ukusno odelo pokazivaše da je svršio nešto latinskih škola. Na njemu bogato ukusno odelo. I dušanka i prsluk i čakšire, sve od bela tanka štofa, i sve raskošno išarano plavim gajtanom. Na prsluku nekih trideset sitnih srebrnih puceta, oko vrata svilena crvena póša, a na njoj zlatom izvezen srpski grb, izvezla ga je njegova Jula, misleći neprestano na njega. Ispod dopola otkopčanog prsluka vidi se tanka bela košulja od srpskog platna zlatom izvezena spreda, a to mu je izvezla i poslala njegova sestra Jana iz dištrikta. Na nogama lakovane čizmice sa zlatnom ružicom i kvaslom, a na glavi šešir sa strukom kovilja, koje se rascvetalo na toplom đurđevskom suncu pa zaklonilo đuvegiji sav šešir.

A za mladoženjinim kolima sijaset kola. Iz same Bačke je došlo skelom sinoć devet i jutros sedam kola rodbine Šacine, a suvim opet toliko. Zakrčila kola sokak, ionako pun radoznala i pozvana i nepozvana sveta. Sviraju gajde, igraju kola u avliji nekoliko i duž sokaka dvaput toliko. Izlaze iz kuća pomagačice, rođake mladine i mladoženjine, dele ruzmarine svatovima i tanke peškire konjima, pa i konjima milo, i oni udesili pa igraju uz gajde, a najlepše igraju konji Rade Karabaša.

U odaji gde se oprema mlada, žurba; svaki čas ulaze i izlaze odande.

Kad se Šaca skide s kola i pođe u kuću, zapevaše devojke Bačvanke, sve rodbina Šacina:

Oprav' se, oprav', brate Šandore!
Da mi idemo po tvoju ljubu,
Po tvoju ljubu, po našu slugu;
Tebe da ljubi, a nas da služi!

— Hooo! — dočekuje ga Julina rodbina. — Izvol'te, izvol'te. „Sniska streja, visok đuvegija!" — vele mu i uvode ga, i poslužuju njegovu rodbinu, dovode svirca, i zaigraše kolo u hodniku, očekujući da izvedu mladu, oko koje se skupilo sijaset drugarica i rođaka, koje joj u silnoj revnosti i uslužnosti više smetaju nego što pomažu. Iz odaje se čuje svatovska pesma što je pevaju devojke kad nevestu češljaju; čuje se pesma:

Dok stane tuđa plesti pa kleti,
I tuđa ruka kosu krzati,
A ti ćeš, Julo, onda plakati.
Onda ćeš svoju spominjat' majku:
Oj majko moja, oj nego moja!

— Ajd' devere, ajd' zlatan prstene! — viknu jedno lep-uškasto veselo lice kroz odškrinuta vrata na mladinoj odaji.

Dever se pusti odmah iz kola i ode po mladu. I na njemu lepo odelo a za šeširom mu veliko čapljino pero, kao što i priliči juratu. Izvedoše i mladu i dovedoše je do kola u koja behu najlepši i najbešnji konji upregnuti. I mlada beše divna. Plave oči kao nebo đurđevskoga dana, a pogled joj svečan i divan kao današnji svatovski dan.

I dok su rođake još nešto šuškale i opremale oko Jule kod kola i tražile još neke hornodle i pčiode, enđebule i paorske devojke zapevaše kroz suze onu tužnu pesmu:

Ne jadaj jade, Julo devojko,
Ne jedaj jade, ne roni súza!
Sutra će t' majka većma žaliti
Dok tvoje druge na vodu pođu,
Na vodu pođu, pod pendžer dođu,
Pa pozovedu Julu devojku:
„Ajde na vodu, Julo devojko,
Ajde na vodu, vode doneti!"
A kakav će majka odgovor dati:
Ili će reći: ot'šla je Jula?
Ili će reći: donela j' vode?
Ili će reći: zaspala Jula?...
Tvaja će majka pred dvor izaći,
Pred dvor izaći pa besediti:
„Pones'te drúge, Juline, sûde,
Moja je Jula vode donela,
Vode donela — al' tuđoj majci,
Ni Jule mlade, ni vode 'ladne!"

I odjedared zasuziše oči i starom i mladom, a najviše drugaricama Julinim. One se smeju, a suze im teku niz njihova bela lica. Zaplaka se i Jula, i gđa Sida, i baba Makra; svi brišu i nos i oči. A Nića bokter — u čizmama i ćurdiji sa gajtanima i ruzmarinom — teši devojke pa im kaže:

— Ta što plačete! Ta do'će red i na vas! Nek plaču babe i starci, što im se to više ne može strefiti, a vi do prvi' kukuruza! Ostalo je, fala bogu, još đuvegija!

A devojke se onda smeju kroz plač.

Mlada se pope u kola i sede uz devera. Stari svat naredi da se kreću. Zapucaše bičevi, i kola poleteše jedna za drugim i jedna pored drugih. Ludo i besno poleteše, tako da se sve živo sklanjalo sa sokaka, i kokoške i guske sve polete ukraj kad prođoše sila i svatovi na silnim konjima i s mnogim paorskim momcima na konjima. Kao vetar proleteše ulicom i začas nestade i kola i konja i momaka i devojaka: i cveće i perje i kovilje, sve se izgubi začas u daljini. U poslednjim, najpametnije teranim kolima sede dve prije, gđa Sida i tetka Makra, obe u svilenim haljinama, gđa Sida u nekom kapižonu kakav pisac davno nije video ni na starim kontrafama, a tetka Makra u svilenoj marami — sede pa plaču i teše se uzajamno obadve. Ništa ne govore nego samo liju i brišu suze; taman jedne obrišu, a druge stignu.

— Ta nemojte plakati, prijo — teši je prija Makra — eto i mene ste rasplakali, a ja sam baš tvrda srca; ta to mora biti. Jedared i to mora da bidne!

— Heee, e, slatka prijo — vajka se prija Sida.

— Eto i mi smo se, što kažu, udale, pa šta nam je falilo. Ostale smo zdrave i čitave, fala bogu. Pa... tako i oni...

— Jao, lako je vama, prijo, tako divaniti; vi ne udajete!... Al' kako je meni!... Od'ranila je, što kažu, iz malena... pa sad... — pa se opet zaplaka prija Sida.

— Pa ne ide Turčinu, nego opet, što kažu, u kristijansku i komšinsku familiju! — teši je prija Makra.

— E, slatka prijo, ta kako da ne plačem, od radosti!?

I obe prije zaplakaše se sad opet od radosti.

Svrši se venčanje i svatovi se vratiše, zaobišavši daleko unaokolo, vratiše se još bešnje no što su otišli. Uhvati se u kolo i zvano i nezvano; mlađi igraju a stariji se obređuju šljivovicom (koja je Julinih godina), a Nića bokter i pije i igra. Otpoče ručak. Posedalo sve i zapremilo nekih pet stolova, dva „na glagol" a tri „na pokoj", postavljenih u kući i u avliji. Sam ručak neću opisivati, jer priznajem da je lepše i lakše biti pozvan na ručak nego ga opisivati. Napomenuću samo to da je gđa Sida učinila sve što mržnja i ljubav jedne domaćice učiniti može (mržnja prema gđa-Persi i ljubav prema gostima i svatovima), da stvar ispadne što lepše. Raspitala se bila tačno do sitnice: šta je i kako je bilo kod gđa-Persinih, pa je gledala da svega i više i bolje bude kod nje, i kola i konja, i peškira i gajdaša, i postavljenih stolova i jela i pića. „Srbskij kuvar, trudom Ieroteja Draganovića obštežiteljnoga m. Krušedola ieromonaha, sabran i dovoljnim iskustvom pravilno ispitan" proučavan je i prelistavan jednako, i tako je današnji sjajan i obilan ručak, kojega su svi gosti i pulgeri pa i beamteri do neba hvalili, bio rezultat udružene teorije i prakse — teorije jeromonaha krušedolskog Jeroteja i prakse gđa-Sidine. Za vreme ručka je bilo i nekoliko zdravica.

Posle ručka nastade opet igranje.

Stariji i ne ustadoše od stola, a omladina se uhvati u kolo. Sviralo je pet gajdaša; dva u sobama, dva u prostranoj avliji, a jedan na sokaku pred kućom. (Bio je i šesti, ali je on već do podne tako pijan bio, da su ga odveli u šupu da se ispava, a oko gajdi mu se sad deca otimaju, vuku ih po avliji i duvaju u njih). Posle podne se slegao svet Juli popinoj u svatove, tako da je ko hteo, mogao je komotno pokrasti svo selo. Koga ti tu sve nije bilo, i ko ti se tu nije napio i naigrao toga dana! Došla je čak i pop-Ćirina Erža, nezvana al' izvesno poslana. I nju uvukoše sa sokaka u avliju u kolo, iako se kao otimala malo i vikala: „Nem tudom", i „Ne znam ništa!" i tražila da je puste u kujnu da pomaže Žuži. Sve joj to ne pomože, uvukoše je između Niće boktera i Proke plajaša. Erža se stidi, ali igra, i jednako se izvinjava Proki da ne zna ništa, a Proka joj odgovara podskočicom:

Ja sam mala, ne znam ništa,
Metite me kod ognjišta,
Di kuvari vatru pire,
A na mene ruke šire! Iju-ju, iju-ju!

Igra kolo, zveckaju sablje hulanera Rušnjaka i dukati na vratu paorskih devojaka, a cicane paorske suknje sve se čisto lome; ohrabrila se i Erža, pa trese i veze do Niće boktera, pa raspalila i njega, te joj i ovaj reče svoju:

Tako, tako, do nedelje,
Ma ostala bez kecelje. I-ju ijuju!

Kolo se širilo, pa je sve veće i veće. Sred velikog Nićinog kola uhvatilo se drugo manje, u koje se pohvatale neke trgovačke kalfice i neke frajle u šeširima. Zovu ih ovi iz velikog kola, oni se lepo zahvaljuju ali neće, izgleda očevidno k'o da hoće da su odvojeni k'o zejtin nad vodom. To uvredi Niću koji je bio već u tom stanju kad je čovek iskren, a i inače je bio ovo njegov dan, pa poče:

Siđi, bože, s nebesa,
Pa da vidiš čudesa:
Kako ćifte vode kolo,
A paori unaokolo!

Pored Nićinog velikog paorskog kola, i u njemu onog ćiftanskog malog, uhvatilo se još jedno treće, opet paorsko. U njega uvukoše i neke Švabe iz drugog kraja sela, a među njima i Sepla suvačara i ženu mu Betiku i ćerku Kredlu. Sepl je iz poštovanja prema pop-Spiri, kao lojalan Švaba i meštanin, doneo mladencima tortu na prezent. Uneli su je toržastveno; najpre je išla Kredla sa tortom, za njom Betika sa velikim štajerskim ambrelom, a za njima krivonogi Sepl sa teškom lulekanjom i sa otromboljenom donjom usnom. Izvinjava se Sepl da ne zna srpski ni govoriti a kamoli igrati, sve mu to ne pomaže! Igra Švaba ako mu se i ne igra! Gleda ga Nića bokter iz onog drugog kola, gleda i Sepla i Seplovicu i druge Švabe i Švabice kako smešno igraju, pa otpoče:

Igra Švaba i Švabica,
A na Švabi kabanica;
Bolje igra kabanica
Nego Švaba i Švabica!

Igra kolo, bruje gajde, a dečurlija trči oko kola ili vija jedno drugo i provlači se između igrača i igračica, bacaju šešire u kolo i šoraju ih odande napolje, ili se kupe oko vatre gde stoji Arkadija crkvenjak i njegov pomoćnik (negda najgluplji đak u školi, kome je stari učitelj proricao da od njega neće biti nikad ništa i da neće videti od njega asne ni crkva ni opština, pa se prevario, jer, eto, ovaj doterao do pomoćnika na zvonari), i pale crkvene prangije. Nakupila se deca, pa čekaju da Arkadija ispali jednu prangiju. Ali će malo poduže čekati, jer ga je frau Gabriela zamolila da ne puca dok je ona u avliji, jer kaže da ima vrlo haglih uši.

— Je l' te, nećedu pucati kanoni? — pita frau Gabriela.

— Neće, neće, gospoja.

— Molić́u vas, daklem!... Al' vi se, je l' te, ne šalite, je l' te... ne, ne, nemojte dizati tu štanglu! — viknu frau Gabriela i zapuši brzo svoje haglih uši. — Znate, strašno sam nervêz!

— Neću, neću, gospoja, kako bi' ja! — smeje se Arkadija.

— Bić́u vam jako obvezana! — blagodari mu frau Gabriela koja je takođe bila u svatovima kao i njena odskora neprijateljica frau Cvečkenmajerka, i čas se unutra, a čas u avliji nalazila.

Frau Gabriela je bila na ručku i tamo se lepo unterhaltovala. Bila je vanredno raspoložena kurisanjem jednoga staroga štucera tamo unutra. Nije htela, a ni mogla da dâ odgovora na jedno njegovo pitanje vrlo delikatne prirode, pa je onako razdragana izašla u avliju sva rumena i zajapurena, pa se hladila tankom šnuftiklom. Na licu joj neko blaženstvo, a usta upola otvorila, pa k'o da polako piri na nešto, onako k'o u domaćice koja seče onoga časa iz rérne izvađeni vruć kuglof, koji joj je ispao vanredno dobar, pa se puši i ide prijatna para i miris od njega ustima domaćice, i ona oseća i na celom licu pokazuje neopisanu sladost i milinu od toga. Tako je i frau Gabriela osećala neko zadovoljstvo, i onako razdragana izašla u avliju, pa, kao svako sretno stvorenje, gotova bila da zagrli ceo svet. Htela je da pokaže svetu da se ne tuđi od paora, da se pokaže kao plebejka, pa se uhvatila i ona u paorsko kolo koje je igralo i podvikivalo u avliji. A uhvatila se baš između dva ugledna i lepo obučena gazdačka momka, koje su u selu „pajtašima" zvali, a ne znaš koji je od koga stasitiji i lepši, i time je doista pokazala da je dobra mašamoda i da ima ukusa, pa je okrenula glavu levo, i gledala stidljivo u zemlju i igrala lako kao kakva švigarica.

— A što mi ne hofirate? — zapita frau Gabriela odjedared one oko sebe kad joj se dosadilo ćutanje. — No, i vi ste mi lepi štuceri, kad puštate damu da zadrema pokraj vas!... Kakvi ste mi vi tenceri! Ta govor'te štogođ!

— Pa... mi k'o velimo, neće, valjda, znate, imati forme to — veli joj jedan pajtaš.

— Ah, aber majn got, kakva forma! — hrabri ga razdragana frau Gabriela, pa mu stisnu ruku da ga, k'o veli, malo upitomi i ohrabri.

— Pa... onaj, baš i možemo! Ajd', Severe, ti s' to bolje izučio — veli pajtaš drugom pajtašu.

— A-jô, dabome, dabome — veli frau Gabriela, pa ohrabri i Severa k'o i onoga s leve strane. — Da se pofalim onima unutra sas eroberungom i sas mojim kavalirima...

— A možemo l', gospoja, da nakitimo malo... onako, po

naški... s fronclama, što kažu, ako ne bi zamerili štogođ? — zapita Sever.

— O, zdrage volje! Ih bit' si; molim vas! — reče frau Gabriela koja osim reči „froncle" nije ni reči razumela od celog ovog smisla, pa stade još sitnije vésti u kolu.

Ali kad onaj „tencer" izvali jednu taku poskočicu kakvu frau Gabriela izvesno svoga veka nije ni čula ni čitala gde — frau Gabriela viknu samo švapski „Nä!" s takvim glasom i izrazom na licu kao da joj je najveća gusenica pala za vrat, i pusti se naglo iz kola, pa ode kao oparena s opuštenim rukama, kao kad mokrih ruku čovek traži peškir. I koga da prvo sretne na vratima kao svedoka svega toga, nego opet onu fatalnu frau-Cvečkenmajerku!!!

— Jesus-Marija! — viknu zaprepašćeno frau Gabriela... — Frau-Cvečkenmajer!!!

— Nä, Kristi-Got, tako vam i treba! — pozdravlja je ova.

— O molim, molim! I vama i svakome može to pasirati...

— Jest, kad bi frau Cvečkenmajer bila tako *lakomislena*, pa da se tura i di joj nije mesto...

— Pa, kad budnem vaših godina, draga hebame, onda valjda neću biti tako *lakomislena*, nego *praktiš* k'o vi...

— A, izvin'te! — prekide je Cvečkenmajerka. — Ja mogu doći u vaše godine, al' vi u moje, bo'me, nikad više... Nikad, slatka!

— Nä! I vidi vam se po... Lako vam je kad je Bonaparta popalio po Oberestrajhu sve protokole i matrikule!

— A već kod vas ne mogu da prođu nijedni svatovi, a da vam kakav god đavo ne pasira! Ne mož'te da živite bez malera! — veli Cvečkenmajerka očevidno popuštajući... — Tako vam i treba; al' baš, baš mi je milo! — reče trudeći se da izgleda kao da joj *nije* milo, pa je odvuče na stranu, onako tajanstveno, kao što to rade zaverenici u tragedijama na pozornici u trećem činu, i stade je prijateljski koriti, poluglasno, da niko ne čuje. — Al' za ime božije, libste, ta šta pravite to *od sebe*!!! Ta zar ne znate te racke obešenjake paore, te divljake, što samo to znadu! A da im nije *nas* iz Oberestrajha, ta ne bi ni danas još znali šta je „semlprezla" i „pohenes"!... To ne znadu, a pasija im je da se prdače sas noblesom!

— E, pa feler je, eto priznajem! — popušta frau Gabriela odobrovoljena i zadovoljna što, primajući ukore i savete, bar na taj način, izgleda ipak mlađa od Cvečkenmajerke.

— E, baš mi je milo! Baš bog da prosti! Tako vam i treba, kad izbegavate *nas*, pa tražite paore!

Ovo ovoliko sačustvovanje dirne frau-Gabrielu i ona se izmiri sa frau-Cvečkenmajerkom.

— Aj'te, slatka! — veli joj Cvečkenmajerka, pa se uzeše ispod ruke, i ostaviše punu avliju paora, i odoše u kuću međ nobles gde im je i mesto.

A nije manje veselo bilo ni u velikoj sobi, tamo gde sad uđoše ova dva izmirena člana noblesa. I tamo se jednako pilo i nazdravljalo i igralo, a baš kad su ove ušle, zaćutalo se. A zaćutalo se zato što se nevesta Jula stidela i ustezala se; a stidela se zato jer ju je zamolio stari svat (koji toga dana ima od sviju svatova najviše prava da zahteva), da mu otpeva onu njegovu pesmu, onu koju on i pijan i trezan najradije sluša, a koja je danas baš zgodna i k'o poručena da je Jula otpeva. A mlada, kao svaka mlada, stidi se, pa kaže da nema glasa. I mladoženja je žali, pa je brani, pa i on kaže da je izvine za danas jer nema glasa, ali je drugarice uteruju u laž, i vele da ona najlepše peva od sviju njih.

— Pevaj, ludo, kad ti stari svat zapoveda!... Ej, pusto, što nisam ja na tvome mestu, ta pevala bi' i da pustosvat želi — a kamol' kad stari svat traži! — veli joj jedna.

— Ta znaš da si *mlâda* — šanu joj druga — a mlâda mora da peva pa i da nema glasa, a kamol' kada ga ima k'o ti! Ta koja nikad u veku nije zapevala, na današnji dan mora.

— Ta imaćeš kad i plakati — šali se stari svat — a sad pevaj!

— Eh, zar mi opet ne znamo kakvo je mlâdino pevanje! — hrabri je otac. — Ajd' pevaj, pevaj Julo.

A Jula se još jednako usteže, ali kad navališe na nju još jače drugarice i rekoše: „Moraš, moraš, Julo! Da vi'š da smo mi mlâde, kako se ne bi dale moliti" — otpoče i ona svojim lepim, jasnim kao srebro, devojačkim glasom. Zapeva onu staru nežnu pesmu:

Raduj se, mlada nevo!
Već čarne tvoje vlasi
Od mirte venac krasi,
Zelene mirte splet.

Kićeni svati viču:
„Odbi se vita grana
Od plavog jorgovana,
Odbi se s granom cvet."

I tu htede da završi Jula, jer dok je pevala, sva je čisto gorela od stida, a oko nosića i ispod očiju sva se oznojila. Ali svatovi navališe, i ona morade da produži:

O vrat' se, nevo, vrat' se —
Zar nisu seje mile
Dosta ti nežne bile?
Kuda ćeš? Vrat' se, oj!

Iz sveta zar je momče
Od majke slađe stare,
Što suze vriskom tare
I život kune svoj?

Tu prekide Jula opet, jer kad je pevajući ovu strofu pogledala na svoju mámu, videla je kako se gđa Sida zaplakala. Zaplakala se i Jula, i glas je izdade. Svati je razrešavaju od daljeg pevanja, jer je i njih sve rastužila. I ne bi kraja hvalama sa sviju strana; hvališe i pesmu i pesnika i pevačicu.

Stari svat je sada pripovedao kumu najpre o pesniku te pesme, Vasi Živkoviću, svom konškolaru, a posle o pesmi, zašto, to jest, vole on tu pesmu više sviju pesama, i dalje, kako samo, eto, toj pesmi ima da blagodari što se oženio svojom sadašnjom suprugom. Pripovedanje staroga svata bilo je opširno, i sveće su se zapalile i večera postavljena, a on još nije dovršio. Njegova sadašnja žena je tu pesmu pevala k'o devojka u jednom društvu; ona je imala divan glas a pesma bila nova, dotle nepevana i nečuvena u društvu, pa je sve očarala pesma, a njega i pesma i pevačica. Svi gosti sad navališe da ona produži i završi tu pesmu koju je Jula otpočela, i, posle nekog opiranja i izvinjavanja, zapeva starosvatica petu strofu:

Zar tamo kud si pošla,
Zar sunce lepše sija,
Il' cveće lepše klija?
O, vrat' se, sna'ice!

Gle druge dar ti nose;
Od ruža gnezdo krasno,
u gnezdu guču jasno
Dve sive grlice!

Ne sluša lepa Jula,
Već belom rukom maše,
Za njome ves'o jaše
Taj ženik nevera.

O, idi, divna nevo,
Gde sreća za te cvati,
I pesma nek te prati
Tvog ručnog devera.

U nove ideš dvore,
Gde zaova cveće bere,
I nova majka stere
Od sadiplatna put.

Oj, zbogom, krasna dušo,

Pa srećna dovek budi.
I odjek srodni' grudi
Još prima: Srećan put!

Glas joj je malo drhtao, ali je doista lepo pevala. Dok je pevala, gledala je jednako preda se, između strofa se tiho izvinjavala i tužila za onim glasom u mlađim godinama, i kupila sa čaršafa mrvice od pite s orasima i metala ih na jednu gomilu. I nju pohvališe i zablagodariše joj kad je završila poslednju strofu.

Tek posle svega ovoga doneta je večera, na koju su bili zadržani mnogi gosti, a još toliko ih je i samo ostalo na večeri. Večeralo se u sobama i kujni. Tamo nobles, a ovde plebs u koji ovoga večera računamo i Nićú boktera koji se inače rado za beamtera izdaje. Njega je, doduše, nudio Gliša Sermijaš da ide u sobe gde su gospoda i beamteri, ali se Nića izvinjava time što tamo ne bi bio komotan, a veli on, on i ne računa da jede ako ne sme da se nasloni na jedan ili drugi lakat kad jede, a toga tamo u sobama ne može da bude. Zato je ostao duboko u noć i jeo i pio u kujni. Kad su ga opominjali da ide na dužnost, on nije hteo, nego je slao svakoga sata po nekog od mlađeg da duhne u rog na svakom roglju, a on je ostao pa i dalje jeo i pio, i strašno larmao u kujni kad je hteo sa punom čašom da ide u sobu da nazdravi domaćinu i mladencima, pa mu nisu dali nego ga slali da ide na dužnost.

— A zašto da idem, i čerez koga da idem!?... Nije me, doduše, niko zvao u svatove, al' niko me, fala bogu, i ne tera! Pa zašt' da idem? Je l', zašt'! Ko je od *dobra* još pobegao?

— Da čuvaš selo — graknuše oni u kujni na nj.

— Ta otkako je izbušen prvi bunar u ovom selu, ta nije bilo boljeg boktera neg' što će ga noćas biti! Ta čuva noćas selo sam svetac — sveti Đurađ! Ta jes' viđ'o koliki miždrak ima k'o ulaner kakav! Lopova nema, jerbo sve je to danas pijano otišlo odavde iz avlije, k'o da je bilo u svatovi kad se ženio silni car Stevan!... Ko će danas na svetac da krade!... A i da ima, velim, lopava — nit on može bežati, nit ga ja mogu ovakav kakav sam vijati i stići, kad smo obadvoje, što rekli: dva dedaka, obadva jednaka! Hahahaha! Aj, je l' dobro divanim? Nego daj-der tu čuturu ovamo. Ako sam beamter, baš sam beamter; i ako sam se najmio, nisam se, što kažu, pomamio.

I pravo je rekao Nića bokter. Sve je to bilo pijano, i tamo po sobama i u kujni i u avliji i selu. Tek pred zoru umuče pesma i svirka i prestade žagor i svatovi se raziđoše iz prizrenja prema umornim mladencima i sutrašnjoj kiseloj čorbi. Otpratiše kuma i starog svata i devera s gajdašem, s kojim je posle Nića bokter produžio kroz sokake, vršeći u isto vreme i svoju dužnost. Te noći, tako uz gajdaša, izduvao je veseli Nića bokter hiljadu i nekoliko stotina sati. Sreća te je sve po selu spavalo kao poklano, pa ga niko nije mogao kontrolisati u radu i sutradan tužiti za tako nesavesno rukovanje i vršenje njegove dužnosti. Ostavi ga naposletku i gajdaš, i savi u drugi sokak, ode i on da spava i da se potkrepi, jer će mu trebati nove snage sutra kad ode na medljanu rakiju i na kiselu čorbu, kojom će, zajedno s ostalim gostima, da tera sutrašnji mamurluk. Možda se i Nića za to spremao, zato se i on izvali na prvu klupu, pokri se kabanicom, i poče po svom običaju da broji zvezde na nebu (da bi pre zaspao); izbroja sedam-osam zvezda, pa zahrka junački i taj „poslednji Mohikaner" iz današnjih svatova.

***

Tako se svršila i ova svadba, ali su još nedelju dana brujale gajde u ušima mamurnih seljana, a godinama se spominjala Julina svadba.

Šaca je sedeo naizmence u obe kuće (između kojih je obaljena taraba odmah na dan svadbe); jednoga dana je sedeo kod tetka-Makre, a drugog kod pop-Spirinih. Tu mu govu. Uvek ga ujutru pitaju šta on najradije jede, pa mu kuvaju. Šaca i Jula idu povazdan jedno za drugim kao mačići. Najradije se bavili u bašti pod zovom — iako to nije baš ni najmanje poetsko drvo i mesto — za one koji nisu zaljubljeni. „A, vi ste tu!" rekne im tek gđa Sida kad ih gdegod nađe. „A kad vas čovek traži, ne može nigde da vas nađe, k'o da ste u zemlju propali!" veli zadovoljna mama. A zadovoljni su i oni, vole se sve više i više, i još čisto ne mogu da veruju da su se uzeli i da će uvek zajedno biti.

Posle dva meseca otišao je Šaca zajedno s Julom u Beč, da tamo dovrši hirurgiju i zubnu lekariju, pošto je pokojnoj strini dao parastos, a tetka-Makru preselio kod tasta. Negovana i iskreno poštovana u starim danima svojim, tu je baba Makra spokojno očekivala smrt, cunjajući jednako po ormanu, vetreći svoje rublje i naređujući često u čemu će je sahraniti i šta će sve kupiti za pokoj duše njezine.

Pera s Malenijom već davno nije bio u tom mestu. Otišao je za đakona u B, a u selu ostali popovi s popadijama; popovi i kojekako, a popadije nikako među sobom.

GLAVA DVADESET ŠESTA I POSLEDNJA

Koja će sadržajem svojim začudo mnogo biti nalik na one „štamparske pogreške", koje se obično u svakoj, pa i u najboljoj knjizi spominju na kraju (gde, to jest, piše: kako je, i kako bi trebalo da je u knjizi).

Prošlo je od onoga ispričanog u prošloj Glavi poviše godina, a za to se vreme dosta štošta izmenilo, i selo i parohijani, i popovi i popadije, i zetovi i kćeri im.

Popovima pomažu kapelani, a popadijama sluškinje udevaju u iglu. Popadije su — htele il' ne htele to priznati — mnogo starije; sad već i leti, čim zahladni, nose botuše. Jedna po jedna sposobnost ih izdaje. Obe nose naočari. Ostavljaju ranije štrikeraje, i priznaju i same da nije k'o nekad. „He, ostarelo se to, bo'me! Prolaze godine!" tek rekne jedna ili druga savijajući štrikeraj i zabadajući štriknodlu kroz klupče i čarapu. A to još jasnije priznaju kad hoće da udenu iglu. Tada obično i jedna i druga zovu sluškinje koje imaju mnogo zdravije oči, pa mogu da vide i mnogo sitnije stvari nego što je, na priliku, kakav apotekarski pomoćnik, kišbirov ili hulanerski kaplar. Postale su i zaboravne, tuže se na pamćenje.

Zaborave gde šta ostave, pa često po pola sahata, a i više, traže napriliku naprstak. „Ta, di se samo deo taj prokleti naprstak? Sad je otoič tu bio, grom ga spalio! Još se sećam da sam ga na naročito mesto metla, da ga samo ne zaboravim! Moram zašiti ove proklete džepove: sto džepova, a ni u jednom ništa!" pa se lupaju jednako rukama kao petao kad hoće da kukurikne; psuju, praskaju i bede ma koga po kući, dok im naprstak ne spadne s prsta. „O, ubio te bog, Persida (ili Sida)! Sve kod tebe mora biti neki đavo; k'o da ti je sad osamnajst godina!" Ali ipak ni jednu ni drugu nije izdao ni vid ni pamćenje onda kad treba videti svoju protivnicu, i kad se treba setiti sviju onih neprijatnih sitnica iz ranijeg neprijateljstva. Pamti sve i jedna i druga, i mada se tuži na slab vid, ipak zato jedna drugu još izdaleka opazi, pa se jedna drugoj uklanja s puta. Izbegavaju se da se sretnu, jer se još jednako smrtno mrze. Ali se mora priznati da su ipak nešto manje ofanzivne i ratoborne nego nekad; jer sad radije izbegava jedna drugu, a nekad je volela nego bogzna šta da jedna kraj druge prođe, pa da nešto neprijatno rekne i dobaci jedna za drugom, da je nasekira i otruje bar za onaj dan. Ali je mržnja još tu jednako; ona tiha, ali stalna, večna mržnja. Ona ih krepi, daje im snage i mili im život. Kao ono ponekoj paorskoj babi što treba svakoga dana izvesna mera rakije, pa da se može kretati — tako je i njima potrebna ta mržnja, da ih drži u životu. To im je motor u životu, i one bar znaju zašto žive ili bolje reći životare, jer i kakav im je to život kad ih i zubi jedan po jedan izdaju i daju im licu sve više pravi babji izgled. Jedna jede samo na levu a druga samo na desnu stranu. (I u tome se ne slažu!) — Sve, sve se, kažem, izmenilo — čak i onaj stari sât pop-Spirin je dospeo u čeljadsku sobu, jer je, kako je pakosno govorila gđa Persa, tako omatorio da je pored kijanja i kašljanja počeo već da baca i „šlajam" — samo ona stara guja, ona stara mržnja, ostade još da ih i dalje truje i troši, ili drži u životu, kako se one teše.

I popovi nisu kao nekad. Govore, doduše, među sobom radi g. episkopa i radi svoje pastve, ali i to ne ide onako srdačno kao nekad, nego onako zvanično, hladno: nikad više da se vrati ono staro!

Pa i zetovi su im se izmenili. Pera je postao od učitelja đakon, a od đakona pop; a Šaca od berberina hirurg i dentist. I slavna varmeđa i svi ga tituliraju: gospodin doktor Šandor, samo mu gđa Persa još nikako ne priznaje bečke diplome njegove; jer kad je reč o njemu, nikad ne kaže drukčije nego: onaj brica! „Ta ni mu je ni déka bio doktor!" dodaje pakosno.

Obojica žive sad u varošima. Šaca u B. u Bačkoj, a Pera u V. u Banatu.

Peri je to već druga varoš za ovih šest godina otkako je obukao mantiju. I u onoj prvoj varoši bilo mu je dobro. Bila je dobra parohija za popa, ali se nije dopadala popadiji. Melanija se osećala tu — kako se sama izrazila u pismu — kao zakopana, i on je morao tražiti novu parohiju, i dobio je u V. Sad je, hvala bogu, i popadija zadovoljna, više nego i sam pop. Melaniji se tu dopalo. Velika varoš, ima fina varoškoga sveta; svega i svačega što se samo poželeti može; „a moja je Melanija za varoš i stvorena", govorila je odavno gđa Persa. Tu Melanija ima zabave i provađanja. Kolosalno je napredovala u klaviru; sad svira i teže pijese koje se prostacima i ne mogu dopasti, a poučava je jedan Pemak („kinstler" u tim poslovima), jedan mlad, bled plavušan sa malom retkom bradicom, i ustima od uveta do uveta. Nije baš tako lep; ali je kao veštak prijatan. Već je dvared sudelovala u dva koncerta, koja su davana radi podupiranja varoškog špitalja i u korist još nekih drugih humanitarnih celji. A sem toga, sad se još odala i na učenje jezika. Uči francuski, jer je zdravo zavolela taj jezik izobražena sveta. Prilično je izgustirala nemački jezik koji gđa Persa još jednako brani, pa se radi toga često prepiru mati i kći. Gđa Persa nema ništa protiv francuskog jezika; štaviše, milo joj je, ali ipak kaže da ne treba bagatelisati ni nemački jezik kako to počinje Melanija, pa kaže: da je francuski jezik baš *tako* nobl-jezik, zar ga ne bi govorila i gđa birgermajsterka Eulalija, kao jedna velika gospođa u čijoj se kući po tri-četiri puta dnevno pije čokolada, a kupuje hleb s kimom umešen. Ali Melanija ostaje pri svome, i veli: da ni mami ne bi škodilo da malo više zna francuski. Doduše, još ga ni ona (Melanija) ne govori, ali se bar meša s onima koji ga znaju, a sad je uči jedan regiment-auditor. A njen Pera je i počasni član neke tamošnje oficirske kasine. To mu je Melanija olakšala pristup u te krugove. Gđi-Persi je osobito milo bilo kad je čula za to, pa je ushićeno govorila: „O, Pera je napravio terno, hauptrefer je napravio sas našom Melanijom!... Kad bi on dosp'o u taj svet?! Nikad! Nego njeno izobraženje i moje vospitanje!" Svi ga uvažavaju i pozivaju na oficirske balove, koji su, kao što je već svakome poznato, svud u svetu najsjajniji balovi, pa tako i tu.

Često odlaze u tazbinu i Pera i Šaca, a i tazbina ide njima u pohode, ali se Šacini i Perini ne sastaju, ne viđaju, kao ni punice im. Ne mrze se ovi mlađi, ali se baš i ne traže.

***

I jednog letnjeg dana — osam godina posle ispričanih događaja u pretposlednjoj Glavi — putovao je na kolima jedan mlad pop kroz Bačku, vraćajući se s omladinskog skupa. Bio je lep letnji dan. Kola su prolazila Velikim sokakom kroz B, a baš je bilo posle podne. Vrućina beše malo popustila, vetar ćarlija i blago povija grane drveta ispred kuća koje pružahu senke svoje do pola puta, i raznosi miris od bagrema, orahova lišća i mirođija iz baštâ. Pred jednom lepom kućom, još novom šindrom pokrivenom, sa zelenim šalukatrama, i prozorima punim divna cveća, seđaše na klupi u hladu ispod senastih bagremovih drveta pred kućom jedna mlada žena, a oko nje dečica. Jedno držaše na krilu, drugo i treće seđaše kraj nje i zanimahu se jelom, a četvrto, najstarije, beše izašlo do pola puta i bacaše se prašinom na kola koja polako prolaziše sokakom, i u kojima seđaše putnik.

Mlada žena, u čistoj cicanoj haljini otvoreno plave boje sa belim bobicama, ustade brzo, i pripreti nestašnom mališanu koji držaše obe šake pune prašine. Putnik je pogleda. Pogledi im se susretoše, i putniku se učini jako poznato to lepo i vedro lice. Pogleda na kuću i na tablu na kojoj su bleštala pozlaćena pismena i pročita: *Aleksandar N. Bečlija, hirurg i dentist tj. zubnih bolesti lečnik.*

— Dakle, to je *ona*! Jula! Kako je lepa — prošaputa putnik u sebi, pa skide šešir, mahnu njime mladoj ženi i pozdravi je. A ona se osmehnu i otpozdravi ga prijateljski. Poznala ga je.

— A otkud vi, gospodin-Pero, ovamo u naš kraj? — reče radosno iznenađena, pa pritrča kolima koja stadoše, i rukova se s putnikom.

— Eto, otkud mi se i ne nadate... Ja sa skupa... onog našeg, pa sad se vraćam kući.

— A, znam, i moj Šandor je posl'o omladincima pozdrav s još nekima!... Otkad vas nisam videla! A šta radi Malanija... je l' zdrava... kako izgleda?

— Fala bogu! A kako vi? Kako gospodin suprug, je l' kod kuće?... A vi, k'o što vidim, baš dobro izgledate. Je l' kod kuće gospodin Šandor?

— Nije! Odazvali ga, pa mor'o friško da ode na vašar. Tu sat i po odavde u P. Tamo se neki pod šatrom potukli... k'o na vašaru! — reče Jula smejući se.

— Pa, kako živite?

— Fala bogu, dobro. Šandor je povazdan u poslu... Zdravo nam dobro ide...

— Pa vi ste sad, nije tamo-ovamo, već neka Bečlika!... I ne falite se kako ste živili tamo.

— E, kako!... K'o u tuđem svetu! Nije k'o međ svojima! Al', znate kako je: dĩ muž, tu i žena; pa di je njemu dobro, mora i ženi biti. Pa izdrži krštena duša i to. Al' ja sam jedva čekala da se svrše te derne študije njegove!... Ta nema naše Bačke nigdi! — veli ushićeno Jula. — K'o god da sam u Banatu, tako je dobro! Samo kad smo tu!

— Pa, bogami, gospoja-Julo — smeje se putnik — ne zamer'te mi, al' vi lepo govorite srpski; a ja sam već sasvim mislio: naučila, bome, naša gospoja Jula tamo nemački, pa se odrodila, pa srpski ni beknuti.

— Jest, naučila — smeje se ona — naučila što je Švaba zaboravio...

— A-a-a, a ti tu... to su, izvesno, sve vaši... je l' te?

— Jeste — reče Jula milokrvno, pa ih pogleda meko materinski.

— Pa jesu l' dobri, slušaju l' svoju mamu i tatu koji se o njima brinu i dan i noć? — pita putnik i gleda milo decu.

— T-a-a-a, dobri su... samo onaj najveći... — reče i pruži mu na zahtev ono najmanje.

Putnik ga uze u kola i poljubi, i metnu ga na koleno. Kad videše ono troje ovo u kolima, izjaviše i oni složno i jednoglasno da i njih metnu u kola.

Nasmejaše se i putnik i ženica. I ova uze jedno po jedno, i potrpa ih u kola, koja sad izgledahu od silnih detinjih glavica kao da se iz bostana vraćaju.

— Pa, vi se to — smeje se i veli im putnik — onako i neaufirovani potrpali u kola, a, *sitna gospodo*? — reče, pa ih stade milovati.

A deca sve grcaju od smeha i ne vele mu ništa.

— E, pa izvin'te ih zasad — brani ih Jula — to je njihova mama kriva... Eto, vi'te, ostala sam isto onako „gemajn", baš k'o da nisam u Beču živila!

— No, no — smeje se putnik — može se to još i popraviti! Dakle, molim...

— Dakle... dakle... — poče ženica, a ne može nikako dalje, jer se sve klanja od smeha gledajući na decu koja se potrpala zadovoljno u kola, pa se smeju od velikog zadovoljstva i radosti što se „voze"... — Dakle: ovo najmanje je Sida, ono veće Makra, ono još veće je Iva, a ovo najveće je Rada... Rada i Iva su, bo'me, Bečlije; a Makra i Sida su Bačvanke, onako klot Bačvanke.

— Pa jesu l' poslušni bar, slušaju l'? — zapita putnik i stade ljubiti decu.

— Ta dobri su — veli Jula — samo Rada, on malo... A jes' poljubio gospodin-popu u ruku, i zamolio ga da ti oprosti što si se bac'o prašinom na kola? A? Ajd' odma' da s' ga poljubio u ruku! — reče i namršti se da bi ga zaplašila.

— Neću — smeje se Rada koji se, sem odžačara, nikog na svetu nije bojao.

— Šta kažeš? — veli Jula, a digla obrve i napravila se ozbiljna i stroga.

— Né-ću!

— No, lep si mi i ti Bečlija!... Ti si salašar! Odma' da si poljubio gospodin-popu.

— Neću — veli Rada — poljubi ga ti!

— Taki gospodin-popu u ruku!... Sad ćeš s kola! — reče, pa ga uhvati ispod pazuva.

Rada popusti i poljubi gospodin-popu u ruku.

— Neka, neka! — izvinjava se putnik. — Dok naraste biće on poslušniji!... Siroma' Bečlija, zaželio se prašine! Badava, vidi se odmah što ti je bačka krv! Vole prašinu! — reče smešeći se, i poljubi Radu.

— I mama sme u kola, je l' te?... Je l' te, popo?... Ajde, mama, i ti u kola! — zove je Rada.

— E, ne sme mama, râno; mama mora da čeka bábu! — reče ženica smešeći se.

— Pa neka i popa čeka bábu! — odgovori Rada.

— Pa kad neće gospodin-popa ni da svrati — reče ženica. — A što se ne bi baš i skinuli malo s kola... bar dok se konji odmore i na'rane?... Da otvorim kapiju, 'oćete l'? — reče i učini veselo pokret kapiji. — Ta aj'te bar na časak.

— Ne, ne... ne mogu! — reče putnik otimajući se više od sebe.

— Al' kad vas molim...

— A, hvala, hvala, gospoja-Julo; moram da se žurim! Prodangubiću, a moram zorom da sam kod kuće.

— Al' aj'te... Al' kad vas lepo molim!

— Ne! — reče odlučno putnik, i prevuče šakom umorno preko čela.

— O, baš mi je žao što nećete! Pa, pozdrav'te Melaniju!... O, a tako mi žao što nećete bar malo da svratite!... Pa šta radi Melanija — reče naslonivši se na kola, kao da htede da ih bar na taj način zadrži. — Otkad se nismo vidili! Čini mi se čitav vek! A tako bi' je volela viditi! Ta bile smo drugarice od detinjstva... ta i ne znam ni kad smo se poznale! Iz jednog sokaka... — reče i zasja joj suza u oku. — Pa zašto da se srdimo...

— I ona... jest'... doći ćemo čim uzmognemo...

— Pa gledajte, dođ'te nam! Mi tako volemo kad nam ko dođe u goste!... Ja ne mogu od dece, a njoj je bar lako!

— 'Oćemo, 'oćemo, gospoja-Julo... Pa, Rado — reče okrenuv se kočijašu — možemo l' već? — reče i izljubi decu; Radu i Sidu i Makru u obraz, a Ivu, koji je jauznovao hleba s pekmezom, poljubi u potiljak.

— Aj'te, deco, s kola, 'oće gospodin popa da ide — veli ženica deci, i htede da ih skine s kola.

Ali deca neće s kola. Udarilo sve četvoro u plač i dreku, pa neće dole, nego zovu mamu da i ona sedne u kola.

— Doći će pópa; sad će se on vratiti! — umiruje ih putnik.

— Ajde, râno! Čuješ šta kaže gospodin-popa: da će se vratiti — reče ženica skinuvši već ono troje manjih. — Ajde, Rado, snâgo moja, sad će doći bába! (A Rada legao u kola, pa se dere i brani nogama)... Pa zar kad bába dođe s vašara s medenim kolačima, pa zapita: „Di je moj Rada?” a ja da kažem: „Rada pobeg'o od bábe!” Zar će to lepo da budne? Ajde, lane moje, ajd' s kola!... A i gospodin-popa će se vratiti. Odma' će i on doći; samo ide da dovede njegovu gospoju popadiju, a ona zdravo vole dobru decu! — reče i jedva skide Radu s kola.

— „Blago njemu!” — reče u sebi putnik, gledajući lepu rasplakanu dečicu, koja su se poređala kraj kola i stajala u redu kao kakvi mali krivci, i krupne im suze kapale po odelu i rukama i dole po prašini.

— Je l' te da ćete doći?

— Doći ćemo — uverava putnik rasplakanu decu. — Dabome da ćemo doći.

— Eto vidite, lude jedne, a vi plačete. Dabome da će doći. To su naši dobri prijatelji, je l' te, gospodin-popo... bábini prijatelji, je l' te, i mamini. Gospodin popa vole tvoga bábu, pa će on doći opet... On vole bábu...

— I mamu vole?! — reče jecajući mali Iva koga držaše Jula na ruci. — Je l', mama, i mamu vole? — reče dete kao malo utešeno, ali još jednako uplašeno i uplakano, pa turilo prst u usta i gleda mater uplašenim i pitajućim pogledom. — I mamu vole?

— Jeste, lane, i mamu on vole... i mamu! I Sidu, i Makru, i Ivu (i poljubi ga), i Radu, i bábu — sve vole gospodin popa, sve; i tvoju mamu vole! — reče Jula umirujući ga i brišući suze detetu i sebi krišom... — Doći će on opet...

— Vaše crte... vaše lice! — reče putnik sav potresen, gledajući malo utešenog Ivu... — Sušta mati! — dodade nežno.

— A, nije... nego baš *njegove*; baš isti *on*, isti otac! — veli Jula, i stade ljubiti te crte očeve... — Doći će, Ivo, gospodin-popa opet. Je l' te da ćete doći?

— Jeste, doći ćemo! — prošaputa putnik. — A sad zbogom! — reče potresenim glasom, i pruži joj ruku, i rukova se s njom, i gledaše je.

Beše lepša nego ikada! Onako sveža kako se nadnela nad kola, izgledaše mu kao bujno rascvetana ruža među pupoljcima posle majske kiše kad se pruži strukom svojim preko staze baštenske. I putnik je gledaše milujući dete, i mišljaše i čuđaše se samom sebi gde su mu pre osam godina bile oči?! A ona ga gledaše svojim blagim plavim očima, svojim iskrenim, vazda prijateljskim pogledom. I pogled taj ne mogaše više da izdrži setom obuzeti putnik, nego se rukova, skide šešir, i reče: Zbogom! i kočijaš potera konje.

Odoše kola s putnikom, a deca ostaše derući se iz sveg grla i bacakajući se u srditoj nemoći svojoj. A Jula još neko vreme gledaše za kolima koja iđahu Velikim sokakom, i pratijaše ih svojim pitomim očima, pa reče u sebi:

— „Baš bi' volela da se vidim sa Melanijom; da vidim je l' se što promenila!"

A zatim viknu najstarijega da se vrati. Jer ovaj je trčao za kolima i derao se i plakao: hoće kod pope u kola, da se vozi.

Kola su sve više jurila i izmicala, a dete sve više izostajalo, i sve se više deralo. Putnik se još jednom okrete. Bio je već daleko, ali još mogaše čuti i videti kako se onaj stariji „Bečlija" valja po prašini i dere: „'Oću kod pope!", i videti lepo milu svoju poznanicu. Stigla beše maloga begunca koji se deraše i valjaše po prašini i bacakaše nogama, pa se ne dâ materi da ga digne, a ona se savila od silna smeha nad detetom, pa mu se smeje, a posle ga diže silom i vuče preko sokaka.

— Da im dođemo u gosti!... „Mi tako volemo kad nam ko dođe u gosti” — ponavlja u sebi putnik reči Juline, pa se dade u misli. — Ona je srećna, a tek *on*, kako je *on* srećan! Kako je srećan! — reče putnik, pa se opet dade u misli. Dugo je ćutao i mislio tako, a kad već behu daleko iza varoši, u polju, odmahnu putnik rukom i reče jedno: „Eh!” (kao kad se čovek savlada pa pregori nešto najmilije), pa oslovi kočijaša, jedno lepo, smeđe, iroški obučeno momče.

— O, Rado!

— Izvol'te, gospodin-pôpo!

— A zašto si se ućut'o?

— A šta mogu i smem da divanim, kad me gospodin-popa ne pitadu!

— Pa... onako... k'o mislim, zar ti se ne dosadi sve tako da celim putem ćutiš?... Ja znam da kočijaši hoće pokatkad i da zapevaju...

— Ta... znate... kako kad...

— Kako: „kako kad”?

— Pa eto tako! To je, znate, kako spram koga... Ima to da kočijaši, na priliku, i pevadu; al' to je i spram putnika. Jerbo vi ste, što kažu, jedno sveršteno lice, pa ne znam, znate, je l' će vam to biti po volji, e, pa di bi onda ja...

— A kako mi opet ne bi bilo po volji? A zar popovi ne pevaju k'o i drugi ljudi? A zar ja ne pevam u crkvi?... Mi, vi'š pevamo, ili upravo pojimo nedeljom vama, a vi onda valj'da treba radnjim danom nama da pevate! A, je l' tako? — pita putnik smešeći se.

— Ta, znate... ono jest' sve tako k'o što vi sad velite. Vi pojite u crkvi, e, al' ono je štogođ obaška; ono je pojanje i pjenije, a ovo naše paorsko je pevanje!... A... je l' te, dugo vam vreme kad ćutimo?

— A dabome. Zato ajd' pevaj... razgali me; nešto sam ti sumoran i dêran! A ja te nisam ni zapit'o: pevaš li ti?

— Ko? Je l' ja? A kako ne bi' pev'o, kad god mi je srce veselo! Pevam i pojim, gospodin-popo. Ta poj'o sam ja i *keruviku* u našem selu... pa još pred gospodin-protom... onim našim starobečejskim.

— E, da? — čudi se putnik.

— Ta nije da sam je malo visoko poč'o, nego tako da sam je posle mor'o čitavo pola sata terati na svaku formu dok sam je jedva u zlo doba ister'o da bude k'o što treba po tiparu!... Kol'ko je cela služba bila dugačka, ta toliko je još jedared valj'da bila moja keruvika!... Al' su bar gospodin prota i raspitivali za mene! — završi Rada ponosito.

— E, da?!

— A moja familija, a i svi paori, uživaju već, bože, pa im već, već sve raste perje, pa me fale i vele: „Al' umeš da cifraš!...” Pitajte samo gospodin-protu: kako mu se dopala molčanska keruvika?

— E, to je vidiš, lepo od tebe! Pa pevaj onda...

— Al', 'oćete l' neku od oni' iza pevnice, il' ćete neku, onako, s roglja... onako, što mi kažemo, rojtansku?

— Pa... ovaj... ajd' baš onako štogođ što vi pevate... Il' ajd' baš onu što ti voleš i najviše pevaš... Ajd' baš tu!

— A kad baš zaktevate, ja baš mogu! — reče, pa nabi na oči svoj svilen bački šeširić, pa zapeva jasnim glasom:

Julo râno, ta mi smo rod odavno.

— A otkud ti — prekide ga putnik — baš ta pesma pade na pamet. Zar ne znaš koju drugu?

— Pa... ovaj... gospodin-popo, a kako ne bi' znao; znam i' tušta... nego, vi kažete: „ajd' baš onu što ti voleš", a ja onda ovu, k'o velim, da otpevam, jer, ja... znate, pa i mojoj se ženi imelo Jula...

— A zar si oženjen već?

— Ta, znate, kod nas paora kako je... mi ne mudrujemo mnogo k'o kaputaši!... A da šta vi mislite!? — reče Rada ponosito, pa se uzvrpoljio na sedištu. Postade intimniji i prebaci desnu nogu u kola preko sedišta.

— A otkad?

— Pa imaće mu već frtalj godine... al' k'o da je tek juče bilo, tako mi lepo prošlo...

— Pa kako, kako... jesi l' zadovoljan, srećan?

— A kako da ne budem srećan, kad smo se baš voleli, da prostite.

— A, voleli ste se?

— Jeste, dve godine i četir meseca.

— E, to je, bo'me, dugo.

— Ta i nije, gospodine... i ne znam kad brž' su prošle!

— Pa baš ste se, kažeš, voleli!?

— Ta kol'ko sam se samo puti tuk'o u kolu, a sve čerez

nje!... Sve je do mene morala da se 'vata u kolo, pa da igra nuz mene!

— Pa zašto je onda nisi odma' uz'o?

— He, ta uz'o bi' je ja odma', čim smo se prvi put pogledali u kolu, al' mi ona moja dêrna familija nije dugo vremena davala.

— E, da, a zašto ti nije davala?

— Ta... k'o bajagi, mi gazdačka kuća, a ja mlezimac, a ona siromaška devojka!... Pa mi moji govorili: nije, kažu, spram *nas*!

— P'onda?

— P'onda ja im kažem: kad moja Jula nije sprama nas, nisam ni ja sprama druge! Neg' il' nju, il' nikoju! I kažem im: ako mi Julu ne date, ja odo' u soldate od svoje volje... a i oč'o bi', sunca mi!

— A šta oni onda?

— E, p'onda su morali da malko popuste. A bába mi kaže: „Kad voleš nju većma neg nas, pa nek ti je, kaže, na čast! Al' ja, kaže on, neću više da te priznam za sina. Nećeš, kaže, dobiti ništa; ne nadaj se tâlu, kaže! Sve ću pripisati, veli, na varoški špitalj." A ja kažem: „Fala vam k'o ocu *i za ovo* dosad, što ste me, to jest, rodili i od'ranili k'o sina! Imam ja, fala bogu, dve zdrave ruke, nisam neki bogalj, i moja Jula dve, pa ćemo se 'raniti i tavoriti već i brez toga vašega tâla!... A vi, reko' mu ja, podajte na špitalj, pa nek se pomognu i baškare i trezne po njemu pijani vandrovkaši *Švabe*, pa nek mole boga za *racki* spokoj duše!"... Al' nije dao, k'o što je srdit rek'o i obrek'o! Kad je bila *jabuka*, pa ga moja Jula poljubila u ruku, a bábi udarile suze, pa ti on njoj devet dukata i jedan solferin na dar! A kad smo izašli i pošli kući, a on najveseliji od sviju nas, pa mene šakom po šeširu, pa mi kaže: „Ao, kandilo ti tunjavo, uncute jedan! Ala imaš zdrave i dobre oči, derane! Ala i ne znaš šta valja!" kaže mi bába... „E, sad baš vidim lepo i priznajem te, kaže, da si moj sin, i moja krv, što kažu. Ta Birclijin si ti, pa nije ni čudo! A Birclijini nisu nikad, kaže on, kojekoga u kuću dovodili niti ma kud udavali, nego sve ono što je najlepše!" I tako bába omekš'o, pa sad on najviše uživa u mojoj Juli, i već, bogzna kako, odaje joj čest: sve mu ona svlači čizme, ne da nikom drugom nit' sme ko. Pa mu dika što mu snâ lepa. „Lepe konje i lepe žene, kaže on; e, ako ni po čem, po tom ćeš o'ma' poznati Birclijine!"

— Znam Birclijine!

— I sad smo kod njega... Tako pokatkad kočijašim malo... Za ovo što od vas zaradim, kupiću mojoj Juli finu maramu ferdinku... Bába kaže da kočijašim: „da se izrana naučim, kaže mi on, kako je od svoji' ruku i o svom komadu živiti!" A nisam joj ni kaz'o da ću joj kupiti maramu: pa da vi'š njene radosti kad prekosutra uveče nađe novu maramu pod jorganom!... E, ta samo to će mi vrediti sto forinti!

— Pa sad se volete i slažete, je l'?

— Ta k'o so i 'leb, što kažu.

— A je l' dobra, je l' lepa?

— Pa svaka je Jula, gospodine, i lepa i dobra. Je l' njoj samo ime *Jula* — ne pitaj, neg odma' uzimaj dok nije drugi dočep'o! — reče Rada blaženo, baš onako sa srca, pa zavali šešerić i zapeva. Ode glas visoko do neba i daleko se razli, misliš preko cele ravne Bačke! Kao ona svila u polju što se izvija u jesen, tako se izvi i oteže sa vesela srca Radina setna pesma: „Dušo Julo, srce uvenulo!"

— Šibaj, Rado! — viknu putnik i brzo pritisnu, kao da htede natrag u oko povratiti onu suzu što mu zablista u oku. — Teraj bolje!

— Haaa! — viknu Rada na konje, i puče iroški bič preko njih, i konji poleteše kao besni ravnim bačkim putem, a on zapeva onako za sebe, radi svoga zadovoljstva:

Ti ćeš stati, pa ćeš uzdisati,
Pa ćeš reći: to je moje bilo,
Moje bilo, za mnom uzdisalo,
Uzdisalo, i mene ljubilo;
A sada ga druge grle ruke,
Druge ruke, druga usta ljube!

***

Sunce se već spustilo, zaklonio ga već beskrajni rit s visokom trskom, još malo pa će i zaći, a Rada tera jednako svoje besne konje. Prevezli ih i na skeli na banatsku stranu. Već se i noć spustila i obavila sve unaokolo, sve, pa i beskrajan rit koji se pružaše daleko nalevo od dolme. Poduhnuli već i noćni vetrovi, zatalasalo se ono beskrajno tršćano more u ritu, i tajanstven elegičan šumor i pesma uzlelujane trske zanosi sanjarijama zanetog putnika, i on budan sanja o izgubljenoj sreći!... Lete konji k'o besni širokom i visokom dolmom pored rita, puca Rada bičem onako iz svoga raspoloženja, i peva misleći na svoju Julu neku pesmu koju zaglušuje topot konja, ili je od vremena na vreme odnosi vetar i meša je sa šumom uzlelujane ritske trske i psovkom čobana koji psuju ritske komarce što se ni zapaljene vatre ne boje nego nasrću.

A putniku dođe malo lakše. Dođe mu volja, i zaželi da upregne šest takvih hala, pa da puca bič, a da poteraju još brže, da još brže polete! Da preleti tako svu Bačku i Banat i ceo svet; da ode i ostavi za sobom sve, i sreću i nesreću svoju, pa da lete konji tako i da ga nose tako sve do na kraj sveta, u mrak, u pustolinu...

★★★

— E, fala bogu, kad smo tu! Evo nas! Još malo! — reče Rada već u zoru, i pokaza bičaljem na crkveni toranj, na čitavu šumu od đermova, i na krajnje kuće koje se, onako pepeljaste, razaznavale iz lake letnje jutarnje magle i jutarnjeg sutona.

— Zar već! — uzdahnu putnik, prenuvši se iz svojih misli.

Stevan Sremac, jedan od najznačajnijh predstavnika realizma u srpskoj književnosti, rođen je 1855. godine u Senti. Osnovnu školu pohađao je u rodnom gradu. Pošto je rano ostao bez oba roditelja, brigu o njemu preuzima ujak Jovan Đorđević, znameniti srpski istoričar i književnik, koji ga 1868. godine dovodi u Beograd na dalje školovanje.

Godine 1874. završava Prvu beogradsku gimnaziju. Iste godine upisuje Istorijsko-filološki odsek Filozofskog fakulteta u Beogradu.

Tokom studiranja, kao dobrovoljac Đačke baterije učestvuje u ratu za oslobođenje jugoistočne Srbije i Niša od Turaka.

Diplomirao je po povratku iz rata, 1878. godine.

Ubrzo po diplomiranju, zapošljava se nakratko kao praktikant u Ministarstvu finansija. U septembru 1879. godine seli se u Niš gde ga je Ministarstvo prosvete postavilo za profesora Gimnazije. Na tom mestu zadržao se jedanaest godina. Predavao je krasnopis, crtanje, nemački jezik, moral, srpsku gramatiku, srpsku istoriju, opštu istoriju i geografiju. Godine 1881. biva prebačen u Pirot, ali se ubrzo vraća u Niš gde ostaje sve do 1892. godine.

Karijeru gimnazijskog profesora nastavlja u Beogradu. Tu počinje da se ostvaruje i kao književnik. Piše realističnu prozu, na osnovu beležaka o konkretnim anegdotama stvarnih ličnosti koje je godinama sakupljao po Nišu i Pirotu. Bio je poznat kao „pisac sa beležnicom".

Jedan je od najobrazovanijih pisaca devetnaestog veka u Srbiji.

U Srpsku kraljevsku akademiju primljen je u februaru 1906. godine kao jedini profesor gimnazije u njenoj istoriji.

U želji da u miru napiše pristupnu besedu Akademiji, otputovao je u Sokobanju. Besedu nikada nije održao jer se u Sokobanji razboleo i iznenada preminuo u avgustu 1906. godine. Sahranjen je sa najvećim počastima na Novom groblju u Beogradu.

Zasnovan na anegdoti za koju se veruje da mu je lično ispričao njegov ujak Jovan Đorđević, roman *Pop Ćira i pop Spira* (1894) smatra se jednim od najboljih humorističkih romana srpske književnosti. Pored toga što je nepresušni izvor humora, ovo Sremčevo najobimnije delo takođe je i realistički prikaz vojvođanskog sela i njegovih običaja u drugoj polovini 19. veka. Život seoske elite, dve popovske porodice, teče mirno, u međusobnom razumevanju i prijateljstvu; razdor unosi dolazak mladog učitelja koji može da se oženi kćerkom samo jednog popa...

aber majn got — ali, bože moj

ajmol ajnc — jedanput jedan

ajn varer getlihes getrenk — pravo božansko piće

ajnprensupa — čorba od zaprške

ajzliban — železnica

akov — stara mera za tečnost, bačva od 50 litara

akurat — tačno, ispravno, zaista tačno

aldumaš — čašćenje koje čini kupac nakon kupovine na pazaru ili u čaršiji; napojnica

alte frajndšaft rostet ni — staro prijateljstvo ne rđa

aljku na bataljku — pokupiti prnje i krenuti

amišag — prepredenost, lukavost

amt — ured, služba

andrak — đavo, obešenjak

anđarenje — brbljanje; bekrijanje, skitanje

aramija — razbojnik

aratos ti bilo — proklet bio, bestraga ti glava

arenda — zakup

arište — zatvor, tamnica

arnjevi — platneni krov na zaprežnim kolima

asentirung — regrutacija

asesor — sudski pomoćnik

asna — korist

aspida — zla, opaka žena, rospija, oštrokondža; zmija (otrovnica)

astragan — skupoceno jagnjeće krzno

auditor — vojni sudija

ausgecajhnet — odlično, izvrsno

auštafirung — miraz, devojačka sprema

avan — sud za tucanje kafe, bibera

bagatelisati — ne obazirati se, ne mariti za nekoga ili nešto, nipodaštavati

bagov — loš duvan

banak — klupica ili zidani ispust za sedenje oko zidane peći

bardak — zemljani sud za vodu; drveni, zemljani ili bakarni sud u kome se drži rakija ili vino

beamter — činovnik, službenik u kancelariji

begenisati — osećati ljubav, naklonost, dopadati se, voleti, odobriti, izabrati (devojku)

bičalj — drška biča

birgermajster — gradonačelnik

bistoš — policajac

blagočastije — pobožnost

blagodejanje — novčana pomoć kao potpora za školovanje

blasfematičan — bogohulan, bezbožnički, neznabožački, nevernički

blaziran — ravnodušan, uobražen, umišljen

bojtar — čobanin, pomagač čuvara stoke

bolta — trgovačka radnja, dućan

bokter — noćni stražar

botuše — sobna obuća od filca

brenovati — ukovrdžati kosu brenajzlom, vrućim gvožđem

budža — batina, drvo, palica

buhalteraj — knjigovodstvo

cajgnis — dokument o nekom stanju; svedodžba, službena potvrda, isprava

canarct — stomatolog, zubar

cimer — tabla s natpisom nad radnjom

cukerbekeraj — slatko pecivo, poslastica

cukras — poslastičar

cušpajz — jelo od kuvanog povrća, varivo

cvečken-knedle — valjuške sa šljivama

čanak — drvena posuda

čarda — krčma na drumu

časlovac — knjiga molitvi za svako doba dana

časnik — učesnik u svadbi koji ima značajnu ulogu, obično kum, dever, stari svat

čerez — zbog

česnjejši — časni, čestiti, uvaženi

čikoš — čuvar konja, konjušar

čikov — vrsta ribe

čirak — svećnjak; sluga, šegrt

čismen — čist, čistunac

človiti — uporno stajati pored nekoga i dosađivati mu

čmavalica — spavalica

čreda — nedelja u kojoj je sveštenik obavezan da vrši crkvene poslove

črezvičajni — neobičan, naročit, izvanredan, uzvišen

čuvstvitelan — osećajan

ćelepuš — mala kapa koja pokriva vrh glave

ćifta — cicija, škrtica

ćosav — koji je bez dlaka, golobrad, ćelav

ćurdija — vrsta kaputa postavljenog krznom

dacija — dažbina, porez

damšif — parobrod, lađa

daž — čak

dera — prolaz na ogradi

deran — tužan, neraspoložen

dert — bol, briga, tuga, žalost, nevolja, ljubavni jad

dešperatan — očajan

din-dušmanin — veliki neprijatelj

disputirati — prepirati se

dišpenzacija — oslobađanje od obaveza ispunjenja zakonskih uslova, oproštaj

divit — mastionica

dobrodetelj — vrlina, dobro delo; plemenitost, dobrota

dojakošnji — dotadašnji, dosadašnji

dolma — nasip

doroc — vrsta suknenog ogrtača, gunj

dritl — trećina

duka — vojvoda, gospodar, knez, dužd, vladalac

dunda — punačka ženska osoba

dunja — pokrivač od perja

duztabanlija — nesposobnjaković, onaj koji nije ni za šta; koji ima ravna stopala

dušanka — gornji deo muške narodne nošnje

duvar — zid

duž — mera za dužinu zemljišta (oko 400 m); njiva te dužine

džaveljati — prepirati se

džimrija — škrtica, tvrdica, cicija

đeram — poluga za izvlačenje vode iz bunara; ovakav bunar

đornut — mrtav pijan, trešten pijan, pri piću

enđibula — devojka ili žena u svatovima

epitimija — crkvena kazna

erbovati — naslediti

erbšaft — nasledstvo

eroberung — zavođenje, udvaranje

eskadra — operativna pomorska jedinica sastavljena od ratnih brodova istog ili različitog tipa pod komandom admirala

espap — roba u prodavnici, roba namenjena prodaji, trgovačka roba

evedra — ograda, plot

fačla — povoj, zavoj

fajn — dobro; fin; vrlo, veoma, jako

fakacija (vakacija) — raspust; oslobođenost od neke obaveze, poreza, nameta, i sl.

federmeser — džepni nožić

fićok — „flašica" za rakiju

fidibus — hartija za paljenje lule

filer — najsitniji austrougarski metalni novac

financ — finansijski službenik; poreski ili carinski stražar, najniži organ finansijske kontrole; uterivač poreza

firer — policijski starešina u selu

fiškal — advokat, pravni zastupnik; mudrijaš, dovitljivac, prepredenjak

friško — sveže; brzo

frloncle — rese

fruštuk — doručak

furt — neprestano, stalno, bez prekida, uvek

gadža — veći pas neodređene rase

ganj — stočna hrana

garov — pas crne ili tamnije dlake

gastgeberaj — gostionica

gazdašag — imetak, bogatstvo

gedžav — zakržljao, sitan, malen

gefrorenes — sladoled

gemajn — običan, opšti, javan, prost, prostački

glavčina — središnji, valjkasti deo točka u koji su ugrađeni paoci

gložiti se — prepirati se, raspravljati se, koškati se, svađati se, džapati se

gnedige — milostiva

goveti — udovoljavati

gratulacija — čestitanje, čestitka

grk — trgovac

grosićar — grabipara
grundbirn-nudle — rezanci s krompirom
grundup — katastar
gumalastika — vrlo elastična rastegljiva guma ili neki predmet
    izrađen od takve gume, npr. lopta, vrpca, tkanina

haglih — osetljiv, nežan; gadljiv; uzbudljiv
hauptrefer — glavni zgoditak
hebame — babica, primalja
hec — šala, dosetka, vic
heft — sveska
herlerer — gospodin učitelj
heruvika — bogoslužbena pesma
heruvim — anđeo
hohcajtsrajze — svadbeno putovanje
holba — okrugla boca sa užim grlom; stara mera za tečnost
hornodla — igla za kosu
hozlice, hozle — gaćice
hucoš — nevaljalac, bestidnik
hud — loš, zao
husar — lako naoružani mađarski konjanik

iberašung — iznenađenje
infanterija — pešadija, pešačke trupe
intabulacija — hipoteka
iroš — kicoš, lola, mangup
iskumstirati — izmajstorisati
izobraženje — obrazovanje

jaka — okovratnik

jaroš — ledina

jauzn — užina

jendek — jarak, šanac, rov

jurat — pravnik

jurget — tikvica, tikva

kacabajka — ženski kaput posebnog kroja

kalabaluk — gomila, gužva

kamara — plast sena, stog

kamilavka — deo svešteničke odeće, kapa pravoslavnih mon-
aha i sveštenika

kamiš — čibuk, dugačka cev od lule; trska

kapelan — pomoćni sveštenik, mlađi sveštenik koji je dodeljen
kao pomoćnik ili zamenik starijem svešteniku

kapižon — velika vunena marama sa kratkim resama

kapricirati se — uzjoguniti se, inatiti se, tvrdoglaviti se

kasina — zgrada, prostorija za društvene sastanke i zabave

katana — konjanik

katiheta — veroučitelj, nastavnik veronauke

kaštiga — kazna

kaštigovati — kazniti, kažnjavati

kavžiti se — svađati se, raspravljati se, prepirati se, koškati se,
džapati se

kern-štrudla — savijača, gužvara

keša — star čovek, starkelja; stari neženja, mator momak;
mator konj

kinstler — umetnik

kis ti hant — ljubim ruke

kišbirov — mali sudija, niži opštinski činovnik koji obavlja različite poslove po manjim mestima

klajderštok — čiviluk, stojeća vešalica za garderobu

klirik — sveštenik, duhovnik

klošter — manastir, samostan

kofpuc — ukras za glavu, ukosnica

kohbuh — kuvar (knjiga)

komadara — rakija od kukuruza koja se najčešće pravi od kukuruznog brašna ili kukuruznog hleba

komisan — koji se ponaša grubo, prostački

komlov — smeša za pravljenje hleba od mekinja i kukuruznog brašna; zamena za kvasac

komotmicna — vrsta veće kape

konabiti — uništavati

konofos — vrsta finog platna

konškolar — kolega, drug, jaran

konta — račun

konten — spreman, pripravan

kontrafa — neumetnička slika, loše rađena

koštati — probati, okusiti

kotarka — ambar, čardak, koš, kotobanja

krenkovati se — sekirati se, biti uvređen

Kristi Got — hvaljen Bog

krlja — insekt sličan krpelju

kumst — umeće, veština, znanje

kupica — omanja čaša koja se zagrejana stavlja na bolno mesto

kurisati — udvarati se dami, ulagivati se

kurjuk — pletenica od kose

kurmaher — ljubavnik, švaler

kurtalisati — osloboditi se, izbaviti se, spasti se od nevolje
kuruci — ustanici, pobunjenici
kvartir — stan, sklonište, konak

lajb — rub; prsluk
lajtnant — poručnik
landpomeranc — banatska pomorandža (pogrdno)
landšaft — kraj, predeo, oblast
larmati — vikati, galamiti, praviti buku
leceder — onaj koji pravi razne kolače s medom, licitar
ler — zavod za devojke
levča — deo zaprežnih kola
libste — draga
leventa — neradnik, probisvet
loćka — ženska osoba nedostojnog ponašanja, nemoralna
    žena, nevaljalica, bludnica
lorfa — žena koja se mnogo šminka
ludaja — vrsta bundeve
lustrajze — putovanje u provod

ljubopitstvo — radoznalost

majn grus — moj pozdrav
majorent — punoletan, odrastao čovek
mamaljuga — kačamak, pura; neodlučan čovek, mlakonja,
    mekušac
manisati — zamerati, nalaziti mane, kuditi, odbacivati
mašlija — kad se izvuče niz na štrikeraju, pletivu, tkanju,
    očica u pletivu, šarena ukrasna traka u kosi

matrikula — matična knjiga

mašamoda — modeskinja; osoba koja izrađuje i prodaje ženske šešire i sitne ženske ukrase

medljan — zaslađen medom

melšpajz — kolač, poslastica, desert

milih-prot — vrsta slatkog peciva umešenog sa mlekom

mindros — odgovornost, ispitivanje, istraga, napad

mirijada — bezbroj, neizbrojivo mnoštvo

miždrak — koplje; momak

mor — ljubičast

mundir — svečani vojnički kratki kaput

nahtmuzika — noćna svirka

najgirig — znatiželjan

napoličar — najamni radnik u polju

nategača — naprava za izvlačenje rakije ili vina iz bureta

natentati — navesti nekoga na nešto, nagovoriti

neaufirovan — nepoznat, nepozvan

nem tudom — ne znam

nemeš — plemić, vlastelin

nemešag — plemstvo, pripadnik plemstva

notaroš (nataroš) — beležnik

oasniti se — okoristiti se

obaliti — oboriti

obaška — izuzetno, naročito, posebno; odvojeno, posebno jedno, posebno drugo

obida — nepravda, uvreda

obligacija — jemstvo, garancija; priznanica, novčana obveznica

obreći — obećati, zareći se, zakleti se
obrst — kajmak, pavlaka
oficina — berbernica; radionica
oman — biljka (inula)
opaklija — čobanski ogrtač bez rukava od krzna ovce
opcigovati (apcigovati) — oduzimati, odbijati
opirača — krpa za pranje sudova
opučiti — krenuti
otoič — maločas, malopre
ozentrogeri — poramenice

pajvan — uže
paor — seljak, zemljoradnik
parasnički — seljački
pasirati — dogoditi se
patvarista — pisar
pčioda — čioda, pribadača, špenadla
pedinter — sluga
peglajz — pegla
pentikostar — pravoslavna bogoslužbena knjiga
perišan — vrsta nakita za glavu, ukrasna igla za kosu
perzekutor — tužilac, progonitelj; dosadan čovek, nasrtljivac
pijesa — deo, komad, parče; pozorišni komad, tačka u koncertnom programu
pinter — bačvar, kacar
pintl — zavežljaj
pjenije — pevanje, pojanje
plajaš — opštinski dobošar
plebanoš — župnik, paroh

počitajemi — poštovani

počitovati — poštovati; smatrati

poftoravati — ponavljati

pogačar — mladina rodbina koja dolazi u posetu posle venčanja

polezan — koristan, uspešan

polijelej — svećnjak s uljem

polučiti — postići, ostvariti, zadobiti

pokenes — pohovano pečeno meso

ponjati — dokučiti, spoznati, shvatiti

popašan — gramziv, sebičan

porket — pamučna tkanina s dlačicama s jedne strane

poskurica — obredni hleb

poša — marama

prdačiti se — izrugivati, sprdati se, šegačiti se

predšvestenik — prethodnik, koji je bio pre nekog

preko jego — preko svake mere, mnogo

prenumerant — pretplatnik; onaj koji kupuje knjigu pretplatom, naročito u 18. i 19. veku

prezes — predsednik, predsedavajući

pritjažatelj — vlasnik

principal — gazda, vlasnik radnje, šef, načelnik, upravnik, direktor

prizrenje — obzir

prljiti — paliti, sagorevati dlaku zaklane životinje (obično svinje)

prokopsati — imati uspeha u životu

protolkovati — protumačiti, objasniti

pudar — čuvar vinograda, poljski čuvar

pulger — građanin

punktum — tačka, kraj

pustosvat — nezvani gost u svadbi, gost koji nema naročite uloge i nije u rodu sa mladencima

Rac, racki — Srbin, srpski (podrugljivo)

radoš — dodatak, višak

ragastov — okvir prozora ili vrata, dovratak

rajspulfer — puder

rajtpajč — bič

regimenta — puk; mnoštvo, gomila sveta

rekla — ženska bluza, kaputić od lakog materijala

rif — starinska mera za dužinu

rihtig — tačno

ripida — vrsta ikone, okruglog oblika

risar — nadničar, žetelac

ritmajstor — konjički kapetan u austrijskoj vojsci; učitelj jahanja

rogalj — mesto okupljanja omladine u selu, npr. kraj ili ugao dve ulice, ulična klupa ispred kuće i sl.

rolja — specijalno oblikovan poduži valjak za peglanje

rundov — pas sa dugom i gustom dlakom

sačustvovanje — saosećajnost

sadiplatno — platno bez ukrasa

sara — gornji deo čizme, od članka do kolena

satljik — boca za vino

sekser — stari austrijski novac

semlprezla — prezle

skamija — klupa

skanjivati se — biti neodlučan, kolebati se

slovesno — ispunjeno razumnošću, mudrošću

so šenes kind und so, so... — tako lepo dete i tako, tako...

solferin — dukat, zlatnik

solgabirov — sreski načelnik

spahiluk — veliki posed, imanje spahije

starež — stare stvari, stara odeća

stiva — vrsta minerala, „morska pena”

supostat — neprijatelj

supšisla — posuda za serviranje supe

suvača — mlin koji pokreću konji

svečar — koji slavi krsnu slavu, domaćin, slavljenik

šajn — novac

šalukatre — kapci na prozorima, metalni ili drveni

šanuti — šapnuti

šapurika — kukuruz

šarov — pas

šijak — pogrdan nadimak; nesnalažljiva, nespretna osoba; neznalica

šikovati se — priličiti

šindivila — živa, nemirna mlada ženska osoba koja želi da privuče pažnju koketnim držanjem i odevanjem

šindra — krovni pokrivač od drveta, drveni crep

šlajber (šrajber) — pisar

šlajpik — novčanik

šlingeraj — vez

šlofkapa — noćna kapa

šmajhlovati — laskati, ulizivati se, umiljavati se, dodvoravati
se, udvarati se

šnekle — vuneni ukras koji imitira kosu i uokviruje lice

šnuftikla — maramica

šorati — gurati, odbacivati nogom (loptu, kapu)

špacirati — šetati

špag — džep

šparkasa — kutija u koju se stavlja novac radi štednje

špecije — smesa od raznih sastojaka, dodatak nečemu

špicpub — varalica

špitalj — bolnica

šporovati — štedeti

šrajptiš — pisaći sto

štajervagen — lake otvorene kočije

štalog — konjušnica, štala, staja

štelovati se — pripremiti se

štelung — stav, držanje

štir — vrsta korova, divji spanać

štogla — komad gvožđa koji se usijan ubacuje u peglu

štrangovi — pokvarenjaci

štražmešter — narednik

štrikla — crta, linija

štriknodla — igla za štrikanje, pletenje

štrof — novčana kazna

štrimfla — štrikana vunena čarapa koja pokriva deo noge do
kolena ili lista

štrufla — podvezica, kaiščić kojim se nešto zakopčava; pot-
plata za obuću

štucer — kicoš

štukatur — trska uvezana žicom koja služi kao držač maltera tavanice

švigar — kraj biča

švigarica — šiparica

tajč — vrsta plesa

tagblat — dnevni list

taki — odmah

tal — udeo u imanju

tane mu gosino — sto mu gromova

tarana — osušeno izmrvljeno zrnasto testo; supa pripremljena sa takvim testom

tas — tanjirić na vagi; plitak oveći tanjir od drveta ili metala za skupljanje priloga u crkvi

taz is unmedlih — to je nemoguće

tekem — istom; upravo, baš u tom trenutku; samo, jedino, toliko samo

tencer (tancer) — igrač

terno — u tomboli: tri broja izvučena u istom redu, treći dobitak

Tisa-port — obala Tise

tišler — stolar

tociljati se — klizati se

tolkovati — tumačiti

toržastveno — svečano, raskošno

trafika — prodaja, prodavnica, naročito duvana; duvan

traurig — žalostan, tužan

trebnik — knjiga sa molitvama

truc — inat, prkos

trukovati — štampati
tulaja — kukuruzovina

u šreh — ukoso
udovletvoriti — zadovoljiti
ulaner (hulaner) — naoružani konjanik
ular — konjski povodac
ulopan — isprskan vodom i blatom
um gotes vilen — zaboga; uz božju volju
umacurati se — biti sav u suzama, umazati se od suza
unangenem — neugodno, neudobno, nezgodno; loše, ružno
uncut — mangup, nevaljalac
uncutarija — šala, smicalica, lukavština
uničtožiti — uništiti, iskoreniti
untauglih — nesposoban
unterhaltung — zabava, razonoda
uprepodobiti se — napraviti se nevin, naivan
uspropadati se — špartati, šetati
upropnice — propreti se
utuk — lek, protivotrov

vandrokaš — skitnica
vandrovati — trgujući ići od mesta do mesta
valov — korito ugrađeno u zid ili uz neku građevinu za ostavljanje hrane ili vode domaćim životinjama
varka — rep
varmeđa — županija, okrug, administrativna i politička oblast
verglaš — ulični svirač vergla

vertepaši — učesnici božičnog običaja koji objavljuju i prenose vest o rođenju Isusa, vesnici Isusovog rođenja

vešplav — plavilo za ispiranje rublja

vicišpanovica — žena pomoćnika upravnika imanja

vilovati — uživati

vincilir — čuvar vinograda

virilac — službenik

virtšaft — domaćinstvo, gazdinstvo, domazluk

zapt — strog način života, disciplina, strogo utvrđen red

zeljov — pas

zvezdočtenije — astronomija

žrnalica — mlin za kafu

žućov — pas žućkaste dlake